Le Siècle

HENRI DE LACRETELLE, C. COURRIÈRE,
JULES MARY.

# MENTANA

HANNA LA FOLLE
## LES FRÈRES D'ADOPTION

PARIS
BUREAUX DU SIÈCLE
RUE CHAUCHAT, 11.

A. MALON DEL.      J. GUILLAUME SC.

---

On trouve encore dans les bureaux du Siècle :

**HISTOIRE DES DEUX RESTAURATIONS (DE 1813 À 1830), par ACHILLE DE VAULABELLE**
Huit volumes in-8°. — Prix : 40 fr., et 23 fr. seulement pour les abonnés du journal LE SIÈCLE.

**HISTOIRE DE LA RÉVOLUTION DE 1848, par Garnier-Pagès.**
Onze volumes in-8°. — Prix ; 58 fr., et 30 fr. seulement pour les abonnés du journal LE SIÈCLE
Ajouter 75 c. par volume pour recevoir franco par la poste.
N. B. — Afin de faciliter aux abonnés l'acquisition de l'un ou l'autre de ces ouvrages importants, il leur sera
loisible de se les procurer par partie de deux volumes chaque, au prix de 8 fr. pour la Révolution de 1848, et 6 fr. 25
pour les Deux Restaurations, pris aux bureaux du journal, 11, rue Chauchat, et 75 c. en plus par la poste.

# CATALOGUE
## Des publications littéraires du SIÈCLE.

### PARIS, 25, RUE CHAUCHAT.

## AVANTAGES RÉSERVÉS AUX ABONNÉS DU JOURNAL LE SIÈCLE.

Tout Abonné au SIÈCLE a droit, en outre la prime gratuite, à une remise de cinquante pour cent sur le prix marqué de tous les ouvrages qui renferme ce Catalogue.

Les demandes des départements doivent être affranchies et contenir leur montant en un mandat sur la poste ou à vue à l'ordre de M. le Directeur-Gérant du SIÈCLE. On devra ajouter à la demande le prix du port, qui est, par chaque volume, de 1 franc pour ceux de la première catégorie; de 75 centimes pour ceux de la deuxième; de 50 centimes pour ceux de la troisième; de 25 centimes pour ceux de la quatrième.

## Première catégorie.

### MUSÉE LITTÉRAIRE.

**1re série.** — L'Abbé Tigrane, Les Combezous, Barnabé, FERDINAND FABRE; Les Demoiselles de Saint-Denis, ALEXANDRE DE LAVERGNE. PRIX: 6 fr.

**2e série.** — Son Excellence Eugène Rougon, ÉMILE ZOLA; Marianne, ANDRÉ LÉO; Les Six Barons de Septfontaines, DE BANVILLE; Le Vieux Tricheur, ALBERT MARIE; Le Cœur de M. Valentin, ROBERT HALT. PRIX: 6 fr.

**3e série.** — Le Train 17, JULES CLARETIE; Méridona Catoga, ACHIM DE ARNIM; Meidona, HENRI DE LACRETELLE; Hanna la Folle, C. COLOMBIER; Les Frères d'adoption, JULES MARY; Le Parrain d'Antoinette, ALEXANDRE DE LAVERGNE. PRIX: 6 fr.

L'Auberge du Monde, HECTOR MALOT. PRIX: 6 fr.
Les Batailles du Mariage, HECTOR MALOT. PRIX: 6 fr.

**9e série.** — Les sept Péchés capitaux: l'Orgueil, l'Envie, la Colère, la Luxure, la Paresse, l'Avarice, la Gourmandise, E. SUE. PRIX: 6 fr.

**10e série.** — Les Catacombes de Paris, Élie BERTHET, la Gorgone, DE LA LANDELLE; Gabrielle, Mme ANCELOT. PRIX: 6 fr.

**20e série.** — Marcel, FÉLICIEN MALLEFILLE; Les Frères de la Côte, E. GONZALÈS; Le Conseiller d'État, E. SCRIBE; Le Notaire de Chantilly, L. GOZLAN; Hermione Sénéchal, Hélène Raynal, PAUL FÉVAL. PRIX: 6 fr.

**21e série.** — Le Chemin le plus court, ALPH. KARR; l'eau le lépreux, EMMANUEL GONZALÈS; Blanche Mortimer, ADRIEN PAUL. PRIX: 6 fr.

**22e série.** — Le Chevalier de Floristhnac, À côté du bonheur, A. PAUL; Les Émigrants, E. BÉRARD; Un Corsaire sous l'Empire, FULGENCE GIRARD; L'Or est une chimère, la Traite des Blanches, Sans Famille, MOLÉRI. PRIX: 6 fr.

**23e série.** — Ihadus le Ressuscité, M. MASSON et A. LUCHET; La Belle novice, E. GONZALÈS; Le Marquis de Mouclar, Mme Leblanc, MOLÉRI, Le Nouveau monde, O. COMETTANT. PRIX: 6 fr.

**26e série.** — Frère et sœur, A. LUCHET; Ivanhoe, WALTER SCOTT, trad. de Victor Perceval; La Bryade de Clairefont, E. BÉRARD; Les Proscrits de Sicile, E. GONZALÈS. PRIX: 6 fr.

**27e série.** — Les Géans de la mer, DE LA LANDELLE; Le Vengeur du mari, EMMANUEL GONZALÈS. PRIX: 6 fr.

**29e série.** — L'homme des bois, ÉLIE BERTHET; En Amérique, en France et ailleurs, OSCAR COMETTANT; Bernard le potier de terre, Etienne Giraud, MOLÉRI; les Duels de Valentin, ADRIEN PAUL. PRIX: 6 fr.

**30e série.** — Une Belle de Jour, Les finesses de d'Argenson, ADRIEN PAUL; La Fatalité, Guillaume, Suzanne, MOLÉRI; Le Gentilhomme verrier, ÉLIE BERTHET; Le Chasseur d'hommes, EMMANUEL GONZALÈS. PRIX: 6 fr.

**31e série.** — Robin Hood, PIERCE EGAN traduction de Victor Perceval; Marcelline Vauvert, FULGENCE GIRARD, Les Sabotiers de la forêt Noire, EMMANUEL GONZALÈS; les Martyrs de la Pologne, LOUIS NOIR. PRIX: 6 fr.

**32e série.** — La Belle aventurière, Vte PONSON DU TERRAIL; Les Autodafistes des Vosges, les Marquards, une Noce dans le Poitou, ALFRED MICHIELS; Sur nos Grèves, Gina Édouna, FULGENCE GIRARD; PRIX: 6 fr.

**33e série.** — Le Serment des quatre valets, Vte PONSON DU TERRAIL; Souvenirs d'un simple Zouave, L. NOIR. PRIX: 6 fr.

**34e série.** — La Reine des barricades, PONSON DU TERRAIL; Jeanne de Valentin; L. BLANC; Les Mémoires d'un Ange, E. GONZALÈS; Les Chasseurs de chamois, A. MICHIELS. PRIX: 6 fr.

**35e série.** — Comment on aime, ETIENNE ENAULT; Le Frémillard saignant, LOUIS NOIR; Les sept baisers de the Morghan, E. GONZALÈS et NOÉRI; Le Curé du Peuple, Jean Leton, GUSTAVE CHADEUIL. PRIX: 6 fr.

**36e série.** — Jacques la Hache, LOUIS NOIR; Les Petits drames bourgeois, MOLÉRI; La Boule aux 1,000 têtes, Les Trois Horreurs, EMMANUEL GONZALÈS. PRIX: 6 fr.

**37e série.** — Le Colonel d'Algérie, E. BERTHET; Les Amours du Vert-Galant, la Magicienne du roi, une Princesse russe, Le Serment des trois veuves, Gianzurzolo, Jacqueline, l'Épave, Mes Jardins de Monaco, E. GONZALÈS; La Terre promise, Banho, un Don Juan sur le retour, Partie et Revanche, MOLÉRI. PRIX: 6 fr.

**38e série.** — Le beau Galaor, Vte PONSON DU TERRAIL; L'hôtesse du Connétable, E. GONZALÈS; La Comtesse, VICTOR PERCEVAL; Le Calvaire des Femmes, M.-L. GAGNEUR. PRIX: 6 fr.

**39e série.** — La seconde jeunesse du roi Henri, PONSON DU TERRAIL; l'Épave de Suzanne, E. GONZALÈS, Campagnol du Mexique, L. NOIR; les Cyniques, etc. J. VILBORT. PRIX: 6 fr.

**40e série.** — Chroniques de la marine française, République, FULGENCE GIRARD; Contes d'une nuit d'hiver, ALFRED MICHIELS; le Dragon rouge, LÉON GOZLAN; la Tour du télégraphe, ÉLIE BERTHET. PRIX: 6 fr.

**41e série.** — Contes des Montagnes, A. MICHIELS; le Faubourg mystérieux, L. GOZLAN; Souvenirs de Fontainebleau, A. LUCHET; Un Mariage sous le Second empire, H. MALOT; Les Prussiens en Alsace-Lorraine, RACH. PRIX: 6 fr.

**42e série.** — Jean Burt et charles Keyser. — Les Grands de Portugal, l'Usurier sentimental, — la plus heureuse des Femmes, l'École de la vie, DE LA LANDELLE. PRIX: 6 fr.

**43e série.** — Les Icones de l'honneur; — l'Enfant trouvé, — Histoire d'une conscience, — Mademoiselle de Champrosay, ÉTIENNE ENAULT; les Crimes inconnus, E. BERTHET. PRIX: 6 fr.

**44e série.** — Chroniques de la marine Française (Europe), FULGENCE GIRARD; Les Muscadins, JULES CLARETIE. PRIX: 6 fr.

**45e série.** — Une Belle-Mère, H. MALOT; Léa, ALFRED ASSOLANT; Le père Brafort, ANDRÉ LÉO; La Conquête de Plassans, ÉMILE ZOLA. PRIX: 6 fr.

**46e série.** — L'héritage d'Arthur, HECTOR MALOT; La grande Illusion des petits Bourgeois, ANDRÉ LÉO; La Marchande à la toilette, FÉLIX DERIÈGE; PRIX: 6 fr.

## Deuxième catégorie.

### ŒUVRES CHOISIES D'EUGÈNE SUE.

**Tome 1er. 1re PARTIE.** — Latréaumont, — Jean Cavalier ou les Fanatiques des Cévennes. — Le Colonel de Survile, Godolphin-Arabian. PRIX: 4 fr. 50

**Tome 2e. 1re PARTIE.** — La Salamandre, — Atar-Gul, — Plick et Plok. — La Vigie de Koat-Ven. PRIX: 4 fr. 50.

**Tome 3e. 2e PARTIE.** — La Coucaratcha. — Le Commandeur de Malte. — Le Morne-au-Diable. — Les Aventures de Hercule Hardi; Kardiki. PRIX: 4 fr. 50

### NOUVELLES ET ROMANS CHOISIS D'ÉLIE BERTHET.

**Tome 1er. 1re PARTIE.** — Le Colporteur, le Val d'Andorre, la Croix de l'affut. — la Maison maudite, le Pacte de famine, une Passion, le Dernier alchimiste, la Tour de Zizim, le Chasseur de marmottes, — Le Roi des ménétriers. — Le Nid de cigognes. — La Mine d'or. PRIX: 4 fr. 50

**Tome 2e. 2e PARTIE.** — L'Étang de Précigny, — Richard le fauconnier, la Ferme de l'Oseraie, — La Belle Drapière, le château d'Auvergne. — Le Réfractaire, le Cadet de Normandie. PRIX: 4 fr. 50

3

Paris.— Imprimerie J. Voisvenel, 24, rue Chauchat.

Henri de Lacretelle.

# MENTANA

I

Landreux, soldat dans un régiment de ligne, brossait les habits de son maître, le capitaine André Amyot.

La douzième heure sonnait d'église en église dans les rues ; on était au printemps de 1865, et l'armée française occupait Rome. A côté du brosseur parisien, Ronciglione, valet de monsignor Ferrando, époussetait une soutane courte et faisait briller des souliers à boucles d'argent. Le petit flot de la poussière montait dans la cour d'une maison de la via Frattina. Monsignor Ferrando, principal locataire, louait au mois les chambres garnies de cet immeuble, qui avait vieilli, sans acquérir la majesté de l'âge. Monsignore n'était pas riche, et il fallait bien augmenter par l'industrie le revenu qu'il tirait d'une petite place au ministère des armes, et de quelques libéralités officieuses, remises de la main à la main, dans quelques palais où il y avait des douanières, et où on avait besoin d'un ténor qui n'appartînt pas au théâtre. La maison de la via Frattina se prêtait à cette destination lucrative.

En face de l'allée qui donnait sur la rue, on voyait, entre deux colonnes corinthiennes supportant un portique, un vestibule qui aboutissait à l'escalier. Presque toutes les demeures romaines affectent un caractère décoratif. Des statues, boitant un peu sur leurs socles, trahissaient, à droite et à gauche, des nudités d'anciennes déesses mythologiques, assez délabrées pour ne pas offusquer des regards ecclésiastiques, et purifiées par le voisinage d'une madone toute rayonnante dans son albâtre. Deux larges pièces tenant la largeur de la façade, l'une comme salle à manger, l'autre comme salon, continuaient, avec des fresques licencieuses et des ornements de sacristie, l'audacieux mélange du profane et du sacré. Cette masure froide avait-elle appartenu, pendant le dernier siècle, à un cardinal ou à une danseuse ? Un couloir distribuait les chambres aux deux étages, et un atelier s'adossait au haut de la terrasse. Il était probable qu'excepté aux heures rares où l'amour y était entré, on avait dû s'ennuyer, de génération en génération, dans ces chambres, autant qu'on le faisait à cette époque de la bienheureuse occupation française. Il y avait sur les murs une couche d'humidité laissée par les brouillards du Tibre, et de spleen déposé par les Français ; car, depuis dix-sept ans, il avait passé le détroit, et nous l'exportions. La joyeuse Angleterre l'avait cédé aux sujets de l'Empire.

Cependant Landreux n'en paraissait pas atteint. Il disait en riant à Ronciglione, dans un italien de fantaisie dont huit mois de garnison lui fournissaient le vocabulaire :

— La douillette de ton patron sent crânement la poudre d'Iris.

— Monsignor ne cause pas avec les dames, répondit le valet, qui était un apostolique.

— Bah ! au tribunal de la pénitence. Seulement la voilette se confesse trop souvent à la soutane.

— Monsignor n'a pas les pouvoirs pour donner les sacremen s, et il aurait droit de se marier en changeant la couleur de ses bas. Vous ne connaissez pas Rome, et vous tenez des propos que vous pleurerez un de ces jours en enfer, répondit Ronciglione. Vous êtes bien de l'école de votre capitaine.

— Pourquoi te permets-tu d'avoir une opinion sur mon chef, paysan illettré? reprit Landreux en jouant avec sa brosse comme avec la poignée d'un sabre.

— Parce que la conduite de M. Amyot est faite pour offenser des yeux chrétiens. Il ne se découvre pas dans la rue quand passe la livrée d'un cardinal, et il ne va à la messe que lorsqu'il y est mené par son général, qui pense mieux que lui.

— Le général, je le respecte jusque dans ses erreurs; mais je n'entends pas qu'on fasse des remarques sur mon capitaine.

— Les chiens de la place les feraient aussi bien que moi, car enfin pour quelles raisons êtes-vous sur les dalles de la ville ? Ce n'est pas seulement pour faire renchérir la charcuterie et pour courir après nos femmes ?

— Es-tu marié, mon Ronciglione ? Dis-moi quel est le jour de ta femme; j'irai la voir. En 1885, vos enfants auront plus d'esprit que vous.

— Vous êtes ici pour autre chose, répondit Ronciglione en continuant son idée et son nettoyage. Le jour où les pantalons rouges ont emboîté le pas devant nos boutiques, nous avons senti que des étrangers venaient nous voler beaucoup de choses, mais nous sommes résignés à tout en pensant que ces pantalons-là donneraient la chasse aux chemises rouges.

— Eh bien après? répondit le brosseur.

— Eh bien ! le seigneur Amyot a été vu au café Ruspoli avec des figures que Mazzini doit saluer. Votre capitaine ferait-il tirer ses hommes sur les révolutionnaires ? Toute la question est là.

Landreux allait répliquer vertement, mais monsignor Ferrando, qui revenait de l'église, parut au fond de l'allée, et les serviteurs se remirent au travail.

Ferrando était déjà vieux pour un monsignor, il accusait trente ans. Sa face osseuse devait sans doute s'arrondir un jour dans les dilatations de l'épiscopat, mais elle était encore marbrée par les pâleurs maigres d'une ambition inquiète; ses yeux profonds jetaient sur ses joues des lueurs cruelles. On s'accordait à en faire un sectaire du Gésu. De nos jours, le jésuite a changé de physionomie

et s'est fanatisé : Ignace tourne à Torquemada.

Ferrando rendit légèrement à Landreux le salut militaire dont celui-ci le gratifia, et, s'arrêtant à gauche devant un hangar qui fermait un des côtés de la cour, et levant les yeux vers une fenêtre étroite qu'on devinait en haut, au-dessus des planches pourries, il dit à Ronciglione :

— Comment va la Tizzone ce matin?

— Elle a crié toute la nuit comme une pintade, et ce sera miracle, si elle ajoute une semaine aux quatre-vingts ans que Dieu lui a comptés. Cependant, à cause de vous, Excellence, j'ai été avertir le docteur Donato.

— C'était fort inutile, la vieille femme ne doit plus avoir besoin que des secours spirituels; tu passeras tout à l'heure chez un curé et tu diras à Donato qu'il aille à ses affaires. J'espère que tout sera terminé ce soir et que nous n'aurons plus cet embarras dans la maison.

Il s'éloigna ensuite et entra dans le vestibule, où il s'agenouilla devant la madone.

Lorsqu'il eut disparu par l'escalier, Landreux se tourna vers Ronciglione :

— Dis donc, reprit-il, la Tizzone n'est-elle pas la nourrice du nommé Ferrando ?

— Sans doute; vous voyez comme il pense à son âme !

— Ne lui a-t-elle pas servi de mère dans la montagne, celle de Ferrando étant morte, et n'a-t-on pas raconté qu'elle avait continué à lui donner son lait, malgré la fièvre de la maremme, ce qui la mettait chaque jour en danger de mort?

— Puisque vous savez si bien l'histoire, il est inutile de me questionner fit aigrement Ronciglione.

— Elle était déjà à moitié paralysée, quand elle s'est mise en route avant-hier, pour venir apporter le prix du fermage du petit domaine d'Aquapendente, car elle savait que le plus souvent Ferrando n'a d'argent qu'aux boucles de ses souliers, continua Landreux.

— Qui vous a instruit de tous ces détails?

— Mˡˡᵉ Titia, qui n'est pas fière, pour la sœur d'un prélat.

— Et qu'est-ce que vous tirez de ces confidences-là ? Ce n'est pas en les ramassant que vous deviendrez sergent.

— J'en tire que monsignor Ferrando est tendre comme une peau de tambour.

Ronciglione chercha une diversion.

— Vous n'enlèverez jamais toute cette boue-là, reprit-il en regardant la tunique que Landreux brossait frénétiquement. Le capitaine a été mouillé à la revue et ce serait plus court de faire sécher ses habits à une flambée.

— Où prends-tu la flambée? Dans votre maudite ville, il n'y a de cheminée qu'à nos fusils.

— En voilà une qui servait autrefois à un four de lessive, dit Ronciglione en démasquant le fond du hangar, obstrué de barriques, et nous y trouverons quelques mauvaises planches.

— C'est, ma foi ! vrai, reprit Landreux ; tu aurais dû avoir de l'esprit une heure plus tôt. Je ne me serais pas noirci les mains, à ce point que je n'oserais plus les tendre à la foule, si elle me demandait à les baiser, dans un élan d'enthousiasme pour ses libérateurs.

Ils jetèrent des copeaux et des restes de caisses dans l'âtre abandonné, et bientôt le caban s'étendit sur une chaise, devant un brasier rayonnant.

Landreux se mit à travailler les bottes du capitaine.

Ronciglione le considérait avec estime.

Les bottes reluisaient ainsi que des lames d'acier poli.

— Vous n'avez cependant pas toujours fait ce métier-là ? dit-il.

— Ma foi ! non, mais le Parisien s'adapte à toutes les fortunes. J'ai été clerc d'huissier et rédacteur d'une feuille à 5 centimes. J'étais en route pour devenir sénateur, quand un caprice m'a promu brosseur. De tout un peu, c'est ma devise, excepté avec les dames... Mais je te tiens un langage au-dessus de ta portée. Cirons nos maîtres, mon Ronciglione, en attendant qu'on me cire moi-même. J'arriverai à l'intendance, c'est mon rêve, et quand j'aurai ma retraite et une maison de campagne, je penserai à toi pour te faire couver des œufs de cane.

Ronciglione préparait une réponse digne et sévère, quoique la verve de ce Napolitain du Nord lui en imposât. A ce moment, des pas attirèrent son attention.

Titia entrait dans la cour.

Elle ne demeurait pas chez son frère, qui logeait trop de jeunes gens, mais, autant que ses occupations le lui permettaient, elle essayait de venir tous les matins donner à la gouvernante quelques conseils de ménage.

Elle essayait, parce que bien des incidents l'arrêtaient en route.

Elle était fort connue dans les rues.

Sa popularité ne tenait pas à sa seule beauté. On lisait tant de choses dans ses yeux, qu'on ne s'apercevait presque pas qu'elle les avait superbes. Dès qu'elle paraissait au coin d'une place, des gens descendaient d'un cinquième d'où ils la guettaient, ou sortaient d'une boutique dans laquelle ils s'occupaient plus de son passage que de celui des acheteurs.

Des hommes à grande barbe et des légistes au menton rasé, parfois des ecclésiastiques, s'approchaient furtivement d'elle et lui disaient deux mots à l'oreille ; elle en

répondait quatre, et ils s'en allaient contents.

Ce n'était pas des mots d'amour : sa jeunesse restait pure, et, si elle souriait, la bonté et non la gaieté ouvrait ses lèvres. Du reste, franche et soudaine, ainsi que toutes les filles du Tibre, elle traînait après elle comme une atmosphère sérieuse qui la faisait respecter.

— Mon frère est-il rentré ? demanda-t-elle à Ronciglione.

— Oui, signorina. Son Excellence va faire apporter ici un nouveau modèle de carabine ; nous l'essayerons dans la cour, en attendant qu'on l'expérimente contre les garibaldiens.

— C'est une distraction angélique ! répondit Landreux, non interrogé.

Titia réprima un mouvement d'impatience qui frémissait sur sa bouche, et reprit en s'adressant au soldat :

— Est-il vrai que deux régiments de plus doivent nous arriver de France ?

— On l'a dit au quartier, et c'est fort triste, d'abord parce qu'il n'y aura plus assez de place pour nous dans les casernes, et ensuite parce que cette surabondance fait faire aux demoiselles de la ville des questions très-imprévues.

Titia rougit.

— Vous avez une mauvaise opinion de moi, monsieur Landreux, dit-elle.

— Dieu m'en garde ! Mais, quoique vous soyez plus jolie que je n'ose vous le dire, n'ayant pas encore d'épaulettes, je ne puis pas m'empêcher de penser qu'il y a des moments où vous n'êtes pas assez femme : ceux, par exemple, où vous mettez des adresses sur des lettres de convocation dans votre petite maison du Pincio. Vous devez parler latin, signorina ? C'est effrayant !

Elle regarda le jeune soldat, dont la physionomie était devenue sérieuse.

— L'uniforme vous donne une très-grande liberté, répliqua-t-elle.

— De langage seulement, ne confondons pas. Mais je vous demande pardon : j'oublie trop souvent que je ne suis qu'un pauvre garçon qui reçoit presque un gage.

— Vous aviez raison tout à l'heure, répondit-elle doucement ; je ferai en sorte de me souvenir de mon sexe.

Elle s'engageait sous le hangar, elle atteignit la mansarde, elle entra dans la petite pièce et s'approcha du lit. On l'entendait de la cour, car sa voix, grave ordinairement, s'était adoucie dans l'émotion.

— Es-tu mieux, ma Tizzone ? dit-elle à la vieille femme. Il ne faut pas t'affliger si mon frère ne monte pas te voir. Tu en as fait un homme, et il travaille au gouvernement. Il m'a chargée de le remplacer. J'ai été acheter un matelas pour que tu puisses mieux l'étendre. Il y a un cierge qui brûle à ton intention, sous l'autel de droite, à Ara Cœli. Tu guériras vite. Je te veillerai la nuit prochaine, et avant huit jours, je te reconduirai à Aquapendente, dans une berline, comme un cardinal. Tu verras encore rentrer la moisson et couler le vin en septembre. Pourquoi pleures-tu ?

— J'avais bien cru que mon lait ferait de Giulio un patriote, répondit la Tizzone. C'est quand j'ai été sûre qu'il allait avec les ennemis de l'Italie, que je suis tout à fait tombée. Il aurait été l'enfant de mon amour que je ne l'aurais pas baisé davantage, le bambino ! Et cela a fait un traître !

— Est-ce qu'on attend toujours quelqu'un à Aquapendente ? demanda ardemment Titia.

— Oui, et il sera bien reçu. Si tu savais, ma Titianina...

— Ne l'excite pas. Moi, je n'ai pas bu ton lait, mais j'ai respiré ton esprit. Le souffle des honnêtes gens descend dans la poitrine des petits enfants, et cela fait leur âme ensuite. Prends cette orange et dors ! Nous reverrons un jour la république.

Titia descendit. Une minute après, des volets s'ouvrirent au second étage de la maison, et Amyot se montra en saluant d'un bâillement la journée qui commençait. Il ne fit pas attention à Titia. Elle leva la tête au bruit des volets, ses joues brunes se colorèrent, et elle regagna la rue.

Le capitaine avait une tête remarquable et une très-grande tournure, surtout quand il n'était pas en uniforme. Jeté à Saint-Cyr par son père, fanatique de la légende napoléonienne, fait pour la méditation et non pour l'escrime, enthousiaste de la liberté et critique intelligent de la servitude disciplinaire, lisant Rousseau plus que Jomini, et abhorrant la guerre, qui ne résolvait jamais rien, suivant lui. Néanmoins il se résignait extérieurement, et faisait toujours bonne figure au milieu des rangs. Il avait le soin d'expulser ses idées, comme des étrangères révoltées, aussitôt qu'il se trouvait au milieu de sa compagnie. La garnison de Rome lui était odieuse à plus d'un titre, et il se punissait d'être un oppresseur en s'ennuyant beaucoup de sa petite part de dictature. Malgré sa réserve, certains symptômes involontaires avaient laissé entrevoir à ses soldats et à la population curieuse qu'il ne soutenait pas le pouvoir temporel de gaieté de cœur. Il flairait un ennemi dans Ferrando et en voulait à Titia d'avoir un frère si pâle ; il ne lui parlait guère, ignorait les choses de la maison, et passait tout son temps dans sa chambre, quand il n'était pas de service ou à cheval dans la campagne romaine. Il ne paraissait pas dépenser une baïoque au delà de ses appointements,

et on ne lui connaissait aucune aventure galante.

Roncigliono et Landreux s'étaient remis silencieusement à leur besogne sous les yeux du capitaine ; tout d'un coup il les ouvrit mieux et s'écrie :

— Qui, diable ! a mis le feu au hangar ?

Il était accoudé à son mur et ne bougeait pas, paraissant se préoccuper fort peu de l'incendie d'une partie de la ville Éternelle.

Le brosseur et le domestique poussèrent des exclamations. Une fumée sombre sortait de haut en bas par toutes les fissures des planches ; la flamme avait trouvé des trous et une suie séculaire dans la vieille cheminée : tout allait brûler comme du phosphore, au moindre souffle d'air ; l'escalier que Titia venait de quitter se noircissait déjà.

Le hangar était adossé à une maison contenant une galerie de maîtres italiens, dont les splendeurs donneraient un aliment facile à la flamme. De la galerie, l'incendie pouvait voler sur un toit sec, se verser sur des magasins de bijouterie et s'abattre et se renouveler en une heure, dans tout un pan de Rome, un des spectacles que se donnait Néron.

Roncigliono courut dans la rue en criant ; Landreux jeta un seau dans le puits ; Monsignor Ferrando détala au plus vite, fou de terreur, parce qu'il pouvait perdre ses meubles. Des voisins et des passants arrivèrent ; on envoya chez les pompiers qui étaient fort loin. L'escalier du hangar crépitait, et des langues rouges léchaient partout les lambris. Amyot ne bougeait toujours pas de sa fenêtre.

Cependant Ferrando disait en blasphémant :

— C'est le caban de cet officier qui est cause de tout. Il me devra plus de vingt mille livres.

Cependant un personnage près de la porte se remuait plus que les autres. Le prince de Monte-Feltro, chef de bataillon dans un régiment du pape, et une base de colonne du pouvoir clérical, quoiqu'il eût du sang romain, de la meilleure source. Assez jeune et la physionomie ouverte, on le citait pour ses réparties et pour son entrain. Il semblait se souvenir que le joyeux Bandello avait dédié un conte à un de ses aïeux, et il n'appartenait au parti de la résistance que pour jouer un rôle et dépenser son esprit à quelque chose.

Il tendit la main à Ferrando, qui le jalousait pour son influence, et lui dit cordialement :

— C'est la première fois de ma vie, monsignor, mais le malheur rapproche les antipathies. Votre maison fera une belle girandole dans cinq minutes. Quel meuble faut-il sauver d'abord ? Conduisez-moi.

— Il y a toute ma correspondance dans le secrétaire en bois de rose, répondit Ferrando éperdu. Papiers d'Etat, mon prince !

— Rien des femmes, j'espère ?

— Ah ! seigneur prince.

— J'ai des épaules de portefaix, à ce que prétendent ces dames. Vous allez voir !

Monte-Feltro entrait dans le vestibule.

Il s'arrêta brusquement, et toisant le hangar :

— Aucun être vivant dans cette masure, n'est-ce pas ? demanda-t-il à Ferrando.

Celui-ci arriva presque à rougir.

— Une vieille femme, mais il est impossible de monter vers elle, dit-il faiblement.

— D'ailleurs, les médecins ont déclaré qu'elle mourrait avant la vingt-deuxième heure, dit Ronciglione, qui voulait faire du zèle. La fortune de monsignor avant tout.

— Sang du Christ ! vous parlez tous comme des larrons ! s'écria Monte-Feltro, en renversant les gens entassés dans la cour et en se précipitant vers le hangar.

— Bravo au prince ! dirent quelques voix.

Pourtant il ne monta pas. Les marches de l'escalier tombaient une à une; la chaleur du vaste brasier en défendait les approches.

— Une échelle ! cria le prince. Dix écus à qui m'apportera une échelle !

— Elle viendrait trop tard, monsieur ! dit un accent mâle à côté de lui. Laissez-moi passer.

Amyot s'était décidé à descendre. C'était lui, car une de ses maladies était la fièvre du dévouement. Un souffle d'enthousiasme courut dans la foule. Monter là-haut, c'était monter à la mort, plus infailliblement que Jeanne Darc sur son bûcher. Il était impossible que la flamme n'eût pas raison de ces os et de cette chair.

On se suspendit à ses vêtements pour le retenir.

— Puisqu'on vous dit qu'elle a quatre-vingts ans, et que son rhumatisme est remonté au cœur ! hasarda une voisine en retenant les mains du capitaine. On n'expose pas ainsi un bel oiseau d'amour !

— Votre vie vaut mieux que la sienne, ajouta un capucin; vous devez vous réserver pour la défense de l'Eglise. C'est pour cela qu'on vous a envoyé ici.

— Et il vaut mieux nous aider à jeter de l'eau sur les maisons voisines que de tenter un miracle, à propos d'une vieille infirme, ajouta le propriétaire du mur mitoyen.

— Mais cette échelle du diable qui ne vient pas ! hurla le prince.

Il avait honte de laisser un autre accomplir le sauvetage. Il mit un pied sur une des marches : sa botte se calcina aussitôt.

Il n'osa pas aller plus loin.

Les pompes ne se montraient pas. Le toc-

sin commençait à une église du quartier. Durant les intervalles de la sonnerie, on entendait quelques appels étouffés dans la mansarde. Une main avança, voulant ouvrir la lucarne : la force lui manqua.

Amyot sentait l'horreur redresser ses cheveux.

La réussite était chimérique; mais il y avait près de lui une créature de Dieu, il tenta sa chimère.

Il prit une cognée qui se trouvait parmi les débris, et commença par briser l'escalier de bois qui alimentait l'incendie. Puis il se cramponna aux aspérités de la muraille continuant la maison principale. Il parvint à la hauteur de la mansarde. Il ne pouvait la rejoindre que par une poutre restée encore sur le plancher, et se consumant déjà. La fumée l'empêchait de voir : les crépitations sourdes lui défendaient d'entendre. Il alla toujours, conservant son équilibre dans ces périls et les douleurs de sa chair. Un instant après, il s'engouffra dans le taudis.

Landreux revint avec quelques soldats. Quand on lui apprit la témérité de son capitaine, il se maudit pour n'avoir pas été présent et ne pas l'avoir suivi.

Les flammes semblaient courir sur les pas qui venaient les braver; elles emportaient, à chacun de leurs souffles, des lambeaux du pauvre bâtiment. On ne reverrait plus rien de cet audacieux.

L'approche de la catastrophe laissait Ronciglione assez indifférent. L'eau arrivait sur la maison de monsignor, qui ne risquait plus rien. C'était le point important.

On admirait trop Amyot autour de lui :

— Bah ! dit-il, il aura servi dans les pompiers avant d'entrer au régiment. Nous assistons tous les jours à ces miracles-là !

Monte-Feltro lui coupa la parole, d'un coup de canne.

— Bête malfaisante, cria-t-il, ne bave pas sur le courage. J'ai reculé, moi, Monte-Feltro ! Et puis les pompiers valent mieux que les sacristains.

Ferrando ne jugea point à propos de prendre la défense de son serviteur, mais il eut une haine de plus contre le prince.

— Et ce Français ne connaissait pas même de vue la vieille paysanne ! fit une Transtévérine. Il n'avait pas trente ans !

— Sainte Vierge ! cria la voisine qui avait retenu le capitaine de ses mains, voici la fenêtre qui s'ouvre tout à fait.

Amyot parut tout pâle et le front ruisselant; il avait traversé plusieurs cercles d'agonie. Il tenait la Tizzone dans ses bras.

— Un matelas ! dit-il d'une voix épuisée.

Le matelas fut apporté. Avant de la laisser glisser sur le sol, il embrassa ses cheveux blancs.

Les mains applaudirent avec frénésie; les larmes étaient montées dans tous les yeux, devant un des simples gestes de ce héros inconnu.

La Tizzone tomba doucement.

Amyot la rejoignit. Il était noir. Il arrivait d'un de ces champs de bataille qu'il aimait, de ceux où on donne la vie, non la mort.

Il ne montrait aucune blessure. Le chemin avait été du feu, mais la chambre où était le lit ne flambait pas encore.

— Vive la France! cria-t-on d'une seule voix, quand il passa au milieu de la cour.

Monte-Feltro lui tendit les mains.

— Capitaine, dit-il, comment vous appelez-vous?

Amyot sourit.

— Je m'appelle le devoir, si vous voulez, répondit-il.

— Précisez, monsieur. Il n'y a pas tant de noms dont on aime à se souvenir. D'ailleurs, soyez tranquille, je n'ai pas d'influence sur les cardinaux, et ils ne canonisent que les saints Labres!

— Je ne me dérobe jamais, monsieur : je me nomme André Amyot.

— Eh bien! André Amyot, vous avez un ami, à dater de cette heure, par le sang de Dieu!

## II

Amyot remonta dans sa chambre, épongea avec Landreux sa garde-robe compromise par l'inondation bienfaisante, fuma sa pipe, se fit servir du chocolat comme à l'ordinaire, évita de rencontrer Ferrando, ne s'inquiéta même pas de la Tizzone qu'il s'était contenté de sauver, et ne se douta pas un instant que Rome entière s'occupait de lui. Le colonel de son régiment reçut des lettres de félicitation; le saint-père, en revenant de dire sa messe, s'arrêta dans une embrasure du Vatican, pour écrire son nom sur un agenda particulier, ce qui aurait pu être une entrée en matière pour la béatification. Les colporteurs de nouvelles, si bien reçus dans une ville qui n'avait presque pas de journaux, firent une tournée de visites pour raconter l'aventure; et un prélat oublia qu'il avait vingt patriotes à exiler, et s'attarda aux détails de cet épisode matinal. L'histoire fit aussi son chemin de boutique en boutique, via Condotti et au Corso; le correspondant du *Times* envoya une dépêche, car l'événement pouvait populariser la France et prendre ainsi une couleur politique. Enfin tous les déjeuners furent trop cuits, les cuisiniers s'étant distraits à raconter l'histoire aux caméristes.

A la vingt et unième heure, Amyot se rendit sans défiance au cercle des officiers. Rome coudoya son héros sans le reconnaître, et lady Uncarthley renvoya son valet, qui ne l'avait pas averti que le capitaine traversait la rue.

Amyot fut acclamé d'abord par les porteurs d'épaulettes, car la jalousie entre collègues est rarement spontanée, et on ne voyait pas encore que la chose pût modifier la place d'Amyot sur le tableau d'avancement.

— C'est égal, lui dit un lieutenant-colonel qui l'avait beaucoup trop loin derrière lui pour le craindre, vous nous aurez peut-être évité une affaire dans les rues, et vous avez envoyé une fière douche refroidissante au comité d'action.

— Avouez que vous vous entendiez avec la vieille, et que vous possédez une recette pour être incombustible auprès des femmes, ajouta le vicomte de Saturnin, qui servait dans les zouaves.

— Attendez-vous à voir vendre votre photographie à deux baïoques dans les rues. Vous serez affreux!

Toutes ces apostrophes se croisaient dans la salle du billard et au-dessus des tables de whist, à mesure qu'Amyot s'avançait.

Il ne répondait que par des sourires, mais il trouvait cet enthousiasme très-bête.

— A propos, reprit Saturnin, vous savez qu'on a autorisé pour ce soir un bal masqué au théâtre Valle? Il s'agit de faire des fonds pour les juifs convertis.

— Très-bien! dit Amyot indifférent.

— Une des dames patronnesses m'a chargé de vous supplier de vous y montrer à visage découvert. A votre place, je tâcherais de me faire quinze mille livres de rentes avec mon héroïsme. Viendrez-vous?

— J'exècre le bal, répondit Amyot.

Un des valets du cercle le rejoignit.

— Voici une lettre envoyée via Frettina et que l'ordonnance du capitaine apporte, dit-il.

Amyot ouvrit négligemment ce billet, tracé par une main inconnue; mais il rougit en le lisant.

On l'invitait à se trouver à ce bal, où une dame attendrait le mot de sa destinée. Il courait de la flamme, de la jeunesse et du parfum sur ces lignes élégantes et hâtives. Amyot se consumait dans l'oisiveté depuis quelque temps.

— Ainsi vous irez? reprit Saturnin.

Amyot était décontenancé par cette pénétration.

— Puisque c'est pour une bonne œuvre! répondit-il.

Le théâtre Valle est un des moins vastes de l'Italie, ainsi qu'il convient dans une ville où le gouvernement des prêtres tolère les spectacles plutôt qu'il ne les encourage. La salle est mesquinement ornée, mais ce soir-là, on s'était mis en frais d'éclairage et de fleurs ; le printemps s'y épanouissait dans une lumière radieuse. Les loges ruisselaient sous les diamants que l'aristocratie romaine entasse depuis des siècles dans ses bahuts. Les consonnes sonores de la langue du Tasse chantaient, de gradins en gradins, sous les mélodies de l'orchestre ; les concetti couraient sur le plancher du parterre uni à la scène ; les costumes de cent époques se tordaient dans le délire de la danse. Les nations opprimées sentent plus que les autres l'ivresse de la fête, car la fête leur donne l'heure de la liberté. Des harangues imitées des Gracques interrompaient les dialogues hardis de l'amour. On démolissait le Vatican et le château Saint-Ange entre deux quadrilles, et les oreilles administratives qui pouvaient être là ne s'en effrayaient pas. Il passait dans l'air des révoltes dont souriaient, dans les loges, les dames du pouvoir temporel. Il était bon que des soupapes éphémères laissassent évaporer les rébellions qui couvaient dans la ville. Imprécations, volupté, majesté : Rome était là, entière et superbe.

Amyot fut ébloui. Il comprit aux discours que le Forum se rétablirait un jour sur les ruines de tant de couvents dispersés, et aux regards, que le courage réussirait dans cette foule enthousiaste. Il était très-beau dans son habit noir, ce qui arrive à si peu d'hommes ! L'incognito fut trahi. Quelqu'un montra le sauveur de la via Fratina. Arlequin interrompit ses gambades pour le saluer gravement, et Colombine vint appuyer ses lèvres rouges sur sa main. Un domino vint l'aborder en pleine lumière, passa son bras sous le sien, et lui dit, sans déguiser sa voix :

— C'est moi qui t'ai écrit.

Il n'avait rien vu que les yeux de celle qui l'abordait et il aurait attesté qu'elle était belle.

— Où voulez-vous que je vous suive ? répondit-il. Mais qu'importe l'endroit ? partout où vous serez, je monterai dans l'autre monde.

— Nous ne ferons pas de théologie, répondit-elle en riant. J'ai une petite loge là-haut; nous pourrons y causer. Mais auparavant il faut faire perdre nos traces.

— A qui ? à un mari ou à un frère ?

— Oui, un frère, reprit-elle, mais dans un ordre religieux. Vous connaissez donc Gian Mico ?

— Qu'est-ce que Gian Mico ? demanda-t-il.

— Ce petit homme qui s'attache à vous depuis un quart d'heure, et qui m'a empêchée de vous aborder plus tôt.

— Le misérable !

— C'est un prêtre et un brave homme, je crois. Cependant, on leur ordonne de tout raconter, et il est inutile qu'il nous entende.

— Un prêtre ici ?

Elle l'entraîna au vertige de la mesure. Il s'émerveilla d'être venu pour danser. En deux bonds, ils furent à l'autre bout de la salle.

Elle avait quitté son bras, elle montait devant lui les premières marches d'un escalier assez désert à cette heure.

— Par bonheur, dit-elle, Gian Mico n'a aucune disposition chorégraphique, autrement il nous aurait suivis. C'est le personnage le plus étonnant de Rome. Voulez-vous que je vous raconte sa vie ?

— Je n'y tiens pas absolument, répondit Amyot, et nous ne sommes point ici sans doute pour creuser la biographie des saints.

— N'importe ! J'ai la certitude que vous rencontrerez encore Mico, et il est utile que vous sachiez à qui vous aurez à faire. Reposons-nous. Je suis essoufflée.

Elle s'assit sur les degrés, et souleva une seconde son masque, afin de respirer.

Amyot était debout, au-dessus d'elle. Il entrevit des lignes suaves sur lesquelles courait l'émotion de la fantaisie ou de l'amour naissant. Le rayon s'échappa de ce voile noir, et c'en fut assez pour qu'il se résignât à prêter l'oreille, ayant déjà plus que prêté le cœur.

— Gian Mico, reprit-elle, est vicaire de la paroisse de San-Stefano Rotondo, où l'on voit Erasme dont on dévide les entrailles, et tant d'affreux martyrs. Cela lui a donné des idées. Il est brave et il est fou, il est bon, mais si téméraire pour lui-même, qu'il expose souvent ceux qu'il voudrait sauver. Vous avez dû le voir souvent, maigre, chétif, traînant à la pluie ou au soleil avec autant d'indifférence pour l'une que pour l'autre, une soutane qui a beaucoup vieilli. Il accepte une tasse de chocolat, pour donner aux pauvres l'argent de son déjeuner; il fume effrontément son cigare au Corso, malgré les convenances de son habit. Vous croirez peut-être qu'il aime le tabac et qu'il habite Rome ? En aucune façon, il le déteste, et il habite le ciel ou plutôt la porte du ciel. Il est d'une indulgence proverbiale pour ses pénitents et d'une rigidité absolue pour lui ; malgré cela, si une femme passait trop près de son cœur, il ferait tous ses efforts pour en tomber amoureux, afin d'être rebuté et de souffrir. Il adore la musique, et s'en va de son église, dès qu'un doigt se pose sur les orgues ou qu'un soprano ouvre les lèvres. En un mot, il court éperdûment après les désespoirs et les horions.

— C'est un des personnages d'Hoffman, interrompit Amyot, et je ne les ai jamais compris.

— Parce que vous n'avez pas son idéal.

— J'en ai un autre, dit-il en osant lui prendre la main.

Elle la retira.

— Tout à l'heure, reprit-elle. Nous sommes maintenant à Gian Mico.

— Mais il m'est odieux, votre Gian Mico ! De quel droit vient-il se placer entre nous ? Je le tuerai, si je le retrouve !

— Et vous lui ferez le plus grand plaisir. C'est un frénétique, un débauché du paradis. Il ne pense absolument qu'à l'éternité, et il est convaincu que plus il sera persécuté ici bas, plus il sera récompensé là-haut.

— Finissons-en avec lui, madame. J'admets tout. Je suis persuadé qu'il n'est venu au bal que pour être molesté par son évêque, privé de son traitement, et réduit à demander son pain. Je lui donnerai la moitié de ma solde; mais, pour Dieu! laissons-le tranquille. Vous avez parlé d'une petite loge...

— Encore un mot. Je veux que vous l'aimiez. Il est mon directeur. Je vous serais très-reconnaissante de renvoyer le vôtre et de lui donner votre confiance.

— Renvoyer mon directeur ? répondit Amyot ébahi.

— Ici cela se porte !

— Je ne suis pas Romain. Enfin ne m'avez-vous écrit que pour me proposer un directeur ?

— C'eût été un lien de plus entre nous ! répondit-elle en se levant et en se remettant à monter.

— De plus ? dit-il.

Ils étaient parvenus au comble de l'édifice. Elle glissa par un couloir tout à fait abandonné, tira une clef et ouvrit une loge, près de l'avant-scèn. La lumière n'y pénétrait guère, mais le bruit et les vapeurs d'en bas y venaient par bouffées. Il semblait que tout ce spectacle fuyait sous eux, et ils voyaient passer des rives remplies de personnages étranges, de même que s'ils avaient été emportés sur une barque, au courant d'un fleuve.

— Me permettez-vous ? dit-elle.

— Quoi ? répondit-il d'une voix étouffée.

— D'ôter tout à fait mon masque.

Elle n'attendit pas la réponse, et abaissa soie noire devant les traits les plus jeunes et les plus fascinants qu'un amant ait jamais vus à sa Laure ou à sa Béatrix. Cette figure nageait en même temps dans le rêve et dans la joie. Elle était passionnée par les cheveux noirs qui l'éclairaient autant que es yeux bruns, et craintive par des rougeurs délicates, qui venaient mettre à chaque instant des teintes de vertu sur sa pâleur. Il la regardait lentement, et comme s'il avait voulu prendre possession de sa beauté pour toujours.

— Il est temps que je me présente, dit elle sans hésitation : je suis la princesse de Monte-Feltro, née Bontivoglio, tout ce qu'il y a de plus Romaine et de plus grande dame ; mais pas méchante pour tout cela !

Le nom n'apprenait rien à Amyot ; il n'avait point entendu celui du gentilhomme qui lui avait offert son amitié, le matin. Il soupçonnait que cette famille tenait la première place dans l'aristocratie, et que le prince commandait un bataillon papal. Toutes ces circonstances ne recommandaient guère la Monte Feltro.

Elle vit une certaine défiance dans son regard.

— Pour vous je ne serai que Lisabetta, si vous voulez ; ce n'est pas un nom à vous effrayer ?

— Mais qui a pu vous faire descendre jusqu'à moi ? reprit-il.

— Je ne vous dirai pas que c'est l'amour, puisque je vous ignorais ; je ne suis point de ces femmes qui s'enthousiasment pour avoir aperçu un bel officier dans une revue, car vous êtes beau.

Il ne savait plus si elle raillait. Elle avait pourtant, malgré sa tournure de déesse, un petit air qui le rassurait.

— Je vous ai écrit par désœuvrement, continua-t-elle. On m'a assourdie depuis ce matin avec les trois syllabes qui vous désignent, et puis tout à l'heure je vous ai reconnu.

— Moi ?

— Je suis la petite fille qu'un père vous a présentée, au sortir d'un wagon, dans je ne sais plus quelle ville de votre pays. Vous souvenez-vous ?

Amyot tressaillit. Sa mémoire lui rapporta un accident de chemin de fer, quand il sortait du lycée, et sa première preuve de dévouement.

— Je vous dois la vie, comme la Tizzane, reprit-elle. Je ne suis pas jalouse de celle-là ; mais prenez un autre métier et ne me sauvez plus, ajouta-t-elle en riant.

Lui demandait-elle de la perdre ?

Elle continua ainsi, à cause même du silence d'Amyot :

— Je me suis persuadée que je ne ferais pas grand mal en passant la soirée au bal avec un homme très-recommandé, puisque je suis libre ?

— Le prince serait-il mort subitement ? demanda-t-il.

— Il m'a fait une sottise plus grande. Je n'apprendrais rien au premier facchino venu on disant que mon mari se fait admettre chez toutes les femmes joyeuses de la ville.

— Vous délaisser !

— Parfaitement. Au surplus, je lui en sais gré, car le mariage régulier est une des institutions les plus fastidieuses de la chrétienté.

Elle ne prononçait point cet aphorisme d'un ton trop philosophique. Amyot n'était point sûr encore de n'avoir pas avec lui dans cette loge une personne entièrement honnête.

— Je croyais pourtant que M. de Monte-Feltro était un des piliers de l'Eglise, hasarda-t-il.

— Vous êtes étranger et je vous pardonne. Etre un pilier n'empêche personne de courir ! Ici, pourvu qu'on présente un billet de confession à Pâques, on est un saint. Je compte bien aussi avoir le mien, quoi qu'il arrive.

Ce « quoi qu'il arrive » fit rêver le capitaine. Il s'assit près d'elle sur la maigre banquette rouge et essaya de pencher sa tête du côté où un cœur chantait sous le domino.

C'était trop tôt. Elle changea de texte.

— On assure que vous êtes révolutionnaire, reprit-elle. Est-ce vrai? Ne vous défendez pas.

— Qui assure cela?

— Ferrando, qui vous remercie d'avoir sauvé sa nourrice en vous dénonçant ; mais soyez tranquille, je vous défendrai. Ce n'est pas que je sois de la bande, au contraire ; mais j'ai honte de tous mes concitoyens, qui se laissent fouetter par des prêtres et n'en dorment que mieux. Vous au moins, vous avez prouvé ce matin que vous vous leviez de bonne heure, et j'approuve cela. Si j'avais eu l'honneur d'être homme, j'aurais été libéral ; mais je trouve de mauvais goût d'être en politique d'un autre côté que mon mari.

Amyot se tirait la moustache depuis quelques instants. En haut de cette salle en feu, il se trouvait plus seul avec elle que dans un Saharah? Elle avait conservé, même sous ce domino, qui n'était pas un vêtement familier, un parfum qu'on préparait pour elle avec certaines plantes qui ne poussaient que dans le jardin du Quirinal, et qui résumaient les odeurs des lis de Salomon et de la myrrhe. Il agit sur Amyot autant que les regards noirs et doux. Il se sentit enlacé comme dans les eaux des cercles qui tourbillonnait sur quelques lacs, quand il arrêta ses yeux sur le contour bleu qui entourait ceux de Lisabetta. Sa chair allait s'attacher à ce marbre; cette improvisation d'une nuit de bal s'emparait de toute sa vie. Il s'indignait et il était charmé.

— Je vous en supplie, reprit-il, n'abusez pas de ce que vous avez trouvé un naïf, si naïf que je vais vous montrer le fond de mon âme. Je déteste mon métier, et je suis forcé de le continuer en raison de la médiocrité de ma fortune. Je me console d'être un agent de l'oppression en laissant crier en moi ma pensée. Je m'estime moins servile, en méprisant ce que je fais. Eh bien ! si vous me

parlez encore de cet avenir auquel vous ne croyez pas, si vous ne me chassez pas avec des mépris, vous allez m'ôter la seule dignité qui me reste. Je ne m'occuperai plus des misères publiques, je ne penserai plus qu'à vous. Je consumerai des heures à regarder sur l'herbe de vos rues désertes l'empreinte de votre pas qui me fuira; je resterai toute la journée au bas des églises pour essayer de toucher la soie de votre robe. Renvoyez-moi, si vous voulez que je garde mon honneur de citoyen au fond de mon uniforme, et encore il serait trop tard pour me renvoyer!

La Romaine pâlit. Elle reçut aussi le glaive du rayon qui traverse l'être tout entier.

Elle tourna sincèrement la tête vers Amyot. Les femmes de ce pays-là sont grandes dans la soudaineté de l'abandon. La pudeur de l'âme n'existe que dans le Nord.

— Voyons, caro mio, dit-elle, est-ce qu'avec cette plaisanterie que nous avons essayée tous les deux, nous irions commencer un roman qui durerait autant que notre jeunesse?

— Ne dites pas un roman, répondit-il. Le fer rouge est là! ajouta-t-il, en tâchant de prendre la main de Lisabetta pour l'appuyer sur son cœur.

Elle la retira. Elle demeurait chaste, tant qu'elle ne s'était pas livrée.

— Des obstacles nous séparent, reprit-elle. On ne laisse pas vos régiments plus de deux ans. Sera-ce fini dans deux ans?

— Je donnerai ma démission! dit-il.

— Et que ferez-vous?

— Je t'aimerai! répondit-il.

Elle ne s'effaroucha pas de ce transport d'inconvenance, mais elle avait un coin pratique dans l'esprit.

— Il faudra vivre! répondit-elle. J'ai trente mille écus de rente en dehors de la fortune de Monte-Feltro ; mais en amour l'argent déconsidère, ce qui est très-absurde. Je vous ferai nommer conservateur de la colonne Trajane.

Il rit d'abord ; puis, se fâchant :

— Je n'accepterai rien du gouvernement ; je conspirerai. En Italie, les conspirations vous donnent toujours le boire et le manger.

— Vous disiez que vous me sacrifieriez la politique, interrompit-elle avec un accent de reproche et en se levant.

— Vous partez?

— Regardez à cette petite fenêtre du cintre ; il y a un point blanc qui annonce le jour, cela veut dire que je dois rentrer au palais.

— Et vous me quittez? Quand nous reverrons-nous, Lisabetta?

Il appuya sur ce joli nom, comme s'il l'avait caressé des lèvres.

— Au prochain bal de charité ! dit-elle en riant.

— Il n'y en aura pas avant l'hiver. Vous êtes avares à Rome.

Elle rit encore, car elle voulait ne pas lui laisser voir qu'elle tenait avec elle-même une grave délibération.

— Je connais une maison au Corso, reprit-elle : il y a une marchande de modes.

— Cela m'intéresse peu.

— Il y entre beaucoup de dames, on n'y est pas remarqué.

— Et je pourrais y louer une chambre? répondit-il en osant embrasser une boucle de ses cheveux dans l'ombre que versait la cloison de la loge.

Elle se dégagea et remit son masque.

— Quel est le numéro ? reprit-il.

— Neuf. Vous rappellerez-vous ?

— Je me promènerai en face demain toute la journée.

Elle passa son bras autour du cou du jeune homme.

— Songez que vous prenez un engagement éternel ! dit-elle. Nous ne sommes pas des Françaises nous autres.

Lisabetta courut dans le corridor, comme si elle avait été poursuivie par le rayon qui perçait dans les fentes ; elle vola par les escaliers et se perdit dans la foule, qui s'y pressait pour les redescendre.

Amyot descendit sans se rendre compte du lieu où il était ; les mille bourdonnements de la salle arrivaient à ses oreilles, mais il n'entendait que la voix qui était restée en lui.

Cependant tous n'avaient pas donné cette nuit à l'amour.

Plusieurs jeunes gens avaient respiré un autre délire. La passion politique avait fait courir leur sang ; quelques-uns s'étaient approchés d'un buffet où ils portèrent des toasts. Les têtes s'étaient enflammées ; des avenues mystérieuses s'ouvraient devant leurs esprits, et il leur semblait qu'ils allaient y entraîner un peuple. En voyant cette sève de générations vibrantes dans la salle, ils eurent honte de leur longue inaction, et ils se promirent que la journée du lendemain ne s'écoulerait pas sans qu'ils eussent fait quelque effort pour l'affranchissement. Au sortir de la fête, ils se devaient retrouver dans un délibre inconciliables, dont ils changeaient la scène à chaque rencontre.

C'est alors qu'ils virent Amyot se diriger vers le vestiaire.

— N'est-ce pas le capitaine qui a sauvé la vieille femme ce matin ? demanda Tramontan, un des jeunes meneurs.

— Je crois que oui, répondit le Napolitain Santolino ; il serait beau de l'attirer à nous.

— Il nous appartient. Quand on se montre si généreux de sa personne, on est républicain.

— Ce n'est pas une raison reprit Santolino, mais je lui ai entendu prononcer des paroles hardies au café Ruspoli.

— Que me donnerez-vous si je l'amène ? dit Tramontan.

— Notre bénédiction apostolique ! fit Santolino.

— Préparez les amis pour qu'ils l'admettent.

Tramontan alla familièrement passer son bras sous celui d'Amyot, qui se retourna indécis.

— Les frères s'abordent ainsi, dit Tramontan.

— Frères ? répondit Amyot en le toisant.

— Frères par l'idée ! L'idée ne fait-elle pas une parenté, comme le sang ? Je vous connais, je viens à vous. M'en punirez-vous ?

Amyot était très-peu en état de comprendre.

— Monsieur, dit-il, j'ai pour ambition de posséder des idées à moi, et je ne sais pas comment vous pouvez les deviner assez pour leur attribuer une parenté dont je m'honorerais sans doute, quoique nous ne soyons pas ici dans un milieu assez paisible pour la contrôler.

— Supprimons les circonlocutions, capitaine. Vous appartenez à notre foi politique, nous en avons la preuve morale. Nous sommes cent à Rome qui donnerions notre vie pour la réalisation de nos espérances ; nous serions le double comme influence, si vous consentiez à vous enrôler ouvertement. Nous comptons causer des choses romaines pendant que la ville va dormir des fatigues de cette fête. Nous ferez-vous l'honneur de venir avec nous ?

Il vibrait encore sous les frémissements de l'amour, Lisabetta lui paraissait plus belle que la liberté. En outre, il s'était toujours dit qu'il n'avait plus le droit de servir sa cause, puisqu'on lui en imposait une autre, et qu'il trahirait ses camarades le jour où il écouterait des hommes.

— Je me tiens en dehors de tout ce qui n'est pas la France, répondit-il. Et d'ailleurs je ne vous cacherai pas que j'ai sommeil.

— Vous me soupçonnez, c'est trop évident. Toute la jeunesse intelligente de notre ville vous dira comment le comte Tramontan, que je vous présente dans ma personne, comprend son honneur et ses devoirs. Croyez-moi, la proposition que je vous fais est toute dans votre intérêt. Vous êtes déjà compromis auprès de votre colonel, parce que je vous ai donné le bras ; ne le soyez pas vis-à-vis d'une autre personne en me quittant trop vite.

Amyot s'inquiétait depuis qu'il se sentait ennuyeux.

— Que voulez-vous dire ? reprit-il.

— Nos yeux ont vu un domino s'approcher longtemps de vous et vous emmener
dans une région qu'en France vous appelez
le paradis, continua Tramontan en baissant
la voix. Tout se devine à Rome; on connaît la
couleur de mes paroles, et on écrirait à l'autre bout de la salle ce que je dois vous dire
en ce moment. Le domino, que nous ne connaissons pas, rassurez-vous, mais qui à sa
tournure cache un de nos meilleurs blasons,
sera informé de notre conversation. Voulez-
vous qu'une dame puisse penser que, si vous
n'avez pas été du côté du courage, c'est que
vous l'aviez oublié en l'écoutant?

Amyot ignorait que les conspirateurs et
les Italiens les plus honorables tendent toujours des pièges. Il tomba dans celui du
comte.

— Conduisez-moi où vous voudrez, signor
Tramontan; je vous suis, répondit-il.

— Et vous faites bien, car l'abbé Gian Mico
était aux écoutes.

— Où allons-nous?

— Le plus sûr serait d'aller chez un cardinal, mais nous n'en avons pas encore d'affi-
liés. Marchons toujours, nous serons inspirés.

Gian Mico, en effet, avait reconnu le Français, qu'il avait suivi, trois heures plus tôt,
machinalement et parce qu'il s'était fourvoyé. Mais cette fois-ci il résolut à bon escient
de ne plus quitter sa trace. Il avait recueilli
au vol quelques paroles libérales entre les
deux interlocuteurs; il vit des hommes se
grouper après le passage de Tramontan et
d'Amyot.

Il flaira une conjuration.

C'était une aubaine.

Si on le prenait avec des ennemis du pouvoir temporel, — et on le prendrait, car il
n'osait pas douter du triomphe de la bonne
cause, — il serait irrémédiablement compromis. Il voyait déjà à l'horizon un procès devant une commission militaire, les galères
au moins, et peut-être, ô ambition suprême!
l'échafaud. Autant de souffrances, autant
d'étapes vers l'éternité.

La princesse avait raison, Mico s'enthou-
siasmait.

Tout le monde le savait à Rome.

Aussi quand, à la sortie du théâtre, voyant
les patriotes assez embarrassés de savoir de
quel côté se diriger par petits groupes pour
ne pas éveiller les soupçons, il s'approcha de
Tramontan et lui dit, sans beaucoup baisser
la voix :

— Je serais fier si vous daigniez venir causer chez moi.

Le comte Santolino et les autres, ravis de
trouver un lieu d'asile et d'avoir recruté un
prêtre, répondirent avec empressement :

— Accepté, au nom de la patrie !

## III

Gian Mico habitait dans une petite rue déserte, aux environs de son église de San-
Stefano. Il n'avait que deux pièces au rez-
de-chaussée, et se servait presque toujours
lui-même pour se mortifier davantage. L'endroit parut favorable à ces jeunes gens, qui
avaient bonne envie de conspirer, mais qui
manquaient d'expérience. Ils s'étaient réunis à l'aventure, et il ne se trouvait parmi
eux que deux têtes mûres, sans compter
Tramontan et Amyot.

Ils ne couraient pas le danger d'être dé-
couverts. Ils étaient douze et arrivaient un
à un à la porte, demandant très-haut le vicaire : qui, pour être entendu en confession;
qui, pour le conduire auprès d'un malade.
Ces précautions désolaient Mico. Il était entré le premier, et pour rien au monde il
n'aurait dénoncé ses hôtes; mais il fallait
qu'on vît — afin qu'il fût compromis auprès
du saint-siége, — que beaucoup de barbes
suspectes étaient entrées chez lui. Pour la
première fois, il regretta de ne pas avoir une
servante et de loger dans une rue déserte.

Il se tenait auprès de la dalle du seuil, afin
d'être à lui-même son concierge.

Il manquait encore cinq ou six personnes,
et entre autres Amyot, que Tramontan conduisait.

Gian Mico regardait dans la rue par la
porte entr'ouverte : toutes ces allées et venues n'attireraient-elles pas des voisins?

Le jour ne tombait qu'imparfaitement dans
la ruelle. Pas une fenêtre ne s'ouvrait. Six
personnages pourtant s'étaient déjà intro-
duits chez le vicaire. Il avait donc admis
pour rien ces abominables patriotes; il ne
serait pas plus persécuté le soir que s'il
avait eu l'honneur d'entendre, le matin, An-
tonelli en confession ! C'était inadmissible.

Santolino se montrait à l'horizon. Le Napolitain, qui avait eu une fonction sous Garibaldi, était fort surveillé. Le vicaire, tout
entier à son ambition, ne s'apercevait pas
qu'il allait jouer un rôle abominable.

Son voisin le plus proche était un employé
de la poste qui devait connaître bien des visages et avoir lu bien des lettres. Il char-
mait ses heures d'indépendance en élevant
deux perdrix, renfermées dans une cage fixée sur un auvent. Il y avait une poulie in-
génieuse pour l'abaisser à volonté au niveau de la chaussée.

Mico, en ouvrant la porte, avança la main
par hasard, et par hasard aussi donna une
secousse violente à la corde de la poulie : la
cage tomba sur les dalles, les volailles
poussèrent des cris.

L'employé les entendit et parut effaré à sa fenêtre.

Santolino arrivait à ce moment là.

— Qui a touché à la cage ? s'écria le voisin furieux.

Le visiteur était entré.

— C'est ce monsieur qui est venu chez moi, répondit Gian Mico en s'avançant sous la fenêtre. Il a pris ce cordon pour la sonnette ; il n'y a pas de mal, j'espère, et vos bêtes se remettront. A propos, pourriez-vous me dire le nom de ce visiteur ?

— Au diable ceux qui n'y voient pas clair ! Je ne suis pas votre laquais, monsieur l'abbé, et je n'annonce pas chez vous.

Il courut à ses perdrix, et Mico resta fort penaud.

Tramontan et Amyot manquaient encore. C'était la seule ressource de Gian Mico. Quand ils furent en vue, il alla au devant d'eux.

— Ah ! signor comte, s'écria-t-il, ma maison se souviendra de l'honneur que vous lui faites ! L'illustre patriote Tramontan chez moi ! J'aurai payé mon denier à la patrie. Si j'affronte un péril immense, je l'affronterai en bonne compagnie. Vive Tramontan !

— Etes-vous fou ? répondit celui-ci. Pas tant de joie, mon cher abbé, et plus de prudence ; il est inutile que le quartier retentisse de votre bonheur et de mon nom.

Le comte entra en disant tout-bas à Amyot :

— Fort heureusement il n'y a aucun profil de sbire par ici, mais j'ignorais que le vicaire fût si orageux.

Amyot n'avait rien entendu.

Mico offrit au ciel son désappointement, il ne pouvait pas offrir autre chose.

Il y avait très-peu de sièges dans le petit salon ; Mico s'ingéniait à en faire les honneurs.

— Ne vous inquiétez pas, lui dit Santolino ; nous resterons debout, comme des gladiateurs.

— Et c'est l'abbé qui nous présidera, fit un administrateur du télégraphe, car le gouvernement est trahi sur toute la ligne.

Malgré son ardeur, Mico eut un mouvement d'horreur instinctif. Présider une assemblée qui n'aspirait qu'à détrôner le pape !

— Je suis trop inexpérimenté, dit-il ; je ne puis apporter que ma bonne volonté.

— Vous ne prendrez la présidence que le jour où l'on nous enverra au bourreau, répondit Tramontan, qui voulait éprouver l'abbé.

— Le bourreau reprit celui-ci en rayonnant.

— Décidément vous avez du sang de la louve ! fit Santolino.

— J'espère que non, répondit Gian. Je la méprise : elle a élevé un roi.

Tramontan, pour attester la dignité qu'il se conférait, s'assit sur le seul fauteuil qui se trouvait dans la pièce.

— Amis, dit-il en montrant Amyot, je vous présente un Français non d'aujourd'hui, mais d'autrefois. Vous savez par quel dévouement héroïque pour une pauvre femme il s'est recommandé ce matin à la reconnaissance du peuple. Employons-nous tous à le conquérir.

Malgré ces paroles, certains regards se dirigeaient avec défiance vers un homme revêtu de l'uniforme ; ces regards partaient surtout des lunettes d'un petit avocat, qui accusait une infiltration de bile dans son patriotisme.

Amyot demeurait indifférent à ces éloges et à cette hostilité. On lui avait demandé sa présence, il était résolu à ne donner qu'elle.

— Messieurs, dit Tramontan, la réunion a été provoquée cette fois par le glorieux docteur Simone. Nous l'invitons à nous expliquer ce qu'il veut nous proposer, et nous espérons qu'il nous aura fait venir pour autre chose que pour le plaisir de l'entendre, n'ayant guère le temps de nous amuser.

Le glorieux docteur était le petit avocat en lunettes.

Tramontan ne l'aimait pas.

Simone s'adossa au mur, se moucha de façon à faire comprendre qu'il allait être solennel, et comme il avait une facilité désastreuse, il garda la parole très-longtemps.

Chétif, à peu près grotesque, la face recouverte d'une pâleur huileuse, ne se lavant pas assez et ne gagnant presque rien au prétoire, Simone, qui se sentait peu attractif, et qui voulait jouer un rôle, s'était fait terroriste et athée. Il ne pardonnait pas à Mazzini son spiritualisme et sa popularité.

Il commença par une invocation déclamatoire, et dans le goût d'Alfieri, à la liberté, qu'il travestit aussitôt en Némésis. Il parla du sang qui féconde ; mais il n'entendait certainement pas parler du sien, qui n'aurait engendré que la lèpre. Il avait provoqué cette assemblée d'élite, pour que les esprits ne s'égarassent pas à la recherche des utopies. Il était un homme pratique, lui, et s'estimait fier du rôle de cantonnier sur la grande route révolutionnaire. Il indiquait la voie. Ce qui importait, c'était de préparer les moyens d'exécution, pour que Rome fût affranchie en une nuit.

« Citoyens, ajouta-t-il dans un élan, les révolutions ne s'annoncent que par les aurores de pourpre. Effrayez le monde, pour que Rome y retrouve sa place. »

Telle fut en résumé l'aimable allocution du petit avocat.

L'enthousiasme de l'auditoire manqua d'électricité. Gian Mico eut un bain de sueur froide, l'horreur passa dans ses cheveux.

Il voulait bien être victime, mais il n'entendait pas que d'autres le fussent. Le sacré collège était un Olympe, où il n'y avait que de bons Manitous. Il pensa à protester, mais il n'avait aucune chance d'être massacré sur place, et l'assemblée eût été capable de lui donner raison.

Le Napolitain Santolino prit la chose d'un autre côté.

— Admirablement parlé, seigneur avocat, dit-il ; je suis de votre avis au fond, mais je me permettrai de faire un amendement.

— Faites-le ! répondit majestueusement Simone.

— Vous avez dressé votre petite liste de proscription ?

— Certes, répliqua Simone avec embarras.

— Montrez-la.

— Que je la montre ?

— Afin que nous ne portions pas les mêmes noms. Nous vous laisserons vos bons hommes à assassiner, mais désignez-nous-les sans plus tarder. Nous vous écoutons.

L'avocat commençait à se trouver fort empêtré. Il avait manqué son effet d'intimidation habituel et il avait presque peur pour lui-même.

— Vous n'y songez pas, Santolino, reprit-il. Vous dire les noms de mes proscrits ? Le mouvement est loin de s'être généralisé. Vous voulez donc me créer vingt ennemis mortels, qui m'entraîneront dans des guet-apens.

— Et ce serait peut-être un grand profit pour nous, dit Santolino, car vous serez notre futur Sylla.

— Dites au moins Marius ! répondit modestement l'avocat.

— Au surplus, j'oserai vous proposer un rôle moins éclatant, mais plus pratique. Répondez-nous franchement, car nous représentons le peuple, qui vous jugera aussi.

— Je ne dissimule jamais !

— Nous nous en apercevons du reste. Voyons, vous êtes absolument convaincu de la culpabilité de ceux que vous voulez égorger ?

— Sans aucune hésitation, dit Simone en verdissant.

— Ils empêchent l'avènement de la liberté ?

— Parbleu !

— Ce sont des ennemis publics ?

— Publics, voilà le mot juste.

— Et il n'y aurait aucune circonstance qui puisse atténuer leurs crimes ?

— Aucune, répondit Simone, en rajustant ses lunettes pour mieux voir venir la botte que Santolino lui préparait.

— Si je me permettais de donner un conseil à un homme de votre expérience, voilà ce que je lui dirais, continua Santolino. En politique, c'est un vieil adage, tous les moyens sont parfaits lorsqu'ils réussissent. Allons au fait et prenons votre premier justiciable. C'est un cardinal, je suppose ?

— Peut-être, mais je ne précise pas.

— Suivant moi, vous devez vous introduire chez lui. Savez-vous faire un peu de cuisine ?

— Je ne comprends pas où va votre question, répondit Simone, très-choqué de ce qu'on lui parlât avec si peu de révérence.

— La déduction est cependant limpide. Vous vous présentez chez Son Éminence comme gâte-sauce ; vous videz un flacon de laudanum dans son potage, vous l'empoisonnez, et d'un !..

Simone était devenu si écarlate que la suffocation l'empêcha de répondre.

— Le même jour, continua Santolino, vous consultez votre liste et vous songez au numéro deux. C'est un banquier qui prête des fonds au Vatican. Vous vous glissez adroitement dans sa caisse, dont vous avez fait faire une clef préalable ; vous l'ouvrez et la videz jusqu'au dernier baïoque. Voilà le gouvernement fort embarrassé, sans compter que vos affaires personnelles ne s'en trouveront pas plus mal. Je ne vous parle pas des incendies...

— Monsieur, interrompit vivement Simone, me prenez-vous pour un galérien ?

Santolino, en esprit politique, avait tué le terrorisme par le ridicule. Amyot lui savait gré de cette diversion, et Simone, qui avait perdu pied, résolut de ne plus sortir pour le quart d'heure du silence et de la malédiction intérieure. Seulement, dans sa pensée, il ajouta un nom à sa liste, celui du Napolitain.

— Mes amis, reprit Santolino, vous ne vous êtes pas réunis uniquement pour entendre les paroles si sympathiques du seigneur Simone. Si quelqu'un a une proposition à faire, le président l'autorisera certainement à parler.

— On parlerait, dit le seul représentant de l'âge mûr qui se trouvât dans l'assemblée, si l'on était entièrement sûr des oreilles qui écoutent.

Il regardait Amyot en disant ainsi.

C'était un routier de la révolution qui avait déjà conspiré sous Grégoire XVI, et qui incarnait la défiance.

Amyot fit un mouvement, mais il l'arrêta aussitôt ; il se souvint qu'il avait promis son âme à Lisabeth.

— Citoyen Tescovo, dit Tramontan, c'est moi qui ai amené le capitaine, et chacune des inquiétudes que vous auriez à propos de lui serait autant d'injures personnelles.

— Je n'ai pas d'inquiétude, mais j'estime que les affaires de Rome doivent se traiter entre Romains, et que l'uniforme français est un mauvais passe-port pour qui vient s'asseoir ici.

— Les passe-ports sont supprimés, dit Santolino.

— Le capitaine a-t-il donné sa démission, avant d'arriver vers ceux qui préparent la ruine du gouvernement qu'il est chargé de défendre? répondit Vescovo avec une certaine logique.

L'éclair s'alluma dans les yeux d'Amyot.

— Messieurs, dit il, si mon uniforme me défend d'agir, il ne m'interdit pas de penser. Quand on embarque dix mille Français pour servir une cause condamnée par tant d'esprits, il s'en trouve toujours quelques-uns qui protestent au nom de l'honneur de leur éducation. Je suis un de ceux-là. Je reste sous les drapeaux.

Les plus indécis furent ramenés par ce timbre qui résonnait de conviction. Vescovo aurait voulu s'approcher d'Amyot; Simone flairait un ennemi dans ce généreux orateur, et Gian Mico s'étonnait que le tonnerre ne fût pas encore tombé sur sa maison, où de pareilles énormités se proféraient.

Amyot continua :

— Permettez donc à un étranger, qui n'a encore pu vous déplaire que par son habit, de débuter par un conseil audacieux, mais nécessaire Celui-ci ne peut pas rester plus longtemps parmi vous.

Amyot montrait Simone.

— Je croyais le lui avoir fait comprendre, interrompit Santolini.

— Il est chétif, mais il est cruel, continua Amyot.

— Il est surtout trembleur, dit Tramontan.

— Eh bien ! ni trembleur ni cruel ne doit être compté parmi les soldats de la république. Pour ma part, j'irai la chercher ailleurs que dans un lieu où se trouvera l'avocat Simone.

Vescoco serra tout à fait la main d'Amyot.

— Vous traduisez notre pensée à tous, lui dit-il.

Simone finit par comprendre; il se dirigea vers la porte en jetant sur Amyot un regard qui avait tout de la vipère, moins le magnétisme.

— Je respire mieux, dit Tramontan quand Simone eut disparu.

— Maintenant que nous sommes entre honnêtes gens, exposez-nous vos idées, capitaine, reprit Santolino. Je voulais vous dire comment je désirerais que la révolution se fît Je vous dirais donc, si j'avais l'honneur d'être Romain : Faites entrer dans vos âmes toutes les vertus en exil ; répandez-vous sous le palais de vos maîtres en leur criant que vous leur pardonnez ; soyez les apôtres de la fraternité et de la douceur ; enfermez les oppresseurs dans leur intolérance, deve-

nez bons et grands ! Les prêtres, ne représentant que la défiance et l'épouvante, se sentiront asphyxiés par leur isolement et vous conjureront de leur faire respirer l'air du siècle. Alors le pouvoir temporel aura vécu ; la révolution se sera faite par la clémence, pas une vie n'aura été menacée, et le nouveau vicaire du Christ ne sera plus votre supérieur que parce qu'il répandra le mieux la justice, l'espérance et la liberté !

Après ces paroles d'Amyot, des applaudissements éclatèrent, des mains serrèrent les siennes. Mais un des auditeurs avait respiré l'enthousiasme : c'était Gian Mico. Sa vieille foi catholique se souleva aux premières paroles, mais bientôt il fut séduit par ce doux révolutionnaire. Il vit un grand rôle pour un prêtre dans cette rénovation de l'Eglise; il admit que la république pouvait être la meilleure forme du gouvernement moral, et ce fut très sincèrement qu'il se rangea parmi les adversaires du pouvoir temporel et qu'il pleura en allant embrasser Amyot.

Mais Tramontan et Santolino n'étaient pas contents.

— Disposez de moi dit Mico au capitaine. Je ferai mon devoir suivant mes faibles moyens, et aujourd'hui même je monterai en chaire à San Stefano ; je prêcherai une pieuse croisade contre le saint-siège, et je prouverai que Sa Sainteté est la victime auguste de son entourage.

— Nous acceptons tous les dévouements, répondit Tramontan, même celui du vicaire, quoi qu'il puisse jeter un peu trop d'eau bénite sur le feu sacré. Mais il y a un milieu entre les fureurs de maître Simone et l'attitude contemplative que nous propose le capitaine. Annonçons que nous serons pleins d'indulgence, je le veux bien, mais en même temps préparons des cartouches.

— Les papes ont démonétisé les indulgences, reprit Santolino. Trouvez un autre mot.

— C'est la lumière qui nous manque, dit Tramontan. Je ferai venir cent exemplaires d'une traduction de Paul Courrier, et je les répandrai par la ville.

— Avec une introduction par l'abbé Mico, dit le Napolitain.

— Ne mettons pas le diable dans nos affaires, répondit Gian Mico. Les aumônes que l'on me confie me donnent quelque crédit au Transtévère. Je ferai des recrues, et, s'il faut une bataille, j'en serai, pourvu que vous me placiez aux premiers rangs que les balles des zouaves viendront balayer !

— Voilà nos vrais ennemis ! dit Vescovo. Croyez-moi, nous ne ferons rien, si nous n'appelons pas les chemises rouges.

Mico pâlit par habitude.

— Messieurs, reprit Tramontan, les paroles sont des endormeuses. En style révolutionnaire, il n'y a que trois mots utiles : En avant marche !

— J'enverrai un message à Garibaldi, fit Vescovo.

— Non ! Rome aux Romains ! répondit Tramontan.

— Faisons des bombes ! reprit Vescovo.

— Faisons des sermons ! répliqua Mico.

L'action allait sortir de ce conciliabule. Chacun de ces chefs d'opinion pouvait se faire suivre de cent hommes, qui en auraient amené mille autres dans la rue. Les idées se heurtaient d'abord, mais elles rentraient vite dans le grand courant de la république. Rome aurait eu le lendemain une journée de combat et de martyre, si le dénoûment ordinaire ne s'était pas produit avec la régularité de celui d'une tragédie classique. Des pas lourds se firent entendre aux deux extrémités de la ruelle. La porte de la maison s'effondra sous les marteaux. Le vestibule se remplit de carabiniers, des sabres jaillirent. La résistance était désarmée par avance.

Un lieutenant se présenta :

— Au nom de Sa Sainteté, je vous arrête tous, dit-il.

— Où nous conduisez-vous ? demanda Tramontan.

— Au château Saint-Ange.

— Messieurs, c'est la mort demain, reprit le comte d'une voix tranquille.

Amyot pâlit, il pensa à Lisabetta.

Gian Mico rougit, il pensa au ciel.

### IV

Le château Saint-Ange, ce colossal tombeau qu'Adrien se fit construire, en souvenir des pyramides d'Egypte, a enfermé bien des scènes de l'histoire de Rome. C'est de là que partit le magnanime Crescentius, pour aller à la mort que l'empereur Othon lui réserva sous le nom de capitulation. C'est là qu'Alexandre VI abrita ses incestes et ses meurtres contre l'armée de Charles VIII, qui n'osa pas l'y assiéger. C'est encore là qu'un officier français, qui allait y être investi, dit ce grand mot trop peu répété : « Je me rendrai quand l'ange de la pierre qui est sur la forteresse aura remis son épée dans le fourreau. Enfin c'est dans son enceinte formidable que Pie IX songeait à se réfugier — par le large corridor qui communique au Vatican—toutes les fois qu'il était menacé de trop près par le fantôme de Garibaldi.

Le château Saint-Ange est devenu la Bastille de Rome. Les papes l'ont toujours entretenu suffisamment de prisonniers politiques.

Ils en sortent vite pour une exécution sommaire, lorsqu'ils ne sont pas destinés à y mourir lentement, par la fièvre, qui s'exhale tous les étés de ce grand marais de Rome. Gian Mico avait donc quelques raison d'espérer qu'il était vraiment sur le grand chemin du supplice, quand les carabiniers l'emmenèrent au fort avec les autres.

Ils n'osèrent pourtant pas appeler l'attention de Rome sur la popularité d'Amyot. Ils conduisirent les innocents conspirateurs dans des voitures de place, qui avaient reçu l'ordre de ne pas se suivre.

Celle où se trouvait le capitaine était la dernière qui sortit de la rue.

La princesse de Monte-Feltro y entrait au même instant.

Elle venait chez son confesseur Gian Amico, non pour se faire entendre, mais pour le forcer à parler lui-même et à avouer ce qui l'avait conduit au théâtre Valle. Elle n'était pas fâchée d'être une fois le juge de celui devant qui elle avait paru si souvent comme pénitente.

Elle fut surprise en voyant le vicaire et Amyot dans la même voiture. Quelle raison pouvait avoir motivé ce rapprochement ? Amyot ne paraissait point connaître le prêtre la nuit précédente.

Mais il y avait un carabinier sur la banquette de devant, et un autre à côté du cocher.

Elle comprit, en Italienne, qu'il s'agissait d'une conspiration et qu'on emmenait Amyot à la mort.

Son premier mouvement fut de l'indignation.

Comment ! celui qui allait être son amant osait, malgré ses attestations, et la quittant à peine, s'occuper de politique ? C'était un attentat contre la félicité promise et une dénégation de ses serments. La science des hommes d'Etat lui parut la plus mesquine de toutes, et elle aurait donné vingt faiseurs de constitutions pour un joueur de guitare.

Mais aussi c'était un danger. Elle savait que le saint-siège était implacable et que le Vatican se gardait souvent avec l'échafaud. Quoi ! cette tête passionnée ne serait plus le lendemain que sur un cadavre troué de balles ? Elle n'entendrait plus jamais cette voix qui lui avait parlé avec les mots du ciel ? car toute femme de vingt ans rêve que l'éternité est une journée sans fin du Décaméron. — Cela ne pouvait pas être.

Elle avait un moyen de sauver Amyot.

Un cardinal, protonotaire, grand d'Espagne, tout ce qu'on peut être à Rome, que ses ennemis appelaient Leopardi et dont nous tairons le vrai nom, avait les mains en ce moment là sur la machine gouvernementale. Il n'administrait pas officiellement ; mais, trois jours par semaine, on faisait au Vatican tout ce qu'il demandait. Les autres jours, la politique vacillante obéissait au Gesu. Le système de Leopardi, qui n'avait ce surnom que par antiphrase, était relativement modéré; mais, comme s'il conseillait souvent la clémence, il se croyait forcé quelquefois de recommander la rigueur, il était suffisamment désigné à la haine des libéraux. Monte-Feltro, sans aucune vocation, se trouvait être de l'entourage du protonotaire apostolique et courait dans son orbite exécré.

Leopardi était après tout un homme d'esprit et de bienveillance. Sans qu'il en rejaillît rien sur ses mœurs, il s'était fait une société de plusieurs femmes de l'aristocratie. Il aimait les longues visites de l'apresmidi dans un salon tiède, dont une porte est ouverte sur une serre et où, on cause de tout, d'un fauteuil à l'autre, avec des bandeaux noirs pour point de mire. Lisabetta était une de celles qu'il honorait des plus longs entretiens. Elle était sûre qu'il viendrait ce jour-là.

La condamnation demandait plus de vingt-quatre heures. La princesse avait donc un peu de temps pour biaiser.

Lisabetta rongea silencieusement son frein jusqu'à l'heure où la visite arrivait. Elle mit une robe qu'on avait daigné encourager, et fit défendre sa porte pour tout autre que pour le prélat.

Son Eminence entra tout à fait courroucée.

— Eh bien! dit-elle, votre héros en fait de belles!

— Mon héros? répondit la princesse.

— Le vôtre comme celui de toutes ces dames. Ce capitaine qui sauve les nourrices. On l'a surpris mettant le feu à une mèche qui nous aurait fait tous sauter.

— Ne me parlez pas des affaires publiques, si vous voulez que je ne pousse pas l'inconvenance jusqu'à m'ennuyer avec vous. Que me fait M. Amyot? Il conspire, mais vous veillez. Nous ne risquons rien. On peut bien le pendre, sans que je m'en émeuve. Je réserve ma sensibilité pour les malheurs de ceux qui vont à la messe avec conviction, et il n'y a pas un de ces Français qui n'y transporte dans la pensée, les ritournelles de M. Offenbach, un juif!

— Vos sentiments sont fort à louer; mais pourquoi tenez vous tant ce matin à ce qu'on aille à la messe?

— Parce que j'ai vu les *Huguenots*.

— Je ne croyais pas qu'on les jouât en ce moment.

— Je n'entends parler à Votre Eminence que d'une famille anglaise, qui est tombée chez moi avec ces horribles parachutes qu'on nomme les lettres de recommandation. Je

ne sais qu'en faire; ils connaissent déjà mieux que moi la ville éternelle, ils me demandent des choses impossibles.

— Comme quoi?

— Par exemple de leur faire visiter le portique sur le toit du château Sant-Ange.

— Mais cela s'obtient de Leopardi avec des protections.

— Votre Eminence ne me laisse pas terminer la série des indiscrétions de mes insulaires. La dame — une pairesse — a menacé son mari d'accoucher dans la nuit, — elle porte son neuvième enfant, — si on ne lui fait pas voir les prisonniers qui sont dans la citadelle.

— Je pourrais leur faire servir un brigand.

— Non, ils exigent un prisonnier politique.

— Ce n'est pas qu'ils nous manquent, reprit le cardinal; mais il y a toujours à se défier de ces Anglais, qui ont plus aidé à l'unité avec leur abstention que la France avec ses baïonnettes. Cependant, pour vous faire la partie belle, je donnerai des instructions afin qu'on leur laisse entrevoir le seigneur Amyot. C'est évidemment celui que leur curiosité vise.

Lisabetta palpita.

— Et comment l'apercevrait-on? dit-elle.

— On entrouvrirait la porte de son cachot, et on lui passerait des cigares en présence du guichetier.

Elle voulait réussir et détourner les soupçons, elle fit une réponse audacieuse.

— Décidément, dit-elle, ils préféreront voir un Romain. Si Votre Eminence veut faire grandement les choses, elle écrira un mot pour qu'on les autorise à se faire ouvrir la porte qu'ils choisiront. L'hospitalité est une sainte vertu, monseigneur; ne lésinons pas avec nos curiosités. Chacun fait ce qu'il peut: Londres montre ses hôpitaux, et l'Eglise ses condamnés à mort.

Elle fit comme par distraction la main de son interlocuteur et la laissa retomber, confuse de tant de familiarité.

Leopardi s'assit devant une petite table, et traça une ligne qu'il remit avec beaucoup de grâce apostolique.

— Les accompagnerez-vous? demanda-t-il.

— Je ne pense pas que je puisse m'en dispenser.

— Je tâcherai aussi de monter un instant là haut ce soir; je vous aurai rencontrée une fois de plus. D'ailleurs c'est demain que je me confesse.

Lisabetta pâlit. Elle aurait à parer un danger nouveau. Cela ne l'empêcha pas de sourire et de reconduire le cardinal jusqu'à sa voiture.

Elle avait commencé les premières manœuvres de la bataille. Il fallait maintenant trouver les Anglais dont elle avait parlé.

Elle plongea les doigts dans une de ces vastes coupes que des nègres en bronze soulevaient dans son antichambre; elle y trouva plus de cartes de familles anglaises qu'elle n'en aurait eu besoin pour faire une lecture.

Elle se fit mener à l'hôtel Vittoria.

A moitié route, elle descendit chez son parfumeur, qui avait aussi l'honneur d'arranger quelquefois ses beaux cheveux; elle y acheta des eaux de toilette, des gants et toute sorte de choses. Il importait que l'aristocratie se fît bien venir de la petite bourgeoisie.

A l'hôtel Vittoria, elle rencontra lord et lady Uncarthley, qui faisaient à peu près son affaire. Naturellement milady se trouvait grosse, et avait deux ou trois miss, puis un entourage de jeunes cousins. On pouvait parfaitement se perdre dans cette nuée blonde. Ils allaient sortir pour voir si véritablement le temple de la Fortune n'avait que huit colonnes, et celui de Jupiter tonnant, trois; mais ils donnèrent la préférence au mausolée d'Adrien. La princesse se garda de parler de l'autorisation écrite. Les voitures étaient découvertes. Les rues, où avaient passé quelques charrettes de fleurs le matin, ne sentaient plus aussi exclusivement la friture. Un petit vent courait sur le Tibre, qui avait meilleur mine qu'à l'ordinaire. On assurait que les équipages du pape se croisaient avec ceux qui allaient vers le pont. Tout annonçait que l'excursion serait charmante. Lisabetta fut très-indulgente pour lady Uncarthley et causa avec elle des choses de la *nursery*, quoiqu'elle détestât les enfants, parce qu'elle n'en avait pas. Lord Uncarthley lut le *Times* devant la princesse, mais elle aimait mieux cette inconvenance que sa conversation. A gauche de la rue, des pantalons rouges portaient la soupe à quelque poste éloigné dans les faubourgs; à droite, un sergent de zouaves, qui avait cent mille francs de rentes, éclaboussait les bas d'un monsignor à pied, en faisant caracoler son cheval devant la boutique d'une belle charcutière cruelle. C'était Rome dans sa poésie contemporaine.

Le custode en chef du château Saint-Ange s'inclina devant la princesse. Un subalterne conduisit la petite troupe, pour gagner la *mansía*. Le château était déjà si rempli qu'on aurait dû loger les nouveaux prisonniers dans des chambres qui avaient à peine l'honneur de ressembler à des cachots, et qui étaient situées au troisième étage, tout près de la plate-forme.

Le séjour ne devait pas être long; la prison n'est qu'une auberge dans des temps où l'on se bat sur les routes.

Les détenus avaient été prévenus qu'on leur ferait subir un interrogatoire dans la soirée. La commission militaire se rassemblait le matin, et avec des protections on obtenait d'être exécuté dans l'après-midi. Certains impatients, dont le sort était décidé, aimaient mieux recevoir de suite une bonne pluie de balles que les piqûres nocturnes des zangari.

Gian Mico et Amyot étaient voisins de chambre.

La porte du dernier s'ouvrit.

Lisabetta parut.

C'était un grand triomphe de la stratégie. Elle avait pu échapper aux deux Uncarthley, aux miss et aux cousins; elle les avait laissés, mais il importait de les retrouver sur le Mausolée d'Adrien.

Elle les arrêta longtemps devant les peintures de Pierin del Vaga, et les conduisit, toujours escortée du custode, le plus près possible de la statue de l'ange que Wanschfeld a coulé en bronze pour couronner l'édifice. Là elle engagea une discussion.

— La première statue, celle qui avait été faite autrefois par Raphaël de Montelupo et que Benoît XIV remplaça par celle-ci, était plus grande, dit-elle.

— Mon guide du voyageur soutient que les dimensions sont égales, hasarda lord Uncarthley, et votre affirmation me paraît audacieuse.

— A qui vous en rapporterez-vous pour vos notes? à moi ou à votre guide?

— Je ne sais en vérité! Il a les études faites dans les bibliothèques; mais vous avez, vous, la tradition de sa société romaine.

— Je ne me donne pas pour une autorité, et je ne voudrais pas vous faire inscrire en faux. On lira vos cahiers plus tard.

— En effet, répondit-il modestement.

— Vous établirez une jurisprudence dans la question. La postérité ne sait pas quelle était la plus grande des deux statues; mais quand un pair d'Angleterre attestera....

— Je donnerais dix livres pour ne pas être monté ici, dit Uncarthley.

— Milord, s'écria-t-elle, j'aperçois une solution. L'abbé Marremma est archiviste du fort Saint-Ange. Si quelqu'un sait la vérité, c'est lui. Il demeure au premier étage. Je vais aller le chercher. Mais vous vous en rapporterez à lui?

— Je vous le jure!

— Je vous retrouverai sous le portique, n'est-ce pas!

— Et bien reconnaissants! dit milady.

Les miss et les cousins étaient émus.

Elle s'échappa et emmena le custode, qui, sur sa requête, la conduisit vers le porteclefs.

Elle lui montra la signature de Leopardi.

— Lequel de ces imprudents désirez-vous voir, signora ? dit l'homme.

Elle prit une attitude indifférente.

— Je n'ai point d'idée arrêtée. Conseillez-moi. Où est le personnage le plus intéressant ?

— Aucun n'est intéressant, Excellence, reprit-il d'un ton indigné ; ils méritent tous leur sort.

— Sans doute. Quel est le plus beau alors ? Je cherche une tête pour le tableau que je fais faire.

On s'accorda à donner la préférence à l'officier français.

— Montrez-le moi, dit-elle en redevenant tout à coup princesse.

Son cœur sautait. Elle était très-calme en apparence. Ils tournèrent dans un couloir qui arrivait à la plate-forme. Le geôlier portait les clefs à une serrure.

— J'y pense, dit-elle tout à coup. Son Eminence m'a avertie qu'elle viendrait et qu'elle désirait me parler. Pourriez-vous aller l'attendre en bas et l'avertir que je suis là ?

— Il ne m'appartient pas de renfermer Votre Excellence, reprit-il avec embarras. A qui remettrai-je les clefs ?

— A moi ! reprit-elle fièrement. Doutez-vous de la femme d'un Monte-Feltro ?

Il ne pouvait pas douter. Sa place lui aurait été retirée. Il ouvrit et mit la grosse clef dans la main de Lisabetta.

Amyot recula d'éblouissement en la voyant.

— Déjà inconstant ! lui dit-elle. Mais je vous pardonne, puisque je n'ai pas le temps de vous en vouloir. Voici des ciseaux : vous allez couper vos moustaches et mettre cette perruque rouge. Vous aurez l'air d'un clergyman écossais. Je vous mêlerai à une famille anglaise. Ensuite le n° 119, où nous nous retrouverons ; puis, votre démission envoyée, la fuite avec moi en Orient, et toute la vie à nous deux !

Il se mit à genoux et couvrit de baisers les bagues de ses doigts.

— Quoi ! dit-il, vous me donnez tout ?

— Monte-Feltro m'insulte chaque jour avec ses maîtresses. Vous ne pouvez plus tenir à Rome. Vous monterez une maison de commerce plus tard, dans le Levant. Soyez tranquille, vous payerez votre part dans notre ménage. Mais apprêtez-vous ! Vous devez être dehors dans dix minutes. Faites vite. Je ne vous regarderai pas.

Elle alla vers la lucarne.

Il était devenu sombre.

— Cet homme sait-il qui vous êtes ? demanda-t-il.

Elle rit.

— S'il ne l'avait pas su, il ne m'aurait pas confié ce bijou.

Elle montra la clef.

Elle devinait vite.

— Ne vous ai-je pas dit que j'étais une Bentivoglio ? Dans le cas où je renoncerais à l'éclat de la famille du prince, la mienne me resterait et elle me suffit. Du reste, le prince me rend libre, et mon sang-froid m'ordonne de ne point demeurer sous un affront. Ne craignez pas de me compromettre.

— Vous ne me pardonneriez point plus tard.

— Et ignorez-vous donc qu'ils vont vous envoyer aux bourreaux, reprit-elle encore toute vibrante. Aimez-vous mieux la hache que mon cœur ?

— Je n'ai rien fait qu'un discours mélancolique, ils ne me condamneront pas pour des utopies.

— Il y avait un espion parmi vous ; il a dénaturé vos paroles. L'arrêt n'est que trop certain.

— Je ne peux pas vous déshonorer ! répondit-il. Quand on m'a forcé d'entrer dans l'armée, je me suis bien dit que tout pouvait finir brusquement pour moi ; seulement c'est trop tôt !

— Mais le coup est pour deux ! Je suis venue à vous hier par curiosité, par ennui ; je voulais voir un homme qui avait un beaucoup de cœur. Eh bien ! son cœur m'a gagnée.

Je sens que vous emporterez ma jeunesse dans votre tombeau et que vous ne me laisserez que des jours de larmes ! Méprisez-moi et faites-moi et faites-moi heureuse. Ce papel je l'adorais ; je vais le haïr, si l'on vous tue ! Qu'est-ce que vous voulez ? Quoi ! vous ne trouvez rien à répondre quand je vous parle ainsi ? Vous ne m'avez pas encore embrassée et rassurée ! Vous laissez crier Lisabetta ! Tu ne me trouves pas belle ? Ah ! au moins trouves-moi malheureuse, et donnes-moi ta compassion !

Elle se roulait dans les larmes, elle se traînait le long du mur en tendant les mains.

Elle était admirablement éloquente dans ses gestes, et il n'y avait pas à douter de sa passion et du vertige de sa douleur.

Il fut vaincu, il la ramena dans ses bras.

— Plus tard, dit-elle. Cet homme va revenir, et l'occasion ne se retrouvera pas. Hâtez-vous.

Le capitaine prit les ciseaux ; puis tout d'un coup :

— C'est une lâcheté ! s'écria-t-il. Mon uniforme, que je hais, m'oblige pourtant ! L'armée dira que j'ai eu peur. Je trahirai aussi la démocratie et la France !

— Eh bien ! trahissez-les, dit-elle avec une confiance sublime.

Elle jeta ses lèvres sur les siennes pour l'empêcher de parler.

Alors un bruit remua dans le corridor, un pas arriva vers la porte.

— Il est perdu! dit-elle; le geôlier!

L'homme de la captivité reparut. Il avait une double clef.

Elle courut vers lui :

— Dix mille écus ce soir, si vous le faites partir! dit-elle.

— Taisez-vous, madame. Son Eminence est derrière moi.

Lisabetta devina qu'en restant près d'Amyot, elle lui retirait la seule chance qu'il eût. Le cardinal devait être un de ses juges. Par une jalousie instinctive, il serait plus dur pour le Français, s'il pouvait soupçonner qu'elle l'aimât.

— Adieu! dit-elle, tu me retrouveras sous ton linceul.

La porte se referma après elle. Leopardi passait.

Elle fut obligée de le conduire vers les Anglais qu'elle avait inventés. Les choses du gouvernement s'arrangent bizarrement à Rome. Un monsignore belge y a été longtemps ministre de la guerre. Leopardi, quoique cardinal, faisait partie de la commission militaire qui venait d'être convoquée, et Monte-Feltro la présidait, comme lieutenant-colonel.

Le cardinal avait reçu dans la matinée, la visite de monsignor Ferrando. Monsignor était dans des rapports tendres avec Son Eminence. Le Gesu connaissait les affinités de Leopardi avec Monte-Feltro; il les rencontrait à chaque pas tous les deux, dans la voie d'un demi-libéralisme qui détonait piteusement avec leurs paroles officielles. La guerre n'était pas ouvertement déclarée. Une dernière mise en demeure fut essayée, et Ferrando avait été désigné comme agent.

Quoique l'audience ne dût pas être longue, Ferrando, suivant l'habitude de la diplomatie ecclésiastique, entra dans mille détours avant de se placer fermement sur le vrai terrain de sa mission.

Le cardinal n'avait pas besoin qu'on lui soulignât les points, et il s'impatienta de ces circonvolutions.

— Enfin, dit-il à Ferrando en l'interrompant, vous venez me demander des têtes. Il ne faut pas rougir de votre exigence; cette requête est très-familière à la politique qui vous subventionne.

— Je ne suis subventionné par personne, monseigneur, reprit vivement Ferrando.

— Mais vous voulez faire votre carrière, vous visez au chapeau. Dans la série des accusés qui vont comparaître, il y a un de vos localaires, le capitaine Amyot. Si nous le condamnons, vous aurez une chambre vide; il est vrai qu'il y aura une tombe pleine. Cela fait compensation.

— Votre Eminence admettra que je ne me préoccupe pas de mes affaires personnelles, lorsqu'il s'agit de celles de l'Etat. L'Eglise, dont mes maîtres sont depuis des siècles les meilleurs soldats, est à l'heure la plus rude du combat. Je viens vous supplier de ne pas voter avec ceux qui l'attaquent, et de ne point laisser influencer votre raison par votre pitié. Vous n'avez jamais ignoré, monseigneur, que dans le déplorable désarroi de l'époque contemporaine, il n'y a plus qu'une seule vraie puissance active, celle de notre société, et qu'il lui suffit de toucher du doigt les princes, même ceux qui sont revêtus de la pourpre, pour les faire retomber en poussière.

Leopardi estima que cette mercuriale était saupoudrée d'insolence, et que Ferrando profitait de sa qualité de mandataire pour accentuer sa rancune particulière. Il importait à sa supériorité hiérarchique de ne point recevoir une leçon; mais il tempéra la revanche de sa susceptibilité, et, prenant son interlocuteur par le bras, il le reconduisit courtoisement et sans avoir l'air vers la porte, en lui disant :

— Vous manquez encore de mesure, caro mio; mais vous vous formerez à l'école de l'adversité. J'augure fâcheusement de votre avenir. Vous vous êtes trompé en entrant dans la maison où vous servez; vous ne savez pas tout à fait lancer un trait dans la chair. Vous étiez né pour faire un jésuite du dix-huitième siècle, dans le temps où ils baisaient plus volontiers la main de Mme de Pompadour, qu'ils ne le firent plus tard pour celle de M. de Maistre. Cependant, quand vous aurez usé plusieurs paires de bas en vous agenouillant devant tous les impitoyables, vous arriverez à être protonotaire. Un conseil en passant : ne découragez point la France en étant si peu aimable pour un de ses officiers, elle seule est assez riche pour payer votre petit manteau et pour donner de l'orge à la mule de Sa Sainteté. Le capitaine Amyot nous est très-fortement recommandé, et nous le défendrons, malgré votre sentence. Ne touchez pas à ce brave et imprudent garçon, si vous ne voulez point que nous vous fassions descendre à l'avenir nos escaliers encore plus vite que nous ne vous demanderons de les monter aujourd'hui.

Ferrando sortit; il mêlait de l'écume à son sourire.

Monte-Feltro arriva au château Saint-Ange à la vingt-deuxième heure. Il devait visiter chaque prisonnier, il avait de pleins pouvoirs pour prononcer un élargissement. Mais on l'avait mandé dans la journée au Vatican, où on insista pour qu'il fût sévère.

Sa première visite laissa une trace de sa cruauté. Il désespéra le premier accusé dont il se fit ouvrir la chambre, et qui était notre Gian Mico.

Mico avait tressailli de joie en se voyant interrogé avant tous les autres.

Monte-Feltro fit comprendre à son greffier qu'il n'avait pas à s'asseoir, et que l'affaire était tellement claire, que la procédure devenait inutile.

Tous les augures souriaient à Gian Mico.

— Vous êtes le vicaire de San-Stefano ? demanda le président.

— Oui, mon prince, et on avait daigné me donner ce poste de la plus haute importance, parce que la confiance en moi était illimitée.

— C'est vous qui avez invité les conjurés à se réunir dans votre maison ?

— C'est moi ! dit Mico avec fanfaronnade.

— Vous aviez poussé la précaution jusqu'à paraître au bal du théâtre Valle, ce qui est hardi !

— Une conviction profonde ne recule jamais, seigneur président.

— Vous vous êtes montré en public avec eux ?

— Je m'en fais gloire !

— En un mot, votre conduite a été des plus habiles.

La physionomie de Mico hésita. Monte-Feltro continua :

— En paraissant au théâtre, en vous attachant à eux, en les conduisant chez vous, vous n'avez rien laissé à faire à la police, qui n'a eu qu'à vous suivre. Vos sentiments étaient connus, mais vous venez d'en donner un témoignage éclatant. Le gouvernement de Sa Sainteté m'a chargé de vous annoncer que vous étiez nommé curé des Saints-Apôtres, en attendant mieux.

Le prince sortit.

Gian resta anéanti.

Monte-Feltro entra chez Amyot.

Amyot avait appris par le geôlier le nom de celui qui devait l'interroger. Le ciel ne cessait pas d'être juste. Amyot avait involontairement séduit la femme de Monte-Feltro; Monte-Feltro allait, pour une autre cause, l'envoyer à la mort. Tout était bien.

Lisabetta ignorait la nouvelle fonction de son mari. Elle avait rejoint Uncarthley sous le portique ; elle n'écoutait ni ne répondait, elle se plongeait par avance dans l'agonie d'Amyot.

Du portique on pouvait voir ceux qui passaient dans les corridors des divers étages, dont les croisées étaient ouvertes.

Lord Uncarthley avait vainement demandé à Mme de Monte-Feltro l'opinion de l'abbé Maremma sur les statues ; son silence l'inquiétait pour la résolution qu'il aurait à prendre dans ce cas extrême. Mais il sentit que Mme de Monte Feltro souffrait; il se préoccupa de la distraire, parce qu'il était bon. Il n'avait jamais rencontré le prince.

— Je veux vous faire à mon tour les honneurs de Rome, dit-il; mon érudition est toute fraîche et me vient du custode. Connaissez-vous ce personnage en grand uniforme qui passe devant ces fenêtres?

— Non.

— C'est l'homme de la situation actuelle. Il préside la commission qui doit juger les prisonniers amenés là depuis ce matin. On va grand train ici : coupables ou prétendus coupables hier, exécutés demain.

— C'est une honte ! dit lady Uncarthley.

— Et il y a plus de justice en Angleterre, ajouta l'ainée des petites, qui avait dix-sept ans. Chez nous, l'accusé peut fournir caution, et le jury fait l'instruction.

Lisabetta s'était précipitée sur la balustrade, pour voir celui qui tenait dans sa main la vie d'Amyot.

— Le prince ! s'écria-t-elle.

Le custode revint dire que les visiteurs devaient se retirer, et que le président de la commission avait donné l'ordre qu'un factionnaire fût placé à la porte de chaque chambre.

La pauvre femme sortit du château, comme elle serait sortie de la tombe d'Amyot.

Cependant Monte-Feltro entrait.

— Par le diable ! dit-il, le gouvernement est bien malade, s'il a su se faire un ennemi d'un homme comme vous !

Amyot ne comprenait pas.

— Allons, continua Monte-Feltro, prenez votre chapeau et suivez-moi !

— Où me menez-vous, monsieur ?

— Où vous voudrez. Au cercle, au café, pourvu que ce soit dans un lieu public.

Amyot ne bougeait pas.

— Ah çà ! reprit le prince, on dirait que vous vous défiez de moi?

— Vous exercez des fonctions sévères, monsieur, et ce n'est pas vous qui êtes responsable.

Monte-Feltro froissa sa moustache.

— Avez-vous donc oublié mes paroles d'hier matin, monsieur Amyot? L'occasion à laquelle je ne croyais guère s'offre, et je la prends avec joie. J'ai un pouvoir discrétionnaire, et je signerai en bas un ordre qui vous fera aussi maître de vos mouvements qu'une hirondelle dans la cour du Quirinal.

— Vous allez me déclarer libre ? dit Amyot en reculant.

— Vous n'êtes pas de ceux que l'on craint de lâcher dans la rue. Avez-vous esquissé une conspiration? C'est possible. C'était absurde, mais l'intention était généreuse. Il arrivera ce qui pourra, je ne ferai jamais de mal à un homme que j'ai admiré ! Avez-vous écrit ? dit-il au greffier.

Il signa.

Amyot pâlit effroyablement : il était redevable de la vie au mari de Lisabetta.

## V

Deux heures après, le Vatican apprit l'élargissement d'Amyot. La colère gronda dans toutes les salles des chefs d'œuvre. L'armée française allait être démoralisée par ce triomphe d'un de ses révoltés. Nul ne pourrait dire comment elle se tiendrait si un engagement avait lieu par les rues. D'un autre côté, il était imprudent de tirer beaucoup de bruit de cette affaire. Monte Feltro fut mandé, et les dispositions contre lui étaient menaçantes.

Le haut personnage qui le reçut l'accusa d'avoir outre-passé ses pouvoirs.

— L'admirable milice de l'Eglise qui combat sous le nom de société de Jésus, dit-il en terminant, attachait eu prix à ce que la répression fut sévère. Nous connaissons vos liens avec un cardinal qui s'est posé comme son antagoniste. Que veut dire cette tactique? En mettant dehors l'officier français, nous pourrions supposer que vous avez voulu rendre impossibles les poursuites contre ses complices.

— Vous vous tromperiez, répondit le prince; mais en partant de cette supposition, vous iriez certainement au seul but que vous devriez chercher.

— Je ne réussis pas à deviner. Avez-vous interrogé les meneurs?

— Tous : Tramontan, Santolino, et jusqu'à cet imbécile de Simone.

— Ils sont coupables, j'espère ?

— Ils respectent trop leurs convictions pour ne pas l'être.

— Alors vous concluez à ce que la commission se rassemble?

— Je demande que vous les renvoyez, faute de preuves.

— Mais vous dites vous-même..

— Je dis qu'il est grandement temps que la cour de Rome montre l'autre face de sa politique, celle qu'elle a laissé voir étant impuissante et absolument usée. Quant au capitaine Amyot, j'ai eu des raisons personnelles et honorables, vous pouvez le croire, pour l'élargir; mais je ne les aurais pas eues, que je me serais permis de vous indiquer cette voix de salut. Soyons cléments, c'est notre vraie manière d'être robustes, et encore ! Tramontan et les autres sont désarmés si vous leur infligez d'avance votre pardon.

Rome s'apercevra peut-être qu'un pape vaut un roi, si le pape est compatissant et ramène son peuple à la liberté ! Voici un mot bien nouveau dans ma bouche, monseigneur ; que la vôtre apprenne aussi à le prononcer, car c'est le mot non de la fin, mais du commencement.

Monte-Feltro se retira respectueusement. Il savait qu'il allait indigner, mais il espérait aussi qu'il ferait réfléchir. La nécessité de formuler une solution l'avait inspiré, et il restait ébahi de lui-même. Cet homme léger s'émerveillait de se trouver homme d'État. La solution parut acceptable, et dans la soirée, toutes les chambres nouvellement occupées au château Saint-Ange se trouvèrent vides.

Monte Feltro disparut ainsi de ce bienfait pour le public. Rien ne lui était plus indifférent.

Sa femme, qui faisait des bonds de lionne dans la solitude de son palais, et qui était résolue à employer des moyens extrêmes pour sauver Amyot, apprit sa libération à la nuit tombante; mais, comme elle sut en même temps celle de tous les autres, elle ne l'attribua pas au prince et ne crut pas sa reconnaissance engagée.

Le lendemain était un dimanche. Lisabetta ne séparait jamais ses habitudes de la dévotion pratique. Elle trouva fort simple d'aller à la messe, pour se rendre ensuite auprès de son amant. Elle voyait très-peu le prince, qui ne la questionnait guère sur l'emploi de son temps. A l'église des Saints-Apôtres, elle s'émerveilla beaucoup de la contenance du nouveau curé, qui était entré en fonctions malgré lui, et célébra la grand'-messe avec une attitude de martyr que la cérémonie ne justifiait pas assez; mais elle comprit qu'il se révoltait sous sa chasuble. Elle remercia Dieu, sans aucune honte, pour avoir sauvé les jours de l'homme auquel elle allait se livrer. Son espérance et les mœurs du pays l'éloignaient de tout scrupule. Elle était très-naïve dans ses actions de grâces illégitimes. Cependant il faut reconnaître que jamais la sainte messe ne lui sembla si longue. La demie après la douzième heure venait de sonner. Amyot devait être au numéro 117. Ferait-elle attendre celui qui arrivait du pied de l'échafaud? Aussitôt que le Ite missa est fut prononcé, elle coupa la longue foule.

Elle avait hâte de se rendre chez la Vitali, mais elle n'y rencontra pas la capitaine. En descendant l'escalier, elle crut mourir.

Elle se retrouva bientôt au Corso.

Elle avait pris une résolution extrême : elle allait chez Amyot.

Pour n'être pas venu, il devait être mort.

La grâce accordée n'était-elle qu'une appatience? s'était-on défait clandestinement d'Amyot? Conserver ce doute, était-ce dans les forces humaines? S'il ne vivait plus, elle trouverait un moyen de disparaître du monde au profit d'un couvent. Les couvents, dans la péninsule, empêchent bien des fourneaux de s'allumer et retiennent des désespérés au bord des fleuves. Si Amyot existait toujours, elle ne ferait que se montrer, elle apprendrait l'obstacle formidable qui l'avait retenu, et elle conviendrait d'un autre rendez-vous. La passion va devant elle comme un boulet, elle tue dans sa route.

Cette visite pouvait être une occasion de duel pour Monte-Feltro; elle n'y pensa même pas.

L'incendie de l'autre matinée lui avait appris que le capitaine demeurait via Fra tina, dans la maison Ferrando. Le jeune prélat avait des relations avec elle; mais il détestait le prince, qui prenait le mot d'ordre chez le cardinal et lançait des bordées contre le Gesu. Si le hasard la montrait à Ferrando dans les replis d'une intrigue, beaucoup de salons seraient fermés à la princesse. Est-ce que cela pouvait l'arrêter?

Elle entra dans la cour. Elle vit un soldat qui n'était autre que Landreux, et derrière un rideau, au troisième, une grande moustache qui se retirait. Amyot vivait.

Elle lui pardonna tout, et elle crut encore que d'heureux soleils éclaireraient pour eux les rues de Rome.

Depuis la veille, il se faisait chez Amyot un travail d'incubation. Il enfantait la reconnaissance.

Elle germait naturellement dans ce cœur généreux. Il ne pouvait point ne pas la produire, quand la semence du bienfait y était tombée; mais il s'effrayait de ce qu'elle allait lui coûter.

Il ne s'exagérait cependant pas les proportions du service que le prince lui avait rendu, ni surtout les raisons qui l'avaient déterminé à le rendre. Monte-Feltro avait beaucoup trop admiré un trait de courage assez vulgaire, pensait-il. Mais le fait était là et accablait Amyot.

Que deviendrait-il, en face de lui-même, si pour le remercier, il continuait à lui prendre sa femme? Serait-il assez faible pour être aussi monstrueusement ingrat? Dût Monte-Feltro ne jamais s'en douter, Amyot adressant encore une parole d'amour à Lisabetta se serait épouvanté.

Plus il était entraîné, plus il devait la fuir.

L'ingratitude avait toujours été, dans son appréciation, le plus lâche des crimes, soit chez les individus, soit chez les nations Il méprisait moins un coup de violence qu'un oubli. Il se serait tué, le jour où il ne se se-

ait plus souvenu qu'on avait été généreux avec lui.

Si Lisabetta en avait été à son second amant, elle se serait en allée après avoir vu d'en bas qu'Amyot était vivant. Mais son innocence dans le passé la perdit. Elle manquait d'expérience.

Elle s'avança vers Landreux.

— Vous êtes au service du capitaine Amyot? lui dit-elle.

Landreux était toujours galant. Il répondit :

— Oui, signora, et au vôtre.

— Il est chez lui?

— Je le crois.

— Allez lui demander s'il peut recevoir une dame.

Landreux était plus content d'une bonne fortune qui allait chercher son maître que d'un duo dont il aurait été le ténor; il n'aurait jamais cru que Rome renfermât une aussi belle femme que la princesse.

— Certainement il recevra madame, répliqua-t-il. On a un cœur, et ce n'est pas pour le mettre aux sourds-muets.

— Allez vite! dit-elle en haussant les épaules.

Elle s'assit sur les marches du petit perron.

Amyot n'avait pas entendu la conversation, mais il la devina, car il avait aperçu Lisabetta.

L'épreuve le tourmentait plutôt qu'il ne l'avait pensé. Elle avait osé venir! Peut-être Lisabetta avait à lui apprendre des choses d'une importance formidable pour elle-même? peut-être l'exposait-il gravement en ne paraissant pas? Mais ce bienfait reçu? mais ce serment que sa conscience avait arraché de ses entrailles?

Landreux se présenta très-fier.

Amyot ne le laissa point parler.

Il se jeta sur son fauteuil, et, prenant sa tête dans ses mains pour ne point laisser voir ses yeux :

— Tu répondras que je ne puis point recevoir! dit-il en baissant la voix.

Landreux se prit à douter du bon sens de son maître.

— Le capitaine ne sait peut-être pas qu'à Paris même, qui est la capitale des jolies femmes, on n'en trouverait point une pareille! dit-il.

— Fais suivant mes ordres, répondit Amyot. Et il poussa Landreux dehors et ferma le verrou.

Landreux redescendit la tête basse, comme s'il avait commis lui-même l'inexplicable inconvenance; toutefois il n'eut point assez de courage pour ne pas modifier son texte.

— Le capitaine était sorti! dit il à Lisabetta. C'est moi qui suis un imbécile.

Elle se leva frémissante et pâle :

— Vous mentez! dit-elle, M. Amyot est chez lui, je l'ai vu.

Il était fou, mais il fallait qu'elle eût raison de cette folie.

Elle se précipita dans l'escalier.

Ce fut une crise terrible pour Landreux.

On lui avait donné une consigne! Mais porter la main sur une femme et la retenir violemment!

Il la laissa monter.

La maison, par bonheur, se trouvait abandonnée. Monsignor était aux vêpres; les pensionnaires, au café ou en villégiature. L'esclandre n'aurait donc pas de témoins.

Landreux s'arrêta au premier étage, non pour écouter, mais pour intervenir au besoin.

La Monte-Feltro alla droit à la porte.

Elle frappa du bout de son gant.

Rien ne bougea.

Elle refoula encore des flots de colère.

— C'est moi! dit-elle doucement.

Il ne répondit pas.

Qu'aurait-il pu répondre?

Qu'il était un sot, que; qu'il résistait à une voix qui aurait attendri le bronze et à une caresse dont se serait troublé un satyre, et que pour sauver sa probité, il risquait de tuer une femme.

Elle colla son oreille à la serrure et, n'entendant aucun mouvement, elle reprit encore:

— Je ne vous en veux pas d'avoir oublié que je vous attendais là-bas. Vous avez eu de tels effrois hier, que vous avez pu laisser dans le dédain ce que nous nous étions promis. Je sais pourquoi vous n'ouvrez pas et je vous en remercie. Seulement vous vous trompez: je suis bien plus compromise à votre porte que sur votre cœur. Laissez-moi entrer, je ne resterai pas, si je fais peur à votre chambre; mais je vous aurai vu sourire et je serai contente.

Le silence continua derrière ces planches, sourdes comme celles d'un cercueil.

Elle pleura; puis, se maîtrisant, elle continua:

— Dites-moi que vous m'écoutez et que vous me pardonnez d'être venue. C'est que je vous aime tant!

Il fit un pas, puis il se maudit et resta dans son immobilité insultante.

Alors les pleurs de Lisabetta cessèrent tout d'un coup. La patricienne se remontra et se sentit bafouée par ce petit officier d'aventure.

— Monsieur Amyot, cria-t-elle, vous avez humilié une fille des Bentivoglio! Vous êtes un faquin!

A la même seconde, les marches d'en bas craquèrent sous des pas; la tête de Ferrando montait au-dessus de la rampe.

Il n'avait pas perdu un mot de la dernière phrase de la princesse.

Il aurait voulu ne pas se montrer, mais elle avait les yeux sur lui; il ne se doutait point que ces yeux ouverts ne le voyaient pas. Il supposa qu'elle ne l'aurait éconduit jamais, s'il avait l'air de fuir après l'avoir trouvée dans une situation aussi fausse; mais il voulut sauver les apparences. Il fit disparaître de sa physionomie toute trace de surprise. Il était à sa connaissance complète que la Monte-Feltro n'avait aucune relation avec sa sœur, et qu'elle n'avait jamais mis les pieds dans la maison de la via Frattina.

Il salua très-bas en passant à côté de Lisabetta.

— Votre Excellence a fait une tentative inutile, dit-il. Tilia n'a pas occupé cette chambre, et elle demeure au Pincio.

Landreux n'avait pas cherché à entendre et il ne pouvait pas empêcher monsignor de rentrer chez lui.

Il ne jugea point que son immixtion pût être utile dans un débat qui était évidemment une querelle d'amoureux; mais, quels que fussent les torts de la dame, il trouvait son maître bien sévère.

La pâleur de la princesse l'effraya lorsqu'elle traversa la cour.

Il savait que les femmes n'aiment pas être abordées, lorsqu'elles ne sont point victorieuses; il ne proposa donc pas de faire venir une voiture. Mais, voyant que la pauvre chassée tremblait de tous ses membres, il marcha à quelques pas derrière elle.

Elle regagna très-vite le palais Monte-Feltro.

C'est ainsi qu'il apprit qui était la maîtresse de son capitaine.

Cependant son expérience ne lui permettait pas d'admettre qu'elle le fût complétement.

Elle était bien trop belle pour qu'on la laissât pleurer dehors, lorsqu'on l'avait connue.


## VI

Pendant deux jours, Amyot ne sortit que pour son service; il maudit son honneur et sa vertu, mais il ne les trahit pas.

Le séjour de Rome lui était devenu atroce. Il espéra que son colonel, après le retentissement de cette histoire mal finie, le forcerait à donner sa démission; il ne pouvait pas l'offrir lui-même, puisque l'armée était considérée comme étant en campagne. Il fut encore déçu. Ses chefs ne firent pas une allusion à sa conduite; le silence était le mot d'ordre convenu. On ne voulait pas soulever un seul détail d'une insurrection mo-

rale, où l'on redoutait de trouver des complices inconnus, et qu'on risquait d'agrandir,
en les punissant. Amyot rentra au quartier,
sans qu'une seule physionomie trahit une
surprise; il semblait protégé par cette popularité que son courage dans l'incendie lui
avait faite. Mais, s'il ne pouvait pas quitter
Rome, il aurait voulu au moins ne plus habiter cette chambre dont il avait renvoyé
Lisabetta. La pénurie de ses ressources ne
lui permettait pas ce changement. Monsignor Ferrando faisait payer d'avance ses lo-
cations; Amyot s'était engagé pour un mois.
Un matin il vit entrer le vicomte de Saturnin, ce zouave qu'il coudoyait au cercle
leurs idées les séparaient, mais la jeunesse
et une certaine bonne humeur les avaient
rapprochés quelquefois, quoique leurs relations n'eussent aucun caractère d'intimité.

— Mon capitaine, lui dit Saturnin, je viens
me plaindre à vous d'un manque de confiance. Comment! vous recevez au cercle une
convocation du comité d'action, et vous nous
laissez croire que c'est tout bêtement un
billet doux? Il fallait me prévenir, en qualité
de compatriote; je vous aurais évité une
station ténébreuse au château Saint-Ange.
Quoique nous soyions forcés par état de dé-
tester les démocrates, quelques uns de mes
camarades et moi, nous aurions fait le guet
en bourgeois, rossé les carabiniers, qui sont
trop beaux hommes et nous font du tort auprès des femmes de chambre, et vous auriez
conspiré tranquillement, puisque c'est votre
plaisir et puisque cela fait si peu de mal.

Amyot ne tolérait pas que l'on touchât,
même indirectement, à un souvenir qui lui
était sacré.

— Je ne suis pas en situation de vous remercier pour cette offre de service. Je ne me
mêle pas de votre politique; ne comprome-
tez pas la mienne, si tant est que je doive
en avoir encore une dans l'avenir, répondit-il.

— Eh bien donc! pardonnez-moi seulement
une question de ménage : combien coûte,
dans la maison meublée de monsignor Ferrando, une chambre comme la vôtre?

— Quatre écus par mois. Mais vous ne
l'ambitionnez pas pour vous, je suppose?

— Au contraire. Quand je construis un
château en Espagne, je ne limite pas ma
dépense.

— Vous avez un petit hôtel, place d'Espagne, et une écurie pour quatre chevaux?

— Ne m'attendrissez pas, capitaine. J'avais,
je n'ai plus!

— Qu'est-ce à dire? reprit Amyot en faisant effort pour paraître s'intéresser à la
conversation.

— Je serai sincère, et je vais vous montrer une des plaies de notre parti. Un

rejeton des croisés, qui doit avoir un jour
une fortune respectable, ne peut pas avec
convenance mener la vie d'une des autruches qui sont sous vos ordres, quoique ces
autruches deviennent coqs à l'occasion. On
m'a constitué un pécule, — pécule obligé
comme un blason; — j'ai été forcé de souper, d'aimer et de jouer. J'ai perdu hier l'argent de poche qui m'était demeuré fidèle :
soixante mille francs, les derniers! Je prétends me serrer le ventre et vivre frugale-
ment jusqu'à l'aube de mon prochain semes-
tre.

Amyot réfléchit un instant.

— Voulez-vous ma chambre? dit-il.

— Et où irez-vous?

— Il y a une autre pièce au quatrième. Je
trouve celle-ci trop bruyante.

— Le bruit m'amuse, dit Saturnin.

Amyot fit régulariser par Ferrando cette
substitution de personnes, et il s'endormit
un peu plus paisiblement loin du théâtre de
son crime.

Le désœuvrement s'ajoutait à sa tristesse.
Il essaya de s'intéresser aux splendeurs de
Rome. Il lui semblait qu'il s'oublierait mieux
dans les foules. Les foules sont rares à
Rome.

Un jour, comme la vingt et unième heure
tintait, il entendit un certain tumulte sur la
place Navone. Il y monta.

C'était le tirage du *lotto*, cette solennité
corrosive qui brûle le peuple, le soulève sur
l'espérance et le laisse retomber plus loin
dans la poussière. Quelques-uns pourtant
sortent radieux de ce marais gluant et phos-
phorescent. La loterie est un dérivatif de la
tyrannie; elle amuse l'imagination des plè-
bes qui n'ont que la liberté du rêve; elle est
la Sherazade qui raconte tous les jeudis ses
histoires merveilleuses.

Ordinairement le *lotto* se tire dans un car-
refour, près de l'*hôtel des Postes*. Mais pour
attirer davantage, on l'avait hissé ce jour-là
place Navone. Elle est une des physionomies
les plus curieuses de la ville éternelle. C'est
de là, de ces vieux magasins, où s'enfouis-
sent les étoffes plébéiennes, que sont sortis
les lazzis qui ont alimenté pendant des siècles
la verve de Pasquin. Amyot se perdit longtemps dans la bizarrerie des costumes et
dans le brouhaha de cette foule.

Bien des types s'y dessinaient. A côté de
la vieille femme qui avait servi de modèle à
l'académie dans le temps fabuleux de M.
Horace Vernet, se tenait la jeune Romaine
moderne, abdiquant la nationalité et portant
les modes parisiennes, destinées à plus de
maigreur. Un garde-noble du pape enfonçait
ses coudes dans le corsage plantureux d'une
contadine de Frascati. Un grand Russe schis-
matique cachait le jour à un petit abbé na-

politain, entretenu par le palais Farnèse, et qui espionnait à cœur-joie dans cette multitude. Un gros marchand de la place obstruait cinq ou six bambins qui essayaient de grimper sur lui comme sur un monolithe. Tous les donneurs d'eau bénite des cinq cents paroisses scandalisaient, par la liberté gaillarde de leurs propos, les filles allemandes que la garnison française attirait à Rome, malgré les ordonnances. Des domestiques de place couraient en offrant les derniers numéros non placés. Des matrones sibyllines pronostiquaient l'avénement de leurs rêves et faisaient miroiter des quaternes insolents. Un prince romain ruiné se laissait tutoyer par un juif de Francfort, pour avoir un bon igare, en attendant l'heure qui devait refaire ses millions. La poussière jaune volait sous les pas; l'eau de la fontaine s'éparpillait sous la main des enfants, penchés sur la vasque. Les fenêtres s'emplissaient de têtes, les ânes brayaient, les cloches ne s'entendaient plus; les boutiques se fermaient bruyamment, comme au passage d'une émeute; les pierres des façades étaient crayonnées de grands chiffres fatidiques Toute la place, en un mot, et tout Rome, dans la place, grouillait dans l'ardeur de l'attente. Jésus aurait passé dans ce moment-là et aurait éclairé les dalles du disque de son auréole, que personne, dans la ville de saint Pierre, ne se serait retourné pour le saluer.

Amyot se laissa distraire par le spectacle durant quelques minutes, mais bientôt son attention fut surprise.

La personne qui semblait la plus impressionnée et la plus impatiente, celle qui se dominait le moins et courait le plus vite aux nouvelles, était Titia, la sœur de monsignor Ferrando.

Le capitaine, comme on l'avait déjà dit, l'avait rencontrée souvent, mais lui parlait peu. Titia, quoiqu'on pût deviner, dans la flamme de ses yeux et dans l'intelligence de ses traits, un fluide et des beautés non révélées, n'était pas attirante pour un Français. Amyot s'était dit quelquefois, dans ses heures d'oisiveté à sa fenêtre, qu'il pourrait peut-être l'admirer, mais non l'aimer.

Il s'était étonné de la trouver là. Il allait lui adresser une parole banale lorsqu'elle s'échappa vers une autre direction.

On se préparait à tirer les numéros. C'était une des dates où le gouvernement fait souverainement les choses. Les gros lots pouvaient sortir de l'urne. Un ruisseau d'or allait tourner aux pieds d'un inconnu

Le silence devint solennel.

Titia, plus pâle que tous les autres, s'appuyait au poteau d'un lampadaire.

Comment Amyot avait-il pu juger si faussement cette étrange personne? Comment

l'avait-il cruе perdue dans les nues, celle qui montrait des goûts si terrestres?

— L'heure sonna : les chiffres jaillirent. Un nombre fut proclamé.

Quelques femmes tombèrent évanouies sur les dalles. Dix mille poitrines exhalèrent un cri de malédiction.

Titia agita un papier en l'air avec le geste qui aurait déployé une bannière.

— 9, 4, 2, 7! s'écria-t-elle. J'ai gagné!

La voix lui manqua Des voisins la portèrent sous l'estrade

— Remerciez la sainte Vierge, mon enfant : lui dit le préposé à cette chose. Voici trois mille écus en or, à l'effigie de Sa Sainteté et en pièces neuves.

Les rouleaux furent comptés et enveloppés dans une bourse qui portait les armes de Saint-Pierre.

La jalousie du petit peuple aurait pu se déchaîner contre une femme qui appartenait relativement à la classe riche; au contraire, dans presque tous les groupes, on cria :

— Vive la Titia!

La grande place se vida par des courants divers, qui allaient porter à tous les quartiers de la ville la nouvelle de la fortune de la signorina Ferrando.

Titia passa encore auprès du capitaine.

— Rentrez-vous à la maison, signor? lui dit-elle.

— Je n'ai aucun projet, répondit il.

— Alors cela ne vous contrariera pas de m'accompagner jusqu'au Pincio, où je demeure? Vous savez que j'ai reçu publiquement une forte somme et je crains les mauvaises rencontres. Votre sabre protégera ma richesse.

— Vous aimez les sabres, signorina?

— Oui! lorsqu'ils défendent ma patrie.

Elle dit ces mots avec un accent qui était presque insultant.

Elle avait une manière étrange de réclamer un service.

— Vous aimez encore mieux les pièces d'or? répondit-il.

— Enfin, capitaine, dit-elle, vous consentez à m'escorter?

— Et je voudrais vous convaincre que je ne suis pas nécessairement votre ennemi.

Elle le regarda en face. Il aurait vu qu'elle avait les grands yeux de l'antiquité, s'il n'avait pas toujours eu devant lui ceux de Lisabetta, auxquels les autres ne pouvaient se comparer. Il y avait des choses indécises, effarées, confiantes et charmantes, dans l'impression de la figure de Titia. Mais il ne s'en inquiéta pas.

Il fallait causer; il voulait aussi distraire son ennui.

— Avouez, signorina, que vous devriez être

encore plus soupçonnée que moi par les libéraux.

— Pourquoi ?

— A cause de votre frère.

— Chacun ne répond que de ses idées.

— Vous voyez donc bien que ni le régiment ni la famille n'impliquent l'obéissance
passive de la conscience.

— Je devrais me confier à vous pour cette
vérité-là, dit-elle ; mais j'ai encore une autre raison de ne plus vous craindre, je me
souviens que c'est vous qui avez sauvé ma
vieille amie la Tizzone. Celui qui s'est tant
exposé pour une servante de la maison ne
doit plus me confondre avec mon frère, et,
quand vous serez en France, vous raconterez
ce qu'une fille de Rome a eu à faire pour
s'affranchir de son éducation. Asseyons-nous.

Ils étaient auprès d'un petit auvent, dans
une rue déserte. Un vœu des anciens temps
y avait placé une madone qu'entouraient des
fleurs, et sous laquelle une vasque étendait
une eau immobile que sillonnaient des flot-
tilles de poissons rouges. L'asile était tiède
et retiré ; une lumière bleue, des parfums et
du silence. Titia se reposa sur la première
marche de l'autel. En soulevant sa robe, elle
fit signe à son compagnon de se placer à côté
d'elle. Il ne comprenait pas encore pourquoi
elle avait prémédité ce tête-à-tête, mais il le
subit sans répugnance ; toutefois il ne tenait
pas à savoir la vie de la jeune fille, et se promit
de ne guère écouter et de songer à Lisabetta.

Titia commença sans préambule ; elle avait
l'air d'accomplir une mission.

« Je suis née à Rome, il y a vingt-deux
ans, dit-elle. Mon frère Giulio m'avait précé-
dée de trois années. Notre père n'était pas
riche ; il avait une place à la direction des
nonciatures et un mince domaine à Aquapendente, dont la Tizzone est encore fer-
mière. Ma mère était morte huit jours après
ma naissance ; c'est elle qui avait apporté
le domaine. Nous possédions encore, près
d'Aquapendente, une maison délabrée et un
verger. Pendant les mois où la fièvre court à
Rome, on nous envoyait à la campagne, mon
frère et moi. Un frère de ma mère y tenait
aussi un petit bien ; il avait été un légiste
renommé dans la ville ; mais, des événements
que nous ignorions l'ayant forcé à quitter
son cabinet, il vivait à Aquapendente avec
ses livres. Mon frère était élevé dans une
école tenue par des capucins, quoiqu'on n'eût
aucunement l'idée d'en faire un prêtre.
La Tizzone, qui est d'une vieille famille de
proscrits, remplissait la conversation de
maximes républicaines. Nous n'avions pas
de domestiques, et, lorsque les voisines
n'étaient pas là, je devais descendre toute
seule dans la rue. On m'aimait, le long des
boutiques, pour les chansons que je savais,

car j'étais gaie alors, et pour ma petite allure,
qui, à ce qu'il paraît, n'avait peur de rien. J'allais voir passer le pape lorsqu'il se promenait
à pied, et un jour, comme je m'agenouillais
trop, il me releva de sa main royale et
m'embrassa devant le peuple. J'entrais partout, grâce à mon intrépidité : dans les basili-
ques, aux jours des grandes fonctions ; dans
les théâtres, les soirs de gala. Giulio m'avait
confié qu'il travaillait à un libretto, dont un
de nos amis préparait la musique. Le
manuscrit était plein de choses contre l'É-
glise qui nous amusaient beaucoup. Notre
père, lui, ne s'amusait guère. Plus nous
grandissions, plus il devenait triste. Le soir
où j'eus quinze ans, je fus très-longtemps
avant de m'endormir, et, comme mon lit
était tout proche d'une cloison qui séparait
les deux chambres, j'entendis tout ce que
M. Ferrando disait à Ronciglione, que vous
voyez, via Frattina, et qui venait déjà pour
les gros ouvrages.

Je suis forcée d'accuser mon père en ra-
contant la vérité, mais il faut que vous sachiez tout pour décider qui a tort de Giulio
ou de moi.

— Enfin, disait le seigneur Ferrando, il
devient un homme, et elle devient une
femme, et dans peu d'années je serai obligé
de leur rendre le domaine, et je n'aurai plus
pour vivre que mes appointements, deux
cents écus ! C'est bien triste pour un homme
qui ne comptera pas encore quarante ans.

Ronciglione était de mauvais conseil, toujours enfermé dans de petites congrégations,
où l'on se nourrissait pour les nouvelles qu'il
donnait, et ne pensant qu'à recruter des
gens pour l'église.

— Il y aurait un moyen de tout sauver,
dit-il. Faites du garçon un moine, et de la
petite une religieuse. Vous n'auriez pas de
comptes à leur rendre et le domaine vous
resterait.

Mon père arpenta la chambre pour secouer des idées qui le gênaient.

— Giulio est bien agressif et bien tapageur
pour la vie du cloître, dit-il.

— Nous essayerons de le faire entrer chez
les révérends pères jésuites, répondit Ronciglione, qui ne proféra jamais que ce seul
mot spirituel.

— Quant à la petite, cela ira tout seul.
Votre proposition n'est pas mauvaise ; je
garderai la fortune et je pourrai me remarier.

Huit jours après, j'étais dans un couvent
de dominicaines à Aquapendente, où l'on devait me préparer au noviciat.

Je n'y fus pas trop effarouchée d'abord. On
me laissait courir dans les cloîtres, cueillir
les fleurs et manger les confitures : c'était
en été, et il faisait bon sous ces grands murs.
On me faisait admirer toutes les robes et

tous les bracelets de la sainte Vierge, qui est bien riche pour une si pauvre ville. J'ai toujours eu un penchant pour la dévotion; je l'ai même encore, quoi que le sang de mon cerveau se soit bien renouvelé. Je ne m'effrayais pas de ces heures d'extase dans la chapelle, où l'encens vous monte à la tête et où la pensée se grise à tant de bonnes odeurs.

Mais mon oncle ne voyait pas l'avenir avec les mêmes yeux que moi. Il avait été chargé de venir me surveiller de temps en temps.

La première fois qu'il me demanda au parloir, nous nous trouvâmes seuls.

— Tu n'es pas en âge de comprendre ce que je vais te dire, s'écria-t-il; mais les circonstances sont maîtresses de mes discours. Réponds-moi sincèrement. As-tu une grande horreur pour le mensonge?

Je le regardai avec une sorte d'effroi.

— Je suis sûre que oui, dis-je très-vite.

— Sens-tu que tu aimeras beaucoup de choses dans la vie, et que tu t'affligeras des souffrances des autres?

— De tout cela aussi je veux vous répondre.

— Et on veut faire d'elle une nonne! s'écria-t-il. Entends-moi bien : je deviens vieux. Mon domaine doit aller aux enfants de ma sœur. Mais je veux qu'avec ma terre ils aient mes idées! J'ai été chercher Giulio. Il a absorbé le poison tout de suite. Le Gésu l'a déjà énervé. Il ne sera jamais un citoyen. Il ne reste que toi de notre sang. Il ne me déplairait pas d'incarner ma foi dans une femme. Tu as des yeux qui porteront la flamme. Je me suis passionné pour la liberté en étudiant la justice. J'ai été proscrit, condamné à mort, envoyé au bagne pour crime de républicanisme, quand j'avais vingt ans. Je viens à une jeune fille, puisque les hommes manquent dans notre famille. Je te ferai mon héritière, non pour t'enrichir, mais pour t'imposer des charges. T'effrayeras-tu, si j'arrive souvent pour t'instruire?

Je l'embrassai.

Il parut à la grille à midi, tous les jours, avec de gros livres. Les sœurs croyaient qu'il m'apprenait le droit canonique et se moquaient de mon érudition inutile. Ah! comme il me transforma, monsieur! comme il me montra que l'action de Dieu dans le monde n'est ni dans les guerres ni dans les établissements d'empires, qu'elle n'est que dans la liberté! Son professorat dura deux années. J'avais atteint l'âge où je devais prononcer mes vœux, car ici nous nous marions très-jeunes, soit avec Jésus, soit avec les hommes. Toutes les conventions étaient faites entre mon oncle et moi. Je me nommais Lœtitia. Il me supplia d'abréger mon nom et de m'appeler désormais que Titia, en l'honneur d'une loi romaine qu'il aimait.

La prise de voile était décidée. Mon père arriva, masquant sa joie sous des pleurs. La foule débordait de l'église du couvent. La Tizzone parcourait les rangs, et se demandait si un tel attentat allait se commettre. On m'avait splendidement vêtue. J'éclipsais la sainte Vierge. Lorsque sur les marches de l'autel, on commença à me dépouiller et à remuer sur moi les ciseaux infâmes, il me parut qu'on voulait me ravir ma jeunesse abuser de mon corps et me souiller. Je couvris de mes mains mes vêtements et ma chevelure, et mon geste fut une protestation si vive qu'on n'osa pas insister. Enfin un archevêque s'avança en hésitant et me demanda si je voulais prendre Jésus-Christ pour époux. Je criai : Non! avec tant de force, qu'un frisson parcourut l'assemblée, de même que si j'avais défendu ma vie, que toutes les nonnes se reculèrent en se signant, que le prélat m'exorcisa, et que mon père faillit s'évanouir. Et ne me jugez pas mal, signor. J'aime le Christ; mais le prendre pour époux, pour amant, ainsi que disaient quelques sœurs fanatisées, n'est-ce pas un sacrilège et une impiété? Je pris le bras de mon oncle et sortis d'un pas tranquille.

Voilà comment j'eus mon baptême révolutionnaire, signor. Mon frère, qui suivait les voies d'une ambition tortueuse, était entré dans l'Église militante et ne me pardonna jamais. Mon père mourut du renversement de ses calculs; mon oncle le suivit bientôt, après m'avoir laissé son héritage moral. J'ai retrouvé ses anciens partisans; je dis mon opinion dans les assemblées secrètes, et, je ne m'en cacherai pas devant vous, je conspire! Je pousse de mes faibles bras au renversement du pouvoir temporel. Je ne me dissimule point que je ne joue guère le rôle d'une femme, mais j'espère que je joue celui d'une Romaine. J'ai quelquefois l'orgueil de penser que quand tant de mes contemporains mènent les hommes à la frivolité et au plaisir, il est beau qu'une jeune fille tente de les entraîner du côté du combat, de la douleur, de la fierté, et, si j'en crois vos frémissements, il me paraît que vous ne me désapprouvez pas. »

Amyot avait écouté plus qu'il ne l'avait voulu d'abord. Ses aspirations se trouvaient en conformité avec celles de Titia. Il se disait qu'il y avait autre chose peut-être que de l'ardeur politique dans l'acharnement et dans l'intimité des confidences qu'elle lui faisait. Mais pas un des battements de son cœur ne se passait du souvenir de Lisabetta.

— Vous êtes généreuse et active, signorina, lui dit-il.

— Peut-être Dieu est-il prêt à bénir nos efforts. Il a permis ce hasard qui nous donne un peu d'or; nous sommes pauvres, et ce trésor sera très-utile au budget de l'indépendance. Nous avons une réunion ce soir. Voulez-vous venir?

Il recula contre le rebord de la fontaine.

— Revenir à la politique avec des Romains! N'y comptez pas.

Elle pâlit devant l'exclamation plus qu'il n'était nécessaire.

— Si vous deviez trouver d'autres hommes que mes compatriotes, vous viendriez? dit-elle.

— Non; je me reconnais dans vos espérances, mais les instruments par lesquels elles agissent m'éloigneraient. Depuis quinze ans, Rome supporte que l'uniforme étranger balaie ses rues, quand il y a dans ses murs assez de jeunes hommes pour faire dix régiments de citoyens et Garibaldi à la frontière! D'ailleurs ce n'est pas la guerre que je veux. Je crois qu'il y a mieux que des coups de fusil pour persuader l'avenir. Demandez-moi d'autres services, signorina! Vous voyez bien à mes épaulettes que je ne suis pas un homme libre!

Titia entendit un sanglot dans ces paroles; Amyot abhorrait moins l'action qu'il ne le disait.

— J'aurais pourtant eu besoin d'un défenseur là-bas!

— Craignez-vous quelque ennemi? Vous êtes entourée, à ce qu'il m'a paru, de sympathies respectueuses, et vous ne me connaissez pas assez pour décider que je pourrais vous être utile.

— Je connais celui qui a voulu donner sa vie pour la Tizzone! dit-elle en évitant d'entrer dans une appréciation plus intime.

Ce malheureux acte de courage le poursuivait partout.

Il se leva.

— Allons-nous au Pincio? reprit-il.

— La conversation m'a retardée. Nous voici à l'heure de l'*Ave Maria*. Je n'irai pas chez moi. Je suis tout près de la maison où l'on m'attend. Je n'ai plus besoin de vous, monsieur, et je vous remercie pour avoir perdu votre temps.

Elle se leva aussi et s'inclina, en ajoutant:

— Prenez garde à monsignor Ferrando.

Elle s'éloigna tout à fait.

Amyot demeura perplexe.

Pourquoi, au moment où il avait refusé de s'associer à elle, était-elle devenue aussi blanche que le marbre de la petite vasque, et avait-elle arraché d'une main nerveuse une pariétaire qui courait sur les pieds de la madone? Pourquoi avait-elle allongé son récit de détails inutiles, comme pour prolonger sa présence? Comment s'était-elle occupée brusquement d'un étranger?

Ces questions glissèrent devant lui, sans qu'il essayât de les résoudre.

## VII

Amyot, après avoir quitté Titia, eut besoin de se dérober à lui-même; il entra au théâtre comme dans un refuge. Il essaya d'écouter, mais ses efforts n'aboutirent pas. Les roulades glissèrent sur ses oreilles, les pantomimes du ballet passèrent devant ses yeux sans que son attention fût éveillée; il retomba dans sa contemplation intérieure dont Lisabetta était la lumière, et, fermant les yeux pour mieux la voir, il eut toutes les apparences du sommeil. La loge où il était seul restait assombrie par une colonne. Celle d'à côté s'ouvrit, et il y vit entrer Ferrando et une belle personne arrivant à la maturité avec beaucoup de grâce, et qui n'était autre que lady Uncarthley, qu'il ne connaissait pas.

En Italie, les monsignori, plus spirituels que nos prêtres, ne se croient pas forcés de se décostumer pour aller au théâtre et sont assez sûrs de leur conscience pour ne pas reculer devant l'hypothèse publique d'une bonne fortune. Ferrando n'offensait aucune convenance en accompagnant une femme sur le retour de sa trente-neuvième année, et il ne s'inquiéta pas d'avoir un voisin.

Il n'aurait pas pu le reconnaître dans la pénombre. Il ne vit qu'un uniforme sur un dormeur. De plus, il parlait italien avec la dame, et les officiers français mettent toujours plusieurs mois à ne pas le comprendre.

Comment Mme Uncarthley se hasardait-elle à se montrer sans son inévitable et innombrable famille? Quoique très-franchement anglicane, elle n'était pas sans quelques relations avec le clergé catholique de Londres. La nièce d'une des créatures du cardinal Wiseman lui avait donné une lettre pour Ferrando, désigné pour lui montrer les curiosités de Rome.

Milady n'avait jamais failli; mais au moment de laisser sur la rive parcourue toutes les séductions de la femme, elle éprouvait une curiosité théorique et vague.

Giulio était un aimable garçon lorsque l'ambition ne le poussait pas au machiavélisme pratique.

Assy — c'était le nom de milady — le remarqua dès la première entrevue, et trouva aussitôt qu'il était gênant d'avoir toujours un cercle, si familial qu'il fût. Dans les longues promenades à travers les ruines, elle était parvenue à s'isoler quelque peu de sa suite en prenant le bras du monsignor et en tournant à travers les décombres. Il n'avait guère fréquenté les femmes que pour des conversations qui intéressaient l'Église, et ne s'était permis que quelques entreprises dont le dénoûment était toujours le même. Il fut plus troublé que sa nature ne lui permettait d'espérer pouvoir l'être le jour où il vit deux belles boucles cendrées, déroulées au vent, qui sortaient des angles du Colisée.

Le type blond lui parut dès lors le seul féminin. Assy avait conservé une taille harmonieuse, quoique toute une couvée fût sortie de ses flancs. Son cou avait une blancheur qui l'impressionna profondément. Il laissa échapper deux ou trois mots, qui augmentèrent encore les regrets d'Assy à propos de son esclavage. Milady avait peu de relations à Rome. Les protestantes se croient toujours forcées à faire de la propagande méthodiste ; la conquête d'un futur prêtit noterait fort bien Assy dans son association. Elle rougit donc sincèrement aux paroles de Ferrando, et lui répondit en hâtant le pas :

— Prenez une loge au théâtre Valle ce soir; milord dormira de la fatigue de cette journée. Nous aurons tout le temps de causer du vrai salut de notre âme.

Ferrando la regarda pour voir si elle parlait sérieusement. Il n'osait pas trop accepter, bien que la nouveauté de l'aventure le tentât. Mais Assy était encore jolie et passait pour très-riche. On ne peut guère repousser les avances d'une personne qui a principalement cette dernière qualité, quand on a le fond cupide et ambitieux.

Néanmoins, son bonheur l'épouvantait.

— Que dira lord Unearthley, s'il apprend ?,..

— Il n'apprendra pas, et d'ailleurs n'avez-vous point un habit qui vous empêche d'être dangereux ?

Ses grands enfants la rejoignirent et jetèrent un peu de remords sur ses préparatifs. Elle croyait entièrement faire œuvre pie en tirant par tous les moyens une intelligence des ténèbres, et ce fut dans cette intention qu'à vingt pas de son mari et de sa progéniture, elle détacha une bague de son doigt et la passa, par un mouvement de jeune fille, à celui de Ferrando.

Il rentra chez lui assez nerveux et déconcerté par ce type inconnu.

Il trouva des lettres de sa compagnie. Elles le malmenaient à propos de l'insuccès de sa mission auprès du cardinal, et lui faisaient comprendre qu'on avait l'habitude de n'employer que des agents qui réussissaient. Il vit son avenir menacé, et se demanda s'il n'avait pas fait fausse route en s'affiliant et si même sa vraie vocation aurait dû le conduire vers l'Église. Ce fut dans ces dispositions qu'il arriva sous une ruelle près du Corso, où Assy l'attendait depuis la vingt-troisième heure.

Il secoua ses appréhensions et voulut se donner tout entier à la distraction qui s'offrait. Il s'employa à être très-amusant durant la traversée. Assy le laissait dire et ne répondait guère. Elle venait de se tremper dans les parfums de la famille. La prière avait été dite dans la grande chambre où l'on se réunissait avant l'heure du dîner. La plus petite de ses filles avait chanté tout un psaume sans se reprendre. Son lord lui avait déclaré qu'elle avait le nez mieux fait que la Niobé, admirée le matin dans un musée. Assy se reprocha d'avoir donné sa bague et tourna mentalement dans une direction autre que celle qu'elle avait entrevue ou au moins résolut de ne s'occuper que de la seconde partie de son programme.

Ferrando s'installa sur le devant de la loge. Il se tint sur un fauteuil derrière elle, et pouvait ainsi suivre les contours de ses belles épaules; car l'Anglaise, respectant toutes les traditions avait fait une toilette et s'était chastement décolletée.

— Vous savez qu'à Rome on n'écoute jamais au théâtre, et que nous ne sommes ici que pour causer, lui dit-il.

— J'y compte bien ! répondit-elle en tournant à demi vers lui son petit nez, dont l'éloge l'avait ramenée à ses devoirs.

Il se tenait si près d'elle que son souffle descendait par les intervalles de sa robe et lui envoyait de chauds frissons, mais elle s'était raffermie dans la Bible et ne craignait plus.

— Je ne suis pas venue dans l'intention que vous me supposez, répondit-elle. Il y a eu de tout temps des peines terribles contre l'infidélité adultère et je ne m'y exposerai pas.

Giulio n'approuvait point que les choses fussent appelées par leurs noms.

— N'allons pas de suite à ces extrémités, dit-il. Je prends pour moi toutes les fautes que nous pourrions commettre, mais je ne puis pas considérer que vous aimer comme je le fais en soit une irrémissible.

— Elle serait moins grave en effet que de continuer à pratiquer le paganisme.

— On peut s'aimer autrement qu'à Corinthe ou à Athènes, dit-il en souriant.

— Je ne parle que de votre religion.

— Ma religion ! Du paganisme ?

— Parfaitement.

Ferrando s'alarmait de la teinte qui se répandait sur sa bonne fortune, et il allait se fâcher un peu sérieusement quand il fut effrayé de la justesse avec laquelle Assy répondait à sa préoccupation.

— Fussiez-vous cardinal, vous n'auriez pas la fortune d'un ministre d'une de nos plus minces paroisses, continua-t-elle ; tandis que si vous vouliez...

— Si je voulais quoi? dit-il irrité.

— Vous convertir à la seule religion vraie, au protestantisme.

Giulio poussa un cri qui fit retourner toute la salle, et arracha momentanément Amyot à son absorption.

Assy ne s'en troubla pas, et reprit en ces termes :

— Vous devez être éloquent et vous avez une figure attractive, vos gestes sont naturels; vous garderiez un accent étranger, qui donnerait du charme à votre parole. Mylord vous ferait nommer à un presbytériat qui rapporterait 2,300 livres, soit 8,000 écus romains. Vous pourriez vous marier, et vous ne semblez pas avoir d'éloignement pour les femmes, et de plus vous vous assureriez les joies de la vie éternelle. Vous voyez que ce que je vous propose n'est pas entièrement absurde. Réfléchissez !

Giulio comprenait qu'une protestation amère satisferait sa conscience, mais heurterait les convenances. En outre, il avait mécontenté le Gésù qui lui avait laissé entrevoir une disgrâce.

— Décidez-vous, reprit-elle, nous nous couchons de bonne heure.

Giulio savait que les anglicans comblent de leurs faveurs ceux qui viennent à eux des extrémités opposées, et que milady conduisait milord; il n'avait pas été sans trouver des reflets brillants à la perspective déroulée, et il sentait chanceler les assises de sa foi, qui n'avait jamais été que de l'ambition. Néanmoins, par pudeur, il n'osa se prononcer immédiatement.

— J'aurai l'honneur de recevoir demain Votre Seigneurie, dit-il respectueusement.

Elle triompha.

— Vous êtes à nous ? demanda-t-elle.

— J'aurais préféré être à vous seule, hasarda-t-il.

— Enfin vous acceptez ?

— Parce qu'il m'est impossible de rien vous refuser.

Il abaissa sa tête dans sa main, honteux et misérable.

A la même seconde, le jeu de la scène fit partir des combles un jet de flammes qui éclaira la salle et pénétra dans l'angle de la loge voisine; il tomba sur Amyot. Ferrando leva les yeux sous l'étincelle. Le capitaine n'était pas éloigné de lui de plus d'un demi-coude; pas une des paroles dites n'avait pu lui échapper. Sa honte n'était plus à lui; un autre avait le secret de son abjection, et cet autre était un Français, un libéral, un personnage auquel les circonstances donnaient un grand crédit, un ennemi d'instinct.

Giulio se sentait perdu sans rémission, s'il ne quittait pas Rome immédiatement, en donnant une publicité insolente à son apostasie. La sueur coula de son front.

Assi avait ce qu'elle voulait avoir. Elle se leva.

— Reconduisez-moi à ma voiture, dit-elle, Milord ne sera pas encore endormi, et je veux lui parler de votre vicariat.

Ferrando avait hâte de mettre de l'espace entre lui et l'homme dont il allait dépendre.

Il marchait en chancelant dans le couloir. Assy s'aperçut que son bras remuait sous le sien. Elle se trompe sur son émotion, et n'était pas éloignée de s'en trouver fière.

— N'y pensez plus, dit-elle. Réservez-vous pour la femme que je vous chercherai. Vous ne reviendrez pas sur votre promesse ?

— Non certes, répondit-il précipitamment.

Il appela un cocher. Elle tendit la main à Giulio à travers la portière.

Il s'enfuit du côté où les ténèbres pouvaient le mieux l'envelopper.

Quelqu'un descendit les marches du théâtre et lui toucha l'épaule.

Lord Unearthley l'abordait ainsi :

— Je vous remercie, monsieur. Vous avez accompagné milady au théâtre. A-t-elle été un peu calme ?

Ferrando resta interdit.

— Vous n'ignorez pas qu'elle est folle ? reprit Unearthley.

Ferrando levait des yeux éperdus.

— Je n'entends pas dire folle à lier; mais la passion de la propagande la pousse. Une sainte passion, mais trop expansive. Je gage qu'elle vous a proposé un vicariat, si vous vouliez vous convertir. Sachez que je ne le donnerais jamais à qui aurait trahi sa foi; vous seriez le troisième dont elle aurait prétendu faire un archevêque presbytérien. Elle recueille des clergymen dans toutes les auberges. N'ajoutez aucune créance à ses paroles; mais continuez-nous vos bonnes grâces et vos visites; j'ai encore à vous consulter sur des inscriptions tumulaires. Je ne vous poursuivrai point d'un bénéfice, rassurez-vous, mais je vous ferai recevoir correspondant de la société royale des antiquaires à Londres.

Unearthley s'éloigna.

Ferrando l'aurait étouffé pour soulager sa fureur.

Il avait été un niais et un malheureux; il avait accepté comme argent comptant les billevesées d'une maniaque. L'ambition d'être un personnage, n'importe où, l'avait grisé comme un vin malsain.

Il se promena durant une heure par les rues silencieuses. La fraîcheur de la nuit baigna et retrempa ses idées.

Il avait déjà combiné un plan pour le lendemain. Il attendrait à la fois Monte-Feltro, l'ennemi de ses maîtres, et Amyot.

Il rentra via Frattina, et, à la porte, il trouva Amyot.

Le capitaine lui souhaita le bonsoir avec son ton habituel.

Giulio fut persuadé qu'il cachait son jeu, pour mieux revenir sur lui.

Par le fait, Amyot, n'écoutant dans sa loge que les bruits de son cœur, n'avait rien entendu de cette conversation amoureuse.

Le lendemain, après avoir écouté la messe et communié avec ostentation, Ferrando entrait chez son nouveau locataire, M. de Saturnin. Il savait que celui-ci avait joyeusement déjeuné avec ses camarades pour fêter la distribution d'un fusil d'invention récente. Saturnin n'accusait pas une ivresse complète, mais il était quelque peu hors de lui. Il fut surpris de la visite du padrone della casa. Il l'attribua à la politique : Giulio se persuadant sans doute que son hôte, en qualité de zouave pontifical, devait se trouver beaucoup plus fervent que son tempérament ne le portait à l'être. En cette conjecture, Saturnin se trompait, car Ferrando ne l'entretint que de choses frivoles d'abord, de la vie qu'il menait à Rome et des distractions qu'il pouvait s'y procurer.

— Vous ferez notre éloge, j'espère, quand vous rentrerez en France, continua-t-il. Vous en rapporterez l'impression que le gouvernement de Sa Sainteté est véritablement le bon gouvernement, ainsi qu'il s'intitule lui-même.

— Sans aucun doute, répondit le jeune gentilhomme, qui ne voyait pas où le monsignor voulait en venir; seulement trop de billets de confession, c'est édulcorant!

— Laissez les blasphèmes aux émigrants de Caprera et faites votre salut d'une façon sur laquelle nous fermons les yeux.

Saturnin étouffa une grimace sous une bouffée de cigare.

— Nous ne sommes pas nés à des dates fort éloignées l'une de l'autre, monsignor, et je ne vous autorise point à proclamer mes faiblesses. Faiblesse est d'ailleurs un mot impropre, je commets des péchés tout entiers; je joue, je danse, j'ai pour dames de compagnie des femmes mariées. Je n'ai pas à me gêner, puisque la munificence des pardons de l'Église est inépuisable. Au reste, ne nous jugez pas si désintéressés ; la plupart d'entre nous tiennent à des souches ruinées et ne viennent à Rome que pour se faire bien marier au retour. Nous visons un garibaldien, et nous atteignons une héritière dans l'épicerie orthodoxe.

— Vous ne parlez que pour le petit nombre, la majorité est croyante.

— C'est si commode de croire, quand on n'a rien lu.

Ferrando s'assura que Saturnin était arrivé au point d'insanité où il désirait qu'il fût.

— Continuez, monsieur le vicomte; vous serez toujours un saint malgré vous. Mais, par exemple, pour votre tranquillité, ne vous liez pas avec des révolutionnaires. •

— Je ne me lie qu'avec leurs épouses.

— Permettez-moi de vous dire que vous voyez des officiers de la garnison qui pensent assez mal, M. Amyot entre autres.

— Est-ce qu'il vous doit un terme?

— Il ne s'agit pas de cela. On est forcé quelquefois de faire des visites domiciliaires, même à ..... et, si l'on trouvait dans vos tiroirs une lettre compromettante, les journaux du Piémont en donneraient une copie, et votre famille en aurait connaissance.

Saturnin ne se démontait pas pour si peu.

— Je n'ai du capitaine Amyot qu'un billet insignifiant.

— Vous savez qu'il a été impliqué dans une conspiration? Vous n'êtes peut-être pas juge de l'importance que pourrait avoir contre vous une simple ligne?

Saturnin s'irritait.

— C'est trop fort! dit-il. Je vais vous montrer ce billet. Vous aurez la preuve que ce ne sera pas pour lui qu'on m'aura pendu.

Il chercha dans une table et remit à Ferrando la ligne suivante :

« Je vous attends chez moi ce soir.

» AMYOT. »

Ferrando lut.

— Tout s'arrangera, pensa-t-il, et, à la prochaine promotion, je serai évêque in partibus.

Saturnin jeta le billet par terre.

Ferrando savait qu'il n'obtiendrait pas cette feuille de papier de la loyauté du jeune homme.

Il fallait l'occuper à quelque chose.

— C'est tout à fait insignifiant, reprit-il; vous pouvez continuer à vous amuser en paix.

— M'amuser? c'est facile à dire ! Vos vins donnent une ivresse sans esprit. Vos femmes nous laissent toujours comprendre qu'elles aimeraient mieux nous fournir une arquebusade qu'une caresse. Nous sommes la monnaie de l'oppression, et toujours l'étranger, même aux heures les plus intimes.

— Vous me faites pitié en affectant spleen, monsieur le vicomte. Je ne suis pas autorisé à rien vous raconter, mais véritablement les dames n'ont pas horreur des zouaves.

— Qu'est-ce à dire? reprit Saturnin, qui ne put pas plus dissimuler son étonnement que son mépris, en regardant Ferrando, qui ne s'intimida pas et qui continua ainsi :

— Ouvrez la fenêtre.

Il parlait avec un tel air de conviction que le vicomte obéit.

— Contemplez cette allée qui va dans la rue.

Saturnin pencha la tête.

Durant cette seconde Ferrando ramassa le billet, qu'il mit dans sa poche.

— C'est le chemin que je prends tous les jours, répondit Saturnin, et qui, hélas! comme tous les autres, mène à Rome.

— C'est celui que prendra sans doute ce soir la plus belle personne de la ville pour venir vous trouver.

Saturnin se retourna.

— Ah çà! voyons, il faut nous expliquer, dit-il.

— Vous avez essayé de me mystifier, monsignor, mais vous avez fait long feu!... Comment sauriez-vous qu'une femme impartiale me veut du bien, ainsi que vous dites dans votre pays!

— Vous n'ignorez pas que nous sommes l'oreille de Rome.

Saturnin n'était pas assez complétement dégrisé pour ne point se laisser aller au rêve.

— J'aurais fait une passion, moi, comme si j'étais un chanteur à l'Opéra-Comique ou un gymnaste?

— Vous en aurez la preuve, on n'attend qu'un signal.

— Vous le savez?

— Je le devine. Remplissez votre chambre de fleurs et mettez-en une à votre fenêtre.

— Ma foi! je vais chez la fleuriste! s'écria Saturnin.

Il n'était que temps.

Saturnin ne reculait guère devant une facétie insolente. De plus, il voulait préparer sa réplique dans le cas où Giulio se serait moqué de lui.

— A propos, monsignor, combien vous dois-je? dit-il.

Ferrando sourit. C'était un bon garçon.

Il laissa le zouave courir à ses emplettes et descendit dans son cabinet.

Il prit une plume et une enveloppe, et étudia longtemps l'écriture du capitaine Amyot dans le billet.

Avant d'écrire, il hésita.

Son hésitation l'indigna.

— Quoi! se dit-il, la question est de ne pas permettre que le mouvement qui doit sauver le trône soit faussé, et ma main tremblerait?

Il traça lentement, et l'un après l'autre, d'après le modèle, les caractères sur l'enveloppe, et écrivit:

« Madame la princesse Monte-Feltro. »

Il regarda ensuite si la clef se montrait à la porte de la chambre nouvellement occupée par Amyot; elle n'y était pas. Le capitaine courait la ville.

Il devenait nécessaire de conquérir Landreux.

Il y avait un grand intérêt pour la vraisemblance, à ce que la lettre fût portée par le brosseur.

Il fumait sa pipe dans la cour.

Ferrando alla à lui.

— Mon brave, dit-il, êtes-vous un garçon auquel on peut tout confier?

— C'est l'opinion du capitaine, monsieur.

Landreux ne pouvait point prendre sur lui d'appeler monsignor un loueur de chambres garnies.

— Il s'agit de lui précisément. Ne trouvez-vous pas qu'il change d'une façon inquiétante?

— Je ne trouve pas, répondit Landreux, qui avait constaté que les vêtements d'Amyot dansaient sur lui, depuis huit jours, mais qui répugnait à donner raison à Ferrando.

— S'il y va de ce train-là, il n'a guère de semaines à vivre, reprit celui-ci. J'ai étudié la médecine, et ces symptômes sont fâcheux.

Landreux fuma sans répondre.

— Il importe d'attaquer le mal à sa racine, et de tout dire. C'est depuis le jour où M. Amyot s'est brouillé avec une certaine personne, qu'il dépérit.

— Voulez-vous le tirer d'affaire, sans médecin et à nous deux?

— Sans médecin, cela m'irait, mais à nous deux?

— Vous n'aimez pas les prêtres, c'est convenu. Mais je ne suis pas plus prêtre que votre tambour-major!

— Allons-y gaiement alors!

— Il lui a écrit.

— A qui?

— A elle. Regardez.

— C'est bien sa main.

— La lettre est vieille.

— La dame est jeune.

— Il la rappelle dans cette lettre. Une mauvaise honte l'empêche de l'envoyer. Vous comprenez ces nuances-là, vous!

Landreux était flatté, mais la vérité l'emporta.

— Je ne vois pourtant pas pourquoi le capitaine ne l'a pas mise à la poste. La dame est fièrement belle!

— Querelle d'amoureux. Il n'ose pas.

— Le capitaine n'a peur de rien! répondit Landreux d'un ton sévère.

— En attendant, il meurt! Je me doutais qu'il n'avait point pas passé tant de nuits sans écrire. Je suis entré ce matin, trouvant la porte entr'ouverte. J'ai pris la lettre, et vous allez la remettre à son adresse.

— Sans l'autorisation du capitaine ? N'y comptez pas.

— Vous aimez mieux le voir aller à son propre enterrement.

— Donnez-moi le poulet ! Arrive qu'arrive ! Monsignor passa la lettre.

— A propos, il me paraît inutile d'avertir M. Amyot. La surprise fera la joie plus grande.

— Oui, mais s'il décampait !

— Je me charge de le retenir.

Landreux avait son plan et n'insista pas. Il partit.

Monsignor triomphait. Il alla à d'autres préparatifs.

Lisabetta était enfouie dans le coin le plus noir de son palais. Elle s'était bien vite repentie d'avoir aimé ce fat. Elle chercha à s'étourdir dans les premiers jours; elle monta à cheval, donna un bal, alla à tous les sermons. Rien n'y fit. La blessure de son cœur mettait à chaque minute des larmes dans ses yeux; elle les répandait en vain sur son prie-Dieu, la prière lui renvoyait l'amour.

On vint lui dire qu'un soldat la demandait.

Elle tressauta et ordonna de le faire entrer, ce qui était hardi.

Landreux fit le salut militaire et présenta sa lettre.

Il l'appelait. Il allait lui expliquer ces impossibilités, d'où il ressortirait innocent. Elle ne fut point choquée de ce laconisme. Elle n'avait plus à se compromettre devant Landreux.

— Tu es un brave garçon, lui dit-elle avec sa familiarité italienne. Voici pour toi.

Elle prit un tas d'or dans une coupe sur une console.

— Je n'ai pas besoin d'être payé pour le bonheur du capitaine. Que faut-il lui répondre ? dit-il.

— Est-ce qu'il y a deux réponses ? J'irai.

— A quelle heure ?

— Deux heures de nuit.

— Comptez en français, j'ai peur de me tromper.

— Neuf heures du soir. Quand il voudra ! toujours ! reprit-elle.

Landreux avait du temps devant lui. Il entra dans un café pour boire tout seul une flasque de Montefiascone aux amours de son maître.

Pendant cette demi-heure, celui-ci était rentré.

Il pensait à ce que Titia lui avait dit, sur les pièges présumables de Ferrando.

Elle avait exagéré. Il venait de le croiser dans la cour, et son sourire était celui d'un homme heureux. Les gens heureux ne tendent pas d'embuches.

Saturnin rentrait aussi, suivi d'un facchino qui portait des bottes de fleurs.

Les tubéreuses, les jasmins et les héliotropes chantaient en lui. Il aborda étourdiment Amyot.

— Votre chambre m'a porté bonheur, dit-il; il va s'y célébrer une fête et je pare l'autel. Marguerite de Bourgogne m'a fait l'honneur de me distinguer et doit y venir, à ce qu'on me raconte.

Amyot haussa les épaules.

Il se promena d'un pas mécontent dans le corridor. Malgré sa tristesse, il avait distingué des bruits inusités par la maison. Ronciglione arrangeait le salon du rez-de-chaussée, ouvrait les fenêtres et nettoyait les candélabres. Monsignor allait-il recevoir en dépit de ses habitudes d'économie ? Comment n'avait-il pas convoqué ses locataires ? La certitude fut bien vite acquise. La nuit venait. Bien que les réunions aient lieu de bonne heure à Rome, Amyot, qui regardait dans l'escalier par désœuvrement, s'étonna de voir arriver sitôt les invités. Titia, qu'il savait retenue ailleurs, ne viendrait pas faire les honneurs; et pourtant il passait des dames ! Il reconnut des voisins et des figures du Corso. C'était plutôt un ramassis qu'un choix. Monsignor, habitué des salons de la noblesse, recevait donc des petites gens ? A quoi amuserait-il ses hôtes ? Pourquoi les fenêtres restaient-elles ouvertes, bien que la soirée fût fraîche ? Pourquoi Ferrando, sous le prétexte de montrer ses chambres garnies, qui n'étaient pas très-curieuses, éparpillait-il son monde dans tous les coins de son logis ? Ces questions, au fond, restaient assez indifférentes pour Amyot ; mais il lui déplaisait de se tenir dans une maison si bruyante ce soir-là, et il descendait quand il trouva Landreux qui montait.

Le soldat avait un air à la fois diplomatique, triomphant et intimidé.

— Je désirerais vous entretenir en particulier, mon capitaine, dit-il.

— Affaire de service ?

— Oui, de votre service à vous.

— Parle vite.

— Je ne puis pas vous dire cela dans la rue, allons dans votre chambre ; aussi bien, il faudra y rester, mon capitaine.

Landreux souriait.

Amyot remonta sans se faire prier. L'imprévu, quel qu'il fût, était une diversion.

— De quoi as-tu donc à me parler ?

Landreux parcourait avec les doigts tous les boutons de sa tunique. La réponse était gravement embarrassante.

— Vous allez me gronder, mon capitaine; mais c'est égal, j'ai porté votre lettre.

— Quelle lettre ? demanda Amyot distrait.

— Voilà ! vous l'aviez oubliée. Faut-il vous avouer tout ?

— Sans aucun doute.

— Eh bien ! elle m'a reçu poliment et elle viendra.

— Débarrasse-toi de tes logogriphes. Qui, elle ?

— Cette dame ! dit Landreux d'un air fin. Amyot pâlit.

— Veux-tu parler clairement ? s'écria-t-il. Quelle dame ?

Landreux s'appuya sur le dos d'une chaise et 'l répondit en baissant la voix :

— La princesse de Monte-Feltro.

Le capitaine bondit. Cet apôtre des doctrines les plus douces s'élança à la gorge de son serviteur et l'aurait étouffé, si le Parisien n'avait pas pirouetté à gauche, sans aucun respect.

— Malheureux ! reprit Amyot, qui avait chancelé après son élan, et comprenant pourtant qu'il devait aviser, essayait de retrouver un peu de calme, — comment as-tu commis ce crime ? qui a fabriqué cette lettre ?

Landreux raconta tout.

Lorsque Amyot vit Ferrando dans ces ténèbres, il donna raison aux avertissements de Titia. Il fallait saisir tous ces liens de perfidie qui s'attachaient les uns aux autres pour perdre une famille ; il fallait comprendre et agir de suite.

Le soldat pleurait.

Amyot passa sa main sur la barbiche du pauvre diable.

— Je ne t'en veux plus, dit-il ; mais il s'agit tout à fait de ma vie maintenant. A quelle heure viendra-t-elle ?

— A neuf heures.

Il palpita.

Aussitôt il eut horreur de lui.

— Va-t-en ! dit-il à Landreux. Je ne me tuerai pas, sois tranquille ; je dois la sauver d'abord.

Il mit sa tête au fond de ses mains. Il se souvint que Ferrando était un agent du Gesù ; que le cardinal Leopardi, quoique dans un sens absolutiste également, contrariait les révérends pères et accaparait les influences, et qu'enfin Monte-Feltro n'agissait que d'après les inspirations du cardinal et oubliait bénévolement qu'il était plus intelligent que lui.

Tout s'enchaînait alors : la prise de possession de sa chambre par Saturnin, le billet écrit par un faussaire, les témoins appelés à profusion. Giulio espérait annihiler Monte-Feltro, au profit de la compagnie, en le ridiculisant par sa femme.

Amyot était plutôt contemplateur qu'agissant, mais la nécessité le pressait. La première heure de nuit sonnait, il n'avait que soixante minutes devant lui ; il improvisa son drame. Il s'habilla en grande tenue et examina ses pistolets ; il descendit et trouva Ferrando qui parcourait le corridor avec des gens de sa bande. Ferrando parut content de le voir sortir.

Amyot eut une grande tentation : tomber sur monsignor, et savoir s'il restait quelque chose de l'homme chez cet amphibie.

Mais un geste aurait tout compromis.

Il se contint.

Il monta dans une voiture de place et se fit conduire à son cercle.

C'était l'heure du dîner ; il n'y trouva aucun de ses amis.

Il arpenta les salons, la fièvre dans le sang. Cette affaire-là devait être réglée d'abord.

Si Lisabetta avait l'idée de devancer l'heure ! Il ne pouvait pas l'attendre via Frattina. Les invités de monsignor arrivaient encore.

Il regardait la pendule cent fois par minute ; il allait partir. Un lieutenant et un capitaine de dragons entrèrent.

Il ne les connaissait guère, mais il y a la fraternité des armes.

Il courut à eux et leur prit les mains.

— Voulez-vous me rendre un de ces services dont on se souvient dans la tombe ?

— Pourvu que ce ne soit pas un prêt d'argent, je me tiens à votre disposition, dit le lieutenant ; j'ai eu la maladresse de payer mon tailleur ce matin.

— Vous voyez bien que M. Amyot demande mieux ! fit le capitaine.

— Je me bats cette nuit.

— C'était deviné, dit le capitaine.

— Et je vous prie en premier lieu de ne me questionner sur rien.

— Nous serons vos hommes.

— Quel est votre adversaire ?

— Je ne puis pas vous le nommer. Il ne se doute de rien, et si vous le trouviez sur votre chemin, les explications ne finiraient pas.

— Il est très-drôle votre duel !

— Qui nous garantit qu'il aura lieu ?

— L'injure que je ferai ! dit Amyot.

— Nous savons ce que vous valez, reprit le capitaine. Où vous battrez-vous ?

— Place du Peuple.

— Très-tard alors, il y a des passants.

— Minuit, si vous voulez. Ayez des épées, j'apporterai les pistolets.

La pendule marquait huit heures et demie.

Amyot se sentit défaillir.

Il dut encore parler.

— Ce n'est pas tout, reprit-il. La rencontre pour être ce que je veux qu'elle soit, doit avoir lieu avant le jour ; mon adversaire n'aura pas le temps de chercher des seconds.

— Nous vous en amènerons.

Amyot était déjà en bas de l'escalier.

Il ordonna au cocher d'aller à toute bride au palais de Monte-Feltro.

Il s'en fallait de dix minutes que l'heure ne fût atteinte.

Si Lisabetta avait devancé le moment du rendez-vous, la désolation entrerait pour toujours dans ce palais et il serait pour elle alors et sans rémission le fou infâme qui l'aurait jetée dans le piége.

Tout l'honneur d'Amyot tenait dans la réponse qu'on allait lui faire.

Les Monte-Feltro étaient d'assez grande maison pour se permettre un portier.

Le portier était en train de souper avec sa femme.

Il ne se dérangea pas.

— Le prince et la princesse y sont-ils ? demanda Amyot.

— Le prince y est.

— Et la princesse ? ajouta Amyot qui avait une sueur glacée.

— Je crois que Son Excellence est sortie, dit le mari.

— Mais non ! dit la femme.

— Annoncez-leur le capitaine Amyot.

Il suivit le portier sur les dalles de la grande cour.

Lisabetta arrivait sur le perron.

Elle allait via Frattina.

Elle s'arrêta.

Le coup était porté. Elle ne sortirait plus.

Il la salua et entra chez le prince.

## VIII

Le prince fumait dans sa galerie de tableaux, attenante au salon. De belles toiles s'y déroulaient, au milieu de nombreuses platitudes, ainsi que dans toutes les collections particulières en Italie. Monte-Feltro attendait l'heure d'un rendez-vous qu'il avait avec une boulangère, dont il payait le mari — cela arrive souvent là-bas — et, reposant ses yeux sur les plus jolis portraits de femmes, que vaporisait un rayon de la lune obliquant d'une fenêtre de gauche, il se demandait si la vraie beauté n'est pas davantage dans les créations du pinceau que dans celles de la nature, et quoiqu'il conclût pour l'affirmative, il se délectait d'avance d'avoir en perspective pour l'heure suivante une maîtresse qui n'était ni en toile ni en marbre. Cet aimable clérical touchait à l'épicuréisme.

Il se leva vivement, lorsque son valet de chambre lui annonça Amyot. Il n'oubliait pas que le capitaine s'était avancé où il avait reculé; il attendait depuis quelques jours une visite qui lui était due. Il n'était pas exigeant, mais il estimait qu'elle retardait un peu.

Amyot se composa pour être irréprochable.

— Prince, lui dit-il, j'ai hésité à venir. J'a-voue que, malgré de grands efforts, je n'ai pas trouvé la formule par laquelle on peut remercier un homme auquel on doit la vie, et il me répugnait d'arriver insolvable.

Monte-Feltro n'aimait pas les dialogues solennels, il ne se tenait bien que sur le terrain de la plaisanterie.

— La position est complexe, répondit-il; il faudrait d'abord décider si la vie est un bien ou un mal, et si l'on ne vous rend pas le plus mauvais de tous les services en la prolongeant.

— Et vous n'avez pas d'opinion, mon prince?

— Et vous?

— Je trouve la vie très-bonne à l'heure où je suis reçu avec tant de cordialité, dans une galerie pleine de chefs-d'œuvre, j'en atteste la lune! et où je supplie Votre Excellence de compléter ses façons hospitalières en me présentant à la princesse.

— La princesse est partie après le dîner, dit Monte-Feltro. Prenez ce cigare. Le cardinal les reçoit du mont Carmel. Je vais faire de la lumière pour admirer votre belle tenue.

Il approcha une allumette de plusieurs becs de gaz. La galerie resplendit.

— Sérieusement, continua-t-il, ce n'est pas pour moi que vous vous êtes mis sous les armes?

— Je vais à l'ambassade d'Autriche, dit imperturbablement le capitaine.

— Vous aimez le monde, vous?

— Le colonel nous force à nous y montrer.

— C'est une des formes de l'occupation.

— D'ailleurs j'espérais vous retrouver.

— Dieu m'en garde!

Au fond, reprit Monte-Feltro, nous sommes un peuple décapité en effigie et possédé en réalité. Dans les régions vaticanes, nous avons l'air d'aimer les Français. Croyez-vous que depuis le pape jusqu'au facchino, nous n'ayions pas tous le sentiment que nous ne sommes plus que l'ombre et que vous êtes le corps, et que, si vos sabres ne les soutenaient pas, les murs de Rome tomberaient au souffle de la révolution? C'est assez de voir l'armée française dans les rues, cette armée qui nous sauve, l'insolente! Ne nous condamnez pas à la retrouver dans les salons ! Et tenez, Mme de Monte-Feltro est sortie ; mais, eût-elle été chez elle, elle n'aurait jamais paru ici après avoir vu passer votre uniforme.

La porte s'ouvrit.

Lisabetta entra.

Le prince ne put retenir un bel éclat de rire.

— Ma foi ! dit-il, je ne brille point par le sens prophétique.

Il s'avança et présenta Amyot avec toutes les nuances exigées. Elle salua à peine; elle ne pouvait pas se soustraire à cette certitude accablante : Amyot était là, et il venait de lui écrire qu'il l'attendait, via Frattina!

Malgré tout le bonheur qu'éprouvaient ses yeux, elle ne pouvait pas effacer de ses traits une nuance de courroux.

— Je connais monsieur, dit-elle. L'autre jour, la compagnie qu'il commande a manqué d'écraser mon cheval.

— Et on accusera encore les Français de légèreté! reprit Monte-Feltro. Mais vous ne connaissez sans doute pas complétement la personnalité de M. Amyot, cet officier qui...

Amyot redoutait une réédition; puis il trouvait moyen d'expliquer indirectement sa conduite à Lisabetta.

— Cet officier qui doit la vie au prince, dit-il en achevant la phrase de Monte-Feltro.

— Vraiment? fit-elle d'un ton dédaigneux.

— Et l'ambassade d'Autriche me paraît faire une manifestation en invitant un homme aussi compromis que moi.

Elle sourit énigmatiquement :

— Cette invitation est en effet si courageuse, que vous avez dû oublier toutes vos autres affaires, monsieur? dit-elle.

— Je n'ai rien oublié.

— Et vous irez?

— Certainement. On dit au cercle que ce sera très-curieux; on parle d'une princesse candiote qui a fait une révolution. La fleur de la jeunesse romaine, cette jeunesse qui a trois mille ans, y sera. Vous y manquerez, madame.

Il parlait sans cesse de cette fête. Par le fait, il sentait la nécessité que M. et Mme de Monte-Feltro se montrassent ensemble ce soir-là.

Lisabetta supposa qu'il voulait trouver une occasion de tête-à-tête et n'eut plus que le désir d'y aller.

Mais le prince devait avoir des engagements, comme tous les soirs.

Amyot avait eu le talent de la mettre sur une bonne piste.

— Il y a des heures où l'on regrette de ne pas être veuve, dit-elle en s'asseyant.

— Vous êtes généreuse en ne le regrettant que de temps à autre, madame, répondit le prince; mais pourquoi?

— Parce que si j'étais libre, j'irais à l'ambassade toute seule, et que ce serait monstrueux à présent. Vous avez donné évidemment un autre emploi à votre nuit.

— Evidemment! dit-il en homme qui ne veut pas être influencé. Toutefois vous vous exagérez les inconvenances. Que lord Uncarthley vous prête sa femme et tout sera sauvé.

— Me défiez-vous d'y aller ainsi?

— Je ne vous en défierais que si je souhaitais que vous y fussiez.

— Défiée ou non, j'irai; je vais m'habiller. Au revoir, monsieur.

Elle sonna.

Monte-Feltro s'approcha d'elle.

— Je puis parler devant le capitaine, reprit-il. Une raison sérieuse empêche M. et Mme Monte-Feltro de paraître à l'ambassade.

— De quelle couleur a-t-elle les yeux cette raison? fit-elle emportée par la contradiction.

Il ne voulut pas se fâcher.

Amyot feuilletait un livre de photographies édifiantes.

— L'Autriche est bien avec le palais Farnèse, dit Monte-Feltro. Or, le palais Farnèse ayant toujours une porte ouverte sur le Gesù, vous comprenez que moi...

— Je comprends que je mettrai ma robe mauve! répondit-elle en sortant.

— Vous êtes donc révolutionnaire? dit Amyot au prince lorsqu'ils demeurèrent seuls.

— Je voudrais l'être.

— Et dans quel intérêt?

— Dans mon intérêt à moi, et parce qu'alors je serais probablement un homme mal élevé, et que je vous dirais tout simplement : Voici la troisième heure; je suis forcé de vous quitter.

Le capitaine ne se pressait pas de se lever.

Le prince ouvrait la porte de la galerie, et faisait signe à Amyot de passer devant.

— Je crois bien que la princesse désobéira, dit celui-ci.

— Lorsqu'on ne peut pas couvrir les frontières, on cherche au moins à défendre la capitale. La capitale, c'est moi; je ne me rendrai pas.

— Mon prince, reprit Amyot, vous avez daigné m'offrir vos services; je vous dois vingt ans que j'ai peut-être encore à vivre. Ajoutez-y une demi-heure en consentant à vous montrer à l'ambassade. Je suis positivement effrayé de me trouver seul dans votre monde romain, où j'ai ramassé tant d'ennemis.

Monte-Feltro était bon et Amyot exerçait une grande influence sur lui. Il fut contrarié, mais la boulangère savait attendre.

— Je n'aurais jamais cru à votre timidité, dit-il. Enfin, je vous patronnerai, dût notre ligne droite faire un coude. A présent, il faut rejoindre cette maudite princesse!

Il souriait.

Amyot était ému; il sentait une résonnance fraternelle dans cette grosse voix.

La voiture roula sur les dalles de la cour. Le prince arriva sur le perron, au moment où les têtes des chevaux se repliaient sous la main du cocher.

Lisabetta se hâta de faire une place à côté d'elle.

— Vous vous repentez? dit-elle à son mari.

Monte-Feltro, qui tenait toujours son rang, n'insista pas pour donner la place d'honneur au capitaine, qui se mit sur le siége de devant.

Hélas! ce fut un supplice enivrant! Lisabetta était merveilleuse dans sa grande toilette, qu'éclairaient les rayons des lanternes. Le genou d'Amyot frôla celui de la jeune femme. Leurs deux personnes se touchèrent, malgré les obstacles. Lisabetta ne disait rien; on eût pensé qu'elle se laissait aller au roulis de sa voiture. N'était-ce pas plutôt à l'extase de cette caresse involontaire?

Pendant une minute, devant ce mari outragé par sa pensée, Amyot s'enferma entre ces bras charmants et sur ce cœur bondissant. Mais il revenait sur lui-même, et il avait honte de sa pensée, quand il sentit la main audacieuse de Lisabetta qui cherchait la sienne dans l'ombre de la portière. Elle allait imprudemment dans la représaille et dans la passion. Toute Rome savait que Monte-Feltro entretenait des maîtresses; elle se vengeait effrontément et elle était heureuse.

Amyot eut le courage de ne pas laisser prendre sa main.

Monte-Feltro songeait à la manière dont il se reverrait avec sa délaissée.

Ils passaient dans un quartier désert, auprès d'un grand espace sans maisons.

— Capitaine, dit-il, voyez-vous ce monticule?

Amyot tourna la tête.

— Comme la vie est une boîte à événements! continua le prince. Vous roulez sur ce sable dans une bonne voiture, et vous allez à une fête avec un ami, avec deux amis, devrais-je dire? car Lisabetta est une bonne femme, et elle vous appréciera.

Amyot pâlit.

— Que voulez-vous dire avec cette préface? répondit Lisabetta, car il fallait bien soutenir la conversation.

— Je veux dire que c'est sur ce monticule qu'on fusille, et que notre brave capitaine y serait tombé depuis huit jours, si je n'avais pas été de la commission.

Des lumières se faisaient voir dans le lointain, on entendait le bruit d'un quartier en fête. On arrivait à l'ambassade.

L'entrée du prince, de la princesse et d'Amyot, ne fit pas un grand bruit dans ce tumulte. La princesse était splendidement belle, mais sa beauté était connue. Monte-Feltro avait le droit d'entrer partout, même dans les salons ennemis. Deux semaines étaient déjà écoulées depuis l'acte de courage du capitaine et son excursion dans la politique. On ne se rappelait plus grand'chose.

Il essaya de se cacher dans la foule, après avoir marché un instant derrière M. et Mme de Monte-Feltro, mais Lisabetta ne le lui permit pas.

— Mon mari va faire son tour de conversation. Je ne danse jamais. Voulez-vous me donner le bras? dit-elle.

— Je serais un guide détestable, signora, dit-il; je ne connais personne.

— Ne voyez-vous pas que la reine de Naples vous a fait un signe, dit-elle au prince.

— Ceux-là en font à toute l'Europe, qui n'y prend pas garde. Cependant je ne serai jamais de mauvais goût avec une reine.

Il quitta Lisabetta.

— Eh bien! monsieur! fit-elle à Amyot en avançant le bras.

Il n'y avait plus moyen de fuir.

Elle le dirigea, sans prononcer une syllabe, vers un boudoir, à l'extrémité des salons.

Lisabetta avait compté sans lady Uncarthley.

Elle regardait Lisabetta et Amyot.

Mais Lisabetta se serait montrée avec lui en présence de la sainte Trinité.

Lady Uncarthley avait-elle des soupçons? Elle dit:

— Vous ne semblez pas vous ennuyer ce soir.

La princesse partit d'un éclat de rire et entraîna Amyot.

Ils arrivèrent dans le retiro.

— Tout cela est plus qu'odieux, reprit-elle; mais dites-moi que vous m'aimez, et je me persuaderai que je n'ai rien à vous pardonner.

Il se souvint qu'un abîme devait être creusé entre eux, et par lui, et si large qu'il ne pût jamais être franchi.

Ses yeux s'enflammaient à toute sa beauté; sa poitrine se soulevait dans le feu, chaque fois que Lisabetta respirait. Il l'aimait autant par l'âme que par les sens. Il adorait ses impétuosités et ses colères, il s'attendrissait à sa résignation, il tremblait à chacun des bruits de sa robe. Les mélodies de l'orchestre mêlaient des vibrations aux parfums. Leurs lèvres se cherchaient comme deux oiseaux.

Et il ne faillit pas à son serment.

— Madame, répondit-il en détournant la tête, ma conduite serait en effet inexplicable, si je m'étais souvenu de notre entretien.

Elle était au bord d'un divan. Elle y tomba, blanche comme le réseau de perles qui courait dans ses cheveux. Puis se relevant, et superbe de confiance et de vérité:

— M'oublier! c'est impossible! s'écria-t-elle.

Plus il s'avouait vaincu et se craignait, plus il demandait à ses lèvres une injure irréparable.

Elle y arriva sanglante.

— Madame, dit-il, n'osant pas s'écouter lui-même, je ne m'arrête pas auprès des femmes qui s'offrent!

Il était sublime, il était infâme.

Il ne regarda pas cette femme qu'il venait de tuer; il sortit, il traversa les salons.

Monte-Feltro le croisa.

— Qu'avez-vous fait de la princesse? lui demanda-t-il.

Il balbutia une réponse qui se perdit dans le bruit des pas.

Monte-Feltro se tourna respectueusement vers une jeune femme assise.

— Majesté! dit-il — car il y a toujours des reines découronnées dans Rome, presque découronnée elle-même — permettez-moi de vous présenter l'officier le plus brave et le plus dévoué aux femmes.

La dame inclina son bouquet.

— Quand vous serez las de servir des triomphateurs, venez à nous, monsieur, dit-elle.

Amyot était incapable de rencontrer une réplique.

Il retrouva son manteau, et il se sentit dans la double nuit du firmament et de son veuvage : il pleura.

Il lui restait à provoquer Saturnin.

Il était onze heures du soir en France, la lune errait mélancoliquement sur les sept collines.

A minuit, les quatre témoins devaient l'attendre sur la place du Peuple.

Amyot ne s'était pas demandé quelle insulte il adresserait au vicomte; entre soldats, elles doivent toutes porter.

Il ne pouvait pas lui reprocher d'avoir loué sa chambre, comme un appât pour y attirer une femme. Il lui aurait ainsi permis d'arriver jusqu'à la princesse par Ferrando. Car Saturnin n'était qu'un instrument; il pouvait bien ignorer le nom de la personne qu'on lui avait promise, mais il pouvait le deviner par la suite, et c'est pour cela qu'il devait mourir.

Amyot abhorrait le duel.

De plus, sans qu'il y eût amitié, Saturnin lui était sympathique.

Il revint dans la triste rue Frattina.

La maison restait silencieuse.

Monsignor avait été forcé de renvoyer ses hôtes fort désappointés; il les avait trompés, pas de moindre scandale. Ferrando soupçonnait le capitaine de lui avoir volé son cinquième acte, mais il n'avait pas de preuves.

Le vicomte espérait toujours vaguement.

Amyot frappa.

Saturnin se précipita.

La vue d'un grand uniforme ne valait pas celle d'une robe.

— Comment! c'est vous, mon voisin? s'écria-t-il. A l'heure des dames!

— Monsieur, répondit Amyot, toutes les heures sont bonnes, lorsqu'on vient demander une explication.

Saturnin se redressa.

— Une explication, à moi!

— Très-nette, monsieur.

Le vicomte avança un chaise.

— Parlez, capitaine.

— N'auriez-vous point dit mon nom ce matin dans une conversation avec M. Ferrando, et ce nom n'aurait-il pas servi à quelque chose?

Saturnin chercha un instant.

— Vous avez été nommé, c'est vrai, mais honorablement, ainsi qu'il convient. M. Ferrando vous a traité de révolutionnaire : c'est une épithète qui ne trouble plus que les douairières. Il m'a recommandé, par cette saison de visites domiciliaires, de ne pas faire collection de vos autographes. Voilà tout!

— Vous aviez une lettre de moi? demanda le capitaine étonné.

Le vicomte pâlit; il prit sa bougie et regarda par terre et dans tous les coins de la pièce. Il tremblait d'indignation.

— Oui, répondit-il, et je ne l'ai plus. Il me semble que je flaire une infamie. Ce monsignor est un sbire. J'avais jeté votre billet au panier, je le confesse, Ferrando l'aura ramassé. Qu'en a-t-il fait? J'avais lu ce matin. Voilà ce que c'est que de trop fêter le chassepot! Monsignor — serait-il ruffian aussi? — m'avait promis pour ce soir la visite d'une inconnue. Ma tête bouillait. Les romans que nous lisons en France nous font voir les Italiennes comme des volcans d'amour. J'ai su depuis qu'il y avait à rabattre sur cette température. Mais, à ce moment-là, j'admettais tout. J'ai été convaincu qu'une dame s'inquiétait de l'endroit où je dors. Je vous l'ai dit sur l'escalier; mais ce que je ne vous ai pas dit, c'est que j'ignore absolument le visage et le nom. Qu'aura fait ce jésuite de mon ébriété et de ma confiance? Pour le cas où vous jugeriez que, malgré mes intentions inoffensives, nous devons remuer des épées, je serai votre homme aussi.

Amyot était fort troublé.

Lisabetta pouvait être révélée à Saturnin, celui-ci éclairait cette machination plus qu'il n'en avait besoin. Enfin la bonne foi du vicomte éclatait, et il fallait cependant qu'une rencontre eût lieu pour préserver Monte-Feltro d'une allusion.

— Nous laisserons Ferrando dans sa boue, reprit-il; qu'il s'en fasse une simarre, s'il peut!

— Rome me rendra voltairien, répondit le zouave.

— Mais nous nous battrons.

— Vous croyez que c'est nécessaire ? demanda Saturnin.

— Pour des raisons absolument personnelles, je désire que l'affaire se termine le plus vite possible.

— Demain matin.

— Non, cette nuit.

Saturnin se leva.

— Cela ne se fait plus depuis Louis XIII. Tous mes camarades jouent au lansquenet quelque part, et je ne saurais les rejoindre.

— J'avais tablé sur votre obligeance, et vous trouverez sur la place du Peuple tout ce qu'il faudra, hommes et choses.

— Quel organisateur vous êtes, mon capitaine ! Je vous suis. Mais convenons d'une chose : celui de nous deux qui survivra s'engagera à faire pirouetter monsignor Ferrando jusqu'à ce qu'il sorte de l'Eglise. Quoi qu'il arrive, nous ne nous en voudrons pas, continua Saturnin.

— Non, mais défendez-vous bien, reprit Amyot.

Ils ne parlèrent pas jusqu'à la place du Peuple.

Il y avait un quatuor de porteurs de sabres.

Amyot présenta le vicomte.

Les deux officiers amenés se trouvaient être dans ses relations.

— Messieurs, dit le capitaine de dragons, nous avons à l'unanimité choisi le pistolet.

— Mais on n'y voit rien, objecta le vicomte.

— C'est pour cela précisément. Est-ce que nous y voyons nous-mêmes dans votre duel? Il est toujours déplorable entre des soldats de la même cause. M. de Saturnin n'a point de grade, M. Amyot est capitaine. Ce serait une affaire de conseil de guerre et elle s'ébruitait, et si les troupes pontificales étaient plus sérieusement constituées. Nous espérons que rien ne sera sinistre. Il n'y a encore que trop de lune malheureusement !

Les pas furent mesurés.

Tout avait été arrangé si vite, qu'aucun des combattants ne se croyait tout à fait en face de la mort.

Le sort avait favorisé Saturnin, qui devait tirer le premier.

La place était complétement déserte. Les deux monuments allongeaient leurs ombres parallèles. Dans l'intervalle, blanchissait le manteau de brouillard de la campagne romaine, ce brouillard qui porte la peste. Pas un souffle de vent. Quelques lignes de réverbères au loin. Derrière la place, les silhouettes énormes des églises et des ruines.

Un des témoins fit une tentative.

— Nous engageons notre honneur en assistant à un combat dont nous ne soupçonnous point les origines; nous donnons cette preuve de confiance à des camarades, mais ne nous laissez point des remords qui ne s'expliqueraient jamais. Nous attesterons, par vos antécédents, que vous êtes des gens de cœur, et nul ne nous démentira.

— Les choses sont trop avancées, dit Saturnin.

— La réparation est nécessaire, dit Amyot.

Le signal fut donné.

Saturnin fit feu.

Le képi fut jeté à terre, mais la balle ne toucha pas Amyot.

Il continua à marcher, désespéré : l'horrible vie le gardait. Il s'avança jusqu'à sa limite. Saturnin marchait aussi bravement dans un rayon de lune. Amyot était signalé comme un des meilleurs tireurs de Saint-Cyr. Il lâcha la détente et envoya le coup par-dessus l'église de droite.

Les témoins respirèrent fortement.

— Nous vous quitterons, si vous prétendez continuer, dit le dragon.

Saturnin ne se sentait pas à l'aise, il était épargné.

— M. Amyot a seul le droit de recommencer son tir, s'écria-t-il.

Amyot fit quelques pas très-vite et vint embrasser le zouave.

— A la bonne heure! dirent les témoins.

Ils pensèrent tous qu'on leur avait demandé cette promenade nocturne, sans beaucoup d'à-propos.

— Voilà une paire de copins, fit le capitaine de cavalerie. Nous pouvons les livrer à eux-même sans inconvénient. Qui est-ce qui retourne au cercle?

Ils se séparèrent au bout de la place.

Amyot et Saturnin, demeurant dans la même maison, devaient descendre le Corso, pour retrouver la via Frattina. Il eussent été ridicules en s'éloignant l'un de l'autre. Mais la conversation était difficile.

Le vicomte n'y tint pas longtemps.

— Vous n'avez pas visé, dit-il.

— Non, répondit Amyot sans hésiter.

— Ce n'est point pour me faire injure. J'y avais été de franc jeu, moi, et j'ai avarié votre képi.

— J'avais une raison pour agir ainsi. Je désirais que vous fussiez monobligé. Je veux vous demander quelque chose.

Saturnin le trouvait moins généreux.

— Commandez! répondit-il.

— Je vais briser votre carrière.

— Ce n'est que cela? dit Saturnin en riant. Ma carrière n'est déjà pas si brillante. J'ai envoyé ma photographie pontificale à ma tante; elle lui suffit, et son héritage m'est assuré. D'ailleurs je vous ai déjà dit que Rome ferait de moi un terroriste. J'enverrai ma démission.

— Il faudrait plus que cela! répondit gravement le capitaine. Vous ferez un malheureux et un coupable, si vous revoyez Ferrando.

— Je ne comprends toujours pas, mais je vous offre le monsignor avec mes vieilles guêtres.

— Et vous devez partir aussitôt qu'il fera jour.

— Diable, diable ! dit le vicomte, vous abusez de la situation ; mais après tout j'avais encore deux mois de jeûne à l'horizon, et je vais me faire radouber dans le château de mes pères.

— A présent, reprit chaleureusement Amyot, vous savez que si vous avez jamais besoin d'un ami...

— J'aime mieux ne pas faire cette expérience, qui tournerait évidemment contre vous. Je vous ennuie à Rome, c'est incontestable. Bonsoir, capitaine.

Il tourna par une petite rue.

Amyot avait à peu près rempli sa tâche.

Rien ne le sollicitait à rentrer dans l'infâme boutique de Ferrando. Il alla au hasard, par les rues enchevêtrées ; il suivait des pensées bien autrement tristes et mêlées.

Il arriva devant un palais qu'il savait être au cardinal Leopardi. Il s'en détournait comme d'un lieu sinistre.

Il vit une femme sous la petite colonnade, soulevant le marteau. Il reconnut Titia.

Qu'allait-elle faire dans une maison qui renfermait un ennemi ?

Ne pouvait-elle point se jeter au-devant d'un danger, courageuse et fanatique comme elle était ?

Un avertissement lui disait qu'il pouvait lui être utile entre ces murs sombres.

A tout hasard, il se glissa dans l'ombre et, sans être vu, il entra dans le palais après Titia.

## IX

Toutes ces choses et celles qui suivent seraient impossibles en France ; elles n'excitaient aucun étonnement à Rome, dans cette vieille société qui avait tant conservé de ses traditions du moyen-âge.

Titia se rendait à la réunion après avoir quitté Amyot. Elle était triste. Il lui semblait que n'ayant point réussi à l'amener là, elle ne l'amènerait jamais à elle.

Elle ne s'était pas encore arrêtée à l'amour dans sa vie. Elle allait remuant des constitutions et les lourds cahiers de son oncle. Mais Amyot la distrayait depuis quelque temps.

Il ne lui parlait pas, lorsqu'il la rencontrait dans la maison de son frère ; il s'apercevait à peine qu'elle existât. Mais il portait noblement une belle tête, sur laquelle se lisait toute les honnêtetés. Il s'était donné sans réserve pour sauver une vieille mourante ; il avait tenté quelque chose contre le gouvernement. L'amour naît de circonstances bien moindres.

La réunion avait lieu dans une grande maison du Vélabre. Elle était plus nombreuse que celle qui s'était fourvoyée chez Gian Mico.

Qui a conspiré conspirera. Santolino, Tramontan, Vescovo, Simone, qui avait été admis de nouveau, malgré les répulsions des conjurés, tous bien que graciés depuis quelques jours, et à peine sortis du château Saint-Ange, se retrouvèrent sur le champ de bataille ténébreux.

Les événements s'étaient aggravés.

La direction paraissait abandonnée au cardinal Leopardi. Le Gesu disparaissait momentanément. Les Italiens sont toujours vibrants à la défiance, et les partis manquent de reconnaissance. Il était prouvé que Leopardi n'avait incliné à la clémence, dans l'affaire de la maison du vicaire, qu'afin de cacher son jeu et de se rendre seul possible. La compression à outrance était dans sa théorie. Il ferait retirer aux Romains la très-petite part de libertés municipales qui restaient ; il obtiendrait, pour grossir l'armée pontificale, deux nouveaux régiments recrutés en Espagne, d'où l'on peut toujours tirer les turcos du catholicisme. Tout allait devenir plus noir, et, sur toute les pentes du Vatican aux toits immenses, Leopardi établirait des paratonnerres pour soutirer la foudre révolutionnaire de toute l'Italie.

Voilà ce qu'on disait. Leopardi supprimé, Rome pourrait secouer ses autres tyrans. L'abominable avocat Simone triomphait dans sa thèse, et ses contradicteurs devenaient rares.

Titia saisit ces menaces dans l'atmosphère, aussitôt qu'elle entra. Elle ne s'en effraya pas. Les heures de tempête allaient à sa mélancolie nouvelle.

Simone terminait un discours.

— Si j'ai bien compris, citoyens, dit Santolino, qui ne se lassait pas de le harceler et qui soupçonnait un stipendié du gouvernement dans cet agitateur finot et féroce, l'avocat Simone demande que l'on vote sur la mort du cardinal.

— Oui, répondit Simone.

— Et il se chargerait de l'exécution ?

— Je n'ai rien proposé de semblable. Je n'aurais pas cet orgueil. Tous nous devons être prêts ici pour cet honneur. Le sort indiquera le privilégié.

— Le citoyen Simone est trop modeste, reprit Santolino. C'est lui qui a eu l'idée, c'est lui qui doit réaliser le fait.

— Oui ! oui ! s'écria la majorité,

Simone était livide.

— Je proteste ! dit-il.

— La protestation sera au procès-verbal, répondit Tramontan ; mais vous êtes suffisamment désigné par la voix publique.

— Et dans l'intention de Simone, quel serait le moyen d'exécution?

— Une bombe, dit timidement Simone.

— Vous l'avez sur vous? continua Tramontan.

— Je l'ai.

Il se produisit aussitôt un vide à côté de Simone.

— Vous êtes ingénieux. Mais répondez-vous de votre machine?

— Il y a de quoi faire sauter un conclave.

— De sorte que celui qui la déposera sera en danger de mort immédiate?

— S'il est maladroit.

— Nous connaissons votre habileté, reprit Tramontan ; vous ne risquerez que la décollation, si vous vous laissez prendre chez Son Eminence.

Simone se remuait sur son banc.

Santolino voulait arriver à ses fins ; il n'était jamais pour la violence, il estimait que l'Italien aurait toujours l'air d'un bravo du temps des Sforza, s'il ne renonçait point aux assassinats. Il continua à poursuivre Simone de son approbation.

— Et vous êtes certainement d'avis, car l'énergie est votre attribut, que cette expédition devrait avoir lieu cette nuit même?

Simone ne manquait pas de ressources.

— Sans aucun doute, dit-il ; seulement il me sera impossible de m'en charger aujourd'hui. La discussion m'a épuisé, je suis malade, et je n'aurais pas la présence d'esprit nécessaire.

— Vous vous calomniez. D'ailleurs l'intérêt du pays doit passer avant toute crise de nerfs.

— Voudriez-vous faire manquer l'affaire? On pourrait le penser, si vous insistiez, reprit Simone. Ma présence chez le cardinal éveillerait de suite des alarmes. Que faut-il faire? Déposer une bombe sur son passage, de manière qu'il la fasse infailliblement éclater. Donc nous avons besoin de quelqu'un avec qui la livrée ne discute pas et qui soit renseigné sur les habitudes de l'Éminence, et je ne vois ici qu'une personne dans cette situation ; mais comme la patrie gardera son nom parmi ceux de ses saints, je ne veux pas être accusé de favoriser quelqu'un. Je me tairai.

— Nommez-le, dit Titia.

— C'est vous, signorina.

— Moi ! fit-elle avec un geste d'horreur.

— Les relations ecclésiastique de votre frère avec les maisons cardinalesques vous faciliteront l'entrée de celle-là, et votre patriotisme fera le reste.

— Vous êtes fou, signor ! dit-elle énergiquement.

— L'histoire vous a-t-elle échappé? reprit Simone. N'y lisez-vous pas que les nations ont toujours été sauvées par les femmes, et oseriez-vous assurer que vous valez moins que celles dont elle honore la mémoire? Croyez-vous que vous n'êtes pas aussi grande que Judith ?

— Vous pourriez citer Charlotte Corday, interrompit Santolino, si vous n'aviez pas quelques rapports avec Marat, entièrement à son désavantage, je dois le dire.

Simone ne fit pas attention à l'apostrophe ; il ne voulait pas perdre sa période, et il continua :

— Nous n'aurons pas la douleur de vous voir hésiter. Vous ne balancerez jamais tout le sang des martyrs épargnés, tout l'avenir de paix que vous ferez à votre pays, et l'avénement de la justice et le bonheur de vingt-cinq millions de citoyens, avec la vie d'un seul homme. Il est la tête de ce serpent qu'on appelle la réaction; si vous l'écrasez, sa queue s'aplatira d'elle-même. Vous avez vu passer devant vos rêves une Italie fière, nationale, humanitaire. Elle peut se faire par un de vos gestes; vous la ferez, vous nous la donnerez.

L'étincelle avait fini par jaillir de cette improvisation ; la peur avait fait un orateur. Le meurtre ne causa plus d'horreur, drapé dans la pourpre de l'histoire. Des applaudissements coururent sur toutes les mains. La déclamation réussit toujours dans le pays de Roscius.

Titia comprit que si elle ne prenait pas cette tâche, elle serait soulevée par un autre; elle trembla pour l'honneur de sa cause et pour la tête d'un vivant.

— J'accepte ! cria-t-elle.

Des bondissements d'enthousiasme se heurtèrent à tous les coins de la salle; Titia fut presque portée par les uns, tandis que les autres baisèrent ses mains.

Elle se déroba à cette ovation, qui aurait été si vite inconvenante et qui lui faisait pitié.

Elle s'abrita derrière le fauteuil du président.

Santolino ne comprit pas Titia d'abord, il garda le silence.

Vescovo, en vieux routier, se défiait toujours.

Il s'approcha très-près de Titia, et la regarda des pieds à la tête.

Cet examen l'embarrassait.

— Que me voulez-vous ? dit-elle.

— J'examinais si vous aviez la figure de votre rôle, et je suis satisfait.

Elle eut un sourire dédaigneux.

— Mais, dites-moi, mon enfant, continua-t-il plus bas, aimez-vous quelqu'un ?

— Non ! répondit-elle effarée.

— Il s'agit d'être sincère, lorsqu'on se place en face de l'histoire. Si vous aimez, votre main tremblera, et il vaudra mieux vous reposer sur la mienne.

Elle frémit.

— Laissez-moi, dit-elle.

Elle alla droit à Simone.

— Où est votre bombe ? lui demanda-t-elle.

— Là, dans cette boîte de fer.

— Remettez-la moi.

— Pas tant de précipitation. Un mouvement t op vif, et nous serions tous pulvérisés.

La boîte était fort mince.

Elle la plaça dans son corsage.

Santolino avait observé.

— Tonnerre ! dit-il ; ne nous approchons pas de ce cœur-là !

Le président Tramontan n'était pas sans inquiétude sur les moyens dont Titia se servirait ; il venait pour l'interroger.

Elle avait fui par la porte restée ouverte.

La nuit était presque complète ; il ne put pas rejoindre Titia.

Il avait encaissé les trois mille écus qu'elle avait apportés, et ne concevait pas qu'elle n'eût rien demandé sur cette somme pour les dépenses qu'elle aurait à faire.

Il ne tolérait point le drame sans la mise en scène.

— Citoyens, dit-il, nous nous retrouverons demain aux funérailles de cette martyre.

— Comme tu es expéditif ! lui répondit Santolino. La Titia se tirera de cette galère, et nous la nommerons un jour présidente de la république ou marquise Santolino, à son choix.

— Que chacun se retire ! reprit Tramontan, toujours épique. Mais ne dormons pas ; nous entendrons cette nuit le premier coup de canon de la liberté.

Gian Mico était le plus malheureux de tous les curés.

Il allait toucher de beaux appointements, car la paroisse des Saints-Apôtres est riche. Il dirigerait la conscience des plus grandes dames, et verrait passer devant sa barre les visages de la colonie féminine étrangère, qui désirant tout connaître à Rome, voulait apprendre comment on y confesse. De plus, on avait laissé entendre à Mico que de la cure des Saints-Apôtres on s'achemine vers un évêché. Tout cela lui glaçait le sang.

Son bonheur était une ironie à longue dose.

Plus les jouissances temporelles s'entassaient sur lui, — et il avait la conviction qu'il dépassait tous les sybarites, — plus il s'éloignait des récompenses éternelles. Ses bienfaiteurs étaient ses ennemis, sa fortune devenait son piège ; il implorait les mauvais coups et ne récoltait que les embrassades. Sa nouvelle dignité l'avait forcé à prendre une servante ; il la rêvait acariâtre et empoisonneuse, elle se révélait attentive et cordon-bleu. Il se voyait damné pour l'abîme de l'éternité, pour avoir épuisé toutes les voluptés d'ici-bas.

Et, dans le fait, il ne parvenait pas à souffrir.

Ce pauvre fou, bonhomme et compatissant pour les autres, ne faisait que développer jusqu'à l'absurde la théorie du catholicisme espagnol, qui crée les riches du ciel avec les pauvres de la terre.

Il se torturait l'esprit pour trouver une occasion de suicide qui ne fût pas un crime ; la mort s'éloignait de lui comme la douleur.

Ce matin-là, il avait eu une lueur d'espoir.

Il s'était réveillé avec un mal de tête formidable. Il se tâta le pouls. O joie ! il compta cent-vingt pulsations à la minute. Il essaya quelques pas. Sa tête vacillait et demandait un oreiller.

Il se refusa le luxe du lit. Il attendait, grelottant sur une chaise de paille, dans sa chambre nue. Il y avait un petit miroir sur la commode. Le mal s'incrustait déjà sur ses traits. Il ne se lassait point de se regarder. Une sueur de glace coulait de ses tempes. Il était radieux.

La servante avait signalé ces mauvaises apparences ; d'elle-même elle s'était rendue auprès d'un médecin.

Elle l'amena.

Ce fut la seule fois de sa vie que Gian se laissa aller à la colère, et révéla des aptitudes à la grossièreté ; il poussa le médecin par les épaules, pour qu'il disparût plus vite.

Le praticien ahuri raconta la scène aux voisins, qui ne s'étonnèrent pas.

Une heure après on sonna.

La servante alla ouvrir et remonta.

— Qu'est-ce encore ? demanda Mico.

— Personne.

— Comment ? personne ! La sonnette ne remue pas toute seule, comme les jambes d'une servante indiscrète. Vous m'en voulez parce que j'ai été dur. Mais je serais si content d'aller de l'autre côté du ciel ! Répondez-moi : qui est venu ? est-ce quelqu'un à secourir ?

— Je vous dis de ne pas vous préoccuper, signor ; on venait vous demander.

— Pour qui ?

— Pour administrer le commis de la trésorerie, qui s'en va mourant de la petite-vérole.

— La petite-vérole? redit Mico avec extase.

Il essaya de se tenir sur ses talons, et avança la main pour prendre sa canne.

— Que faites-vous, Excellence?

— Je vais à mon devoir. Cette maladie ne pardonne guère, et elle se communique aux gens, comme la pluie se communique aux feuilles, ajouta-t-il avec sensualisme.

Mico abandonna à sa servante un tiers de sa houppelande, et parvint au bas de l'escalier. Il se traîna jusque chez un loueur, monta en voiture, ce qui ne lui arrivait pas deux fois l'an, et se fit conduire chez le commis.

Celui-ci, le voyant si pâle, crut que c'était la mort qui entrait. Son mal empira du coup.

Mico se prodigua. Il se pencha sur le malade, l'embrassa, prit ses mains, respira son haleine, et trouva moyen de donner à cette agonie des paroles de raffermissement.

Il ne quitta le mourant que lorsque le dernier souffle se fut envolé. Il voulut l'ensevelir lui-même.

La récompense ne vint pas.

Il ne s'était plus senti de fièvre dans tous ces soins apostoliques, mais il était certain d'avoir respiré un autre germe mortel.

Ses joues redevinrent roses, sa tête n'eut plus ses nuages. Il était guéri en revenant chez lui.

Et, pour comble de désespoir, il ne put pas se dissimuler qu'il avait très-faim.

C'était l'heure de son souper. Il n'osa point avertir sa gouvernante de l'état honteux de son estomac. Il résolut d'offrir son abstinence au ciel, qui ne lui permettait pas d'autres sacrifices.

Mais il avait affaire à forte partie. Un appétit robuste et régulier se logeait dans cette enveloppe frêle. Il marchait à grands pas dans la salle du rez-de-chaussée.

— Votre Excellence va mieux? lui dit la servante.

— Oui, répondit-il d'un ton indigné.

— Si elle essayait de prendre quelque chose? Il reste un morceau d'agneau rôti. J'ai idée de le servir avec une salade.

— Servez-le! dit Mico, qui espérait que la lutte serait plus méritoire, quand il aurait la tentation sous les yeux.

Le couvert fut dressé; l'Ave Maria sonnait.

Le marteau retentit à la porte extérieure. Titia fut introduite.

Mico était son confesseur.

Elle ne soupçonnait pas qu'elle fût libre penseuse. Elle conspirait contre l'Église, et elle continuait les pratiques de son enfance.

Ce soir-là, elle ne venait pas chez son directeur, mais chez un ami. Elle consultait souvent Mico dans les difficultés de sa vie; elle avait une manière si pénétrante de lui demander conseil, qu'il répondait toujours dans le sens qu'elle indiquait.

Et il se croyait de bonne foi son directeur.

Titia n'avait pas élevé d'objection, lorsque Simone avait parlé de son libre accès dans la maison du cardinal. Elle le connaissait très-peu par le fait et n'était jamais entrée chez lui.

— Que me voulez-vous, mon enfant? lui demanda le curé. Désirez-vous que nous nous rendions à l'église? J'y suis tout disposé.

Malgré lui, il regardait le quartier d'agneau.

— Que Votre Excellence ne se gêne pas! Vous alliez vous mettre à table. Je n'ai qu'un renseignement à vous demander.

— Je me tiens à votre commandement, ma fille.

— A quelle heure Mgr Leopardi soupe-t-il? Il était toujours question de souper.

Mico avança machinalement la main vers la nappe, prit un morceau de pain, et le dévora sans se rendre compte de son attentat.

— Son Éminence soupe entre la troisième et la quatrième heure, dit-il.

— Toute sa livrée est occupée dans l'intérieur à ce moment-là?

— Presque toute.

— N'y a-t-il pas après le palais une cour intérieure?

— Je crois bien que oui.

— On n'y va jamais?

— Rarement.

— Les murs sont-ils très-hauts?

— Vingt à vingt-cinq pieds.

— Et solides?

La physionomie de Gian traduisit une certaine surprise.

Titia était entièrement à son idée.

— Pensez-vous, continua-t-elle, qu'ils résisteraient à un siége?

Le curé perdait patience.

— Votre Excellence est fort connue dans le palais, reprit Titia. Consentirait-elle à m'y introduire en cachette, cette nuit, entre la troisième et la quatrième heure? J'ai affaire dans cette cour.

Gian Mico se promenait d'un pas inquiet. En se promenant, il atteignit un morceau de chevreau.

— Vous savez que ma confiance en vous est illimitée, dit-il.

— Mais cependant vous refusez de me conduire chez le cardinal? reprit-elle d'une voix dépitée.

— Le cardinal est encore plus prince de l'Église par son génie que par ses fonctions. Vous êtes liée avec ses ennemis.

— Qui étaient vos amis, il y a quinze jours.

— Vous oseriez croire?...

— Reçus ici, encouragés par vous, ils ont conspiré sous vos auspices.

— Grand Dieu ! dit Mico, qui ne se souvenait plus de rien.

— Enfin, reprit Titia, me supposeriez-vous un mauvais dessein ?

— Loin de là, mais je voudrais savoir ce qui vous attire chez le cardinal.

— Vous ne m'y mènerez pas, si je ne vous dis rien ?

— Non.

Mico avait une fermeté remarquable toutes les fois que l'hallucination ne le tenait pas.

Titia le regarda fixement.

— Vous ne vous souvenez, et surtout vous ne vous souviendrez point des noms de ceux qui étaient ici ?

— Je n'ai jamais dénoncé, dit-il.

— Vous voulez comme moi sauver les jours de Leopardi ?

— Je le veux !

— Alors il faut que, sans atteindre personne, cette bombe éclate dans sa cour ce soir, et qu'on l'entende ?

Elle montra la boîte.

Il pâlit.

— C'est une horreur ! dit-il, et vous vous êtes chargée...

— Aurait-il été préférable qu'un autre jouât ce rôle ? J'avertis Leopardi que les amis de la liberté veillent, et qu'il ait à changer sa ligne politique s'il tient à vivre, et en même temps j'empêche que le sang soit répandu. Me désapprouvez-vous ?

— Certainement la liberté est une bonne chose, continua le doux curé, et si elle pouvait résulter d'une explosion d'une demi-livre de poudre dans le vide, il n'y aurait guère à hésiter. Est-elle chargée votre bombe ?

— A mitraille.

Mico eut un petit frémissement de plaisir.

— J'applaudis à la prudence de votre combinaison, reprit-il ; pourtant vous avez oublié une chose.

— Je viens auprès de vous pour me compléter.

— Ces révolutionnaires maudits...

— J'en suis, et vous-même...

— Ces citoyens exagérés, je voulais dire, ont des espions partout. Ils apprendront que la machine aura fait son jeu dans la cour extérieure ; ils vous suspecteront, puis recommenceront, et ce sera formidable.

— Qu'y faire ? dit Titia. Je ne puis cependant pas incendier le palais.

— Venez à la fenêtre. La lune donne en plein sur la maison de Son Eminence.

Titia suivit Mico.

— Voyez-vous à gauche du toit ce pavillon isolé ?

— Oui.

— C'est l'oratoire. Le cardinal y monte chaque soir avant de se mettre au lit. Le fait est connu. Il s'agirait de faire éclater la bombe là-haut, et d'empêcher le cardinal d'y aller. Je m'en charge.

— Vous, mon père, vous jetteriez une bombe ?

— Il n'y a rien que je ne tente pour améliorer le sort de Rome, c'est-à-dire non, pour sauver un prince de l'Eglise. Vous viendrez au palais, car il importe que vous soyez vue par les yeux qui vous attendent au dehors. Je vous y précéderai. Je tirerai le temps en longueur. Je me ferai inviter à souper, si cela est nécessaire, et avec d'autant plus d'à-propos que j'ai encore faim. Je vous présenterai à Son Eminence, qui n'est pas intimidante. Pendant qu'elle s'entretiendra avec vous, je grimperai à l'oratoire, je ferai partir la fusée, et Rome sera libre.

Mico parlait avec entrain. Titia le connaissait. Elle fut effrayée.

— Et vous serez tué ? dit-elle. C'est ce que vous espérez.

Il rougit en se voyant ainsi pris sur le fait de maraudage dans les champs de l'imagination et du martyre. Puis, l'ambition le soulevant de nouveau :

— D'abord j'aurai soin de m'abriter derrière le pavillon, qui est fort comme un créneau. Je suis agile, malgré ma soutane ; j'ai neuf chances sur dix de m'en tirer.

— Cela ne suffit point.

— Et quand je ne m'en tirerais pas ? Croyez-vous que la paroisse des Saints-Apôtres ne se puisse passer de son curé, et que la ville s'apercevra beaucoup que le petit Gian Mico ne passe plus le long de ses rues ? Je ne sers à rien ici-bas qu'à affaiblir la parole de mon maître. Cite-t-on un sermon de moi qui ait fait sensation ? Ai-je ramené à la vérité une seule âme, y compris la vôtre ? Non ! Je sens bien que je suis un pauvre voyageur, qui ne se trouve bien dans aucune des auberges de cette planète, et que ma vraie route est là-haut. Mais, si je n'ai servi à rien pendant ma vie, je prétends que ma mort soit utile.

— Titia, ma fille, ne m'empêchez pas d'aller coucher ce soir au paradis.

Titia essuya une larme donnée à la folie de cette pauvre créature.

— Tout ce que vous dites est très-beau et d'une logique irréfutable, répondit-elle. Mais c'est défendu de laisser ses amis aller à la mort, même quand ils la désirent.

— Ma fille, reprit-il, je croyais que vous aviez pitié de moi.

Elle prit la main chétive et la baisa.

— N'y pensez plus, dit-elle ; Dieu vous éprouve avec cette idée fixe. Il faut la vaincre.

— Ceux qui ont le mal du pays ne guériront pas.

— Et qu'allez-vous faire? continua-t-il.

— Revenir à mon premier plan, que je modifierai par le vôtre; je tâcherai d'arriver jusqu'à l'oratoire.

— Et vous y serez écrasée encore plus infailliblement que moi, reprit-il avec émotion. Je ferai tout pour vous retenir; je parlerai au cardinal, s'il le faut.

Titia avait quitté la fenêtre.

Tout à coup, elle poussa un grand cri.

Un danger effroyable les circonvenait et pouvait menacer Rome.

La lune éclairait la table.

— Où est la boîte? demanda Titia.

Mico regarda et chercha partout.

Il appela sa servante.

— Quelqu'un est entré dans la maison? dit-il.

— Non, Excellence.

— Avez-vous vu quelque chose sur la table?

— Ce n'est pas cette femme, reprit Titia en frémissant. Tout est à craindre maintenant, le sang va couler dans la nuit.

Elle courba la tête.

La bombe avait disparu.


## X


Le danger trouva un brave homme. Mico ne se préoccupa plus que du cardinal.

— Il n'y a qu'une chose à faire, dit-il, prévenir le cardinal qu'un assassin va entrer chez lui.

— Et livrer un des frères de ma pensée? Jamais!

— Êtes-vous sûr que ce soit l'un d'eux? Son Éminence a aussi des ennemis dans une fraction de l'Église, dit le curé avec courage.

— Les jésuites ne frappaient pas, ils empoisonnaient.

— Et maintenant?

— Et maintenant ils sont plus adroits et moins coupables.

— Il serait sage d'avertir Monte-Feltro, dit Gian. Il a un bataillon sous ses ordres. Il défendrait le palais.

— Et toute l'armée serait bientôt sur pied, et il faudrait donner des noms, et les arrestations recommenceraient. Sortons! continua-t-elle. Nous trouverons en route.

Ils hâtèrent le pas vers la demeure de Leopardi.

— A nous deux, nous devrions suffire, dit-elle en marchant. Si l'homme n'est pas entré encore, nous éloignerons la catastrophe. Vous allez rendre visite au cardinal; vous resterez auprès de lui toute la nuit, s'il est nécessaire.

— Je l'ennuierai beaucoup, répondit modestement Mico. Et vous, quel sera votre rôle?

— Je ferai sentinelle autour du palais. Si quelqu'un se présente, j'aviserai.

— Vous pouvez être tuée en dehors.

— Et vous en dedans.

Ils s'embrassèrent.

Ils étaient arrivés sous l'ombre de la maison Leopardi.

— A propos, dit-elle, ayez beaucoup d'esprit, monsieur le curé.

— Je ferai ce qui dépendra de moi, mais ce n'est pas mon fort.

Le curé des Saints-Apôtres frappa à la porte.

— Son Éminence y est-elle? demanda-t-il au valet.

— Oui, signor.

— Est-elle seule?

— Absolument.

— Vous en êtes sûr? Aucun inconnu n'est entré?

— Je vous l'atteste.

Mico respira plus librement.

— Annoncez-moi.

Leopardi, contre son habitude, n'était pas d'une humeur aimable. Il se croyait obligé de faire de la réaction à outrance, ce qui contrariait les allures modérées de son esprit. En outre, aux heures où il espérait se délasser par la conversation, il n'avait pas pu depuis une semaine être reçu chez Lisabetta, qui s'était vouée par dépit à la réclusion. Il était persuadé qu'elle aimait quelqu'un. Il le lui aurait pardonné, sous la condition qu'elle tolérerait toujours ses familiarités. Mais il se désolait de n'avoir pas deviné le nom de ce personnage indiscret, qui exigeait qu'elle se cloîtrât, même pour lui. Ce n'était pas la visite de Gian Mico qui pouvait l'amuser.

Il se tenait devant un grand feu, dans un salon, quoique la soirée ne fût pas fraîche.

— Vous avez quelque chose à me dire, seigneur curé? fit-il en laissant comprendre que ce n'était pas l'heure de ses audiences.

— Oui, Éminence, répondit Mico.

— Est-ce que votre suisse se grise plus qu'il ne convient? Serait-il arrivé un malheur parmi les sacristains des Saints-Apôtres? Ce doit être quelque catastrophe, puisque vous vous êtes dérangé après l'Ave Maria.

— L'affaire est importante pour l'honneur que j'en retirerais, mais elle n'a aucun rapport avec celle que le cardinal indique.

Mico, en montant l'escalier, s'était dit que le meilleur moyen de préserver les jours du cardinal serait de l'éloigner de son palais pour cette nuit.

Il boucla autour de sa poitrine une triple armure d'airain, et répondit:

— J'ambitionnerais que votre Éminence me fit l'honneur de venir souper avec moi ce soir.

Leopardi rit de franc cœur.

— Tout simplement! Un prince de l'Eglise!

— Oui, monseigneur, reprit Mico avec une aisance jouée.

— Et chez vous, de bonne amitié, en tête à tête?

— Non, Eminence; j'espère que non au moins. C'est une truite merveilleuse du lac de Genève, et que j'ai vue toute accommodée chez un traiteur, qui me donne cette confiance. Une de mes nobles pénitentes m'annonce sans cesse pour m'humilier qu'elle viendra me demander la soupe un de ces soirs; je suis écrasé sous cet honneur, et j'ai osé penser que Votre Eminence daignerait le partager avec moi et m'en alléger le fardeau.

— Cette dame s'est invitée pour aujourd'hui?

— Non, mais j'irai lui rappeler sa promesse.

— Vous l'appelez?

— La princesse de Monte-Feltro.

Mico s'était souvenu de quelques allusions faites à son intimité avec Leopardi devant le confessionnal.

Le cardinal laissa tomber un écran avec lequel il jouait.

Mico avait touché juste.

— Le curé des Saints-Apôtres peut se permettre bien des choses, et il y a une idée dans ce que vous me proposez, dit Léopardi.

Mico se sentit vingt années de moins sur la tête.

— Malheureusement, reprit le cardinal, je viens de rencontrer la princesse dans sa voiture de gala. Elle avait tout l'air d'aller à l'ambassade d'Autriche. Remettons cette partie à demain.

Mico retomba de son Capitole.

Mais il ne pouvait point tolérer que, par son défaut d'invention, ce beau cardinal et ce beau palais fussent bombardés. Ce prince qui lui parlait continuerait à donner des conseils à l'Europe et à causer avec les grandes dames.

— Alors, dit Glan, puisque Votre Eminence ne peut pas venir souper chez moi ce soir, elle daignera faire mettre mon couvert à sa table.

Il n'avait pas osé regarder Leopardi en répondant avec cet aplomb. Il écoutait dans la grande maison. Rien n'y remuait.

Leopardi ne s'était jamais douté que Mico pût être si indiscret. S'inviter avec cette aisance, chez un des plus grands personnages de Rome, était d'une inconvenance qui atteignait la bouffonnerie. On tirerait parti de ce petit curé dans les soirs d'ennui.

— Comment donc! reprit-il, mais avec la plus profonde reconnaissance! Il m'est défendu d'aller à la comédie, mais non de recevoir chez moi un de ses interprètes les plus achevés.

Mico ne consentit pas à entendre.

Il porta son mouchoir à sa figure.

— Ne trouvez-vous pas qu'il fait bien chaud ici, Eminence?

— Je vous autorise à ouvrir la fenêtre et à vous y jeter, dit le cardinal, qui se mettait à soupçonner que la scène manquait de respect.

— Votre Eminence a un jardin, je crois?

— Rien ne s'oppose à ce que vous alliez vous en assurer, seigneur curé. J'ai en bas une petite chapelle chantante de merles et de pinsons, ravissants à entendre, mais de très-près.

— Si nous y faisions descendre la table, pour y souper aux étoiles. Qu'en dites-vous, monseigneur? Il n'y a rien de plus joli qu'un clair de lune sur l'argenterie.

L'image fit frissonner Leopardi.

— Le thermomètre ne marque pas cinq degrés et je suis possesseur de quelques rhumatismes.

— Est-ce que vous ne sauriez pas dompter la chair, monseigneur?

Leopardi se leva et mit sa main sur le bras de Mico.

— Permettez-moi de vous regarder attentivement, dit-il; je veux savoir ce qui se passe sur la figure d'un curé qui a subitement tourné au Galimafré. Vous venez d'accumuler en une minute plus d'inconvenances que la Russie n'en commet avec nous en une semaine.

— Donc, puisque je suis en fonds, je continue à mener grand train, dit Mico.

Il sonna.

Le cardinal sentait la stupeur le gagner.

Un laquais entra.

— Son Eminence désire que vous serviez au jardin, dit-il.

Leopardi s'approchait d'un tiroir, où il cachait un revolver pour le cas où Mazzini serait venu causer avec lui.

— Et vous croyez que je descendrai, et que pour vous être agréable j'irai grelotter sous mes arbres?

— J'en suis convaincu. Votre Eminence m'a-t-elle invité, oui ou non?

— Si vous appelez cela inviter!

— L'hospitalité est-elle une vertu?

— Sans doute, mais avez-vous bientôt fini de me faire réciter le catéchisme?

— L'Arabe se ferait tuer pour sauver son ennemi, qui est sous sa tente. Des peuplades sauvages donnent à leur hôte toutes leurs richesses et toutes leurs femmes. L'hospitalité est biblique. Abraham tuait cent moutons pour un Saducéen qui passait. Et Votre Eminence consentirait à se laisser dépasser par les mahométans, les juifs et les idolâtres? Je ne croirai à cette énormité que lorsqu'elle se sera accomplie.

Léopardi était révolté, mais attiré. Trop fin pour ne pas voir que Gian Mico avait un autre but que l'insolence, il s'en voulait de ne pas avoir lu plus tôt dans cette bonhomie. Il se résigna à risquer quelque atteinte névralgique, mit deux houppelandes, et descendit après Mico, qui enjambait déjà un petit escalier extérieur arrivant au jardin.

Les serviteurs avaient obéi.

La table était dressée sur une pelouse, à une assez grande distance des murs. Les flambeaux allumés donnaient une couleur de fête à la jeune verdure du printemps.

Le cardinal était vert comme les bourgeons.

Mico se félicitait. Tout danger immédiat était écarté. La catastrophe ne viendrait pas les chercher là. Il s'agissait de retenir Son Éminence.

Le souper était exquis. Mico but un peu, espérant boire des idées. Les valets s'étaient retirés, lorsqu'ils avaient jugé que la conversation était établie.

Léopardi fit une imprudence. Il n'avait certes pas l'intention de pousser Mico à trahir le secret de la confession, mais il n'était pas fâché de cette occasion de le faire causer sur les duchesses.

— Les femmes mènent les hommes, dit le cardinal. C'est malheureusement prouvé. Si j'avais vos deux oreilles, pendant la quinzaine de Pâques, je ferais bien mieux marcher tous les fils télégraphiques.

— Ces dames ne s'amusent guère à ces écheveaux-là.

— A quoi donc? à l'amour? dit Son Excellence en riant.

— Amour, si l'on veut! J'en connais une...

— Ne la nommez pas! reprit sévèrement Léopardi; désignez-la seulement.

— Elle a 25 ans, et elle ne pense qu'à un homme d'État qui en a... quarante.

Le cardinal courait sur la soixantaine. Il trouva son curé de plus en plus ingénieux.

— Est-ce que je le connais, cet homme d'État? se hasarda-t-il à demander.

— Non, monseigneur.

— Il y a un vieux proverbe qui assure qu'on ne se connaît pas soi-même.

Léopardi savait tout ce qu'il voulait savoir.

— Remontons, dit-il. Le temps est si frais que notre conversation même ne l'a pas réchauffé.

Gian Mico était à bout de stratagèmes.

Il ne parvenait pas à diminuer, par ses expédients, la durée de cette nuit qui couvait un meurtre.

Il avait tremblé devant chaque laquais nouveau qui apportait un plat, et la livrée était nombreuse, et tressailli chaque fois que le vent éveillait un bruit dans les appartements du palais.

N'ayant pas vu arriver Titia, il espérait par moments; mais dans d'autres il s'attendait à une explosion sinistre. L'incendie ne pouvait-il pas tomber sur eux du haut du toit? Le meurtrier n'était-il point parvenu à échapper à Titia?

Incontestablement le cardinal était moins exposé dans le jardin. Le gazon sur lequel posaient leurs fauteuils amortirait la bombe. Mais, si Léopardi rentrait, tout était remis en question.

Mico maudissait ce point d'honneur stupide et cette parole donnée à Titia qui lui défendait de prévenir le cardinal.

Il ne pouvait le sauver que par des combinaisons qui s'usaient vite. Il ne trouvait plus rien, et le cardinal allait au devant de ses assassins.

Une dernière étincelle jaillit de sa tête. Le moyen était périlleux, mais il devenait le salut presque certain.

Il avait un peu étudié la médecine à part lui, afin de pouvoir, dans des moments d'urgence, répandre autre chose que des paroles au chevet des malades. Il portait souvent sur lui une petite pharmacie, résumée dans un portefeuille.

Il l'avait prise le matin, lorsqu'il était allé voir le commis.

Il la sentit dans la poche de sa soutane.

Elle contenait un flacon d'opium. Il savait à quel nombre de gouttes, il n'est que le sommeil.

S'il endormait Léopardi pour toute la nuit, dans son jardin, il risquait de lui donner une fluxion de poitrine. Cela valait toujours mieux qu'un éclat d'obus.

Il n'y avait plus à calculer.

Le cardinal appuyait les mains sur les bras de son fauteuil pour se lever.

Mico prit à tâtons le flacon dans le portefeuille, le vérifia sous un flambeau, et recommandant son acte à Dieu:

— Votre Éminence ne portera-t-elle pas la santé de cette belle personne dont je lui ai dit l'histoire? dit-il.

— Si, ma foi! mais il n'y a pas ici un vin qui soit digne d'elle.

Mico eut l'air de chercher parmi les flasques à moitié vides.

Il regarda en tremblant son opium, sous un rayon. Il en restait cinq ou six gouttes. Cela suffisait.

— Lacryma-christi! répondit-il.

Mico n'était pas prestidigitateur.

Il ne dissimula pas assez le tube qu'il avait entre ses doigts. Léopardi le vit et, par un premier mouvement, porta la main sur celle de Mico.

Il n'eut aucune défiance d'abord et se mit à rire.

— Qu'est-ce à dire? s'écria-t-il, voulez-vous ajouter quelque chose à mon lacryma-christi.

Mico était haletant ; il ne s'alarmait point pour lui, mais il fallait renoncer à procurer un sommeil factice à celui que la mort attendait, s'il ne dormait pas.

Il balbutia une réponse inintelligible.

Leopardi tenait à se rendre compte de cette énigme.

Il abaissa une bougie sur l'étiquette.

— Opium ! lut-il en pâlissant.

De primo abord, il rejeta la pensée d'un crime.

Mais le fait était là.

Mico avait tenu Leopardi éloigné de tout secours. Il avait proposé ce toast inattendu ; le cardinal représentait un parti qui pouvait ne pas être celui du curé. Mico avait déjà trempé dans une conspiration. Il était sorti de son caractère depuis quelque temps. Vingt réflexions traversèrent l'esprit de Leopardi. De sa vie, dépendait un système politique tout entier. Il perdit le sang-froid et appela ses gens.

Mico resta noble devant cette extrémité, avec un mot, il se justifiait, il se faisait bénir. Il ne le dit pas, il garda sa fidélité à la promesse qu'il avait faite, il donna sa tête pour que des innocents ne fussent pas inquiétés.

La créature chétive contenait une âme grande comme la bonté et comme l'honneur. Il ne chercha aucune excuse en face de l'accusation foudroyante, il accepta l'infamie pour rester fidèle.

Leopardi, n'osant point le quitter, se promenait à grands pas sur l'herbe.

Les laquais accoururent.

— Assurez-vous de cet homme, leur dit Leopardi ; demain vous le conduirez dans une maison de fous. Je me charge des explications.

Mico ne protesta pas.

Les laquais ne discutaient point avec leur maître.

Mais l'ordre était si étrange et la fonction de Gian Mico si respectée, que le plus vieux demanda en hésitant :

— Qu'a fait le seigneur curé, Eminence ?

Leopardi montra le flacon.

— Il a tenté de s'empoisonner devant moi, dit-il.

Mico eut une larme de reconnaissance.

On regagnait le palais.

Le cardinal marchait derrière Mico, enveloppé par le groupe.

Il s'arrêta brusquement, et, interpellant sa livrée :

— Qui a mis cette lampe là-haut ? demanda-t-il.

Ils levèrent des têtes étonnées.

— Nous ne savons pas.

— C'est à la fenêtre de mon oratoire. Nul n'y entre la nuit ; c'est fort bizarre. Où est Giordano ?

— Il est allé ouvrir à deux étrangers.

— Que voulaient-ils ?

— Nous l'ignorons ; nous n'avons pas le service de la porte.

Leopardi prit les devants.

A son tour, Mico fut jeté hors de lui par l'imminence de la situation. Il se suspendit à la soutane de Leopardi.

— J'ai fait pour vous ce que je pouvais faire, lui dit celui-ci à voix basse ; je n'irai pas au delà. Laissez-moi.

Mico le retint avec plus de force.

Leopardi se dégagea.

— Par le ciel ! monseigneur, ne montez pas ! cria le curé.

— A propos de quoi cette inquiétude ? dit ironiquement le cardinal.

— La mort vous attend dans votre oratoire, monseigneur !

Leopardi ne bougea pas.

— Alors, dit-il, j'ai deux raisons pour y aller.

— Je vous conjure de me croire, Eminence !

— Monseigneur, ce prêtre n'est peut-être pas fou, dit le vieux valet de chambre.

— La première raison est qu'un Leopardi n'a jamais reculé depuis qu'il y en a à Rome.

— Mais vous êtes un principe, monseigneur !

— Ma seconde raison résulte de ce que vous ne me paraissez pas animé d'une amitié bien caractérisée pour moi, et que, puisque vous me priez de ne point me rendre là-haut, c'est sans doute parce que, contre mes prévisions, je dois y être reçu par un bonheur.

Et il se précipita dans l'escalier.

Mico tomba à genoux sur la première marche.

## XI

Titia attendit longtemps.

Rome, la nuit, est une solitude de marbre. Les rares passants qui avaient lu une traduction de Voltaire ne s'étonnaient pas de voir une belle fille à la porte d'un cardinal. Les plus curieux s'approchèrent, et reculèrent devant cette attitude de statue, qui refroidissait la galanterie. Un soldat essaya une conversation. Il était entreprenant. Il fut très-humble, lorsqu'il reconnut Titia.

C'était Landreux.

Il s'excusa, et demanda s'il pouvait être bon à quelque chose, car la signorina paraissait soucieuse. Elle fut sur le point de le garder. Ce garçon donnait à chaque heure des preuves d'intelligence et d'honnêteté.

— Mais qu'est-ce qui vous amène dans ce quartier ? dit-elle.

— Vous connaissez le capitaine, signorina ?

— Oui, répondit-elle simplement.

— Alors, n'en parlez pas ! mais je crois bien qu'il va se battre, avant qu'il ne fasse jour.

— Se battre ! répéta-t-elle avec un cri étouffé.

— Pas loin d'ici, et je venais rôder pour savoir plus tôt des nouvelles.

— Allez vite ! tâchez d'empêcher...

— On n'empêche rien dans ces choses-là avec M. Amyot. Mais il ne risque que de tuer un homme.

— Et pourquoi se bat-il ? hasarda-t-elle.

— Question de femme ! mais cela ne regarde ni vous ni moi.

Il s'éloigna en sifflant.

Elle resta atterrée.

Au déchirement qu'elle sentit, elle ne put plus douter qu'elle aimait.

Et dans tous les chemins qu'elle prenait, elle rencontrait des événements sombres. Les plus saintes choses aboutissaient à des extrémités sanglantes. La liberté la conduisait au meurtre, l'amour la menait à une tombe. Elle repassa les actions avortées qui composaient sa vie. Ne s'était-elle pas horriblement trompée ? Allait-elle à des tâches de femme ? Son oncle n'avait-il pas abusé de son âme en y mettant des ambitions qui ne devaient pas y entrer ? Est-ce que les Cornélie étaient possibles dans un pays où il ne naissait plus un Gracque ? Si elle avait suivi plus humblement sa voie, si son idéal ne l'avait pas amenée à mépriser son frère, elle serait restée dans la maison : Amyot l'y aurait vue souvent, il l'aurait aimée ; un mariage fût devenu possible : deux destinées sages se mêlaient.

Elle était condamnée à rester là, dans cette ombre glacée et sans autre perspective qu'un dénoûment tragique.

Tout l'épeurait depuis un instant. Ce bruit dans le lointain était-il celui d'Amyot tombant sur les dalles ? Cet homme qui passait était-ce un assassin ?

Ce pouvait être celui qu'elle attendait. Il marchait d'un pas ferme dans la direction du palais.

Il portait le costume des franciscains. Il semblait arriver d'un grand voyage et ramener sur ses sandales de la poussière de la terre sainte.

Titia se déroba sous une colonne du péristile. Tant qu'il ne s'agissait que de donner sa vie, elle était prête.

Le pèlerin frappa sur la porte de la maison cardinalesque. Giordano vint ouvrir.

Titia fut sur le point de s'élancer pour dénoncer cet inconnu. Mais que dire pour être crue ? Dix pèlerins n'entraient-ils pas chez Son Éminence toutes les semaines ?

Celui-ci parlait à demi-voix.

Il demanda le cardinal.

— Monseigneur est à table, il ne peut pas recevoir, répondit Giordano.

— Je viens du Liban. J'ai des lettres pour Sa Sainteté. Me permettez-vous d'attendre monseigneur dans son oratoire ?

— Ce n'est pas l'heure !

— J'ai fait cinq cents lieues à pied.

Le portier craignit de donner une mauvaise réputation au seuil de son maître.

— Entrez ! dit-il.

Titia eut un effroi horrible.

Cet homme contrefaisait sa voix incontestablement. C'était le meurtrier !

Elle frappa.

Giordano revint.

— Menez-moi vers le cardinal, dit-elle.

Giordano répéta sa réponse.

— Je suis la sœur de monsignor Ferrando.

— Je le sais, signorina.

— Il m'envoie auprès de Son Éminence.

Ferrando était mal noté dans la maison ; mais il appartenait aux abords de l'église ! il pouvait avoir un chapeau un de ces matins.

— Il est probable que Son Éminence ne vous recevra pas avant une demi-heure, signorina, dit Giordano.

— Le cardinal ne monte-t-il pas dans son oratoire tous les soirs ? Je passerai le temps en priant.

Giordano introduisit Titia, et sortit après avoir allumé un candélabre.

Le pèlerin n'avait pas relevé son capuchon ni fait un mouvement. Il était à genoux sur les dalles, devant une Vierge, et enseveli dans sa méditation.

L'extase a des bornes. La longueur de cette génuflexion surprit Titia. Elle s'installa sur une autre chaise, très-rapprochée du religieux. Il laissait tomber comme des gouttes les grains de son chapelet. Son mouvement ne s'accéléra point par celui de la Romaine.

Elle s'irrita. Il lui sembla qu'une forme qui lui était familière se cachait sous cette laine blanche.

— Signor, dit-elle brusquement, si vous ne comptez point vous relever avant que Son Éminence ne paraisse, vos genoux feront trou dans la pierre.

Il lui fit un signe de la main pour lui recommander le silence, et baissa encore plus la tête.

— J'ai dû commettre aujourd'hui un péché mortel ; voulez-vous m'entendre en confession ? reprit-elle.

Il conserva la même attitude impassible.

Elle n'y tint plus.

— Je ne suis point votre dupe. Vous n'êtes point un dominicain.

Le religieux se releva.

— Vous êtes hardie, Titia, dit-il.

— Vescovo ! reprit-elle.

C'était celui qu'elle redoutait le plus. Il avait blanchi dans les conspirations, il savait toutes les ruses ; trente années de persécution n'avaient pas éteint son fanatisme. Vescovo était le poignard fait homme.

Elle le toisa résolument.

— Tout à l'heure, là-bas, après m'avoir regardée, vous avez pourtant assuré que je méritais votre confiance ! dit-elle.

— J'ai été téméraire et je me suis repenti. On ne doit se fier à une femme que pour une affaire d'amour, et encore !

— Vous m'avez espionnée ?

— Oui.

— Et volé la bombe chez Gian Mico ?

— Titia, dit-il, les conspirations ne sont point des vaudevilles. Quand un coupable a été condamné, il doit mourir ; quand un de nous a juré que son bras frapperait, malheur à lui, s'il faiblit !

— Vous me menacez ?

— Je ne vous menace point ; mais, si vous n'étiez pas une porteuse de robe, votre arrêt serait tout écrit.

— Vous les portez très-galamment aussi les robes, dit-elle avec un dédain suprême.

— J'en demande pardon à la liberté ! reprit-il en secouant son capuchon sur ses épaules.

— Vescovo, continua-t-elle fièrement, je vous dirai simplement ceci : Je ne veux pas que vous preniez la vie de quelqu'un, je suis ici pour empêcher que la république commence par un assassinat.

Il croisa les bras, il laissa voir le sourire de la force.

— Et comment feras-tu ? dit-il.

— Tant qu'il me restera un souffle, le cardinal n'entrera pas ici.

Il la regarda avec plus de respect.

— Je te crois sincère dans ton dévouement à la patrie, reprit-il ; mais écoute un vieillard, qui ne recule pas devant les conseils des autres, lorsque sa raison l'a mis dans un chemin. Tu abhorres la politique violente. Leopardi est-il un agneau ? Si la guerre est entre Rome et l'Italie, si des milliers d'hommes y tombent, à quels conseils le devons-nous ? Tu m'estimes, tout en me redoutant ; tu respectes ma persévérance blanchie. Eh bien ! je me suis juré que si je ne supprimais pas Leopardi ce soir, je me tuerais, et je me tiendrai parole ! Entre le prince de l'Eglise réactionnaire et le patriote, choisis !

— Vous ferez moins de mal à l'avenir de l'Italie en vous tuant qu'en tuant un autre pour elle, répondit Titia.

— Tu veux la guerre entre nous ?

— La guerre pour la paix !

— Tu ne préviendras rien. Quand la porte s'ouvrira, la poudre éclatera ; nous périrons tous les trois. Cela importe peu. Rome sera délivrée !

Titia crut entendre un bruit de pas dans l'escalier.

— Vescovo, dit-elle, par le souvenir de mon oncle, qui a été votre ami, ne commettez point ce crime sous mes yeux. Rendez-moi cette bombe infâme.

Vescovo, qui entendait aussi des pas, avait pris la petite boîte.

Titia, au risque d'accélérer la catastrophe qu'elle voulait prévenir, se jeta sur les mains de Vescovo.

Il courut pour l'éviter.

Il passa devant la porte.

Une oreille avait entendu.

Un bras tomba sur ceux de Vescovo et les paralysa.

Amyot s'était emparé de la bombe.

On sait qu'en revenant de la place du Peuple, il avait reconnu Titia devant le palais, et qu'il la suivait dans l'ombre sans que personne l'eût vu.

Il avait écouté malgré lui, et après avoir écouté, il admirait.

Il s'extasiait devant ce grand courage, et devant la reverbération de ses idées dans cette belle forme de jeune fille.

Or ses idées n'étaient plus théoriques, elles agissaient par Titia ; elles sauvaient, elles purifiaient.

Mais cette admiration restait spéculative, aucune palpitation d'amour ne le remuait ; il était à celle qu'il avait volontairement perdue, à une morte.

Titia eut des larmes subites de reconnaissance. Il la tirait de l'abîme, et il vivait !

Vescovo, en retrouvant Amyot, s'écria :

— J'avais bien dit que le Français était un traître !

Titia s'élança vers Amyot pour le couvrir contre cette injure.

Lui, ouvrait lentement la boîte et pesait la bombe.

— Les traîtres à la liberté, répondit-il, sont ceux qui la dégradent par les armes qu'ils emploient pour elle ! Vous avez bien fait de prendre le vêtement d'un moine pour recommencer la machine infernale des chouans de la rue Saint-Nicaise. Cependant, monsieur, je crois que vous n'êtes que fourvoyé, et que vous aimez l'Italie à votre manière. Vous pouvez sortir, personne ne vous nommera.

Vescovo demeura immobile.

C'est à ce moment que le cardinal entra ; quelques-uns de ses serviteurs s'étaient munis de fusils, et le suivaient malgré lui.

Leopardi comprenait vite.

— Ce n'est pas cela ! dit-il en voyant la bombe... Vous manquez absolument d'invention, tous tant que vous êtes ! Je suis dans la politique, je mets une bombe dans le programme de toutes mes journées; je marche avec précaution, soyez-en convaincu; je regarde où je vais, bien que vous en pensiez.

Il prit la bombe entre les mains d'Amyot, qui ne la défendit certes pas.

— Aimable joujou! continua Leopardi en la retournant. Il y a là pourtant la mort de cent hommes! Mais où est la direction? On la lance contre César, et on tue un portier. Ce n'est pas avec cela que vous feriez sauter le Vatican.

Toutefois le cardinal était prudent. Il déposa la bombe au fond du bénitier qui était plein d'eau; puis, dévisageant les trois personnages :

— Quel trio imprévu! continua-t-il : la sœur de Ferrando, un dominicain et un capitaine, que nous avons gracié il n'y a pas quinze jours!... C'est donc vous l'exécuteur? dit-il à Amyot.

Titia frissonna. Les preuves contre Amyot ne pouvaient pas se discuter. Elle n'écoutait plus ses scrupules, elle allait parler.

Vescovo la prévint.

— Je suis à moi seul la conspiration, dit-il. Ceux-là me paraissent des amis qui te sont dévoués.

Son Excellence rougit de la familiarité de ce drôle. Il l'aurait amnistié pour avoir tenté de l'assassiner; mais le tutoyer!...

— Otez votre défroque, répondit-il.

Vescovo s'avança sous le souffle du cardinal.

— Tu ne me retrouves donc pas, Leopardi? dit-il.

Malgré le courage dont sa contenance avait porté témoignage, le cardinal recula d'un pas devant la haine de ce regard.

— Je ne vous ai jamais vu! s'écria-t-il.

— Oublieux! tu ne te rappelles pas Vescovo, un des noms familiers de ton enfance? J'ai vingt lettres de toi où tu me nommes ton frère.

— Vescovo! Quoi! l'écolier Vescovo?

— Nos maîtres nous ennuyaient au collège. Pour nous venger de l'ennui, nous lisions Tacite. Quand je dis nous lisions, c'est bien toi qui me le traduisais; tu le comprenais comme si tu avais deviné qu'il faudrait un jour un historien semblable pour clouer ton nom au pilori des nations. Dans ce temps-là, tu avais des ironies contre les soutanes. De 15 à 18 ans, tu jurais chaque matin que tu poignarderais tous les tyrans de l'Europe lorsque tu aurais revêtu la robe virile. J'ai moins juré que toi, mais j'ai plus agi.

Leopardi demeurait impassible et semblait comme noyé dans ses souvenirs; sa voix était émue lorsqu'il répondit :

— Nous ne sommes pas des exceptions, mon pauvre Vescovo. Toujours, sur deux écoliers qui aiguisent le même poignard, il y aura un entêté et un parjure. Je suis le parjure; j'ai

écouté la voix qui m'a peut-être très-mal conseillé. J'adore les dieux que nous avons brûlés ensemble. Cela te surprendrait-il?

— Tu es un païen, cardinal.

— Tu étais un enfant généreux, continua Leopardi. A présent, malgré ta barbe très-blanche, tu n'es plus qu'un enfant. Je me souviens qu'un matin tu te laissas condamner à vingt coups de verges pour ne point dire que c'était moi qui avais donné le mot d'ordre d'une révolte au réfectoire. Les verges t'innocentent de la bombe. Viens m'embrasser, et retourne en paix à tes conspirations. Quand tu en seras las, il y aura toujours un oreiller pour toi dans la maison de Leopardi, si Leopardi y est encore.

Vescovo n'avait guère écouté. Il regardait, par les vitres hautes, le jardin profond, éclairé par la lune; il fixait surtout un rocher artificiel, que le cardinal avait fait élever à côté des splendeurs de son palais, comme pour se rappeler la légende de la roche Tarpéienne.

Vescovo ne bougeait pas.

Titia n'y tint plus.

— Le cardinal veut vous embrasser! dit-elle en le poussant.

— J'aurais mieux aimé attendre qu'il fût pape! répondit Vescovo.

Ils eurent quinze ans l'un et l'autre pendant une minute.

— A revoir, ami! dit Vescovo. Quoique tu sois cardinal, souviens-toi qu'il y a un Dieu!

Il fit deux pas vers la porte; puis, fidèle à ce qu'il s'était promis, il revint sur lui-même, ouvrit impétueusement la fenêtre et s'y précipita.

Sa tête fut broyée contre le rocher.

Des cris, des gestes, des pas éperdus, remplirent l'oratoire; les valets coururent au jardin. Vescovo n'avait plus respiré depuis qu'il avait traversé l'espace.

Leopardi regardait d'en haut le cadavre sous les flambeaux. Sa jeunesse lui était redescendue au cœur, et il ne put s'empêcher de dire :

— Voilà peut-être le dernier des Romains! Puis il envoya chercher la police.

La sensibilité n'est point un accès très-long dans les tempéraments politiques; Leopardi pensa à tirer doublement parti de l'événement et remonta dans l'oratoire.

— Capitaine, reprit-il, vous remettrez cette bombe à votre colonel, et vous lui expliquerez comment l'armée française me garde.

Amyot se trouva blessé.

— Ce n'est point pour la personne seule de Son Eminence qu'on a décidé l'intervention, répondit-il.

— Ne me lancez pas d'épigramme; je ne veux que votre bien, comme vous allez en avoir la preuve, dit le cardinal.

Ferrando était son ennemi. S'il parvenait à

marier la sœur de Ferrando à un officier déjà à moitié compromis dans des aventures révolutionnaires, il créerait une difficulté au Gésu.

— Monseigneur, répondit Amyot, je n'ai besoin d'aucune de vos munificences.

Il saluait et se retirait.

— Vous vous figurez donc que l'on peut sortir ainsi de chez moi, lorsqu'on y est venu avec des intentions au moins suspectes ? dit le cardinal, qui avait déjà repris son sourire.

— Votre Éminence lit mal dans les intentions, répondit Amyot.

— Mais enfin vous n'êtes pas sorti de l'École militaire pour tenir garnison dans un cabanon du château Saint-Ange, et c'est là où vous irez, si vous ne me donnez pas un éclaircissement sur les raisons qui vous ont amené ici.

— Faites de moi ce que vous voudrez! répondit insoucieusement le jeune homme, qui pensait à Lisabetta.

Titia écoutait avec pâleur.

Leopardi n'avait que médiocrement réussi à épouvanter le capitaine.

— Je pourrais sans doute trouver une explication moi-même, continua-t-il en tournant les yeux vers Titia.

Celle-ci pâlit encore davantage.

Comment Amyot allait-il la défendre ?

Il n'ouvrit pas la bouche.

— Ma profession, et je dirais presque ma vocation, m'ont interdit de connaître par expérience les passions mondaines, continua Son Éminence; mais il me semble qu'il n'y a qu'une raison qui puisse engager un jeune homme à suivre une jeune fille.

Amyot froissait d'impatience la dragonne de son sabre.

Titia attendait, prête à intervenir.

— Nos lois sont les protectrices des cœurs. Nous sommes devant un autel, je puis vous unir. Vous ne serez venus que pour m'implorer; vous serez inattaquables et vous serez heureux.

Amyot eut une première impulsion de colère. S'était-il jeté dans un piège ? Titia aurait-elle confié à Leopardi ce qu'il avait pu soupçonner ? Mais comment avoir le courage de désespérer cette noble fille ? Et comment aussi mentir ?

Elle avait entrevu la vérité dans ces hésitations. Sa fierté la préserva d'une équivoque. Elle courut à la douleur, afin de ne pas rester dans l'humiliation. Elle s'avança entre Leopardi et le capitaine.

— Non, monseigneur, nous ne nous aimons pas! dit-elle. M. Amyot ne me connaît point ou, s'il a su qui j'étais, il l'a oublié. Que ferait-il d'une épouse ? En campagne, un ménage est embarrassant. D'ailleurs j'ai pris une tâche d'honneur, et j'ai dû renoncer aux

espérances des jeunes filles. Je ne suis pas belle, et si j'ai un cœur, je dois l'ignorer. On ne marie point les gens de force, n'est-ce pas, capitaine ? Nous sommes libres, vous et moi, et nous resterons ainsi, s'il plaît à Dieu!

Elle s'arrêta, car un sanglot lui aurait coupé la voix.

— Et vous, monsieur, vous n'avez rien dit ? observa le cardinal en se tournant vers Amyot.

— Vous m'avez placé entre une arrestation et une noce, Éminence. Je demande l'arrestation, pour ne pas effaroucher la signorina.

Il essaya de sourire, pour se tirer d'affaire. Son sourire se glaça, tant il vit Titia rougir.

— Je ne fais que vous ajourner tous les deux, reprit Leopardi. Pour ce qui regarde votre participation à l'attentat, capitaine, je sais à merveille que les bombes ne sont jamais lancées par les mains françaises.

Il regarda dans le jardin.

— Encore une heure avant le jour! La signorina voudra bien accepter un lit dans la chambre de la femme de charge, dit-il.

— J'ai l'habitude d'aller seule, quelle que soit l'heure, répondit Titia. Je suis si peu femme! ajouta-t-elle en passant devant Amyot.

Elle descendit.

Leopardi donna l'ordre à deux de ses gens de l'accompagner. Il était fort loin de se douter qu'Amyot fût amoureux de Lisabetta.

— A moins que vous n'ayez un parti pris contre le mariage, dit-il, je ne vois pas qui vous pourriez préférer à Mlle Ferrando. Elle est plus qu'agréable, à ce qui me semble, et son oncle lui a laissé un domaine qui est estimé soixante mille écus romains.

— Je n'ai pas assez de bonheur pour songer à me marier, monseigneur.

Le cardinal daigna le reconduire.

Dans l'antichambre, ils trouvèrent Gian Mico, qui était toujours gardé à vue par les laquais.

Leopardi alla prendre la main du bonhomme et lui dit:

— Pardonnez-moi, seigneur curé; j'ai été sur le point de commettre une bien mauvaise action. Vous allez en juger, capitaine.

Il raconta toutes les ingéniosités de Mico pour l'empêcher de monter à son oratoire.

— Il s'est exposé et épuisé. Il a eu beaucoup d'agrément dans la conversation, et à l'heure où il a fallu être badin, il folâtrait, il trouvait des mots. Le tout afin de me faire oublier le temps. Pour le courage, il en a de quoi approvisionner un escadron des carabiniers de Sa Sainteté. Qu'est-ce que je pourbien faire pour vous, seigneur Mico ? Vous persécuter, je le sais; vos vœux seraient comblés, mais ma gratitude ne serait pas satisfaite.

— Je vous conjure de détourner vos regards de moi, Eminence, répondit Mico. Je n'ai fait que bien étroitement mon devoir.

— Et vous avez trouvé un moyen de ne pas trahir les frères et amis de l'autre semaine. Je le comprends, vous les aviez reçus chez vous, et vous m'avez vanté les lois de l'hospitalité tout à l'heure pour les mettre en pratique. Que diriez-vous d'un évêché *in partibus*?

— Evêque! moi!... Votre Eminence ne veut cependant pas ridiculiser l'Eglise?

## XII

Saturnin rentra, au soleil levant, dans sa chambre, via Frattina.

Il était résolu à obéir à Amyot et à quitter Rome le jour même. L'insouciance était le fond de son caractère. Il ignorait s'il allait s'en affliger ou s'en réjouir. Avant de prendre le train, il avait plusieurs choses à faire.

La première était de laisser à Ferrando la conviction qu'on ne mystifiait pas impunément un zouave.

Mais de quelle façon le punir?

Monsignor avait son manteau ecclésiastique qui le couvrait comme un bouclier. Le vicomte ne connaissait pas ses habitudes et ne savait de quelle façon l'attaquer dans sa vie. En outre, l'heure pressait. Le train pour Florence partait à midi. Saturnin ne trouvait pas grand'chose. Le bâton est une vilaine arme, puis ses blessures se guérissent vite. Il conviendrait mieux de créer un événement qui retombât sur Ferrando dans toute sa carrière. Les événements naissent quelquefois du hasard.

Le hasard s'appela Ronciglione, qui astiquait, comme tous les matins, les boucles de monsignor dans la petite cour.

Ronciglione était très-favorablement disposé pour un zouave pontifical. Une tête politique, ce Ronciglione!

— Monsignor est-il levé? demanda le vicomte.

— Non, Excellence; mais si vous désirez lui parler, j'ai reçu l'ordre d'éveiller toujours monsignor pour ses amis.

— Je ne me pardonnerais pas de le déranger; j'aurais seulement voulu savoir ce qu'il doit faire dans la matinée, afin de le rejoindre.

Ronciglione prit un air mystérieux.

— Je ne le dirai qu'à vous, Excellence. Monsignor daigne me raconter parfois ses affaires. Les révérends pères attendent aujourd'hui leurs messagers. On parlera des intérêts sacrés de la cause, et on apprendra ce que l'Europe va faire. Entre nous, je crois que la discussion aura grand besoin des lumières de monsignor. Il est chargé de faire un rapport. Il me l'a lu. Je vous parle en toute franchise, seigneur comte, parce que vous êtes du parti.

Saturnin lissait sa moustache.

— Assurément! dit-il. Et à quelle heure la convocation?

— A la quinzième heure. Cela ne tardera pas.

Saturnin regarda sa montre.

— Après tout, reprit-il, il vaut mieux diminuer le sommeil de monsignor que de lui laisser ignorer ce qui se passe en France et ce que je sais seul. Allez le réveiller.

Ronciglione sembla anxieux. Il se détermina à dire :

— Que se passe-t-il?

— Etes-vous affilié?

— Non, pour le malheur de ma vie!

— Comment osez-vous me questionner!

Ronciglione s'inclina, et monta dans la chambre de son maître.

Saturnin rentra dans la sienne.

Il commença à jeter des hardes dans une malle, et, en dégarnissant son armoire, posa sur la table une bouteille de gin qu'un de ses camarades, Irlandais, lui avait donnée.

Ferrando ne se fit pas attendre, quoi qu'il parût de tous ses atours. Il n'était pas sans inquiétude sur la réception qu'on lui préparait; il ne se dissimulait point que Saturnin lui devait une assez maussade soirée.

Le vicomte ferma la porte derrière son hôte et mit la clef dans sa poche.

Ferrando trouva la précaution insolite.

— Pourquoi vous barricader? demanda-t-il.

— Pour vous garder plus longtemps.

— Vous êtes bien bon, mais je suis pressé.

— Prenez la peine de compter. C'est le prix de ma location.

Saturnin remit quelques pièces blanches à Ferrando.

— Vous me quittez? dit celui-ci étonné.

— Hélas! oui, et Rome aussi, mais c'est vous surtout que je pleure! Consolons-nous, monsignor, en buvant un verre de gin.

Ferrando ne trouvait aucun à-propos à cette libation.

— Je ne bois jamais à jeun, dit-il.

— Vous ne me refuserez pas?

Saturnin remplit un verre.

L'autre le prit et le vida à contre-cœur.

— Comment nommez-vous ça? demanda-t-il.

— Du gin! Tout ce qui existe de plus capiteux! Avec cinq ou six cuillerées, on aurait fait dire des bêtises à Bossuet.

Ferrando regrettait sa complaisance.

— Et vous ne vous servez pas? reprit-il.

— Pas si bête ! je tiens à être de sang-froid et à ne pas me faire berner comme hier.

Le vicomte remplit une seconde fois le verre et l'apporta à monsignor.

— Avez-vous prémédité de me griser? demanda celui-ci.

— Précisément.

Il semblait très-sérieux et très-résolu.

— Buvez ! reprit-il.

— Vous devenez insolent ! dit Ferrando, sur qui le gin agissait déjà.

— Et vous très-imprudent, monsignor. Je voudrais savoir comment vous ameuteriez le quartier contre moi, sous le prétexte que je vous ai fait les honneurs de ma chambre.

— Et de quelle manière me contraindriez-vous?

— De plusieurs manières. Je raconterais quelles visites vous promettez aux jeunes gens qui viennent demeurer chez vous. Il est vrai qu'elles n'ont pas toujours lieu. Vous avez tenté de me rendre ridicule hier soir, je prétends vous rendre bouffon ce matin. Buvez, monsignor !

Ferrando n'était pas le plus fort. Il supportait gaillardement le vin. Il se sentait la rage au cœur, mais il voulait en finir avec ce maniaque.

Il but le second verre.

— A présent, vous êtes complet, monsignor, et vous pouvez vous présenter au Gésu. Vous y danserez comme Noé devant l'arche.

Ferrando blêmit. Il avait oublié qu'il devait faire un rapport. La convocation était exceptionnellement importante. Il s'était promis un grand succès.

Le malheureux sentait déjà sa tête lui échapper, comme un ballon dont on a coupé la corde.

— Ouvrez! s'écria-t-il en poussant la porte du pied.

Il fit quelques pas; il alla de droite et de gauche, ainsi qu'un oiseau dans une cage. Il aurait étranglé Saturnin avec enthousiasme, mais après tout Saturnin était dans son droit de représaille brutale.

— Vous n'avez plus de temps à perdre, dit Saturnin. L'aimable réunion est fixée à la quinzième heure.

Il lui prit le bras avec autorité.

Giulio n'était plus maître de lui.

— Épargnez-moi! dit-il.

— Jamais! Ne flageollez pas devant Ronciglione.

Il l'emmena par les rues.

— Jeune homme, lui dit-il en route, remerciez-moi. Je pourrais vous mener au Vatican, je ne vous conduis qu'au Gésu. Tenez-vous donc droit! voilà une femme qui vous regarde.

Ils passaient sous un grand palais. Une dame se penchait sur un balcon.

Giulio était tout à fait ivre; il se retourna.

— C'est la princesse Monte-Feltro, dit-il tout haut; c'est elle qui devait venir hier soir dans la chambre d'Amyot.

Saturnin n'attachait aucune importance à ces paroles; cependant il s'aperçut que la personne indiquée avait pâli en les écoutant.

— Taisez-vous! dit-il en frappant durement sur le bras de Giulio.

La femme avait disparu. Saturnin ne vit rien qu'un éclair de beauté.

Ils arrivaient devant le Gésu. Il sonna; à travers la porte grouillait un tas de robes noires. Quelques pères s'avancèrent.

— Vous êtes en retard, dit l'un d'eux à Ferrando.

— N'en voulez pas à monsignor; il a laissé pour venir la divine bouteille du curé de Meudon, répondit Saturnin.

— Vive le gin et vive saint Ignace ! s'il en avait bu, il aurait été plus gai ! dit Ferrando avec un geste triomphant; je demande que le préopinant soit rappelé à l'ordre et je vote pour l'encyclique.

Le préopinant s'éloigna à grandes enjambées, laissant l'assemblée fort indécise.

Il n'était pas mécontent de la préface de sa journée.

Mais la besogne la plus ennuyeuse restait à faire, prévenir le colonel.

Il se rendait tous les matins dans la cour de la caserne, où était installé le bataillon. Il avait fait former le cercle, et parlait à ses officiers et à une centaine d'hommes.

— Bonne nouvelle, messieurs ! Les garibaldiens ont sauté par-dessus la frontière; ils ont déjà brûlé dans les municipes quelques drapeaux de Sa Sainteté. Tenez-vous prêts à entrer en campagne, et à faire voir ce que sont aujourd'hui les soldats du pape !

Cette harangue s'écroula sous les applaudissements. L'inopportunité était effroyable pour ce que Saturnin avait à dire. Dans son premier élan, il acclama le colonel avec ses camarades et résolut d'ajourner sa démission. Mais un bruit faible frappa ses oreilles dans le lointain : c'était la parole qu'il avait dite la nuit précédente à Amyot, cette courte syllabe, ce oui, qui contenait tout son honneur. Il ne tergiversa plus; il se redressa devant la fatalité, mais il n'avait encore jamais rien senti de plus amer.

Le cercle se rompit.

Saturnin avança frissonnant.

— Mon colonel, dit-il, je demande à être remplacé dans le régiment; des ordres formels me rappellent en France.

L'officier supérieur regarda au fond des yeux de Saturnin, où la lumière était franche.

— Ne parlez pas si haut, monsieur de Saturnin, dit-il; je suis persuadé de la nécessité que vous invoquez, je vous accorde un congé illimité. Toutefois il est inutile qu'on nous entende.

On avait surpris la phrase du vicomte. Des murmures circulaient.

— C'est votre père qui vous rappelle?

— Oui, balbutia le zouave.

— Je connais assez le marquis pour être sûr que s'il était renseigné sur les événements prochains, il vous enverrait une prolongation, afin de vous donner la joie d'avoir été une fois au feu.

Saturnin hésita. Puis il vit passer dans son souvenir le profil sévère d'Amyot, et il reprit:

— C'est impossible! mon colonel.

Celui-ci s'éloigna en ne lui rendant qu'un salut imperceptible.

Saturnin dut traverser de nouveau la cour. Elle était remplie de frères qui avaient vécu à côté de lui depuis le collège, et avec lesquels il avait mêlé toutes les naïvetés, toutes les croyances et tous les amours de l'enfance et de la jeunesse. Les camarades se détournaient de lui, et des chuchottements bourdonnaient aux angles de la cour.

— Ne vous hâtez pas de me juger! dit-il à quelques-uns. Je souffre plus de mon départ, que vous ne souffrirez des blessures que vous allez recevoir.

Personne ne lui répondit.

— Messieurs, reprit-il, si l'un de vous a une explication à me demander plus tard, on me trouvera toujours à Saturnin.

Cette demi-provocation ne fut pas relevée.

Il sortit, envoyant au diable tous les capitaines d'infanterie de sa garnison.

Il ne songea pas à aller demander à Amyot de le dégager de sa parole. Il lui semblait certain qu'il y avait une triste aventure dans ce mystère. Ce pauvre garçon frivole entrait de plain-pied dans le malheur. Il rapportait en France une réputation louche, lui qui en était parti avec un rayon de gloire, venue des candélabres de l'autel.

Il allait boucler sa malle, quand il vit sur sa table une enveloppe d'une écriture inconnue. Il n'avait pas fermé sa porte en partant, et il ne s'attarda pas à chercher des renseignements. Il accueillit avec empressement toute dérivation de sa pensée. Il rompit le cachet et lut:

« Seigneur vicomte,

» Je fais plus que me nommer, je vous envoie mon portrait.

» Je ferai plus que causer avec vous, si vous voulez. Je vous attendrai ce soir, à la vingt-deuxième heure, à Albano, dans un petit chemin, à droite de la locanda del Metastasio.

» Je ne mets qu'une condition à votre bonheur: c'est que vous annoncerez immédiatement au capitaine Amyot le rendez-vous que je vous indique. »

Saturnin lut deux fois; il n'y avait aucune signature; il regarda le portrait.

Hélas! c'était une photographie; mais une femme plus entraînante avait rarement dû poser devant le soleil. Il avait vu déjà cette belle tête d'une séduction idéale; mais il ne put pas se rappeler où.

Il fut encore plus irrité contre le capitaine, qui l'empêchait de courir à cette aventure éclairée par une tête du Décaméron.

Puis il avait un motif impérieux pour s'adresser au capitaine. L'inconnue ne lui donnait-elle pas l'ordre de l'instruire de tout? Saturnin n'eut pas de longs efforts pour découvrir la jalousie sous cette injonction, et la loyauté même exigeait qu'il avertît celui qui l'excitait.

Il n'avait besoin que d'un prétexte, il fut trop heureux de découvrir un cas de conscience.

Amyot se croyait d'autant plus obligé à la fidélité, qu'il était plus dur avec Lisabetta. Ses nerfs avaient tressailli lorsque Titia protesta en pleurant de son indifférence. Il se reprocha cette demi-émotion. Il s'était promis qu'il ne parlerait plus à la princesse, mais non qu'il ne respirerait plus où elle avait passé.

En sortant du palais Leopardi, il se dirige vers le palais Monte-Feltro.

Le portier se promenait dans la cour.

— Le prince est-il rentré? lui demanda Amyot.

— Non, Excellence. Pour peu que les grands soupent, ils ne s'inquiètent pas si les petits veillent.

Amyot trouva le portier bien socialiste.

Il termina par une station dans la rue cette nuit si remplie d'incidents; il voulait voir de loin Lisabetta, comme on voit une reine, et surtout il voulait ne pas être découvert.

Il se plaça derrière un petit obélisque, en face du palais. Des blancheurs tombaient déjà du ciel, le vent frais qui escorte toutes les aurores courait dans les rues, les innombrables silhouettes de Rome s'enlevaient dans le bleu, les oiseaux citadins se réveillaient sur les toits.

Il ne comprenait pas que les Monte-Feltro ne fussent pas rentrés. Lisabetta avait dû s'irriter effroyablement après son départ, et ensuite s'ennuyer. Il s'était battu depuis, il avait reconduit le vicomte; Vescovo s'était tué, Mico avait été promu à un évêché. Deux heures s'étaient certainement écoulées.

La voiture parut enfin.

Elle venait au pas. Ceux qu'elle amenait semblaient vouloir se purifier dans cette fraîcheur; les deux glaces restaient ouvertes.

Amyot dominait la calèche de quelques pieds.

Lisabetta était dans le coin à gauche. La flèche d'or du soleil levant tomba tout d'un coup sur cette toilette non fanée et sur cette figure, demeurée harmonieuse et pure, malgré la fatigue. Elle appuyait son bouquet sur la portière, et, secouant quelquefois ses fleurs flétries par la chaleur, elle les faisait tomber sur le pavé, et laissait après elle une traînée de feuilles de roses. Il put la regarder assez longtemps.

Que faisait-elle de ses beaux yeux? Ils ne se fermaient pas encore sous le sommeil; ils restaient fixés sur une évocation de sa pensée, sur lui sans doute. Il essaya de tromper son cœur en la couvrant de baisers imaginaires.

Elle ne le voyait pas.

Il avançait un peu la tête.

Mais le soleil venait sur lui. Il brilla subitement à la boucle de son ceinturon. Ce fut un éclair. Les chevaux eurent peur, le timon obliqua à gauche; Amyot fut sur-le-champ démasqué.

Lisabetta le vit, à deux pas, l'attendant incontestablement. Cette apparition modifia ses résolutions, et fut cause de bien des choses qui suivirent.

Amyot resta quelques minutes dans son bonheur et rentra enfin chez lui, avec un cri de plus dans la conscience. Monte-Feltro dormait à côté de sa femme. Mais Amyot était-il resté innocent en posant ses yeux avec tant d'ardeur sur la princesse? avait-il fait assez en obligeant Saturnin à partir? Il martyrisait son esprit à chercher un autre moyen de rendre service au prince.

Il marcha dans la chambre. Deux fantômes le poursuivaient: celui de Lisabetta qu'il ramènerait si vite, celui de son bienfaiteur insulté par ses désirs.

Mme de Monte-Feltro était d'abord restée anéantie sous le poids de l'outrage; mais, après des spasmes désespérés, elle avait reconnu que cette injure était trop monstrueuse pour être sincère; Amyot avait prétendu mettre entre eux quelque chose d'infranchissable. Il l'avait appelée, puis il avait eu peur et il était parti.

Aimait-il une autre femme?

Elle ne le croyait pas. Aux premiers mots qu'il lui avait répondus, elle avait pu comprendre qu'il apportait des émotions inconnues à sa vie austère. Il courait après les idées métaphysiques et sociales, qui se lèvent devant les songeurs politiques; il ne s'occupait pas des femmes.

Elle se brisait contre un obstacle mystérieux.

Il l'avait outragée; il ne voulait pas d'elle, mais il l'aimait.

Elle passa tout le temps du bal dans le petit salon. Le hasard n'y amena personne.

Monte-Feltro l'y découvrit, immobile et frissonnante, après l'avoir cherchée partout et lorsque tous les invités sortaient. Elle était souffrante depuis des heures, dit-elle, mais elle n'avait pas voulu déranger les entretiens de son mari avec les Majestés déchues.

Quand le soleil lui montra Amyot la guettant au pied de l'obélisque et la couvrant de ses regards, elle fut sûre alors qu'il lui demeurait inexplicablement fidèle.

Lisabetta était impétueuse et hystérique; elle ne songea plus à se venger et à le punir, elle voulait le revoir.

Mais par quel moyen?

Elle repoussait mille impossibilités, appuyée à sa fenêtre.

Saturnin parut sur la chaussée avec Ferrando; elle entendit un bout de conversation et sut que le zouave l'avait attendue la veille par une manœuvre dont elle devina l'auteur.

Elle allait pouvoir attirer Amyot.

Saturnin ne lui avait jamais été présenté. Elle connaissait son nom, comme celui de presque tous les zouaves titrés.

Elle ne pesait jamais un bonheur avec un scandale. La passion exclut la prudence. Le scandale n'aurait pas eu le poids d'une bulle de savon.

Elle écrivit.

Infailliblement elle ramènerait Amyot. Elle avait passé sa jeunesse non à étudier, mais à réfléchir sur les choses de l'amour. En lui montrant un rival, elle l'aurait fait venir au pôle nord. Albano était plus tempéré.

Elle avait porté la lettre pendant que Saturnin était à la caserne. Elle entra témérairement dans la maison, elle connaissait la porte de la chambre. La fortune permit que pas un regard ne la surprit. Elle était si certaine de la réussite, qu'en revenant au palais, elle commanda sa voiture pour Albano. Ils y avaient une des plus belles villas de l'Italie et du monde. Elle y allait souvent seule, car le prince n'aimait guère la campagne.

Saturnin s'avouait qu'il jouait gros jeu dans sa tentative avec Amyot. La curiosité l'y poussait, moins encore que la loyauté.

Les traits du capitaine exprimèrent quelque surprise.

— Je vous croyais déjà hors de Rome, dit-il, un peu sèchement.

— Le sacrifice que vous me demandez est plus dur que nous ne l'avions cru tous les deux. Mais je me suis roidi le cœur contre les déboires, et je me tiens prêt à partir, si vous me le conseillez toujours.

— Les circonstances n'ont pas changé malheureusement.

— Je n'en sais rien, mon capitaine.

Il tournait dans ses doigts son portefeuille avant de l'ouvrir.

— Connaissez-vous cette personne ? dit-il.

Il montra la photographie.

Amyot vacilla ainsi qu'un enfant sur un navire. La question de Saturnin était-elle une ruse ou une injure ? Ruse, non ; Saturnin semblait franc. Injure, encore moins. Il n'était pas agressif. Mais en tout cas il y avait danger pour Monte-Feltro. Amyot se persuada qu'il pourrait donner le change au vicomte.

— Je n'ai jamais vu cette femme, répondit-il. Comment la nommez-vous ? Elle est belle.

Saturnin avait remarqué la première vibration. Il sentait qu'il allait toucher à une blessure.

— Pardonnez-moi de vous faire du mal, reprit-il. Il m'est ordonné de vous présenter cette lettre.

Amyot lut en désespéré.

Le coup était effroyable.

Lisabetta, une femme perdue, qui remplaçait l'amoureux du soir par celui du lendemain !

Malgré tout, il eut encore l'héroïsme de penser d'abord au prince.

— Plus que jamais, vous devez partir, monsieur le vicomte, dit-il.

Saturnin se tint ferme.

— Ce qu'il y a de triste, reprit-il, c'est que vous n'avez pas et vous ne pouvez pas avoir confiance en moi pour des communications de cette nature. Avec deux mots bien accentués, tout s'aplanirait pourtant !

— Monsieur, répondit Amyot, j'ai votre parole et je m'y tiens !

— Il suffit, dit Saturnin, qui laissa le portrait et la lettre à Amyot.

Amyot avait d'abord rejeté avec haine le portrait sur la table, puis ses yeux y revinrent et ses lèvres y touchèrent.

Il ne vit plus rien qu'une villa voluptueuse et une princesse courtisane ! Il ne se souvint plus qu'il s'était engagé à payer Monte-Feltro. Lisabetta avait bien deviné : il ne fut plus que l'amoureux fou. Le serment de ne plus la voir s'envola dans le passé, le stoïque s'évanouit.

Le temps s'était écoulé. Le capitaine courut à la porte de Saturnin, qui avait fait venir une voiture et venait d'y monter.

Amyot passa comme l'éclair devant Landreux, qui aidait Ronciglione à rapporter Ferrando, qu'on avait renvoyé du Gesù dans un état inexplicable.

Landreux, très-inquiet de cette échappée, posa monsignor sur l'escalier et s'élança après son maître. Les fièvres chaudes ne sont pas rares à Rome.

Amyot atteignit une voiture surmontée d'une malle. Il ne se donna pas le temps de l'arrêter, ouvrit la portière et s'installa.

Landreux ne fut que médiocrement rassuré. Ce n'est pas lui qui eût agi si familièrement avec un camarade, dont il aurait été l'adversaire la veille.

Saturnin se blottit devant cette invasion.

Amyot reprit assez de souffle pour lui dire :

— Je vous rends votre parole. Restez à Rome, allez où l'on vous appelle.

Saturnin le regarda avec une certaine défiance.

— Ma foi, non ! dit-il. J'ai donné mon uniforme à votre brosseur. J'ai écrit à ma famille. En demeurant ici, je serais tellement criblé de questions, que je finirais par faire des réponses idiotes. La nostalgie m'est arrivée par la nausée ; d'ailleurs Ferrando serait en droit de me faire donner un coup de couteau. Puis vous changez d'avis comme Mezzofanti changeait de langue. Je pars.

— Je n'ai aucun droit à votre amitié, dit lentement Amyot ; mais, si vous voulez sauver un homme de la folie, allez à Albano.

Le vicomte l'examina longtemps.

— Vous l'aimez donc bien ? reprit-il.

Amyot fit un signe imperceptible.

— Et vous me promettez que vous ne la tuerez pas ?

Amyot lui prit la main.

— De toutes façons, continua Saturnin, je vous préviens que je ne me battrai pas une seconde fois avec vous. Vous commencez à me tenir au cœur. Vous me laisserez jouer mon singulier rôle à ma guise.

— Oui, dit le capitaine. Nous prenons la route d'Albano, n'est-ce pas ?

— Donnez-moi le temps de reporter ma malle, dit Saturnin. Cette dame croirait que je viens lui demander l'hospitalité, et ce n'est plus dans mon programme.

## XIII

Ils laissèrent la voiture à l'osteria et se dirigèrent vers le petit chemin.

— Dites-moi au juste ce que j'ai à faire, car je n'ai jamais compris l'emploi des neutres, fit Saturnin.

Amyot allait répondre, quand Lisabetta débusqua vivement à côté de la colonne svelte d'un pin d'Italie, placée sur une hauteur, au-dessus du sentier. Un sourire de triomphe qui lui arriva en voyant Amyot l'éclaira encore mieux que le rayon obliquant vers elle. Son pas était dégagé et confiant. Elle se reposait avec sérénité sur cet acte monstrueux.

— Monsieur le vicomte, dit-elle à Saturnin, lorsque nous serons tous très-vieux, je vous expliquerai peut-être le pourquoi du voyage que vous avez l'obligeance de faire. En attendant, je suis forcée de vous demander pardon par anticipation. Resterez-vous longtemps sévère ?

Saturnin reçut comme les autres son rayon d'éblouissement.

— Signora, dit-il, je vous l'ai amené. Ne me demandez pas plus.

— Etes-vous donc si pressé, monsieur ? La villa est très-intéressante.

— Les villas où l'on ne voit pas la princesse sont comme les temples païens, où l'on ne rencontre plus la déesse. Je ne me sens pas le courage de n'y adorer que le regret, car je ne suppose point que vous daigniez partager votre présence entre le capitaine e moi. Nous avons supprimé en France les rôles de confidents, pour lesquels je n'ai jamais eu une grande aptitude.

— Soyez magnanime ! Vous pouvez nous sauver encore une fois.

— Terre-neuve a perpétuité ! Mais puisque j'ai commencé cet avatar, je ne reculerai pas.

— Je ne saurais jamais assez vous remercier.

— Restez insolvable, signora.

Amyot ne s'était pas mêlé à ce marivaudage. Des pensées diverses et haletantes couraient un hallali dans sa tête.

Lisabetta lui prit le bras. Il se laissa faire ; Elle avait indiqué au vicomte une entrée par un champ de vignes dans le jardin.

Ils disparurent vers un sentier conduisant à un bassin rond sous des saules, où deux cygnes produisaient un remous d'argent.

Saturnin ne voyait guère à quoi il pouvait être utile, mais il n'était pas serviable à demi et il se résigna à deux ou trois heures d'ennui.

C'était bien du vrai ennui qui courait par ces allées symétriques, où des massifs d'arbres verts protégeaient la tiédeur de la promenade contre les vents qui venaient des vallées. Quoique le paysage d'Albano soit un des plus doux et des plus frais que Dieu, corrigé par les architectes, ait dessinés, Saturnin trouvait une physionomie splénétique aux statues qui émergeaient des feuillages. Il se sentait médiocrement accessible aux beautés de l'art décoratif. Il trouvait des souffles de vieille femme à tous ces zéphyrs qui gonflaient leurs joues sur les socles, et en voulait à ces flûtes de pierre, qui ne chantaient jamais sur les lèvres des sylvains jaunis. Il fuma deux cigares qu'il trouva détestables. Il n'osa pas entrer dans la villa, car il craignait avec inconvenance d'y déranger la princesse et le capitaine, et, à moitié assoupi par les réverbérations glissant d'une feuille à l'autre, il se coucha sur un banc de mousse et s'endormit devant une des perspectives qui avaient posé le plus souvent, pour les premiers prix de paysage, à l'académie du Pincio.

Il faisait depuis des heures des rêves où s'étageaient des architectures babyloniennes, lorsqu'une main se posa sur son épaule. Il se réveilla, et reconnut le prince de Monte-Feltro.

Il rentra aussitôt en possession de lui-même, et comprit pourquoi Lisabetta l'avait prié de rester. Il était chargé d'occuper le prince.

Le prince arrivait dans sa villa sans la moindre préméditation maritale. Cependant le domaine était bien gardé d'ordinaire, et on ne permettait pas aux étrangers de s'endormir dans les jardins. Monte-Feltro n'était pas en relation avec M. de Saturnin. Mais tout se sait à Rome. Il avait entendu un rapport sur le duel de la nuit dernière, et ne s'étonna pas médiocrement de trouver un de ses héros plongé dans cette pastorale.

Saturnin fit un peu la grimace en présentant le rôle qu'on lui réservait; cependant sa générosité résolut de ne pas le trahir.

— M. de Saturnin, je crois ? dit Monte-Feltro.

— Lui-même. Ayant l'honneur de servir sous le même drapeau, je me suis permis de venir admirer les merveilles qui appartiennent à Votre Excellence.

— Et l'admiration vous a endormi ? Cela m'arrive aussi, lorsque je lis trop longtemps M. Dupanloup. Je vous ai réveillé pour préserver d'un coup de soleil. Tournez-vous à gauche et continuez à contempler à votre manière.

Il reprenait l'allée.

Saturnin laisserait-il le loup s'engager ainsi sur les traces d'une brebis ?

Il fut debout en même temps que le prince.

— Vous êtes forcé de me dire l'histoire de toutes vos statues et de me faire les honneurs du moindre de vos brins d'herbe, s'écria-t-il. Il est nécessaire, pour rétablir l'équilibre des choses, que les richesses et l'éloquence aient leurs corvées.

— Pourquoi m'accusez-vous d'être éloquent ? répondit Monte-Feltro en riant.

— D'abord tous les Italiens le sont. De plus, j'ai entendu Votre Excellence haranguer son bataillon. C'était beau comme un prix d'honneur.

— Malheureusement je n'ai pas le temps de faire une composition, monsieur le vicomte. Connaissez-vous lord Unearthley ?

— Je connais ses grandes jambes.

— Puisse-t-il s'en servir pour quitter le territoire pontifical; il m'a interpellé l'autre soir, en plein salon Corsini, pour démontrer que je manquais de goût en ne transformant pas mon parc en jardin anglais. Toucher à ces allées droites où ont passé Metastasio et Goldoni, et à ces petits bosquets qui ont vu se dénouer tant d'intrigues et de ceintures ! Je suis resté coi néanmoins devant sa thèse; je viens chercher des arguments. Accompagnez-moi, vous me fournirez des répliques.

Saturnin avait la prévision d'un danger pour Lisabetta.

— Nous aurions bien mieux une vue d'ensemble en restant ici. De plus, il fait chaud dans votre ombre italienne. Votre Excellence serait bien gracieuse de ne plus me forcer à transpirer.

Il caressait du regard le banc de gazon.

Cet accès de paresse étonna le prince.

— J'ai vu la voiture de Mme de Monte-Feltro sous la remise, et je voudrais faire un ou deux milles sur ces pentes douces pour la ren... itrer et vous présenter, dit-il. Prenez votre courage et votre mouchoir, et en route !

Saturnin ne trouvait plus d'objections plausibles; il emboîta le pas derrière le prince, de même que s'il avait fait partie d'un peloton d'exécution chargé d'aller fusiller un camarade.

— On me racontait tout à l'heure, il me semble, que vous aviez donné votre démission, monsieur de Saturnin, et que vous mettiez le cap sur la France, heureux gentilhomme que vous êtes !

— Je devrais le faire, mon prince, afin de ne plus être en face d'une police aussi raffinée que la vôtre. Mais on va charger les fusils, et je tâcherai de retrouver le mien.

— Ne parlons pas de cela, si vous voulez, reprit Monte-Feltro. Des jours bien sombres vont se lever sur les Italiens.

— C'est un des commandants de l'armée de Sa Sainteté qui parle ainsi ? répondit Saturnin assez étonné.

— C'est un homme qui a bu l'eau du Tibre, comme les révolutionnaires de Rome, qui parle d'amour dans la même langue qu'eux, qui a de son sang dans toutes les familles de la ville, et qui trouve que la guerre civile est un dur devoir, mais qui fera son devoir !

Saturnin se dit qu'un brave cœur battait dans cette large poitrine, et qu'il serait fâcheux qu'un malheur arrivât au prince.

Les méandres de la promenade les avaient conduits vers un de ces petits temples, comme on les prodiguait dans les jardins du dix-huitième siècle. Saturnin s'arrêta court. Il venait de voir la princesse et Amyot passer devant la fenêtre d'un escalier qui conduisait à la terrasse dominant le temple.

— Tenez! reprit Monte-Feltro en secouant ses pensées et en relevant sa tête, qu'il avait tenue baissée depuis qu'il songeait aux tristesses de son pays, je veux vous montrer une des curiosités que cet imbécile d'Unearthley condamnerait. Entrons dans ce temple, car c'en est un, dit-il en riant. Ça n'a l'air de rien, mais c'est un chef-d'œuvre d'acoustique.

— D'acoustique ? répondit Saturnin.

— Je tiens à vous persuader que je n'exagère rien en assurant que c'est un chef-d'œuvre.

— Je ne conteste pas, dit Saturnin, qui fit quelques pas dans une autre direction.

Monte-Feltro trouvait cette résistance étrange, mais elle ne l'amenait à aucun soupçon.

— Il n'y a personne sur la terrasse ? reprit-il en tenant le vicomte par la main et en l'introduisant dans une enceinte circulaire assez large.

— Non, personne !

— En appuyant votre oreille sur ce fragment de mosaïque, vous entendrez les paroles que je prononcerai tout bas, lorsque je serai là-haut.

— Vous allez monter ?

— Pourquoi non ?

— Ne me gâtez pas une des plus belles scènes de l'Italie, reprit Saturnin; ne me forcez pas à associer à la splendeur du paysage d'Albano le souvenir d'un jeu d'enfants !

Monte-Feltro s'arrêta tout à coup.

— Parbleu ! fit-il, l'expérience va se produire sans que nous nous en mêlions. Le jardinier aura laissé entrer des visiteurs malgré mes ordres. Il y a un murmure de voix sur cette pierre. La terrasse est habitée. Donnez-vous la peine de prêter l'oreille.

Saturnin reprit un ton d'insouciance.

— Ma foi, non! dit-il, je ne me suis jamais senti indiscret; la solitude doit être sacrée comme un confessional. Venez-vous, mon prince ?

Il lui tendit le bras.

— Je suis plus curieux que vous, dit Monte-Feltro. Je veux connaître l'opinion du public sur mes trésors. Je gage qu'il est question de moi.

Le vicomte fit un nouvel effort pour l'entraîner, mais l'autre se dégagea.

— Je ne vous demande qu'une minute, répondit-il. Cette surprise-là est fort innocente.

Il se mit à genoux pour être à la hauteur de la mosaïque, et y colla sa tempe.

Saturnin vouait tout bas à l'exécration les inventions de l'architecte. Il essaya d'user de ruse, et remplit d'un éclat de rire les voûtes du petit temple.

— Vous avez l'air d'un sphinx qui écoute un Pharaon, reprit-il très-haut.

— Sur l'honneur, taisez-vous! dit le prince.

Il s'approcha encore plus de la mosaïque.

Il se releva. Ses traits avaient leurs lignes habituelles, une pâleur seulement les bronzait.

— Monsieur de Saturnin, dit-il sérieusement, il me serait agréable de vous voir retourner à Rome, et il est probable que nous nous y retrouverons demain dans une situation que vous n'aviez pas prévue.

Saturnin ne pouvait plus rien sur les événements qui devaient suivre. Il s'éloigna avec la persuasion qu'il était sans aptitude pour le rôle des Frontins, chargés d'occuper les maris pendant que les femmes font défiler des chapelets d'amour.

Le prince n'avait recueilli que deux phrases.

Une d'Amyot, qui disait :

— Ah ! madame, vous me rendez la reconnaissance bien terrible !

Une de Lisabetta, qui répondait :

— Pensez moins à Monte-Feltro et plus à sa femme.

Il alla vers les premières marches de l'escalier.

— Descendez ! dit-il.

Des pas indécis, puis précipités, coururent sur la terrasse. Amyot et Lisabetta parurent, braves tous les deux.

La scène entre eux avait été plus démonstrative que parlée.

Lisabetta, appuyée à son bras, l'emmena d'abord sans rien lui dire. Elle savait avec toute la certitude permise aux hypothèses d'ici-bas, qu'Amyot avait menti le soir du bal. Elle s'était résolue à ne plus interroger les énigmes de ce cœur mystérieux. Il se contredisait, et se découvrait sans cesse dans ses paroles. L'heure venait de le juger par des actes. La journée allait amener ces minutes italiennes, si indécises entre la langueur de la sieste et celle de l'amour. Lisabetta monta dans le jardin. Ils effleuraient, à chaque angle des allées, les statues de marbre, incendiées par le soleil. Une fois, en passant, elle prit par distraction les doigts d'une Hébé, et il aurait pu voir que les siens étaient plus mignons et plus blancs. Elle avança sa tête vers celle d'une nymphe qui souriait sous le coude d'un Faune, et son profil dépassait la pureté du Canova. Lisabetta n'hésitait pas à ajouter aux siennes les séductions de la mythologie. Les sens d'Amyot s'embrasaient ; ses yeux cherchaient un coin d'ombre, pour s'y enivrer avec elle. Mais son cœur conserva son armure de fer. Lisabetta épuisa les embûches de ses coquetteries et de ses indulgences. Quand elle l'eut exténué de tentations et de promesses muettes, elle le fit monter sur cette terrasse, où l'air était moins lourd et où ils pouvaient rester longtemps sous l'immensité tranquille

de l'azur. Un grand pin la surmontait de son parasol. Lisabetta se coucha sous son ombre en l'invitant d'un geste à venir y prendre place. Ce fut alors, que désespéré par une vertu qu'il ne voulait pas combattre, il lui dit les mots qui viennent d'être rapportés, et qu'elle lui répondit par cet appel direct.

Il ne parut pas comprendre.

De nouveau, l'indignation la fit frémir. Elle allait éclater, quand la voix de son mari arriva jusqu'à eux.

Elle n'eut pas d'épouvante. Peut-être la nécessité de la défendre ferait-elle sortir Amyot de sa réserve, et l'amour lui viendrait-il par le péril.

— Venez ! lui dit-elle. On nous convoque à la mort, quoique vous ne l'ayez pas gagnée.

Ils descendirent.

Le prince était toujours souriant.

— Ma chère, dit-il, vous vous hâlerez au grand air, comme une gardeuse de chèvres de Tivoli. Ce serait affligeant pour tous ceux qui vous admirent, et ils sont nombreux et imprévus. Allez vous rafraîchir sous les volets de la ville. Il y a une question dès à présent entre le capitaine et moi.

Lisabetta interrogea des yeux Amyot, qui n'essayait pas de parler.

Amyot n'était pas le héros aventureux qui l'aurait enlevée en présence de son mari. Il restait impassible vis-à-vis de lui, comme il l'avait été vis-à-vis d'elle.

Le prince était résolu à rester courtois.

— La signora ne veut point comprendre qu'elle nous gêne pour la conversation que nous devons avoir, reprit-il. Qu'elle demeure donc et qu'elle écoute à son tour l'écho de la pierre.

Il l'entraîna. Lisabetta, congédiée moralement, ne fut plus qu'à son ressentiment, et ne soupçonnait pas que le prince se désintéresserait assez des honneurs officiels qui l'attendaient, pour s'engager dans une querelle sérieuse avec un petit bourgeois devenu soldat, mais non téméraire.

Aucun de ces deux hommes ne lui semblait avoir d'aptitude pour un rôle dramatique.

— Allez, messieurs, dit-elle. Je vais faire la sieste. Si je n'avais pas sommeil, je resterais. Vous m'endormiriez.

— La température n'est pas favorable aux longs discours, dit Monte-Feltro au capitaine en longeant avec lui une allée inondée de soleil. La princesse est une des plus belles créatures que la civilisation aristocratique ait produites, et la jeunesse argumente éternellement sur la même glose. Pouvez-vous me jurer que vous n'êtes en aucune sorte amoureux de Mme de Monte-Feltro ? Faites bien attention que je vous croirai !

Amyot garda le silence.

— C'est fort triste, continua le prince, car j'avais la sottise de vous admirer. Enfin, cette belle personne porte mon nom, et deux hommes qui l'ont regardée de trop près ne doivent plus se rencontrer. Je suis forcé de vous proposer une promenade, qui vous paraîtra une répétition monotone après celle que vous avez faite l'autre nuit avec M. de Saturnin.

Amyot eut un mouvement.

— Quoi! dit-il, vous savez?

— Oui. Vous vous êtes battu pour une question d'équipement. Le vicomte tenait pour trois boutons à la guêtre; vous, pour quatre. Entre nous, vous étiez dans le vrai.

Amyot se sentait raillé, mais Monte-Feltro ignorait sans doute qu'il ne s'était battu que pour lui.

Amyot se détermina à se laisser tuer le lendemain.

— Je me trouverai toujours honoré d'exécuter les ordres que vous me donnerez, mon prince. Je serai à votre disposition.

Monte-Feltro s'étonna de cette hâte.

— Eh bien! donc, à sept heures du matin, aux Thermes de Caracalla. Nous prendrons un bain de sang, comme les empereurs. Je vais commander les chevaux, reprit le prince. Nous reviendrons tous les trois. Pas une allusion devant M<sup>me</sup> de Monte-Feltro!

Il tourna vers la ville.

Amyot respira, de même que si un poids avait été ôté de sa poitrine. Il donnait intentionnellement sa vie au prince et se sentait libre jusque là.

— Maintenant, s'écria-t-il dans un élan involontaire, à Lisabetta et à l'amour!

Il s'enfonça en courant dans le grand jardin, du côté du temple à la mosaïque.

## XIV

Amyot se croyait dans son droit. Il avait tout donné au prince, et même cette obstination à ne rien comprendre, qui laisse si vite un homme ridicule vis-à-vis d'une femme. Il allait lui donner son avenir, qu'un coup d'épée trancherait. Les heures qui restaient le trouvaient donc libre. Il ne calculait pas que sa liberté se limitait à quelques instants, il s'en exagérait la toute-puissance par la joie qu'il en ressentait, et la respirait dans l'immensité végétale du parc, où la fraîcheur du soir commençait à arriver. Il n'avait pas trouvé Lisabetta dans le temple, et il parcourait les bosquets comme un faune. Il fouilla en vain l'océan de verdure. La robe adorée ne se découvrait au bord

d'aucune ligne de gazon. Il oublia tout dans sa hâte folle, et il se mit à appeler Lisabetta de même que s'il eût été le propriétaire autorisé de toutes ces richesses. Nulle voix ne lui répondit. Il lui sembla entendre des pas qui fuyaient sous des massifs, du côté de la ville. Il entra dans ce vaste rez-de-chaussée de marbre, que l'inhabitation faisait désert. Le soleil qui déclinait, lançait des lames rouges dans les interstices des persiennes.

Amyot courait sur des bandes de feu. Une porte se fermait au loin. Il se précipita, et il l'aurait renversée, si elle n'avait pas cédé. Son cœur ne l'égarait pas, Lisabetta venait de se jeter sur un divan qui tournait dans l'intérieur d'un petit salon, tendu en Perse, et carrelé avec une faïence éblouissante. Elle était haletante, son corsage se soulevait.

— Enfin! s'écria-t-il en tombant à ses genoux et en cherchant à prendre ses mains; nous n'avons qu'une heure, mais elle comptera comme l'éternité; tu es à moi!

Cette déclaration audacieuse n'excita ni l'indignation ni la surprise chez la princesse. Les paroles rencontrèrent un angle plus dur. Elle retira ses mains comme pour s'en couvrir.

— Depuis quand parlez-vous ainsi avec les femmes de la noblesse? répondit-elle avec un accent qui était presque une insulte.

Amyot n'écoutait que les mugissements de son âme troublée. Il ne comprit pas que Lisabetta était aristocrate, autant que passionnée.

— Je ne vous dirai plus rien, répondit-il; les paroles nous trompent tous deux. Mais ce n'est pas en vain que votre colère même vous aura revêtue de plus de splendeur. Tu te souviendras de moi. Je veux que tes yeux et tes lèvres m'aiment encore! Ton cœur viendra ensuite!

Les bras d'Amyot la cherchaient, tandis qu'elle se dérobait. Elle tournait autour du divan, comme une danseuse éperdue. Toutefois sa force de résistance s'affaiblissait; son sang italien se rallumait à la passion des gestes qui l'imploraient. Elle allait sans doute oublier son ressentiment, et retomber vaincue et amoureuse, quand un coureur essoufflé se précipita dans le salon. Saturnin se montra dans la monstruosité de son indiscrétion.

— Toutes les branches sont bonnes aux oiseaux de mai pour faire l'amour! s'écria-t-il. Je n'ai pas été assez heureux pour vous sauver du premier coup. Mais je tiens à réhabiliter mes facultés d'invention, et je ne m'excuserai même pas de vous ennuyer beaucoup en ce moment. Permettez-moi un interrogatoire sommaire.

Amyot et la princesse demeuraient indécis entre l'embarras et la gratitude.

— Vous n'avez d'autre ambition que celle d'être pour le reste de vos jours encore plus près l'un de l'autre que vous ne l'êtes en ce moment? continua Saturnin.

Lisabetta fit un joli signe d'acquiescement.

Amyot était trop occupé à la regarder pour répondre.

— Écoutez-moi bien! dit le vicomte. Pour réparer la bévue commise par moi dans ce maudit temple sacré, j'ai étudié les localités. Toutes les issues de la villa sont gardées, excepté une, que vous soupçonnez à peine, princesse. Soulevez ce rideau.

Lisabetta obéit. Le vide se fit devant son regard.

— J'avais remarqué ce couloir dont la destination ne me paraissait pas suffisamment justifiée, puisqu'il ne conduit qu'à un poulailler abandonné, reprit Saturnin. Le coq n'y est plus. Après une petite porte en ruines, vous descendrez par un sentier qui débouche sur une brèche du mur d'enceinte. Je me suis assuré la collaboration de la calèche qui nous a amenés. Vous la trouverez à trois pas la brèche. Vous arriverez à Rome en deux heures. A Rome, il y a le chemin de fer qui conduit, si l'on veut, jusqu'à la muraille de la Chine. Je vous conseille de ne pas aller si loin. Mais ne perdez pas une minute.

Lisabetta serrait la main du zouave.

— Ne me pressez pas si fort, signora. Je me souviendrais trop. Je me charge du prince.

Lisabetta avait déjà franchi le rideau. Amyot marchait derrière elle.

Saturnin l'arrêta.

— Vous n'êtes point capitaliste? lui dit-il.

Le capitaine sentit venir une pâleur.

— Nous avons tiré l'un sur l'autre, reprit Saturnin. C'est la plus grande preuve d'estime qu'on se puisse donner. Vous n'avez plus le droit de rien me refuser. Voici un traite circulaire sur les banques de l'Europe. Je la réservais pour mon premier enlèvement. Il se fait attendre. Je l'ai passé à votre ordre, ainsi que la traite. Faites-moi la grâce de ne pas vous étonner. Il n'y a rien de plus sacré et de plus intime que le duel.

Amyot se retourna.

— Merci pour ce que vous vouliez faire, et merci surtout pour le dernier mot que vous avez prononcé! dit-il. J'allais ne plus me souvenir que j'ai pris un engagement d'honneur.

Saturnin tirait sa moustache. Il allait parler contre sa conviction.

— Ma foi! dit-il, vous êtes suffisamment posé par les précédents! D'ailleurs on rencontre tant que l'on veut une affaire d'honneur, mais un amour pareil ne se trouve pas deux fois sous le regard d'une dame. J'opine pour la fuite.

Amyot demeurait immobile.

Elle fixa ses yeux sur lui d'un air de commandement et de supplication.

— Venez-vous? dit-elle.

Il baissa la tête.

— Le prince nous attend! répondit-il.

Il se dirigea vers le vestibule.

— C'est un caporal! dit Lisabetta à Saturnin.

— C'est un Romain du temps où il n'y avait point de pape, répondit-il.

La berline tournait devant le perron. Monte-Feltro eut une contraction en voyant revenir le capitaine avec Lisabetta. Il se rasséréna, quand Saturnin parut dans le groupe. Il fit avec bonne grâce les honneurs de chez lui, et ne s'offusqua pas de ce qu'Amyot se plaçât sur la banquette, en face de la princesse.

Les têtes qui se dessinaient entre la portière étaient diversement agitées. Saturnin n'aimait pas à sentir les embarras, et craignait d'être témoin d'incidents trop compliqués. Monte-Feltro avait au fond le cœur navré, et s'efforçait de sauver le ridicule de ses angoisses sous une urbanité enjouée et légère. Lisabetta se jugeait esclave entre un amoureux qui ne savait pas l'enlever et un mari qui parvenait à s'étonner si peu. Amyot pleurait tout bas cette heure d'ivresse à laquelle il avait borné sa vie. Les premières minutes de la réunion restèrent silencieuses, malgré les avances de Monte-Feltro.

— Après tout, dit-il, il y a encore en ce monde des situations pires que la nôtre. N'escomptons point l'avenir, et ne nous habillons pas de noir, avant que la mort n'ait couché quelqu'un de nous. Je prends bien mon parti, moi, et je tâche de ne laisser deviner à personne que je ne suis pas entièrement content de vous, princesse.

Elle frémit de ressentiment sous cette ironie. Il n'était pas entièrement content d'elle. Elle ne voulut point répondre.

— Non! continua-t-il, puisque le hasard avait amené à la villa une si honorable compagnie en mon absence, vous auriez dû donner quelques ordres et improviser une délassement pour que notre hospitalité fût plus complète.

— J'ai cependant fait de mon mieux, dit-elle hautainement, en regardant Amyot.

— Pourquoi diable avez-vous donné votre démission à la veille d'une prise d'armes? Ce n'est pas dans l'allure de votre physionomie, dit Monte-Feltro à Saturnin.

Saturnin flaira un piège : le prince soupçonnait-il qu'on avait mêlé un nom de zouave à celui de sa femme, et qu'Amyot lui avait imposé de partir? Il résolut de divaguer. Ce serait toujours tuer le temps.

— Vous n'ignorez pas que monsignor Ferrando est coureur de femmes, audacieux devant les scandales qu'il provoque, menteur, pourvoyeur de potence, et, de plus, une des espérances de l'épiscopat futur? reprit-il.

— Je le savais affilié au Gesù, c'est-à-dire à l'académie de toutes les trahisons, dit Monte-Feltro, qui gardait et exagérait ses rancunes. Cela me préparait à admettre beaucoup de choses.

— Il m'avait fait l'honneur de supposer que j'étais sympathique à sa cause, en raison de l'uniforme que je porte, et je suis disposé à croire que c'est pour moi qu'il a donné une soirée hier. Il avait convoqué pour me séduire les fortes têtes de son parti. Quel parti, mon prince! Toute la bourgeoisie interlope qui vit de l'Eglise, comme certaines végétations vivent des miasmes. On s'est grisé de limonade, et les langues se sont déliées. Vous répéter tout ce que j'ai entendu là de fadeurs apostoliques et de billevesées féroces, vous dérouler ces programmes papelards et ces théories à rebrousse-siècle, ce serait vous jeter à l'opposition, et ce n'est pas mon affaire. Il circulait dans l'appartement des idées qui donnent la peste, de même que certaines balles explosibles donneront la fièvre typhoïde ou la petite vérole à volonté. Elles me poursuivaient de leur venin; elles n'épargnaient pas la France, même devant moi, ni la pudeur, même devant des vieillards. Vous avez passé sous cette batterie de calomnies, mon prince, ainsi que l'armée; que toutes les dames, et que le saint-père lui-même, j'ai été écœuré par ces bavardages empestés; quoique élevé pieusement, je me suis demandé s'il était bien nécessaire que le dernier des Saturnin se fît tuer pour protéger cet anachronisme, et, comme ma réponse a été héroïquement négative, j'ai offert ma démission. Mais je la reprendrai, pour peu que vous me débarrassiez le pavé de Rome de tous les Ferrando.

— J'en parlerai à la voirie! dit le prince.

La conversation continua ainsi, mi-frivole et mi-sérieuse. Amyot, quoique n'écoutant guère, comprit que les deux interlocuteurs voulaient épargner son embarras. On était encore à plusieurs milles de Rome. La nuit descendait; les paroles s'engourdissaient sur les lèvres. Il semblait à Amyot qu'il était déjà entré dans le silence et dans l'obscurité de cette éternité, qui devait-être son séjour du lendemain. Alors un événement qui paraît impossible dans une zone civilisée, mais qui est l'histoire quotidienne de la campagne romaine par le temps qui court, se produisit aux portières. La voiture fut attaquée.

Des mousquets sortirent d'une haie, précédant des chapeaux calabrais. Les phrases classiques furent prononcées. Le cocher s'arrêta blême. Monte-Feltro se leva sans paraître autrement étonné.

— La bande du Tintorello! dit-il. Messieurs, efforçons-nous d'éviter un épisode fort triste à la princesse.

— Vous n'avez point d'armes? demanda Saturnin.

Monte-Feltro sortit deux revolvers d'une des poches de la berline. Il en remit un au zouave et garda l'autre.

Des balles jaillirent. Amyot, ne s'attardant pas à réfléchir, couvrit Lisabetta de sa poitrine. Dès lors le danger sembla très-doux à la jeune femme.

— Dans tes bras! Je ne l'espérais plus! dit-elle à l'oreille d'Amyot.

Cependant Monte-Feltro et Saturnin avaient visé plus juste que les bandits. Trois des hommes étaient tombés sur la route.

Le Tintorello, exaspéré par sa perte, fit monter quelques-uns des siens à l'assaut de la voiture. Le prince avait encore deux coups dans sa main. Il dégagea à moitié la place et cria à son cocher:

— Au galop! et je te ferai avoir un bureau de tabac.

Les roues tournèrent. Mais des bras s'étaient avancés par l'autre portière restée libre. Pendant que les combattants avaient le dos tourné, ces bras firent leur œuvre de rapine, et Amyot fut emporté, et bâillonné si vite, qu'il ne put pousser un cri.

— Vingt mille écus de rançon! C'est un Français! cria le Tintorello.

La voiture disparut derrière la fumée.

La montagne surplombait à gauche. On banda les yeux d'Amyot et on le poussa par le sentier.

Ce dénoûment ne lui déplaisait pas. Il lui évitait de croiser l'épée avec Monte-Feltro, qui l'aurait sans doute forcé à se défendre. Il n'attendait de sa destinée qu'une mort prompte. Donnée par des bandits, elle devenait une simplification.

L'ascension fut longue. L'air passa plus vif sur le front du prisonnier; il était arrivé sur le plateau. Ses gardiens cessèrent de l'entourer, dégagèrent ses yeux et ses lèvres. Il vit un camp assez bien installé. Des feux, audacieusement allumés sur les cimes, témoignaient que la bande redoutait médiocrement les forces romaines; quelques sentinelles veillaient pourtant et l'acier poli de leurs mousquets renvoyait un éclair lorsqu'ils passaient devant le bivouac. Des chevaux attachés au piquet et broutant une herbe rare sur ces hauteurs étaient prêts pour la fuite à travers les défilés. Quelques femmes, captives ou associées volontaires, se courbaient sur une source et lavaient le linge.

Quelqu'un dit à Amyot:

— Ces dix pieds de terre sont à Votre Excellence, vous pouvez marcher jusqu'à ces genêts ; on vous apportera de quoi manger, et voici du tabac et du papier. Si votre rançon n'est pas ici demain soir, à pareille heure, nous vous clouerons sur le sol avec vingt balles.

Amyot haussa les épaules.

— Finissez-en ! répondit-il. La rançon ne viendra pas ; je suis pauvre, et personne ne s'occupe de ma vie.

— Votre Excellence en est-elle certaine ? Il m'a paru tout à l'heure qu'une belle dame avait ses lèvres plus près des vôtres que de celles de son mari.

Il frappa le gazon du pied.

— Si vous êtes espions en même temps que voleurs, il n'y a plus de plaisir, dit-il.

— Nous finirons toujours par appartenir à la police et nous nous exerçons d'avance, mais en attendant nous tâchons de ne pas être trop méchants. Pour ceux qui veulent se distraire avant le dernier quart d'heure, nous avons des filles qui savent diminuer la longueur des nuits ; il y en a deux très-jolies parmi celles qui s'amusent à la fontaine. Votre Excellence peut aller choisir, puisqu'elle aime les belles femmes.

Amyot chercha un coin de mousse sous les étoiles, mais il ne demeura pas seul longtemps. Un messager vint.

— De la part de l'autorité ! dit l'homme en le saluant. Le commandant vous demande et vous attend à souper.

— Vous direz à votre maître que je n'ai pas faim et que je dors.

— Le Tintorello n'est pas un de ceux qu'on refuse ! Dans le cas où vous ne viendriez pas de bonne grâce, une patrouille vous rappellerait que vos actions ne vous appartiennent plus. D'ailleurs cette invitation vous honore.

Amyot jugea qu'il était inutile de faire de l'opposition et suivit son guide.

Le Tintorello portait une large tête sur des épaules solides. Il avait quarante ans et une obésité joyeuse.

Sa tente, située dans une anfractuosité des rochers, laissait voir une table abondamment servie sous des flambeaux pillés dans une église. Un de ses soldats, qui était bon cuisinier, faisait sauter la friture aussi gaillardement que sur le Môle, à Naples. Sous le seul arbre qui eût poussé à cette hauteur, une femme un peu grasse et d'un galbe pur était assise entre deux enfants, auxquels elle apprenait à respecter leur père.

Le banditisme avait fait un bail avec la montagne.

Le maître du logis salua courtoisement.

— Je m'ennuyais et je vous ai fait venir capitaine, dit-il. J'ai du reste à causer avec vous de vos affaires. Mes gens ont dû vous dire quelles étaient mes intentions.

— Parfaitement ! répondit Amyot en dépliant sa serviette, car il était résolu à manger pour penser moins. Vous me ferez fusiller dans vingt-quatre heures.

— A vrai dire, je savais que vous repasseriez par la route de Frascati, et je vous ai arrêté avec intention. Mais c'est pour votre bien.

— Vraiment !

— Vous allez comprendre. Je ne fais pas de politique, moi, comme la plupart de mes confrères. Je loue mes services et mes hommes indistinctement au parti qui me paye le mieux, lorsqu'il est absolument nécessaire de prendre couleur. Mais je connais la place de Rome. Vous êtes mal noté. L'armée vous reproche de fréquenter les libéraux ; les libéraux vous en veulent de ne pas avoir laissé éclater la bombe chez le cardinal ; situation fausse, *caro mio*. Il était temps qu'on vous donnât un bon conseil. Si la guerre éclate dans les rues, vous serez entre deux marteaux, et il ne m'étonnerait pas que vos soldats ou des hommes d'action ne tirassent sur vous.

— Des balles françaises ? J'aime mieux les vôtres !

— Nous n'en sommes pas là heureusement. Des choses peuvent se passer d'ici à demain. Il vous est encore permis de songer à l'avenir. Que ferez-vous au jour de la bataille, entre votre colonel et votre opinion ? Je vous avouerai sans détour que le parti sérieux qui s'intéresse à vous m'a prié de vous arrêter pour vous engager à bien peser toutes vos résolutions. Rappelez-vous que ce sont toujours les anciens amis qui donnent les coups de poignard.

— J'ai déjà eu l'honneur de vous faire dire que vous nourrissez une illusion formidable en comptant sur ma rançon. Parlons d'autre chose.

— Vous ne parviendrez pas à m'enlever ma conviction sur votre destinée, capitaine. Je ne veux pas que vous la compromettiez, soyez prudent, la nuit est claire. Si la solitude apparente vous livrait à une tentation, sachez que des carabines vous regardent sous les haies et à tous les angles des sentiers. J'ai dû accentuer les ordres les plus sévères, car on ne s'empare pas tous les jours d'un capitaine de l'armée française, et il faut songer à établir ses enfants. Cela dit, je vous souhaite un sommeil tranquille et je vous engage de nouveau à opter entre l'Église et la république. Adieu donc, capitaine. Nous déjeunons à dix heures. Avez-vous tout ce dont vous avez besoin là haut ?

— On n'est pas un hôte plus attentionné ! et puisque vous croyez que je vivrai, j'aurai l'honneur de revenir vous voir un jour ou l'autre, répondit Amyot.

— Comment cela ?

— A la tête de ma compagnie.

Le Tintorello sourit, et le reconduisit jusqu'à la limite de ses tentes.

Trois heures s'étaient écoulées dans ces détails.

Amyot remonta sur le plateau. Il n'avait répondu légèrement au Tintorello que pour rester au diapason, mais il était tellement sûr de sa condamnation, qu'il regrettait de ne pas avoir une arme de suicide, pour abréger le temps.

La montagne n'était peuplée que de fantômes ou de faunes. Cependant il entendit des bras qui battaient toujours l'eau de la source. Les femmes n'avaient pas fini leurs tâches. Une lanterne suspendue à un merisier sauvage répercutait ses rayons dans le bassin.

Amyot regarda au hasard sur le groupe joyeux. Une des laveuses était inoccupée, et sa silhouette de paysanne se dessinait dans la lumière. Elle paraissait épier quelqu'un dans le sentier.

Les genoux d'Amyot tremblèrent.

Cette paysanne ressemblait à Lisabetta.


## XV

Il continua à marcher. Il n'avait pas l'habitude de faire accueil à l'impossible.

La princesse était restée dans sa voiture emportée sur la route. Son mari devait la tenir de fort près, et Rome était à une heure.

Comment admettre que Lisabetta eût pu s'échapper, trouver des habits de contadine, monter si haut et se faire recevoir parmi ces femmes ? Elle l'aimait frénétiquement. La passion a des ressources insensées. Mais les amoureuses mêmes ne possèdent pas d'ailes.

Il avait donc tressailli pour rien.

Il atteignait le gazon sur lequel son manteau était resté et chassait ce rêve. Une nouvelle évidence le saisit.

La lavandière avait pris un prétexte afin de parler haut à ses compagnes.

Il ne pouvait plus douter.

C'était la voix de Lisabetta.

Alors le rideau se leva devant sa pensée, et l'amour et la liberté répandirent leur azur à l'horizon.

Toutes les difficultés étaient aplanies. Entraînés ainsi loin de leur sphère, dans des événements tumultueux, ils avaient rompu avec leurs devoirs. Dépaysés par les aventures du banditisme, ni sa maîtresse ni lui n'étaient plus responsables de rien vis-à-vis

de Monte-Feltro. Le chef de ces partisans de l'indépendance absolue n'avait pas l'air intraitable. Il serait touché par une telle preuve d'amour. Ils auraient vingt occasions de fuite.

Cependant, puisque c'était Lisabetta, pourquoi n'accourait-elle pas vers lui ? Qui la retenait ?

Il ne voulait pas s'effrayer et il attendit.

Elle avait accompli un acte téméraire.

Les chevaux s'approchaient de Rome et s'éloignaient de la montagne. Elle ne possédait que quelques heures et ne devait pas se fier au Tintorello, qui pouvait ne pas attendre une rançon chimérique.

Ses bijoux constituaient bien une fortune, mais elle perdrait beaucoup de temps à en réaliser la valeur. Puis tous les joailliers dormaient à cette heure.

Elle ne devait plus penser à racheter Amyot.

Une autre ambition s'éveilla en elle. Le rejoindre et mourir du même coup que lui, puisqu'il leur était interdit de vivre à eux deux. Elle se laissa séduire aux mornes voluptés de la tombe et à l'ivresse d'un embrassement éternel sous le marbre.

Saturnin et Monte-Feltro étaient pensifs dans la voiture.

— Est-ce un homme de parole que ce Tintorello ? demanda enfin le zouave.

— Pardieu ! puisqu'il fait des affaires ! Il a besoin de maintenir son crédit. Il est ponctuel comme Torlonia à toutes les échéances.

— Il a demandé vingt mille écus ?

— Exactement.

— Je serais obligé de tuer un de mes oncles pour me les procurer. D'ailleurs mon oncle habite à quatre cents lieues d'ici, et on m'a donné des principes. Je n'ai sur moi qu'un crédit fort limité.

Il insista exprès sur cette dernière phrase. Monte-Feltro ne la releva point.

— Ces Italiens sont tous féroces, pensa Saturnin. Ugolin dévorait ses enfants, celui-ci mangerait les amants de sa femme.

— Ce sera une vraie perte pour l'armée, dit-il tout haut. Je demanderai à mon colonel des munitions pour quelques-uns de mes camarades, et nous irons demain faire un tour sur la montagne.

La princesse le regarda.

— Les zouaves se doivent exclusivement au service et à la protection de Sa Sainteté, dit-elle.

— Ne demandez pas, vous seriez refusé ! répondit le prince. Après tout, mon cher vicomte, ne vous étonnez pas trop de cette aventure ; vous passeriez pour un naïf. C'est miracle que vous ayez parcouru la campagne de Rome depuis six mois, sans avoir été arrêté.

Les gens ouvraient le marche-pied devant le perron du palais.

— Je ne vous invite pas à monter, monsieur de Saturnin, dit le prince. Après les émotions traversées, vous avez besoin de vous distraire, et moi aussi. Adieu, signora.

Il sortit.

Il plaignait sa femme avec un désintéressement stoïque, et, dans son impartialité magnanime, il la trouvait trop punie.

Il alla entretenir de tout cela la femme du boulanger.

Lisabetta ne perdit pas une seconde, prit un très-beau bracelet et beaucoup de pièces d'or dans son coffre, et descendit dans la rue.

Elle savait où était le quartier du régiment de Landreux, et elle savait ce que Landreux était à son maître.

Elle le trouva aux abords de la via Frattina. Elle lui raconta l'incident et la menace.

Landreux bondit dans la direction d'une des portes de la ville.

Elle le rappela.

— Il ne s'agit pas d'aller défier à vous seul les troupes du Tintorello, lui dit-elle; il n'est question que de m'aider à rejoindre M. Amyot. Je crois bien que je suis sa vie maintenant! ajouta-t-elle en traînant sur la longueur des mots italiens.

— Je vous porterai, Excellence! Mais non, mieux vaut aller chercher des chevaux de poste.

— Pour qu'on retrouve nos traces! interrompit-elle. Avez-vous une amie?

Landreux se dandina.

— J'en ai une douzaine, dit-il.

— Y a-t-il dans le nombre une femme du peuple ?

— Il y a deux jardinières.

— Conduisez-moi vers celle dont la taille se rapproche le plus de la mienne.

— Je n'en connais pas d'aussi fine, reprit le Parisien toujours alerte.

— Obtenez d'elle un de ses costumes. Vous me l'apporterez sous le péristyle de l'église que voici, et ensuite vous m'accompagnerez...

— Déserteur! murmura Landreux.

Landreux revint bientôt avec un vêtement complet. Lisabetta reparut, métamorphosée en Fornarine.

Ils gagnèrent la route d'Albano; mais elle était longue. Les jambes de Lisabetta frémissaient sous sa jupe rouge, ses cheveux se tordaient d'impatience sous son mouchoir. Tout en elle avait hâte. Une charrette passait lentement, traînée par de petits chevaux des Abruzzes.

Landreux accosta le voiturier.

— Si je ne ramène pas ma maîtresse chez son père avant la sixième heure de nuit, lui dit-il, elle sera battue demain comme l'enclume du forgeron. Veux-tu deux écus pour faire courir tes chevaux jusqu'à un chemin où nous descendrons?

Le paysan ouvrit la main pour recevoir les deniers et pour aider les voyageurs à monter. L'attelage s'enleva.

— De quelle paroisse es-tu, ma fille ? demanda le contadin.

— De la paroisse de l'amour, répondit Landreux, craignant que la princesse ne fût embarrassée.

Mais elle connaissait le pays et tenait à préciser.

— Je suis de San-Clementi, dit-elle.

— C'est un nid de belles filles. Mais tu ferais mieux de ne pas donner ton cœur à un étranger, ajouta le paysan plus bas. Quand tu seras lasse de lui, songe à moi.

— J'y songerai! dit-elle.

Les collines devenaient des montagnes. Landreux porta la main sur les guides; les bêtes ralentirent le trot.

— Il vaut mieux descendre plus loin, dit le conducteur. Le Tintorello tient la campagne par ici.

— Il n'attaque pas ceux dont la bourse est moins garnie que le cœur, répondit le soldat.

Il mit pied à terre avec la princesse.

L'autre se leva sur ses planches.

— Qu'on te cloue des balles dans le corps, il n'y aura pas grand dommage, Français damné! s'écria-t-il. Mais elle, je n'ai jamais vu fleurir une bruyère plus rose dans un pré !

Il s'éloigna après cette philippique trempée dans l'églogue.

— C'est maintenant qu'il ne faut plus être femme! reprit Lisabetta. Donnez-moi le bras et montons.

Landreux se persuada que c'était l'heure de la philosophie.

— Toutes les grandes dames ne sont pas aussi spirituelles que vous, dit-il. J'en ai vu à Paris qui faisaient les yeux doux à un gros ministre sans portefeuille. Vous avez choisi, vous, le plus beau capitaine qu'on puisse voir aux bains froids, et vous allez entrer dans une aventure de hasard, pareille aux féeries de la Gaîté. Je vous approuve. Le paradis ne peut pas ressembler à un appartement de la rue Lafayette. Vous dormirez tantôt sur une vague de la grande mer et tantôt sur une tour de porcelaine dans la grande Chine! Pourquoi n'avez-vous pas emmené votre femme de chambre? Mais vous ne m'aviez pas prévu.

Landreux voulait être agréable. Il mêlait les souvenirs parisiens à sa profession de foi, gouailleur, mais prêt au dévouement sérieux.

On peut croire que Lisabetta l'écoutait peu. Elle l'interrompit.

— Faites attention. Il y a quelqu'un sous ces oliviers.

— Ce quelqu'un-là est de la garde nationale commandée par Tintorello. Je pensais qu'il venait au devant des désirs de Votre Excellence, et que vous vouliez être arrêtée.

— Je veux m'affilier pour rester libre ! dit-elle. Vous ferez respecter la nuance.

— D'accord ! mais nous avions affaire à un caporal. Ils sont cinq, tous beaux hommes !

La petite troupe s'avançait.

Lisabetta se dirigea vers elle.

— Vous avez besoin de femmes là-haut ? dit Lisabetta. Le gouvernement du Tintorello me va plus que celui des cardinaux. Je m'offre ; m'acceptez-vous ?

Le brigand souleva son chapeau et la regarda.

— Très-bien ! répondit-il. Il y a sur la montagne de quoi tenter une bourgeoise de Rome, qui risque la fièvre tous les ans et qui ne voit que des curés ; mais nous n'avons rien à faire de ce flandrin-là.

Landreux dévora l'épithète sous sa moustache.

— Je cirerai les bottes de Votre Excellence, répondit-il.

— Tu es de la police ? lui demanda celui qui commandait le détachement.

Landreux fut héroïque et supporta encore l'insinuation. Il la tourna à la politique.

— Certainement, dit-il en riant. Toute l'armée française en est et n'a pas été envoyée pour une autre besogne que de garder vos rues et vous assaisonner de coups de baïonnette.

— Nous ne sommes pas des patriotes ! répondit fièrement le bandit.

Le brigand se retourna vers Lisabetta.

— Avant de vous admettre, dit-il, laissez moi voir si vos joues ont la mesure de nos lèvres.

C'en était trop pour Landreux. Il coupa d'un soufflet la phrase insolente.

La riposte ne se fit pas attendre.

Un coup de pistolet partit du groupe. Landreux tomba. Le haut de son épaule avait été emporté.

Lisabetta fit un mouvement vers Landreux, mais elle s'arrêta subitement.

— Marchons ! dit-elle aux bandits.

— À la bonne heure ! fit Landreux d'une voix faible ; en voilà une qui ne se laisse pas distraire.

Il essaya d'étancher le sang avec une touffe d'herbe. La blessure était profonde et la chair criait.

— Si j'en reviens, dit-il encore, je serai poitrinaire pour le reste de mes jours ; le poumon est touché. Mais mon capitaine aura enfin une maîtresse, et je lui aurai servi à quelque chose.

Et il s'endormit dans son sang.

La patrouille arriva au camp.

— Je prends sur moi de te recevoir, parce que tu as des yeux grands et sombres comme les voûtes du Colisée. D'ailleurs le commandant soupe, et je ne le dérangerai pas, dit à la princesse son premier interlocuteur. À propos, tu sais qu'on lui réserve les nouvelles venues. Quand il en aura assez de toi, tu auras le droit de choisir parmi nous. Tu vas t'occuper à laver nos bouteilles avec ces dames ; mais ne maraude pas avec les conscrits, nul ne doit toucher la maîtresse du Tintorello. Les chiens du camp te surveillent.

— Il suffit ! répondit tranquillement Lisabetta.

Elle avait aperçu Amyot qui revenait de quitter le Tintorello.

Ils n'étaient séparés que par une petite ravine qui n'avait pas vingt pas ; au fond, se répandait la source. Les femmes se retirèrent une à une, sans avoir beaucoup parlé à l'étrangère, dont la beauté les inquiétait. Lisabetta se sentait libre comme les oiseaux de nuit. En une seconde, elle allait être serrée sur le cœur de son amant et lui dire :

— Je suis à toi !

Elle tenait à le prévenir. Elle s'élança.

Il avait suivi tous ses mouvements du haut de son tertre, il ouvrait les bras. Les ennemis oubliés se montrèrent.

Des dogues et de grands lévriers, apportés d'Afrique par les balancelles de Civita-Vecchia, débusquaient en troupe, de l'ombre d'un mamelon, et, prenant une place stratégique entre Amyot et Lisabetta, montrèrent des deux côtés leurs gueules écumantes, dont pas un aboiement ne sortait.

Les pauvres amoureux furent paralysés d'horreur.

Ainsi tout les conviait à l'hymen : les lois avaient disparu, ils allaient voir les étoiles de Héro et de Léandre ! et des brutes féroces se jetaient sur leur chemin, et pour se rejoindre, ils devaient affronter des blessures hideuses !

Et les blessures n'étaient rien ! Le danger se trouvait dans ces hurlements qui allaient donner l'alarme.

Les chiens se tenaient immobiles, cabrés, guettant leur proie.

Amyot devenait fataliste en face de tant d'obstacles irritants.

Il se hasarda à pousser sa voix du côté de Lisabetta, et il murmura, ne sachant si elle entendait :

— Endors-toi ! la nature est contre nous ! Demain matin, laisse-moi et va-t'en !

Elle avait compris et cria :

— Jamais !

— Alors ne bouge plus, pour qu'ils se calment. Quand ils se seront recouchés, j'irai vers toi.

Amyot était deux fois prisonnier : devant lui, les chiens; derrière lui, les mousquets.

La nuit s'écoulait dans cette contemplation lointaine et dans ce désespoir. Lisabetta parcourait le bord de la source, et frappait du pied comme une lionne enchaînée. Au petit jour, vaincue par l'épuisement, elle ferma les yeux dans un demi-sommeil.

Un pas s'approcha d'elle, sans que les chiens fissent un mouvement. C'était celui de Tintorello, qui parcourait son camp.

Il s'approchait de la fontaine.

Amyot eut le vertige. Il se dressa comme une ombre menaçante. Il était résolu, si la moindre tentative était faite par le misérable à braver les dogues, et à se jeter sanglant sur lui.

Le Tintorello venait à pas lents. On lui avait déjà parlé de la nouvelle arrivée, et il se présentait, en sultan curieux, pour voir cette odalisque inconnue entre les roseaux.

Lisabetta entendit et rêva que c'était Amyot. Elle souleva sa tête amoureuse et entr'ouvrit ses paupières.

Le Tintorello se penchait pour prendre possession d'elle par un baiser.

La lanterne s'était éteinte, mais un rayon s'allongeait du soleil levant et touchait le front pur.

Le chef de la bande se redressa, presque épouvanté :

— La Monte-Feltro ! s'écria-t-il.

Elle n'aurait pas réussi à le tromper sur son identité. Rome, fière d'elle, la montrait à ses visiteurs, de même qu'elle montrait ses plus belles statues.

— Oui ! répondit-elle. La Monte-Feltro ! et préparée à mourir, pour peu que tu me laisses choisir mon compagnon.

Le Tintorello aurait voulu conserver un ton de commandement, mais son exigence se mêlait de respect; il se sentait séparé de la princesse par tant de distances sociales, qu'il ne pensa plus à revendiquer les droits qu'il s'attribuait. Il devinait vite, comme tous les Italiens.

— C'est donc vrai, ce que l'on dit en ville? demanda-t-il.

— Que dit-on ?

— Qu'une fille du meilleur sang italien s'est donnée à un soldat français, qu'une enfant de Rome aime un de ses envahisseurs !

Elle le toisa avec un dédain suprême.

— Tu es ici pour faire ton métier de bourreau. Fais-le ! dit-elle.

Il ne fronça pas le sourcil.

— Votre Excellence a des expressions sévères ! reprit-il. Le banditisme a ses raisons d'être, car il est vieux comme l'Italie. Cherchez parmi vos grands-pères, vous trouverez un des nôtres. Nous ne sommes pas entièrement loups, nous distinguons entre les situations. La vôtre n'est pas celle du capitaine Amyot.

— Tu sais son nom ?

— Je sais tout.

— J'ai idée que Votre Excellence cache un petit portefeuille sous son tablier.

Elle pâlit.

— Non, répondit-elle.

— C'est fâcheux. Je ne dors jamais pendant la nuit qui suit une exécution.

La lèvre de la princesse se contracta.

— J'ai quelque chose à te demander reprit-elle.

— Une société ne vit point, quand elle ne respecte point ses lois. Notre loi est de tuer ceux qui nous bravent en ne se rachetant pas.

Elle le regarda profondément.

— Eh bien ! moi je te brave, je t'exècre, et je suis insolvable. Ce que j'ai à implorer de toi c'est de me frapper du même coup qu'Amyot.

Il sourit presque.

— C'est ce qu'il faut distinguer, dit-il. Mes gens ne vous ont pas amenée; vous êtes venue à nous librement, vous ne me devez rien, et vous pouvez repartir. Je vous donnerai une escorte jusqu'à votre palais, et je me tiens pour très-honoré de votre visite.

Elle frémissait sous ces sarcasmes polis.

— Cesse de railler ! fit-elle. Tu as deviné pourquoi j'étais venue ?

— Je l'ai deviné, dit le Tintorello.

Il marcha vers le mamelon où Amyot attendait dans la fièvre; il lui prit la main, non sans qu'il résistât.

— Venez ! dit-il; il importe que les chiens voient que nous sommes amis.

Il redescendait à la fontaine.

Amyot le suivait, indécis.

— O les belles saisons de l'amour ! reprit le Tintorello. Sur mon honneur, je désirerais vous les faire plus longues ! Mais je ne puis rien contre les nécessités sociales. Restez ici et ensemble jusqu'à ce soir. Vous êtes prisonniers sur parole, et je compte sur votre honneur. Adieu, capitaine. Je vous envie votre première maîtresse et votre dernière heure.

Il s'inclina devant la princesse, et s'éloigna en sifflant un air du *Barbier*, qu'il accommodait à un sonnet de Pétrarque.

Amyot et Lisabetta, dans ce cadre étrange, semblèrent d'abord chercher des yeux leur amour, comme s'il avait été un être vivant. Il sortit bientôt un fluide limpide de leurs regards et de leurs mouvements. Cependant le vent qui circule tous les matins sur les cimes ravivait leurs cœurs et remuait les feuilles de l'olivier.

Amyot inclinait et nouait les branches, afin que leur asile fût plus impénétrable.

Lisabetta songeait silencieuse.

— Amyot, dit-elle tout d'un coup, il n'a pas promis qu'il me ferait tuer en même temps que toi !

— Non, reprit-il. Tu vivras, ma Lisabetta !

— Ne me demande pas un crime. Veux-tu que je sois heureuse tout à fait ?

— Lisabetta !

— Jure-moi que dans la journée tu me chercheras une arme. Ce sera facile au milieu de tant de soldats !

Il y avait un tel amour dans sa supplication qu'il répondit :

— Je chercherai !

— Alors, Amyot, mon ami, mon âme ! ne vivons plus que de notre amour ! dit-elle en tendant sa main blanche jusqu'à la bouche du capitaine, et en détachant de ses cheveux le peigne d'or, qui les laissa retomber à ses pieds.

A la même seconde, la montagne retentit sous le sabot d'un cheval. Ils furent glacés subitement et s'éloignèrent l'un de l'autre. Ils sentaient un malheur dans l'air.

Le Tintorello reparut. Il remuait ses mains en l'air, en signe de joie.

— Réjouissez-vous, capitaine, s'écria-t-il. Donnez-moi un quart d'heure, et vous rapporterez à la signora une bonne nouvelle.

Mais ils étaient blêmes tous les deux.

Amyot ne bougeait pas.

Le Tintorello s'impatientait.

— Quand je vous dis que je suis un messager de bonheur et que vous pouvez vous fier à moi.

— Pourquoi ne parlez-vous pas ? demanda Lisabetta.

— Parce que cela m'est défendu et que le secret n'est pas à moi. Mais Votre Excellence apprendra tout avant que ce ramier ne soit sorti de cet arbre. Venez, monsieur Amyot.

Amyot fit quelques pas, n'osant pas regarder sa maîtresse.

— Te reverrai-je ? lui dit-elle d'un ton énigmatique et glacé.

Elle semblait lui en vouloir déjà de sa destinée.

Il lui baisa les mains.

— Ne doute jamais ! répondit-il.

Ils revinrent à l'entrée de la tente.

Monte-Feltro y était, monté sur un beau cheval blanchi d'écume. Ses yeux tombèrent sur le capitaine avec une expression furtive.

Le prince tendit une liasse au Tintorello.

— Comptez ! dit-il. Il y a vingt mille écus.

Le Tintorello sourit et vérifia le nombre des billets.

— Vous êtes libre ! fit-il en se tournant vers Amyot. C'est plaisir que d'avoir affaire à un patricien.

Amyot devait une seconde fois la vie au prince !

Celui-ci s'appuya aux étriers, et s'abaissant jusqu'à l'oreille d'Amyot :

— Ne confondez plus, lui dit-il à voix basse. Je n'ai pas voulu renoncer à la joie de croiser mon épée avec la vôtre. A demain donc ! au même rendez-vous.

— J'y serai ! dit Amyot.

Un soupçon le torturait. Le Tintorello allait-il livrer Lisabetta à Monte-Feltro ?

Le chef des bandits ne faisait pas un mouvement.

Monte-Feltro tira une lorgnette de sa poche et examina le camp.

Amyot suivit la direction. L'olivier était en vue; aux pieds de l'olivier, on pouvait reconnaître Lisabetta.

Monte-Feltro ne trahit aucune surprise.

— C'est bien entendu ici, dit-il. De l'ordre, un harnachement, des cantines propres et des femmes charmantes. Je vous fais mon compliment, colonel ; je ne reste pas plus longtemps, car je serais tenté et je passerais brigand.

Il lâcha la main au cheval et disparut au galop vers la pente.

Quand ils furent seuls, le Tintorello dit à Amyot :

— J'ai lu sur votre physionomie que vous m'aviez accusé de vouloir dénoncer la princesse ! Je n'ai rien fait pour que vous me teniez en si mince estime. Vous pouvez retourner auprès d'elle et commencer vos préparatifs de départ.

Amyot envoya une malédiction muette au ciel, ne répondit rien, et s'en alla par le sentier qui sortait du camp.

## XVII

Landreux était resté évanoui, au commencement de la montagne et près de la route d'Albano. Il n'avait pas suivi un sentier tracé la veille avec Lisabetta, et les passants n'auraient pas pu le voir, caché qu'il était sous une touffe de genêts sauvages. Le froid de la nuit figea ce sang sur sa plaie. Le sommeil succéda à la léthargie. Quand il se réveilla le lendemain sous le soleil qui amenait des mouches sur sa blessure, il ne se rendit pas compte d'abord de l'endroit où il avait mis son oreiller. Mais la douleur le ramena très-vite à la réalité.

— Mauvaise affaire ! se dit-il. Cette farce-là ne me vaudra pas seulement un galon. Je resterai asthmatique comme une locomotive répudiée. Le mieux serait de me traîner vers une voiture qui me conduirait à l'hôpital ;

16

à l'hôpital, il y a des sœurs dont le sourire console de tout.

Il s'appuya sur ses mains, voulant se soulever. La forte entaille de son épaule lui aurait arraché un rugissement, s'il avait été moins dur à sa chair; mais il avait perdu tant de sang que toute son énergie musculaire lui fit défaut; ses bras ne le soutinrent plus, il retomba sur l'herbe.

—Toise! ajouta-t-il. Je vais mourir de faim sur ces héliotropes et je deviendrai de l'engrais après-demain. Tout n'est pas rose dans la gloire, quoi qu'en disent les feux d'artifice du 15 août. Maintenant je n'ai plus que mes yeux pour me tirer d'affaire, ainsi qu'il arrive à beaucoup de femmes. Regardons et appelons, s'il y a mèche.

Et il se recoucha avec sa philosophie d'enfant parisien, promenant son regard sur la campagne et oubliant qu'il souffrait plus qu'un martyr.

Le pauvre garçon ne se doutait pas qu'il allait être cause de beaucoup d'événements dans Rome et dans la vie de plusieurs des personnes de son entourage.

Il crut dans les premiers moments que la Providence lui envoyait un secours illustre.

Le prince Monte-Feltro redescendait la montagne à toute vitesse. Le gentilhomme le prendrait en croupe, et il rentrerait à Rome, à cheval, comme un triomphateur.

Il se fit un porte-voix avec ses mains et il voulut appeler.

Mais le son n'arriva pas, la poitrine n'avait plus ses cordes sonores; le galop ne se ralentit pas, et Monte-Feltro se confondit avec la poussière qu'il soulevait de la route.

—Ce n'est pas encore tout à fait ça! pensa Landreux. Nous serons plus ingénieux à la seconde représentation.

Elle ne tarda pas.

Amyot descendait à son tour.

Landreux se sentit inondé de joie.

Son maître circulait. Plus d'exécution sommaire à l'horizon : la liberté, le retour chez lui.

Une réflexion contrariait Landreux.

Pourquoi Lisabetta n'était-elle pas avec le capitaine ? L'aurait-elle trompé pour le Tintorello ? Tout était possible avec ces êtres de caprice !

Tout se présentait heureusement. Amyot devait passer près de lui, s'il ne se détournait pas.

Il se détourna.

Landreux ne perdit pas courage.

Il détacha une branche de genêt, fixa son mouchoir, se mit à genoux, et croisa dans tous les sens des signaux de détresse. Le capitaine marchait de droite à gauche, et aurait dû les voir, si ses yeux avaient regardé ailleurs que dans le fond de son âme.

Landreux multiplia les évolutions de son oriflamme; il chercha encore à articuler un cri qui ne sortit pas. Amyot ne tourna point la tête, et passa à côté du blessé sans le soupçonner. Que pouvait-il contempler, sinon Lisabetta, abandonnée par lui sur la montagne !

Landreux était bien décidément perdu. Il comprit tout. Le retour du prince et celui du capitaine. Il devina des meurtres à l'horizon. Mais il ne pouvait rien prévenir, inerte, cloué au sol, brûlé par la soif. La journée s'écoulerait tout entière, sans amener un autre visiteur dans la solitude.

Il ne faisait point la part du hasard.

Deux ombres se détachèrent d'un sentier, elles venaient à lui; il reconnut avec dégoût Ferrando, accompagné d'un personnage vêtu de noir. Il avait deviné plusieurs fois que Ferrando était l'ennemi de son maître, il déplorait la nécessité de lui demander un service embarrassant; mais il pouvait encore être bon à quelque chose et il fallait vivre.

Les deux promeneurs avançaient, ils causaient. Arrivés près des genêts qui dérobaient le soldat, ils s'arrêtèrent.

Ferrando parcourut du regard la campagne déserte; il déploya philosophiquement un grand parapluie, sous lequel il s'assit avec son compagnon.

— Pas d'écouteurs ici, dit-il; nous avons bien choisi le lieu de notre conférence.

— Soyons aussi brefs que possible, répondit l'autre; la chaleur est accablante et ne suggère pas d'idées.

Landreux était encore plus curieux qu'altéré; il désirait savoir ce que c'étaient que les idées de ces deux personnes antipathiques, et il se décida à ne pas intervenir tout de suite.

— Enfin qu'aviez-vous à m'apprendre qui exigeât un tel mystère ? demanda l'inconnu.

— Votre expérience est une fontaine de bons conseils, et je veux y puiser, répondit Ferrando.

— Il vaudrait mieux, à l'heure qu'il est, une fontaine d'eau limpide : nous sommes dans le pays de la soif.

— Restons sérieux, Excellence; les circonstances ne prêtent pas énormément à rire. Je sais depuis hier, et d'une façon absolument certaine, que la France va rappeler ses régiments.

L'inconnu toussa un peu, ce qui était une attestation d'inquiétude.

Ferrando le regarda.

— Vous sentez votre canonicat moins assuré? dit-il.

— Et votre évêché futur est plus que jamais sous les nuages?

— Parlons plus dignement, Excellence, reprit Ferrando. Notre fortune personnelle importe peu, celle de l'Église est tout.

— D'autant qu'elles sont connexes, dit le chanoine.

— Si vous voulez. Ne pensez-vous pas qu'il est nécessaire de voir les choses pour le Vatican ?

— C'est du gallicanisme ultramontain ! cette proposition !

— C'est de la sagesse. La France partie, Rome sera à Mazzini. L'essentiel serait de provoquer dès à présent une bataille sérieuse entre l'armée et le peuple. Le drapeau tricolore ne quittera plus Rome quand il aura été effleuré par des balles garibaldiennes, et vous ne doutez pas un instant qu'il ne soit vainqueur.

— Diable ! cela chauffe, pensa Landreux. Ils vont inventer une petite machine à la Fieschi pour engager l'action, et je ne serai pas là !

— Votre désir est très-légitime, monsignor, répondit le chanoine, et on n'a encore rien inventé de mieux qu'une émeute pour faire un roi. Malheureusement les révolutionnaires sont d'une sagesse de castor ! A peine une bombe par-ci par-là, comme une carte de visite. On ne peut cependant pas tirer sur eux, s'ils vont aux offices et s'ils crient avec ensemble : Vive le sacré-collège !

— C'est pour que vous trouviez le prétexte d'une collision que je vous ai prié de venir, Excellence ! dit Ferrando. Avec un mot bien lancé, on met le feu à une traînée de poudre. Vous avez été journaliste en Piémont, à vos débuts. Cherchez et vous trouverez.

— Il fait trop chaud ! répondit le chanoine, qui ne se souciait peut-être pas de livrer à Ferrando le secret de ses méditations.

— Mais songez donc qu'un bataillon s'embarque en vingt-quatre heures à Civita-Vecchi, et que dans huit jours, Rome peut se réveiller vide de Français.

— Voudriez-vous qu'on tentât un crime, Giulio ?

— Pas un crime, mais quelque chose d'approchant.

— Qu'on fît assassiner le saint-père, par exemple !

Ferrando se signa; puis, emporté par l'ambition :

— Pourquoi non ! dit-il, s'il en résultait le salut de l'Église ?

A ce moment, un éclat de rire se fit entendre derrière les genêts. Landreux, à cette énormité presque sereine, n'avait pas été maître de son hilarité. Il avait récupéré assez de voix pour trahir sa présence plus tôt qu'il ne l'aurait voulu.

Les hommes noirs devinrent blancs.

— Nous serons dénoncés ! dit le chanoine.

Ferrando se leva et fouilla les genêts. Il reconnut le brosseur et vit sa blessure.

— Aidez-moi et ne vous étonnez de rien, dit-il à voix basse au chanoine. L'Église gagnera la partie.

En même temps il se tourna vers Landreux, le souleva doucement, et s'écria :

— Mon pauvre ami, qui vous a réduit à un pareil état ?

Landreux ne tenait pas à raconter ses affaires et ne répondit rien.

— Laissez-nous faire, continua Ferrando. Nous vous ramènerons à Rome, et vous guérirez. L'essentiel est de nous hâter.

Mais le blessé se défiait d'un pareil secours. Il aimait mieux mourir dans son coin qu'être administré par des jésuites.

— Ne me touchez pas ! répondit-il. Je vous préviens que j'ai déjà été baptisé une fois à Saint-Eustache, et que vous ne feriez pas vos frais. D'ailleurs j'ai donné mes instructions formelles à mes héritiers. Je ne veux pas de curés.

Ferrando fit signe à son acolyte. Ils s'emparèrent du brosseur, qui tenta vainement une résistance. La plaie se rouvrit, l'hémorrhagie revint; il perdit de nouveau connaissance. Giulio ne s'en inquiéta guère.

Les conspirateurs se résignèrent au fardeau. Ils l'emportèrent à la voiture qui les attendait sur la route. Le chanoine mouillait l'herbe de ses gouttes de sueur :

— Voilà un chemin du paradis qui n'a pas été prédit par saint Pierre! s'écria-t-il. Je n'en puis plus. Tant de mal pour sauver la ligne !

Ferrando haussa les épaules. Il n'avait pas le temps de transpirer; il rayonnait.

La voiture était découverte. Ils placèrent Landreux sur la banquette de devant.

— Maintenant je réponds de tout, mais soignons la mise en scène.

Et comme on approchait de Rome, il allongea sa figure en consternation. Le cocher se mit au pas. De temps en temps, ils se penchaient sur Landreux avec des gestes d'indignation. Quelques figures parurent devant les boutiques et aux fenêtres. On se montrait ce carrosse dramatique.

— Pauvre garçon ! à vingt-cinq ans! disait Giulio.

— Si pieux ! Il a encore communié dimanche à Saint-Jean de Latran !

— Ils n'en laisseront pas un seul parmi les bons !

Les femmes s'approchèrent.

— Qui est-ce qui a fait ce coup-là ? ne pouvaient-ils pas choisir un païen ? dit une vieille.

— Qui voulez-vous que ce soit, sinon les ennemis de nos défenseurs? reprit Ferrando.

Le chanoine fit un geste d'horreur.

La pose du soldat était scénique. A mesure qu'on avançait par les rues, l'événement grandissait; il y eut presque un rassemblement à la porte de l'hôpital.

Fort heureusement pour les visées de Ferrando, la police n'intervint point. Cette abstention laissa au fait toute sa virginité. C'était la première fois qu'un soldat français était assassiné hors des murs. Ce n'est pas qu'un assassinat fasse beaucoup d'effet à Rome, et que l'on s'attendrisse énormément sur les Français; mais c'était la partie cléricale et soldée de la population qui accourait.

Ce demi-succès ne suffisait pas à Ferrando. Il importait que l'impulsion vînt de plus haut et eût plus d'ampleur. Monsignor avait ses entrées dans les salons du patriciat, de la prélature et de la bourgeoisie oisive. Il se fit accompagner par le judicieux chanoine, et monta ce jour-là beaucoup d'escaliers.

A la vingt-deuxième heure, le bruit se répandit que Tramontan et Santolino avaient été vus, le soir précédent, à l'endroit où le sentier quitte la route d'Albano pour gagner la montagne; ils avaient des fusils. Bientôt on précisa les faits. Chaque soldat avait un meurtrier désigné d'avance dans le parti d'action. Tous les patriotes étaient des coupe-jarrets.

Cette appréciation descendit dans les rues et exaspéra la partie honnête du peuple : Tramontan et Santolino sont les ennemis nés de la robe, dit-il. Ils négligent les sacrements et soulèvent les scandales à chacun de leurs pas, mais après tout ils sont incapables d'un meurtre. Un parti qui laisse accuser ainsi ses chefs est un parti qui abdique.

Mais le parti n'abdiquait pas.

Les armes sortaient des armoires secrètes et étaient fourbies, ainsi que pour une fête; les mains des femmes se noircirent à faire de la poudre. On glissa des barils par les égouts sous des casernes. On remplit les cadres d'une armée recrutée patiemment depuis des années. On résolut de livrer le quart de Rome à l'incendie, pourvu que le reste appartînt à la liberté.

Le parti de l'action s'avouait qu'il avait été le parti du sommeil pendant de trop longues années, et ne demandait qu'un prétexte pour remuer l'Italie par Rome. L'accusation lancée contre lui, du fond des sacristies et des salons, était assez grave pour l'y galvaniser. Les calculs de Ferrando avaient porté juste. Tout était prêt pour la plus sérieuse des revendications. Le gouvernement se réjouissait.

Cependant tout pouvait être compromis si Landreux parlait. Ferrando s'était bien gardé de le transporter à l'hôpital militaire, où il eût été soigné par des chirurgiens français; il l'avait déposé dans une infirmerie borgne, dont les médecins étaient recrutés parmi les ordres monastiques.

Le soldat reprit peu à peu possession de lui-même. Le bandage appliqué sur la plaie raffermit les chairs. Le frère-médecin avait déclaré que le poumon était sauf et que le malade guérirait.

Ferrando, revenu près du lit, accueillit avec un sourire bienveillant cette espérance que lui transmettait la sœur.

— Qu'a-t-on ordonné? demanda-t-il.

— Des potions calmantes, des applications de chloroforme.

— Entre nous, reprit monsignor, nous pouvons bien reconnaître que le frère médecin ne pèche point par la hardiesse. Ce malheureux ne reviendra à la vie que par un repos d'esprit absolu. Si vous m'en croyez, vous redoublerez les doses. Les temps sont périlleux, ma sœur. D'un jour à l'autre, le saint-père peut avoir besoin de tous ses défenseurs. Celui-ci est un des plus braves; remettons-le sur pied aussi vite que possible.

La sœur promit qu'elle se conformerait aux instructions du jeune saint homme.

Sans en avoir l'air, Landreux n'avait pas perdu un mot de cette conversation.

— Tiens! tiens! se dit-il, monsignor veut m'assoupir en attendant mieux. C'est mon traversin qui boira mon chloroforme.

Le bruit de plusieurs voix se faisait encore entendre à la porte de la salle située au rez-de-chaussée.

— Pourquoi crie-t-on si fort là-bas, ma sœur? demanda Landreux. Est-ce que l'on profite de mon absence pour proclamer la république?

— Taisez-vous! répondit-elle après un signe de croix. Ce sont des patriotes. Ils crient, parce que l'un d'eux vous a assassiné, et qu'ils ne veulent pas qu'on accuse leur parti, qui est capable de tout. C'est bien fâcheux, cette affaire-là! On se battra, et vous en serez cause, mon pauvre agneau.

— Voilà un petit nom que les femmes ne m'avaient pas encore donné. J'ai trop négligé les religieuses, mais je réparerai mes torts. Vous dites que les patriotes m'ont assassiné?

— C'est certain. Le signor Tramontan...

— Allez me chercher de l'eau de fleurs d'oranger, ma sœur. On n'apprend pas ces choses-là sans en être incommodé.

La bonne fille s'en fut à la pharmacie.

Il s'assit et regarda dans la salle. Les autres lits étaient vides ou occupés par des agonisants.

— Il s'agit de savoir si l'on a du nerf, oui ou non ! se dit-il. On ne mettra pas cette ville à feu et à sang pour M. Landreux. Après tout, personne ne trouvera les traces de la princesse dans ce que je dirai.

Il posa un pied par terre, s'appuya d'abord à la colonne du lit, jeta sur ses épaules sa houppelande d'hôpital, se roidit contre la douleur, et parvint à se traîner jusqu'à la porte.

Cette apparition livide, goguenarde et courageuse donna un frémissement à la foule.

— Mes amis, s'écria-t-il, pas de méprise ! Si je sers le despotisme à cette heure, je me souviens toujours que mon père était un des plus chauds du faubourg Antoine, que vous ne connaissez pas, mais qui vaut votre Transtevère. Les patriotes ont partout de braves cœurs, ils n'assassinent pas. La carabine qui m'a escoffié appartient à la bande du Tintorello. Rentrez chez vous. Je ne veux pas que l'on commence la musique avant que je ne puisse faire ma partie.

Il retourna dans son lit. Il avait gagné cent vingt pulsations à ce trajet et il était content.

— Le Tintorello ! cria-t-on dans la foule.

L'avocat Simone traversait la rue.

— Ferrando savait la vérité sur ce meurtre, dit-il, mais tous les moyens sont bons pour la calomnie. Il a jeté ce sang à la tête des patriotes, il retombera sur celle des prêtres.

— Aux armes ! répondirent cent voix.

A ce moment Tramontan arrivait à cheval ; il parcourait les quartiers de l'insurrection.

Il se haussa sur ses étriers.

— Ne précipitez et ne compromettez rien ! s'écria-t-il. Attendez le signal.

Les cris cessèrent, et se tournèrent en acclamation pour Tramontan vengé.

Simone s'approcha de Tramontan.

— Le signal, qui le donnera ? demanda-t-il. Est-ce vous ?

— Nous sommes fataliste ! répondit Tramontan. Les grandes révolutions romaines ont commencé par une femme. Notre inspirée nous annoncera le jour de la bataille.

— Votre inspirée ? où la prenez-vous ?

— Titia ! répondit Tramontan.


## XVIII

En rentrant chez lui, Amyot avait été fort surpris de ne plus trouver son brosseur. Il crut à une débauche de soldat, et résolut, par habitude, de l'attendre pour le rappeler à la discipline. D'ailleurs il n'était pas dans une disposition d'esprit à sortir. Il n'apprit rien des choses qui remuaient la ville. Il entendit des groupes, traversant la rue en criant, mais il ne leur fit pas l'honneur de s'en étonner. Il s'en voulait à lui-même d'être si malheureux. Il ne sortit que lorsque la nuit fut close. Il dîna dans une osteria infecte, où l'on parlait un patois qu'il ne comprenait pas. Il n'était point de service

cette semaine-là, et le hasard ne le mit en face d'aucun de ses camarades.

Il se défiait du sommeil qui lui aurait amené le rêve où Lisabetta serait arrivée ; il n'eût pas été maître de s'arracher de ses bras imaginaires. Le rendez-vous avec le prince était fixé à six heures. Il donna sa triste nuit à la méditation. Il allait se lancer dans l'inconnu divin. Comme un nageur se dépouille de ses vêtements avant de quitter le rivage, il eut besoin de n'emporter, avant de partir, le remords d'aucune mauvaise action.

Il chercha longtemps, le pauvre homme, et ne trouva rien. Monte-Feltro était son seul créancier, et celui-là, il allait le payer ! Il n'avait fait aucune peine volontaire à quelqu'un. Un cri de reproche pourtant se fit entendre dans le passé.

Il sortait des lèvres de Titia.

Pour celle-là, il avait été dur.

Mais de quelle façon lui exprimer, sans se livrer trop, qu'une part de son cœur s'était tournée vers elle au dernier moment ?

Une explication était impossible, les heures s'envolaient.

Il se souvint que dans une de leurs rares rencontres, elle avait par distraction posé la main sur une chaîne de montre qui pendait sous son uniforme ; elle avait paru en admirer des yeux le fin travail. C'était le seul objet un peu précieux qu'il possédât. Il la roula dans une feuille de vélin, et écrivit : « Souvenir d'un ami. »

La dixième heure sonnait à la paroisse. Il avait encore le temps de passer par la petite maison du Pincio.

Bâtie à mi-côte, elle dominait déjà la ville. Titia, à la mort de son père, l'avait achetée de la succession d'un peintre, qui réalisa avec de la pierre un de ses paysages classiques. Des colonnes soutenaient un toit plat qui s'exhaussait et formait au sommet un angle allongé. Entre ces colonnes, sur la façade, une grande porte ouvrait sur un atelier. C'était, au premier abord, la miniature d'un temple. On y avait sacrifié aux exigences de la vie, en arrangeant des deux côtés de l'atelier quelques chambres dont les fenêtres latérales se dissimulaient dans deux portes. Des allées droites, plantées symétriquement, descendaient jusqu'au mur qui soutenait une petite terrasse, leurs arbres verts, leurs myrthes et leurs lauriers-roses. La beauté sévère et froide de Titia se trouvait bien dans ce cadre académique.

Le jour commençait à soulever le ciel, quand Amyot arriva sous le jardin. Les lueurs rouges lui rappelaient celles de la veille sur la montagne ; mais ce n'était pas Lisabetta qu'elles devaient éclairer.

Titia savait qu'elle n'avait que des amis à Rome et, sans défiance aucune, laissait ouverte la porte basse qui se voyait dans le mur et derrière laquelle des marches de gazon montaient à la terrasse.

Amyot pénétra aisément dans l'enceinte. Aux premiers pas qu'il y fit, il lui sembla qu'il ne faisait que la moitié de son devoir et que cette intention sympathique apporterait plutôt des regrets que des consolations. Mais il était entré : si par hasard elle l'avait entendu, si elle le regardait du coin de son rideau, il importait d'être venu pour quelque chose.

Il se demanda où il pourrait laisser sa chaîne, pour qu'elle ne fût pas vue trop tôt et aussi pour qu'elle ne restât pas inaperçue.

Titia s'en allait chaque matin, répandant des bienfaits dans les pauvres quartiers ou des conseils dans les assemblées secrètes. Elle ne devait pas avoir le temps de rêver de bonne heure dans son jardin et ne faisait que le traverser.

Au fond d'un bosquet, car il y en avait deux se faisant pendant avec leurs arbrisseaux sous les grands arbres, imitant deux boucles d'oreilles sous des cheveux, il avisa une statue représentant Cornélie et ses enfants. Elle frissonnait sous les froides gouttes de rosée, que l'aurore lui versait. Il se dit qu'il pouvait lui offrir d'autres bijoux que ses Gracques, et fit un collier autour de ses épaules avec sa chaîne, où pendait toujours la dédicace. Il se haussa sur le socle, et eut peine à entourer de ses bras le cou de marbre de la Romaine.

Titia le vit à ce moment-là.

Elle dormait peu d'habitude. Elle trempait ses idées dans la fraîcheur du matin, et les en retirait plus vives.

Elle dormait moins encore depuis sa rencontre avec Amyot chez le cardinal.

Même s'il n'avait pas été dédaigné, elle ne se serait point pardonné son amour. Avec ses effrois et ses palpitations subites, elle manquait à sa vocation. Ses amis lui avaient posé la question de la bataille. Les Romains sont toujours le peuple théâtral; les révolutions procèdent chez eux comme un prologue de tragédie. Une jeune fille paraît sur un mont sacré et fait un signe, la foule se relève et court aux armes; une main frêle fait remuer des milliers de glaives, et la tradition est sauvée.

Titia s'efforçait de concentrer toutes les forces de sa pensée sur le problème à résoudre, et sa pensée lui échappait dérisoirement, pour voler vers cet insoucieux; et, dans la délibération à prendre, elle le retrouvait. Les paroles prononcées par Amyot chez Gian Mico lui étaient revenues. Il avait démontré que les progrès d'une nation ne se hâtent et ne se consolident que lorsque le sang ne s'y est pas mêlé. Elle s'était décidée à conserver sa dictature morale, et à ne donner le signal que que quand les persécutions devenues intolérables, la révolte ne serait plus que de la justice. Mais elle aperçut Amyot.

Le sang battit plus chaud dans son cœur. Elle fut parcourue par des frissons.

Pourquoi était-il dans le jardin et pourquoi embrassait-il cette statue ?

On lui avait appris l'avant-veille qu'il s'était trouvé à Albano avec le prince. Quel rapport pouvait-il y avoir entre cette entrevue et son arrivée à une heure semblable ? Est-ce qu'il l'aimerait, malgré tant d'apparences contraires ?

Il fallait une prompte réponse à son impatience.

Elle s'était penchée à peine vêtue à sa fenêtre pour distraire son insomnie. Elle jeta une écharpe transtévérine sur sa robe de chambre et descendit.

Il se retournait. Elle était en face de lui. Elle avait certainement lu la phrase et le prenait en flagrant délit d'amitié.

Il fut déconcerté en la voyant.

Une Française aurait tourné la scène en plaisanterie et demandé à ce visiteur s'il était amoureux de Cornélie.

Titia alla droit à ce qu'elle voulait atteindre.

— C'est pour moi ce souvenir ? dit-elle.

— C'est pour vous, signorina.

Elle le pénétra d'un regard douteux.

— Alors, dit-elle, asseyons-nous et causons.

Elle lui montrait une place sur le banc.

Il tira furtivement sa montre. Il pouvait encore disposer d'un quart d'heure.

Il s'assit. Un détail l'avait frappé.

Surprise pour ainsi dire dans le désordre du sommeil, ses cheveux auraient dû être dénoués; ses larges bandeaux noirs restaient sur ses tempes comme deux plaques d'ébène, sans qu'une ondulation dépassât l'autre. Donc sa tête avait été immobile sur l'oreiller : elle n'avait pas dormi, elle souffrait. Pourtant elle était plus belle qu'il ne l'avait jamais vue. Elles sont rares celles qui apportent ainsi une beauté non éteinte par la nuit.

La sérénité et la grandeur de la pensée sculptaient les traits de Titia, plus que la pureté de la ligne; l'âme arrivait au bord des yeux. Il en eut peur, et ne voulut pas la voir longtemps; la contemplation aurait été une infidélité à Lisabetta.

— Dans notre pays, recommença-t-elle, ce que vous venez de faire est une déclaration d'amour. Nous sommes convenus qu'il était impossible entre nous; avez-vous changé d'appréciation ?

— Non, répondit-il.

Elle détourna la tête.

— C'est bien ce que je pensais, reprit-elle; mais qui vous a forcé à cette protestation d'amitié, que je ne vous demandais pas ?

— Je vous ai trouvée très-noble, l'autre soir, et c'est ma façon de vous le dire.

Elle parut s'inquiéter tout d'un coup :

— Pourquoi le mot souvenir ? Vous partez donc ?

— On part toujours quand on est soldat.

— Ne vous échappez point ! dit-elle. J'ai besoin de la vérité. Aviez-vous donc le projet de ne plus me revoir ?

— Il y a fort longtemps que je me suis habitué à ne plus faire de projets, répondit-il philosophiquement.

Elle s'irrita.

— Puisque vous proclamez que nous sommes amis, reprit-elle, j'ai le droit de connaître vos affaires. Une chose imprévue vous arrive, un danger peut-être.

— Nous sommes exposés au danger chaque jour, dit-il en se levant. J'aurai vu en vous la dernière fille de la république romaine.

Elle se leva aussi et lui prit la main.

— Attendez encore, dit-elle; on n'a rien à faire si matin.

— Je vous jure que l'heure n'est pas à moi !

— Vous avez vu hier Monte-Feltro ?

Aurait-elle découvert Lisabetta ? Mais il ne pouvait pas nier.

— J'ai eu l'honneur de rencontrer le prince.

— Vous vous êtes querellé avec lui ?

— Le prince veut bien me témoigner de l'affection.

— Je suis sûre qu'une chose est entre vous ?

— Laquelle ? reprit-il, presque menaçant.

— Je l'ignore ; je ne discerne rien dans les ténèbres de mes suppositions, et pourtant j'attesterais Dieu que vous allez à la mort !

— Quelle folie ! répondit-il pour répondre n'importe quoi.

— Et à quoi bon la mort ? reprit-elle passionnément ; ailleurs qu'ici je m'exposerais à votre mépris pour vous dire que je pense à vous. À Rome, nous disons les mots qui nous montent du cœur ; je ne me sens pas avilie parce que vous occupez ma pensée. J'ai menti l'autre fois, chez le cardinal ; une dignité fausse a entr'ouvert mes lèvres. Honorez-moi assez pour me répondre avec vérité : avez-vous une maîtresse ?

Il frémit devant cette audace qui était cependant virginale dans les gestes et dans la voix. Mais à tout prix il voulait se dégager.

— J'en ai une! balbutia-t-il.

Titia sentit courir dans ses veines la flamme que lui avaient transmise ses aïeules, et qui en avait fait des adultères, des victimes et des implacables ; la jalousie la brûla comme du vitriol.

— Son nom ? demanda-t-elle.

Amyot ne répondit pas.

— Je suis insensée! s'écria Titia. Vous ne le direz point et vous ne devez point le dire. Je la trouverai, et malheur à cette femme!

Il ne voulait pas prolonger une scène déplorable.

Il redescendait déjà les marches de gazon, car petit à petit il avait gagné du terrain ; mais il eut l'imprudence de la regarder une dernière fois. Elle pleurait, et ce n'étaient pas des larmes de colère.

Il se rapprocha un instant.

— Ne me maudissez pas, dit-elle. Je me jette malencontreusement dans votre vie, et sans y être appelé. Je vous menace, et je menace une personne qui ne peut pas soupçonner qu'elle me fait du mal. Elle vous a sacrifié un mari, peut-être ? Moi, je vous sacrifie un pays! Elle avait fait un serment à un seul être; moi j'avais juré la fidélité de mon âme à tous ceux qui portent le nom de citoyens. Elle tue son homme; moi, je tue la liberté. Et elle ne s'est pas dit : Si un ennemi le provoque, je serai frappée avant lui; s'il fait son bonheur d'un autre, je m'effacerai. Et je vous atteste, Amyot, que je me tiendrai parole et que je vous laisserai en paix retourner à elle. Mais je veux que vous sachiez tout jusqu'au fond. Elle vous a cherché sans doute, parce que vous êtes beau ; moi je vous ai reconnu parce que vous êtes bon. Elle vous donne un sourire qui est la fleur de la jeunesse, et je vous donne les larmes qui sont la dernière couche de l'âme. Enfin elle vous aime parce que vous l'aimez ; et moi, hélas! parce que vous m'avez prise en horreur! Amyot, pardonnez-moi. Ne revenez plus jamais vers moi, mais vivez. Fussiez-vous à mille lieues d'ici, votre souffle m'arrivera ; j'en ferai un baiser, ajouta-t-elle plus bas.

Amyot était à cette minute foudroyante où le parjure se tourne en ivresse. Mais le jour tombait en nappes éblouissantes; il se souvint qu'il était destiné au martyre et que les enchantements de la vie n'étaient plus que des piéges tendus à sa parole. Il étouffa un soupir en bouclant son ceinturon :

— Adieu, signorina, dit-il. Nous nous sommes rencontrés trop tard.

Amyot descendit les dernières marches en chancelant, la porte se referma. Il disparut.

Titia l'aimait tant qu'elle ne pensa pas à l'accuser.

Elle ne fut prise que d'une immense pitié. Il avait presque avoué, par ses dénégations faibles, que ses heures étaient comptées et qu'il marchait à un dénoûment fatal.

Elle fut d'abord anéantie par l'inquiétude.

Puis subitement une rougeur monta à son front.

Il dépendait d'elle d'arrêter ce duel.

Elle n'avait qu'un poste à envoyer. La bataille commencerait dans la rue. Comme officier, Amyot serait obligé de marcher au feu. La bataille était moins dangereuse que le combat; elle le préservait en attirant sur lui le canon de vingt fusils incertains. Il avait des chances de salut en plein air.

Les choses étaient préparées à l'avance.

Elle avait roulé un drapeau rouge autour d'une tige longue. Elle savait que de tous côtés de la ville, on regardait sa terrasse chaque matin. Le drapeau agité au-dessus du mur était le signal. Elle le déplia lentement et s'avança pour monter.

Elle recula en face de son crime.

Elle allait livrer l'avenir de Rome à la sécurité d'Amyot! faire tonner l'insurrection au hasard et sans nulle certitude. Qu'elle serait la victoire? Retarder d'un siècle l'aube azurée de la république, rougir les dalles d'un sang inutile, faire tomber les hommes par centaines, pour qu'Amyot fût épargné!

Mais Amyot, elle l'aimait, et le crime change de nom, lorsque c'est la passion qui le commet.

Elle montait.

La porte s'écartait encore. Santolino parut.

Le Napolitain était un des chefs de l'opinion, malgré la légèreté de ses allures. Le drapeau ne se montra pas.

L'intrépide avait peur.

— Pour la seule fois de ma vie, j'arrive à temps et avec à-propos, dit Santolino. J'avais espéré vous trouver dans la nonchalance gracieuse du sommeil, et je vous vois dans la pose héroïque de l'insurrection. Théroigne de Méricourt aurait été une femmelette à côté de vous, Titia. Mais suspendez cette démonstration, je vous en conjure.

— Que venez-vous faire? répondit-elle avec hauteur.

— Empêcher une Saint-Barthélemy, veiller à ce que les bons ne soient pas tous couchés à terre dans une demi-heure; laisser quelques cas au choléra, l'année qui vient. En un mot, vous prier de ne pas lever le rideau avant que tous les rôles ne soient sus.

— Santolino, vous êtes trop du pays des Scaramouches. Vous parlez en l'air des choses les plus graves.

— Je voudrais avoir la langue de Cicéron pour vous convaincre, mais elle me manque absolument. Je vais vous dire les choses comme je pourrai. Savez-vous combien il y a eu de degrés au thermomètre hier?

— Parlons de la patrie.

— Il y en avait 38! C'est assez joli pour le mois d'avril. La bonne petite brise fraîche des révolutions est remplacée par le sirocco. Ne demandez pas l'héroïsme à un peuple qui transpire! J'ai parcouru les boutiques. Les femmes font des éventails et négligent la charpie, les hommes vont aux bains froids. On n'a jamais abusé plus de la méridienne! On n'aurait que des bataillons de somnambules. Les chemises rouges sont à la lessive. Bref, il convient d'ajourner la partie si nous voulons la gagner, et il y va de nos têtes, souvenez-vous-en, tête de Raphaël!

Titia eut encore un geste d'impatience.

— Je ne puis pas croire que le ressentiment de l'accusation portée contre Tramontan se soit si vite effacé! dit-elle. Moi aussi, j'ai vu la ville, et j'ai trouvé des dispositions meilleures.

— Cela vient de ce qu'ils posent tous devant un caporal comme vous, signorina. Mais ne vous y fiez pas. Quand ils vous disent qu'ils vous obéiront, c'est leur façon de vous faire comprendre qu'ils vous adorent. Mauvaise troupe, celle qui est commandée par une jolie femme.

— Vous a-t-on chargé officiellement de me signifier cet ajournement?

— Pour cela, non; je ne vous livre qu'une impression personnelle, et encore j'en saute les trois quarts, ajouta-t-il gracieusement.

Elle était trop soucieuse pour rien comprendre.

— Autre question? dit-elle. M'a-t-on retiré le droit de juger de l'opportunité du mouvement?

— Ne calomniez pas mes amis! Le conclave vous a élue à l'unanimité.

— Ainsi je ne contrarierai personne en décidant qu'il ne faut plus attendre?

— La mort n'a jamais été une contrariété. Nous nous ferons tous tuer pour vous complaire, c'est indubitable! Mais réfléchissez. Vous tenez dans vos mains une grande part de l'histoire de la liberté. Jéhovah se contentait de ce qu'on lui sacrifiât des agneaux; la liberté ordonne qu'on lui sacrifie des hommes. Mais encore faut-il qu'on la voie descendre du ciel, lorsque la fumée s'est évanouie! Je vous répète que toutes les cartouches ne sont pas encore brûlées, qu'on s'inquiète trop de la longueur des canons du fort Saint-Ange, que je ne trouve point sous mes pas le peuple des grands jours; qu'il est nécessaire que d'autres attentats sortent du sacré-collège pour le mettre debout et invincible, et l'arme au bras, et le cri sur les lèvres, et la victoire au cœur! Ces attentats ne tarderont pas, rapportez-vous en à ceux qui les perpètrent, et en attendant n'ordonnez pas que ce soir, dans chaque maison, on rentre un mort et que demain on ensevelisse notre espérance.

Elle roula le drapeau autour de la tige et s'écria:

— Santolino, êtes-vous un ami de moi comme de la république?

— Mille fois plus encore de vous! répondit-il.

— Connaissez-vous le capitaine Amyot?

— Ce brave garçon qui était chez Gian Mico et qu'on a arrêté avec nous?

— Sur l'honneur de votre mère, trouvez-le.

— C'est donc lui? dit-il.

— Faites tous les commentaires que vous voudrez, mais rejoignez-le!

— Hélas! reprit-il, il y a une ombre sur les plus beaux lis! N'importe, je trouverai M. Amyot. Précisément en venant tout à l'heure je l'ai aperçu; il entrait dans une maison de la place d'Espagne.

Titia reprit plus de calme.

— Qui demeure dans cette maison? demanda-t-elle.

— Un de ses camarades, un de ces damnés officiers français, que l'on voudrait toujours avoir pour vis-à-vis dans une partie joyeuse et spirituelle, mais le plus rarement possible sur un champ de bataille.

— Il allait chercher son témoin! s'écria-t-elle.

Et emportée par la terreur, avant que Santolino eût pu la retenir, elle vola sur la terrasse et déploya le drapeau.

On entendit des rumeurs confuses à toutes les extrémités de la ville.

Le Napolitain se permit une malédiction vague et retint un geste de colère.

— Nous avons été trop Numa Pompilius! se dit-il. En voilà une dont il fallait faire sa Glycère, et pas son Egérie!

## XIX.

Amyot s'était retrouvé, une fois sorti de la maison du Pincio. Après tout, il ne tenait pas tant à continuer de respirer les tristesses humaines, et il aimait mieux ce dénoûment prompt qu'un autre qui aurait traîné. Les Lisabetta et les Titia s'effaçaient dans les heures qu'il entrevoyait. Il allait à une mort généreuse, et tous n'y vont pas.

Il retourna chez le capitaine de dragons qui lui avait déjà servi de second. Le capitaine dormait, ne s'inquiétant guère des beautés que le matin répand sur Rome et du contraste de l'aube avec la ruine.

— Je vous lasse, lui dit Amyot. J'ai encore besoin d'une assistance généreuse et je viens vous la demander. Je me bats dans une demi-heure. Levez-vous.

Le capitaine le regarda avec une certaine défiance.

— Le duel est une noble institution, dit-il; mais il convient de ne pas en vulgariser la pratique.

— L'autre jour, il ne s'agissait que d'une vétille; aujourd'hui c'est une question d'honneur toute entière qui va se juger. Elle me prend à l'improviste, et le dernier service que je vous demande vous remerciera pour le premier.

— Quel est votre autre témoin? dit le capitaine.

— J'ai espéré que votre ami voudrait bien vous accompagner.

— Allons chez lui. Où est le rendez-vous?

— Aux thermes de Caracalla.

— C'est sur notre route. Quelles armes avez-vous désignées?

— Rien n'a été convenu.

— O jeunesse! Votre adversaire se nomme?

— Le prince de Monte-Feltro, dit Amyot à voix basse.

— Vous faites des trous dans l'armée du pape, comme si elle était aussi nombreuse que celle d'Artaxerce. Hier, un de ses zouaves; ce matin, un chef de bataillon et le plus vieux nom de Rome. Faisons-lui honneur, prenons des épées.

Ils descendirent et passèrent devant un café dont on ouvrait les devantures.

— Il est dangereux de se battre à jeun, dit le capitaine. Faites-vous verser quelque chose.

— Je n'ai pas soif, et l'heure nous gagne.

— Les saines traditions se perdent.

La course était longue. Ils tournèrent vers le mont Capitolin et le Panthéon. Les maisons semblaient vivantes et contenaient des cris.

Des adieux s'échangeaient à tous les étages entre les hommes et les femmes. Quand les hommes étaient descendus, les portes se refermaient, comme épouvantées; on entendait le grincement sur les dalles d'un fer caché sous les vêtements. Au coin des rues sombres, il passait des lueurs d'étoffes brillantes, qui ressemblaient à des morceaux d'étendards. Des chevaux galopaient dans le lointain. Les prêtres s'en allaient effarés vers les églises. Les cloches s'arrêtaient en sonnant les messes, de même que si un vent fatal en eût coupé les vibrations. Des passants qui n'étaient pas des inspecteurs du pavé, interrogeaient, avec leurs lourdes cannes, la solidité des dalles. On dételait les équipages des charrettes arrivant pour les approvisionnements. On entendait de grandes rumeurs sur les faîtes des sept collines. Des contemplateurs singuliers se montraient sur les toits et les terrasses. Rome pensait et remuait.

Les deux officiers marchaient toujours, indifférents à ce spectacle; mais il s'accentuait d'instant en instant. Des tambours sourds roulèrent dans tous les quartiers, des clairons sonores leur répondaient; des pièces d'artilleries couraient au galop sur les rampes qui s'inclinent vers le Tibre.

Le dragon s'arrêta.

— Qu'est-ce que cela? dit-il.

— Le général aura ordonné subitement de grandes manœuvres ce matin, dit Amyot. Allons vite. Si vous voulez, nous nous passerons d'un second témoin. On m'excusera d'être en retard, quand on saura où j'ai été. D'ailleurs...

— Vous en parlez fort à votre aise, vous qui allez peut-être régler définitivement tous vos comptes, reprit le dragon. Au surplus, écoutez mieux ! C'est le rappel pour le combat. Les gredins de révolutionnaires veulent que nous leur secouions les oreilles. Nous leur donnerons toute satisfaction. Tirez à gauche, capitaine Amyot ; vous n'avez que le temps de prendre la tête de votre compagnie.

Amyot tourmentait la boucle de son ceinturon.

— Je ne peux point ne pas aller où l'on m'attend. Je vous en conjure, donnez-moi un quart d'heure ! dit-il.

— Ma foi ! non, le service public avant le vôtre ! Je ne tiens pas à être porté comme déserteur.

Amyot demeura seul. Ils avaient traversé le camp Vaccino. Il s'appuya sur une des colonnes d'un des temples du vieux Forum.

La réalité se dressait devant lui, de même que le bourreau avec sa hache : le duel était impossible. Mais ce n'était pas cette impossibilité qui le terrassait.

Titia, en croyant le garantir, lui portait un coup en plein cœur.

Son régiment l'appelait pour la guerre fratricide, on le sommait d'aller boire le sang des fils de la louve. Il était mis en demeure de devenir un traître d'un côté ou d'un autre :

Vis-à-vis de ses camarades, s'il brisait son épée ;

Vis-à-vis des Romains qui l'avaient entendu parler, s'il s'en servait.

Il se demanda quel mal il avait fait à son père pour l'avoir poussé dans cette impasse de honte ou de sang.

Mettre dans l'armée un ennemi de la guerre, enrôler dans les compagnies de la réaction un serviteur de la démocratie !

Des coups de feu troublent l'air. Chaque minute de retard s'inscrivait au bilan de sa honte.

Un regard le décida. Il était en uniforme, il alla rejoindre ses camarades.

L'uniforme prend matériellement possession de l'homme ; il l'enveloppe, le retient, et quelquefois le mène. Tous les despotes ont la prévoyance de l'imposer. Au civil, il peut aider à créer des serviles ; dans l'armée, c'est un fragment du drapeau que chaque soldat porte sur lui. Il est nécessaire. Il rehausse l'honneur sans doute ; mais il contient une part d'abdication humaine, et il doit encourager les attentats, puisqu'il les solidarise.

Dès qu'il se fut regardé, Amyot n'hésita plus : il alla mitrailler ces idées.

Il sentait son servage relatif, et il se présenta à son colonel, la tête baissée. Celui-ci ne s'en alarma pas. Il connaissait les opinions d'Amyot, mais il connaissait aussi la droiture de sa bravoure. Il savait qu'une fois ses soldats engagés, il ferait son devoir sans faiblesse.

Son bataillon avait l'ordre de garder les abords du pont Molle, la place du Peuple et les églises de Sainte-Marie, du Monte-Santo, de Sainte-Marie-des-Miracles, et les palais Ruspoli et Chigi. Il devait se replier sur sa caserne, après avoir déblayé tout le quartier de ses barricades.

La compagnie d'Amyot fut chargée des environs du palais Ruspoli.

Le Corso était encore libre ; la compagnie s'en allait, tambour en avant. De loin on vit venir un autre bataillon d'un régiment indigène.

Le colonel fit dire au capitaine Amyot d'aller savoir auprès du chef de ce corps des nouvelles du quartier traversé.

L'espace était déjà dégagé. Amyot devait aller seul.

A cinquante pas, il reconnut que le bataillon était commandé par Monte-Feltro.

Tous les deux dissimulèrent leur étonnement sous un sourire.

Après que les communications officielles eurent été échangées, le prince dit à Amyot :

— Je regrette, pour la première fois que nous servions sous le même drapeau. J'avais espéré que vous profiteriez de la circonstance pour passer aux insurgés !

— Commandant ! ne put s'empêcher de relever Amyot.

— Eh bien ! où serait le déshonneur ? reprit Monte-Feltro. Les deux partis se valent, à cette différence près, que chez nous il n'y a que des gentilshommes, et chez eux il y a des gentilshommes et des convaincus. Nous aurions eu là une belle occasion de vider notre affaire. C'est désastreux d'être obligés de marcher ensemble, lorsqu'on se hait.

Le ton et le regard du prince démentaient ses paroles. Amyot, rapprochant cette sympathie persistante de tout ce que Monte-Feltro savait de lui, et de la rançon qu'il avait payée pour le faire libre de se battre, se demandait si ce personnage étrange n'allait pas finir par lui tendre la main.

— Nous nous retrouverons quand il vous plaira, mon commandant.

— J'y compte beaucoup, capitaine ; mais Dieu et le diable se mêlent de nous contrecarrer. Hier le diable y employait le Tintorello, aujourd'hui Dieu y emploie le pape. A propos, songez que vous ne vous appartenez plus et ne vous laissez pas entamer.

Il piqua son cheval et dirigea ses hommes sous le vent d'un canon qui tonnait fort loin.

Amyot fit des vœux très-francs pour qu'il fût épargné.

Il revint rendre compte de sa mission. Le colonel en le quittant lui recommanda de ne faire aucun quartier à tout ce qui porterait une chemise rouge.

Il était clérical et sa passion le faisait parler.

Lorsqu'il y a une soutane cachée sous une tunique, la férocité est intraitable; séparément elles revêtent des hommes très-doux et très-excellents, lorsqu'ils ne s'imprègnent plus de l'esprit de corps. Jusqu'à cette heure, la compagnie d'Amyot n'avait ni reçu ni tiré un coup de fusil. Quoique le Corso ne soit pas large, il offrait trop de champ à la résistance enrégimentée pour que des soldats s'y risquassent.

Mais on pénétra dans les rues transversales.

La plus petite avait une barricade, dominée par une maison noire, la terminant de face. Aussitôt que les pantalons garances parurent dans la rue, des coups de feu éclairèrent ce couloir sombre; des soldats tombèrent. Amyot ne pouvait plus différer : il ordonna un tir de peloton. Les balles s'enfoncèrent dans la barricade ou passèrent au-dessus, sans toucher une tête. Elle semblait ne pas avoir de défenseurs. Mais, de chaque fenêtre de la maison, des coups venaient, ils portaient juste et sortaient de ces fusils dont on se sert dans la Maremme pour tuer le gibier d'eau. Amyot entendit une voix italienne qui cria dans la maison :

— Visons au traître!

Il espéra trouver ce qu'il cherchait. Mais les balles le respectaient. Homme par homme, elles démolissaient sa compagnie. Les soldats, incapables de représailles, car les fenêtres ne laissaient voir aucun combattant, hurlaient de rage, et demandaient du canon qui ne venait pas. Aux cris poussés, aux blessures faites, la fièvre du métier s'empara d'Amyot, désordonnée, irrégulière, cruelle. Il ne songea plus qu'à protéger sa troupe. Il s'élança, le sabre en avant, sur la barricade, renversa les pierres et démantela les traverses de bois. Des hommes venaient derrière lui, trouant l'air de leurs baïonnettes, et éventrant les poutres, à défaut des torses. Pourtant ils finirent par rencontrer de la chair. On vit des Romains par les ouvertures qu'on venait de faire. La garnison de la forteresse plébéienne se démasqua. Amyot crut reconnaître quelques figures, mais il eut trop horreur de se souvenir pour les observer. Pendant que de chaque coin de la maison les pierres tombaient, il engagea des combats corps à corps. Aveuglé par le vertige du courage et par le mécanisme de l'action qui ne voit plus les idées, il cloua de son sabre des patriotes sur le pavé rouge. La disproportion des forces était trop effrayante pour que la défense pût rester longue. Amyot debout, sur les débris de la barricade, sauta de l'autre côté. Autour de lui, il n'y avait plus que des morts.

Il trébucha.

Son sergent-major le soutint.

— A présent, mon capitaine, lui dit-il, nous n'avons plus qu'à nettoyer cette baraque, et vous nous permettrez de donner à manger à nos fourchettes.

Amyot frissonna.

Une fois le tumulte des mouvements apaisé, il eut peur de trouver le boucher dans le soldat.

— Suivez-moi! répondit-il; je brûlerai la cervelle de quiconque menacera un homme qui se sera rendu.

Quelques rumeurs grondèrent.

Il ne voulut pas les entendre.

Il entra avec un peloton dans l'allée vide. Un escalier roide se montra. Les portes des divers étages s'enfoncèrent sous les crosses. Les chambres étaient désertes. Le capitaine n'eut pas à faire intervenir sa clémence. Les insurgés,—comme on les appelait,—s'étaient dirigés par les toits sur un autre point de la ville. La maison, où l'on respirait encore la poudre et où quelques mares de sang dégouttaient dans les déclivités d'un carreau mal joint, n'attendait plus que l'incendie.

Amyot, prévoyant qu'elle serait livrée après lui à d'autres ravageurs, tint à s'assurer qu'elle restait inhabitée.

Il monta jusqu'aux combles.

Il avait ordonné à sa compagnie de se reformer dans la rue, où il devait la rejoindre.

Une porte s'ouvrit dans une mansarde.

Une femme parut.

— Viens! dit-elle à Amyot.

O surprise de l'impossible! Cette femme était Lisabetta.

Il demeura muet et immobile.

Lisabetta s'avança davantage.

— Oui, c'est moi! dit-elle précipitamment. Le Tintorello m'a renvoyée.

— Et le prince? balbutia Amyot.

— Il ne s'occupera plus de moi que pour te frapper. Mais, écoute, je ne veux pas te faire faillir à l'honneur! On t'attend. Je ne te demande qu'une minute; viens!

— Comment êtes-vous là? dit-il, sans avoir conscience de sa question.

— Le palais Monte-l'etro est mal noté par les libéraux, répondit-elle. Je suis venue, ne prévoyant rien, dans le logis d'une ancienne camérière à moi. Je vous ai vu par une fenêtre et j'ai été rassurée.

Elle lui prenait doucement la main.

Il résistait encore, quoique l'enivrement le gagnât. Elle n'avait pas eu le temps de dépouiller ses élégances; son parfum de menthe se répandait dans ce corridor sordide. Elle rayonnait de toute la rougeur que les émotions du combat avaient mise sur sa beauté.

— Le bonheur m'est défendu, à présent surtout, dit-il.

— Le bonheur, oui; mais son éclair, reçois-le, reprit la princesse.

Pour la deuxième fois, leurs lèvres se réunirent.

En même temps, les détonations crépitaient dans la grande ville. Une vapeur de fumée, de poussière et de sang montait jusqu'aux dômes; des cris de blessés passaient comme des rafales d'agonie, et en bas, dans la rue noire, les soldats appelaient le capitaine.

L'innocent en arrivait, sans le soupçonner, à ce vertige de la cruauté de Néron, faisant brûler une moitié de Rome pour respirer plus de douceur dans les roses.

Tout était délire et tempête dans ce cœur loyal.

Ce fut elle qui s'arracha à la folie, et, se retirant de lui :

— Va-t-en à ton devoir, lui dit-elle. J'ai voulu seulement te rendre invulnérable avec mon baiser. La mort se détournera du sourire que je te laisse. Si tout est fini, reviens demain !

Il ne savait plus rien des choses de l'heure présente.

— Revenir ! reprit-il. Où revenir ?

— Ici, dit Lisabetta. Cette maison est consacrée maintenant.

Elle fut courageuse, et le poussa sur l'escalier.

Quand l'air froid du rez-de-chaussée fouetta son front, il eut horreur de lui.

Il avait été meurtrier, il avait été sybarite. O la guerre ! tout ce qu'elle enfante !

Santolino était dans le vrai le matin. L'ordre du combat avait surpris les Romains, avant qu'ils ne fussent prêts. La défense de la barricade enlevée par Amyot fut le fait de résistance le plus prolongé. La révolution avorta dans une émeute. Le mot de Cavour semblait ne pas être vrai pour Rome. Elle ne faisait plus assez par elle-même. Le caractère double du pontife-roi a toujours paralysé l'élan dans un peuple qui est resté catholique. Quand il a surmené son courage pour renverser le tyran—quoique le gouvernement, plus que l'homme, affecte le despotisme — il recule par la peur qu'il a d'atteindre le prêtre. Si le pape se contentait d'être un vieillard aimable, désarmé, faisant bon marché du temporel, et renvoyait sa garde, il serait éternel, malgré les anachronismes risibles des encycliques et de la foi étroite.

Quoi qu'il en fût, cette ancienne figure de la papauté était sortie du Vatican et avait produit son effet habituel de cinquième acte. Toute la partie besogneuse de la population avait par peur exagéré les acclamations, que refroidissait une batterie d'artillerie précédant le cortège. Le courage ne manquait point aux Romains, mais il s'arrêtait en face de cette énigme d'un Français qui ne représente pas la liberté.

Amyot, par le fait, devint le seul héros de la journée.

Triste héros, et horriblement incrédule à l'égard de sa gloire. Le long du Corso, des gestes furtifs le montraient des fenêtres, et il y avait dans tous les yeux des menaces. D'un autre côté, dans son régiment même, les envieux racontaient qu'il avait donné ordre à ses soldats de faire quartier aux rebelles. Il était suspect aux deux partis.

Son colonel tint à le compromettre, espérant l'enrôler tout à fait. Il fit faire le cercle, et complimenta Amyot, auquel il remit la croix.

Amyot ne s'en aperçut pas.

Pour lui prouver sa confiance, son chef lui donna le commandement du poste de Saint-Onuphre. Il était loin des casernes, mal protégé par les environs, et exposé à être attaqué dans la nuit.

Le jour diminuait, les hommes mangeaient dans le poste.

Amyot promenait sa croix et son cigare devant la porte.

De temps à autre, on entendait un coup de feu dans les quartiers perdus. C'était l'ère de l'assassinat qui commençait : un carabinier tirant sur un patriote égaré ou un patriote fusillant un soldat isolé, il n'y avait pas là de quoi distraire Amyot.

Il avait remarqué pourtant la persistance d'un individu, qui passait sur la petite place et ne s'éloignait pas du rayon de la promenade du capitaine. Il paraissait avoir furieusement envie de l'aborder, mais il n'osait pas.

Amyot alla vers lui, pour débarrasser la place de cette figure qui l'ennuyait.

La figure sourit lorsqu'il s'approcha.

— Vous ne me reconnaissez pas, capitaine? demanda-t-elle.

Amyot était peu physionomiste.

— Aucunement ! répondit-il.

— Vous m'avez cependant écouté et applaudi, j'en suis certain. Je me nomme l'avocat Simone.

Amyot se souvint de cette personnalité antipathique et ne s'inclina pas.

— Je sais à qui je parle, et j'ai à vous entretenir un peu longuement, continua Simone. Pouvez-vous me suivre un instant?

— Je garde le poste.

— Alors baissons la voix; ce que je dois vous dire est pour vous seul. Les choses ne sont pas aussi désespérées pour nous, qu'on affecte de le croire au Vatican,

— Pour nous! répéta Amyot en toisant Simone, qui ne se démontait pas aisément.

— Il est inutile de rien me cacher, reprit celui-ci. Nous pensons identiquement la même chose, et nous sommes frères.

Si une circonstance avait pu détacher Amyot de la démocratie, c'eût été cette parenté-là.

— Je ne suis pas en situation de vous entendre ! dit-il.

— A d'autres ! riposta l'avocat. Encore une fois, je n'ignore pas combien votre métier vous répugne; vous ne le faites que pour conserver votre pain, et c'est avec nous que vous combattez moralement.

Amyot l'aurait volontiers aplati contre la muraille.

— Je n'ai que faire de votre appréciation, interrompit-il avec hauteur.

— Je ne viens point pour apprécier, mais pour instruire un des nôtres. En définitive, nous n'avons que les apparences de la défaite et les cléricaux compteront autant de morts que nous; le tout est de savoir s'y prendre.

Le capitaine flaira une abomination; il devenait utile de faire causer Simone.

— Vous avez un moyen de recommencer la lutte? demanda-t-il.

— Oui, mais à domicile.

— Je ne me rends pas compte du procédé.

— L'autre jour l'assemblée a écarté ma théorie, mais on est forcé d'y revenir dans les heures de crise et on m'a fait des ouvertures.

— Votre théorie n'est-elle pas de l'école de l'assassinat? dit Amyot en essayant de sourire.

— Je préférerais que vous appelassiez cela l'immolation, c'est plus noble.

— Accordé, l'immolation ! Vous avez désigné les victimes?

— A l'unanimité, dans un colloque rapide qui vient d'avoir lieu. Vous ne vous étonnerez pas, si je vous dis que le premier atteint sera cet infâme Monte-Feltro, qui commande un bataillon d'égorgeurs.

Amyot fut effrayé.

— Le prince est l'esprit le plus libéral que je sache! dit-il. Vous ne trouverez mieux nulle part.

— Quels que soient ses principes, ses actions sont d'un ennemi, et il est condamné.

Amyot s'aperçut qu'il allait faire fausse route.

— Vous avez raison ! dit-il. Le jugement est rendu. Qui l'exécutera?

— Nous avons tiré au sort.

— Et vous avez été favorisé?

— Je n'ai pas eu cet honneur; mais le bras qui frappera vaut le mien, ajouta Simone en se pavanant.

— Tenez! voici un coup de feu du côté de Sainte-Marie-Majeure : c'est M. d'Aunay, des zouaves, qu'on expédie. Dans quatre heures ce sera Monte-Feltro.

Amyot maîtrisa son horreur. Il voulut savoir...

— Quels seront les moyens pratiques?

Simone s'épanouit.

— Monte-Feltro est caserné avec son bataillon, place de la Minerve, vous comprenez!

— Pas encore ?

— C'est élémentaire. Celui qui a été désigné prendra l'uniforme d'un de ses sicaires; il pénétrera dans le quartier, et lorsque le misérable dormira...

— Le héros le poignardera.

— Vous concluez justement, dit Simone. Je suis venu vous raconter ceci pour vous réjouir.

— Merci, et quand cet acte doit-il être accompli?

— Cette nuit !

— Très-bien! dit tranquillement Amyot.

## XX

Depuis des semaines, Amyot n'avait pas été aussi heureux que ce soir-là.

Il entrevoyait un moyen de s'acquitter, et au centuple, avec Monte-Feltro.

Si la tentive réussissait, il n'avait plus aucune chance d'ajournement; il était certain de mourir en sauvant le mari de Lisabetta.

Il laissa la surveillance du poste à son lieutenant.

Il se rendit auprès du général qui commandait sa division ; il était campé sous sa tente, place du Peuple, afin d'être plus près des événements.

Il regarda sévèrement Amyot.

— Capitaine, dit-il, comment vous êtes-vous permis d'abandonner le quartier?

— J'ai cru devoir vous instruire sans tarder, mon général, d'une circonstance qui a sa gravité. Une rivalité fâcheuse se dessine entre les troupes pontificales et l'armée française; les antagonismes sont poussés si loin, qu'à un moment donné, — et il n'est peut-être pas loin, — ces alliés deviendront des adversaires et tireront les uns sur les autres.

Le général apprécia Amyot.

— D'où vient cela? demanda-t-il. J'accepte ces symptômes pour vrais.

— Cela résulte de ce que les deux troupes s'ignorent. Les pontificaux accusent les officiers français d'un reste de libéralisme; les

Français reprochent aux pontificaux de protéger le saint-père, plus que Rome. S'il était possible de faire commander un détachement romain par un de nous, et si un de ces messieurs menait une fois au feu une compagnie de la ligne, les hommes nous verraient agir, et les défiances tomberaient.

Le général haussa les épaules.

— Triste moyen que de donner à des soldats des chefs auxquels ils ne croient pas! reprit-il.

— Ils y croiraient, mon général, et, pour ma part, je me réjouirais de tomber en rétablissant l'harmonie.

Le général le regarda avec plus de bienveillance.

— Enfin, dit-il, que demandez-vous?

— A être autorisé à diriger cette nuit un bataillon, celui de la place de la Minerve, par exemple, qui est un des plus exposés. M. de Monte-Feltro prendrait la tête de ma compagnie à Saint-Onuphre.

Le général sourit.

— Alors je devrais vous nommer d'emblée chef de bataillon?

— Faites, mon général.

— Votre proposition est absolument inadmissible. Je n'ai pas le droit de faire ces permutations et je serais désavoué.

— Vous ne seriez désavoué que demain, et la nuit serait sauvée.

— Pour qui?

— Pour les deux armées, qui fraterniseraient au réveil.

— Retournez à Saint-Onuphre, capitaine, dit le général après une seconde d'hésitation; votre idée est généreuse et inexécutable : c'est le propre de beaucoup d'idées. Il ne faudrait pas insister, mon parti est pris.

Amyot se sentait défaillir.

— Cependant je vous atteste que l'épreuve est nécessaire, hasarda-t-il encore.

— Prenez garde, capitaine, vous allez devenir importun!

Amyot se retira en saluant. Il pleura parce qu'on lui refusait la mort. Son chef surprit ces larmes, et avec elles un secret douloureux, d'une douleur qu'il ne connaissait pas et qui devait être poignante.

Il s'avança.

— Monsieur Amyot, dit-il, votre désespoir me ferait supposer qu'on doit assassiner Monte-Feltro cette nuit et que vous êtes las de la vie.

— Oui, mon général, bien las! ne put s'empêcher de répondre Amyot.

— Eh bien! dit-il, j'outre-passerai mes pouvoirs et je m'exposerai à tout. Nous vivons dans un temps irrégulier, je ne veux pas supprimer une grande action de votre carrière; mais vous me jurez que vous vous défendrez?

Amyot, pour toute réponse, serra la main du général.

— Rassurez-vous, capitaine, je ne parlerai à personne de mes suppositions.

Le général écrivit les deux ordres. Ses doigts tremblaient.

Amyot se dirigea triomphant vers la Minerve.

La nuit était close.

Monte-Feltro surveillait l'installation de son bataillon.

Il s'appelait la « phalange romaine », mais par le fait il se recrutait parmi beaucoup de nationalités : il y avait des Espagnols, quelques Italiens et plusieurs zouaves, passés pour l'avancement d'une arme à l'autre.

Parmi ceux-ci, on nommait des gentilshommes français ou belges et par conséquent du monde de Monte-Feltro. La levée de boucliers était terminée; la discipline se relâchait dans la caserne. Le commandant, que les grandeurs ennuyaient vite, causait familièrement avec quelques-uns de ces messieurs. Les renseignements livrés par Amyot au général avaient toute chance d'être vrais. Deux corps parallèles se jalousent toujours. Les pontificaux n'aimaient pas la ligne.

— Enfin, monsieur de Saintonge, comment résumez-vous la journée? demanda Monte-Feltro à un homme roux.

— Beaucoup de fumée et pas assez de cigares, mon commandant.

— Vous avez eu un prix d'honneur, je crois?

— Hélas! au séminaire seulement.

— J'espérais obtenir de vous un résumé à la Tacite.

— Alors, mon commandant, ce sera beaucoup de fanfaronnade chez les patriotes et pas assez de tués. Nous n'avons pas fait nos frais. Nous annonçons à ces dames que nous partons pour Austerlitz, et nous ne ramenons pas même un bras cassé. Ces diables de lignards ont tout gâté.

— Comment justifiez-vous ce réquisitoire?

— Dès qu'ils se montrent, les plus intrépides chez les insurgés rêvent à un mélange de bismuth et de laudanum.

— Cependant je ne désespère pas de voir les Italiens faire un jour l'unité régimentaire; ils l'ont bien faite à peu près en politique. Mais les gens de votre race, messieurs, sont encore des chevaliers errants qui font leurs affaires eux-mêmes. Ils la faisaient bien jadis, mais leur temps est passé. Enfermer pour longtemps un Français dans la discipline, c'est emprisonner une flamme dans un étui : elle y étouffe, à moins qu'elle ne le perce.

— De sorte, mon commandant, que si l'on

vous nommait colonel d'un de nos régiments, vous refuseriez ? dit Saintonge, involontairement froissé de ce dédain superbe.

— Je refuserais indubitablement, reprit le prince.

Sur ces entrefaites, Amyot entra dans la caserne.

Monte-Feltro ne put pas dissimuler un peu de mécontentement.

— Vous venez trop tôt, lui dit-il en s'avançant; je ne suis pas encore libre d'aller sur le pré.

— Il n'est pas question de la rencontre à laquelle vous voulez bien faire allusion, mon commandant. Je vous apporte un ordre du général.

— Votre général n'a rien à me prescrire, répondit fièrement l'Italien.

— Lisez toujours, mon commandant, dit doucement Amyot.

Monte-Feltro parcourut dédaigneusement la dépêche. Tout d'un coup, il rougit et rayonna.

— Messieurs, reprit-il en se retournant vers ses officiers, vous aurez à obéir cette nuit à M. Amyot.

Un murmure d'étonnement et de mécontentement parcourut les groupes.

— Seriez-vous disgrâcié, mon prince? demanda tout bas Saintonge à Monte-Feltro.

— Au contraire, répondit tout haut celui-ci; on me fait l'honneur de me désigner pour commander le poste de Saint-Onuphre.

Des exclamations de toute nature sortirent des coins de la chambre.

Saintonge sourit en regardant Monte-Feltro.

— A Saint-Onuphre, ce sont des Français, lui dit-il.

— Mon cher ami, on ne prononce pas toujours ce que l'on pense.

Et le prince sortit en tenant sa tête plus haute.

Les choses se passaient comme Amyot les demandait.

Monte-Feltro était à l'abri.

Lui, il allait mourir.

Quoiqu'il eût peu de temps à gouverner, il ne voulut point permettre que l'autorité de son grade fût affaiblie. Il se promena à travers les groupes.

— Officiers et soldats, dit-il d'une voix ferme, vous avez toujours à votre tête un homme dans la même situation hiérarchique, sinon de la même valeur. Depuis une heure, je suis chef de bataillon. Je fais des vœux pour que le repos de Rome ne soit pas inquiété cette nuit; mais, si nous étions attaqués, je serais fier de tomber au premier rang de braves tels que vous.

Les physionomies s'adoucirent; le plus ancien des capitaines s'approcha et dit d'un ton enjoué :

— Soyez tranquille, mon commandant; nous vous obéirons comme si vous étiez un cardinal.

Amyot ne tenait pas à prolonger les allocutions.

Il se dirigeait vers le lit de camp, préparé pour Monte-Feltro, en haut de la grande salle, et il dit à la sentinelle.

— A la moindre alerte, vous me réveillerez.

Il se coucha.

Il couvrit son front de son caban, mais il en écarta les plis de ses yeux, qu'il entr'ouvrit. Il regardait dans cette foule. Plusieurs soldats étaient rentrés depuis son installation; le meurtrier était parmi eux. Les hommes causaient tout bas. Saintonge s'était entretenu avec les nouveaux venus. Il connaissait quelque peu Amyot, et, s'étant aperçu qu'il ne dormait pas, il osa s'approcher et lui dire tout bas, non sans une nuance de dédain :

— Vous devez des cierges de remerciments à la madone, commandant ! Vous avez une fière chance.

Amyot conjectura qu'il faisait allusion à son grade.

Il aurait envoyé un soldat à la salle de police pour un pareil propos; mais Saintonge était un homme du monde, et on avait des privilèges dans le bataillon.

— L'avancement est venu vite, monsieur, répondit Amyot; je m'efforcerai de le justifier. Retournez à votre place, que vous ne devriez pas oublier.

— Je ne parle pas de vos épaulettes de commandant. Je veux dire que vous êtes en sûreté ici, tandis qu'à Saint-Onuphre on devait vous occire.

Amyot se dressa tout d'une pièce. Il était devenu blême, sous le quinquet qui éclairait mal la chambrée.

— Quelle abomination dites-vous là, monsieur? reprit-il.

— Abomination, oui, mais vérité aussi. On ne parle que de cela à Rome, paraît-il; nos camarades nous le racontent tous en revenant.

— Au nom de Dieu, donnez-moi des détails!

— Me les pardonnerez-vous ?

— D'avance ! mais instruisez-moi.

— Vous aviez malheureusement donné des gages aux prétendus patriotes, à ce qu'on a répété dans le temps. Aujourd'hui ils vous ont vu faire honorablement votre devoir contre eux et ils ont résolu de se venger. La caserne de Saint-Onuphre est minée, elle sautera tout à l'heure. On a prévenu le ministère des armes, mais il sera tard. C'est un bonheur pour vous d'être ici, mais c'est un danger effroyable pour le prince de Monte-Feltro d'être là-bas.

Amyot se sentit fou d'horreur.

Ses tempes battaient sous le frisson, et il devait être fort.

Il réussit à se tenir debout.

— Cent hommes avec moi! s'écria-t-il, et vingt cartouches par homme!

Les rangs se formèrent. La nouvelle courait. Monte-Feltro était aimé.

— Marchons! dit Amyot.

## XXI

Revenons de quelques heures sur notre récit, pour mieux suivre la trame de ces incidents mêlés. Cet épisode de l'histoire intime de Rome moderne sera absous de présenter un grand nombre de types, s'ils restent aussi vrais dans ces pages que nous les avons vus dans la rue, et nous y introduirons quelques personnages nouveaux, quoiqu'ils se présentent bien tard.

On sait que Monte-Feltro était un mari peu exemplaire, et qu'il allait manger son pain quotidien hors de son domicile, chez une belle Fornarina. Elle se nommait Perpetua, et son boulanger répondait au nom de Buonaccorsio. Le boulanger n'était pas toujours absent lorsque la boulangère recevait le prince; mais, après quelques minutes données à la politesse, il poussait l'hospitalité jusqu'à se retirer dans la pièce voisine. Le ménage se trouvait fort bien de ces visites, et l'alcôve lui rapportait plus que le four. Ces tolérances rémunérées sont fort acceptées dans la petite bourgeoisie, et le gouvernement des prêtres a bien ses raisons pour fermer les yeux sur ces détails. Un amant empêche rarement la femme d'obtenir un billet de confession, et le mari de jouir pleinement de l'estime publique. Les fortunes sont si minces là-bas, qu'il faut bien que les revenus du patrimoine de saint Pierre se répartissent dans les petites bourses. Le bruit de ces scandales expire au seuil du Vatican, résigné et serein, et trop dépendant pour y contredire.

Monte-Feltro se conduisait comme un monsignor dans la boutique de la via Condotti, puis au café Greco, et ne se gênait nullement pour y entrer en plein jour.

Cette assiduité ne nuisait pas à l'indépendance politique de Buonaccorso, qui était cousin de l'avocat Simone, et qui tenait à grand honneur cette alliance.

La journée des barricades avait été très-dure pour lui, placé qu'il était entre son intérêt et son opinion. Quant à Perpetua, elle ne se gênait pas pour dire qu'ils seraient ruinés si Monte-Feltro était tué, et que la guerre civile était là mort du commerce.

Simone croyait aux charmes de sa cousine et détestait le prince. Sa dignité ne lui avait jamais permis de comprendre qu'ils étaient un tant soit peu cousins du côté gauche. Il avait son franc-parler dans la boutique, et attaquait ouvertement le protecteur absent. Présent, il lui proposait une partie de trictrac, afin de gagner un écu d'une autre façon que la boulangère. Il était persuadé qu'elle trouverait mieux que le gentilhomme, si elle voulait; mais Perpetua ne l'écoutait pas et restait fidèle à son prince généreux.

Simone arriva rue Condotti après sa conversation avec Amyot.

Il ne se possédait pas de joie. Il verrait bientôt une nouvelle figure sur la chaise, auprès de la table de jeu, et cette fois-là, il aurait soin de fonder la partie à deux écus.

Il n'admettait point que l'attentat pût échouer.

— Je viens d'apprendre une bonne nouvelle, dit-il à Buonaccorsio. La liberté aura bientôt un ennemi de moins, le Monte-Feltro sera tué cette nuit.

Le boulanger pâlit sous son sourire d'emprunt.

Perpetua bondit sur Simone.

— Qui fera ce coup de lâche? dit-elle.

— Un de mes amis, répondit intrépidement Simone, qui avait rarement peur des femmes.

— Il assassinera le prince, et vous osez dire qu'il est votre ami, reprit Perpetua. Je vous donne le conseil d'aller lui attacher solidement les poignets, si vous ne voulez pas qu'un de ces soirs je jette du vitriol sur votre figure de singe.

Simone rajusta ses lunettes, qui avaient un mouvement convulsif. Il ne doutait pas que sa cousine ne fût capable de tenir la promesse qu'elle lui faisait.

— Calmez-vous, Perpetua! dit-il; je ne suis pour rien dans cet acte spontané de la justice nationale. D'ailleurs, avec votre beauté, un amant de perdu, deux de retrouvés.

— Je ne rencontrerai jamais un homme plus avenant et plus libéral, et qui fasse plus honneur à la maison, demandez à mon mari? interrompit Perpetua. Et vous profitez vous-même de toutes ses bonnes grâces, sot que vous êtes! Qui est-ce qui envoie ici des sorbets glacés toutes les après-midis, lorsque le four échauffe trop la cave et le magasin? Qui nous dépêche des oies grasses plus souvent qu'il n'y a de bonnes fêtes dans le calendrier, et nous permet de recevoir dignement nos parents? Qui est-ce qui me renseigne sur les hypothèques à prendre sur les terres de la noblesse, de façon que nous puissions laisser un patrimoine à nos enfants? Allez donc de ce pas avertir votre ami qu'il prenne

garde à la besogne qu'il va faire, et persua-
dez-le ou sinon...

La phrase se termina dans une pantomime
à la Rachel.

— Perpetua a raison ! dit le boulanger.

— Tout ce que vous voudrez ! répondit Simone, qui commençait à être ébranlé; mais
maintenant l'élan est donné, il faudrait trouver un autre traître à punir !

— Avec ça qu'ils manquent, les traîtres ! dit
Buonaccorsio. Vous connaissez cet officier
qui a été emmené comme libéral au château
Saint-Ange? ·

L'avocat n'approuvait pas que son cousin
qualifiât ainsi un homme auquel il venait
de donner sa confiance ; mais comme il était
couard avant d'être bête, il ne le défendit
pas.

— Je l'ai vu tout à l'heure ordonner des feux
de deux rangs sur les patriotes, de même que
j'ordonne, moi, de mettre une double rangée
de petits pains au four. Si celui-là n'est pas
de la famille des Iscariotes, je déclare que je
ne connais plus les hommes ! dit le boulanger.

— Vous n'êtes pas encore parti ? fit Perpetua en menaçant Simone.

— Au moins venez avec moi, Buonaccorsio,
dit celui-ci, à cette seule fin d'appuyer mon
témoignage.

Buonaccorsio eut des scrupules.

— La position étant ce qu'elle est et connue, est-il convenable que j'aille demander
la grâce du prince ? demanda-t-il à sa femme.

— Tout à fait convenable ! répondit-elle.
Souvenez-vous que j'aimerais mieux vous
savoir mort dans un quart d'heure, que d'apprendre qu'on a touché à la moustache de
Monte-Feltro.

Simone et Buonaccorsio sortirent.

— Elle a sa marotte ! dit Simone.

— C'est une femme de grand sens ! répondit
le mari, et mes affaires souffriraient beaucoup, si votre ami parachevait son plan. Où
me conduisez-vous ?

— Nous les retrouverons via Delle Vite.

Ils montèrent à un cinquième dans une
maison irréprochable. L'assemblée se tenait
chez un petit expéditionnaire de la sacrée-
consulte, qui espérait qu'une révolution le
ferait préfet quelque part.

L'écume et l'imbécillité du parti s'étaient
agglomérées chez cet ambitieux. Il y avait là
un ex-jésuite chassé de l'ordre pour escro-
querie, un gentilhomme déclassé pour avoir
reçu des soufflets qu'il n'avait jamais rendus,
un castrat vieilli qui ne trouvait plus son
placement, un boucher qui allait partout où
l'odeur du sang l'attirait, et quelques autres
de la même distinction. L'assemblée était
digne d'admirer Simone et de voter les assassinats. La révolution vraie planait, sereine

et compatissante, au-dessus de ce bourbier,
dont elle ignorait l'existence.

— Nous sommes venus à temps ! dit tout
bas Simone à son compagnon; Monte-Feltro
ne risque rien. Voici notre jeune homme.

Et il montra une face osseuse et patibu-
laire qui lui envoyait un sourire.

— Ce garçon-là ? mais il était de la police,
reprit Buonaccorsio. Je l'ai vu à l'œuvre.

— C'est bien possible. On l'aura remercié
et il est à la bonne cause. N'admettriez-vous
pas le repentir ?

Le ramassis était si ignoble, que le mari de
Perpetua hésitait à s'asseoir parmi ces ruf-
fians, et que le Tintorello aurait mis son
mouchoir devant sa bouche pour se préserver de l'air respiré par eux.

Presque tous ces hommes avaient été au
coin de quelque fenêtre dans la journée, et
avaient lâché pied, à la première volée de
mousqueterie. La barricade n'en avait pas
voulu. C'était le miasme de l'émeute, qui
monte du sol à la dernière heure, et les
mains sanglantes qui déshonorent en les
touchant celles du peuple.

On fit une entrée à Simone.

Il restait à peu près honnête homme, malgré ses accointances et ses théories ; de plus
il parlait une langue correcte, et ces misérables étaient fiers du patronage que sa vani-
té leur accordait. On lui aurait fait commettre les crimes les plus monstrueux avec des
bravos, et chez l'expéditionnaire de la sacrée-
consulte on l'applaudissait à chaque mot.

— Tu as quelque chose à nous demander
Simone ? lui dit le boucher.

On se tutoyait. Cette familiarité déplaisait
fort à l'avocat, mais il était obligé à des concessions.

Il monta sur un escabeau qui servait de
tribune.

— Signori, dit-il, j'ai quelques réflexions
nouvelles à communiquer à Vos Excellences
et je réclamerai cinq minutes.

Les Excellences acquiescèrent à la requête.

— Des renseignements bien pris me portent
à croire que Monte-Feltro n'est pas aussi
corrompu que nous l'avions cru. Certaines
gens prétendent même qu'il a des instincts
libéraux, que votre exemple développerait
s'il avait l'honneur de vous fréquenter, et le
signor Buonaccorsio, qui est son ami, assure
qu'il est tout à fait un honnête homme.

— Si nous ne répandons pas une sainte
terreur, notre prestige sera amoindri, ajouta
le gentilhomme, qui voulait se faire bien
venir.

— Monte-Feltro ou un autre, saignons quelqu'un ! dit le castrat.

— Tu me fais mal ! lui répondit le boucher.

— Dieu me garde de détourner votre ardeur généreuse, reprit Simone. Il faut mettre un événement dans cette nuit, cela est certain. Mais peut-être y aurait-il moyen de le rendre plus formidable et plus salutaire en le portant dans un autre quartier. Le couvent de Saint-Onuphre a été la prison du plus grand poète de l'Italie; purifions-le en en faisant la tombe des ennemis les plus pitoyables de Rome. Cent cinquante Français y couchent ce soir. Qu'ils ne se réveillent pas demain! La caserne a été minée dans le temps par votre prévoyance patriotique; un de vous pourrait les faire sauter mieux que des chevreaux dans l'Apennin. Pensez-y.

Simone avait détourné l'attention de Monte-Feltro, et présenté un appât plus puissant à la férocité de ses admirateurs. Il se proposait de prévenir en secret Amyot du danger qui était sous ses pas, et ne doutait point que son premier mouvement ne fût de songer à son salut personnel. Quant à la vie des cent cinquante Français, elle intéressait peu l'avocat.

— La proposition vaut d'être discutée, dit le noble; mais je regrette que vous négligiez Monte-Feltro.

Monte-Feltro était un des distributeurs des soufflets tombés sur sa joue.

— C'est-à-dire que l'idée est sublime et très-pratique, ajouta l'employé de la sacrée-consulte. Mais où aboutit la mèche dont parle Simone?

— Vers un soupirail sous la seconde fenêtre à gauche.

— Il ne reste plus qu'à trouver un homme d'action, et ce n'est pas ce qui manque parmi nous, reprit l'employé.

— Celui qui ira là-bas n'en reviendra plus, car il devra rester pour être sûr que la mèche ne s'éteigne pas; mais son nom sera immortel, reprit Simone.

Les associés se consultèrent à voix basse.

— Nous croirions faire injure à l'orateur si nous chargions un autre que lui de cette mission glorieuse, dit Buonaccorsio, qui avait quelques droits à l'héritage de son cousin; l'inspiration lui appartient. Je suis certain que si sa modestie ne l'arrêtait pas, il aurait déjà revendiqué l'honneur de l'exécution.

— Oui, oui, Simone! crièrent toutes les nobles voix.

Simone sentit vaciller son escabeau triomphal. Il avait fui toute sa vie devant une égratignure, comme un lévrier devant une cravache, et on le désignait pour le martyre! on lui votait la mort par acclamation! Les frissons, et non plus le sang, parcouraient ses veines. Mais tous les yeux étaient sur lui, il avait besoin d'un peu d'esprit pour essayer de se sauver, il se domina et parvint à conserver une contenance acceptable.

— Signori, dit-il, je suis foudroyé par la confiance grandiose que vous avez en moi. N'en voulez qu'à mon émotion, si ma parole n'a plus son élasticité habituelle. L'existence d'un individu n'est rien. Ordonnez-moi de me tuer devant vous pour faire faire un pas à notre rêve, et je retrouverai le poignard de Caton. Mais l'existence d'une nation est tout! Il importe que le coup que nous voulons porter éblouisse et frappe comme le tonnerre, et que le Vatican en soit paralysé de terreur. Convient-il d'en confier l'exécution à une main peu habile, qui ne sait que feuilleter des livres, ou se dresser dans un mouvement d'éloquence, pour la sauvegarde du peuple? Non, citoyens; il faut à cette grande œuvre la main d'un prolétaire, habituée à ne pas plier sous les rudes travaux, et, permettez-moi de vous le dire en passant, c'est ici que se proclame la supériorité des classes ouvrières sur l'indolence de la bourgeoisie. Choisissez un autre plus habile, plus fort, car hélas! l'énergie musculaire n'égale pas en moi l'énergie patriotique. L'idée seule de la gloire que vous m'offrez m'exalte jusqu'à l'ivresse! Eh bien! par prudence nationale, et par un désintéressement dont il convient de me savoir gré, cette gloire, je la refuse, j'en fais l'abandon à un autre. Ah! mes amis, plaignez-moi!

Et Simone pleura.

Pour la première fois dans ce milieu accommodant, sa harangue n'eut aucun succès. Ce n'était pas qu'on l'estimât moins, mais ses raisons ne paraissaient pas concluantes.

— Il ne nous est pas donné d'en découvrir un plus digne! dit le marquis.

— La force musculaire n'est pas nécessaire pour mettre le feu à une mèche, ajouta Buonaccorsio.

— Et l'avocat Simone sait mieux que personne la place où l'on doit se cacher pour mener les choses à bien, puisque c'est lui qui nous a suggéré la pensée de ce grand acte! fit l'employé.

— Oui, n'hésitons plus, faisons violence à sa retenue.

Ils se précipitèrent sur l'avocat, et, lui faisant un pavois de leurs bras, plusieurs le portèrent magnifiquement jusqu'au bas de l'escalier.

Simone avait non-seulement alors exiguïté, mais la couleur d'un lézard vert. Il se vouait aux dieux infernaux pour le lamentable conseil qu'il avait donné. Il allait sauter comme un pétard, lui qui venait d'être porté en triomphe, comme un doge sur un bucentaure. Il n'avait aucun moyen de se dérober à cette ovation. Il connaissait assez ses amis pour présumer qu'ils lui réservaient un coup de couteau, s'il faiblissait.

On criait auprès de lui:

— Nous le suivrons !

— Nous te porterons secours si tu ne perds
que tes deux jambes.

— Nous te ferons après-demain des obsè-
ques magnifiques; tout Rome y sera.

— Voici une boîte d'allumettes, dit Buonaccorsio, et haut le pied, cousin !

— Ne parlez donc pas si haut, malheureux !
répondit Simone.

Les hommes s'écartèrent. Tout rassemblement était suspect le soir d'une journée d'é-
meute. Simone fut poussé et dut marcher en
avant.

Le boucher courut après lui.

— Nous venons de penser que tu te dénon-
cerais en frottant une allumette sur la boîte,
dit-il. Tu fumeras un cigare autour de la caserne, et tu le laisseras tomber au bon endroit. Accepte ce trabuco.

Les dents de Simone se heurtaient à se
briser.

— Je ne fume jamais, répondit-il.

— Tu feras tes débuts.

Et il lui posa le cigare sur les lèvres.

Simone tenta encore une diversion.

— Permettez-moi d'aller faire mes adieux
à ma famille, reprit-il en se retournant.

— Vous n'avez pas d'autre famille que moi,
je l'espère bien, répondit Buonaccorsio.

— Ma famille, ce sont mes livres et mes
clients, que j'aime comme mes enfants; je
ne puis pas me séparer d'eux sans les embrasser. Accordez-moi une heure.

— Pas une seconde ! Le temps nous étouffe !
répondit le castrat.

Simone marchait toujours, défaillant à chaque pas. Si long qu'il fît le chemin, il arriva
vers Saint-Onuphre.

La caserne était noire. Elle mugissait sous
les ronflements des petits Français, harassés
par les fatigues de la journée; la sentinelle
se promenait devant la façade, ne surveillait
pas le côté gauche de l'édifice. Sous la fenêtre qui ouvrait à l'extrémité, un soupirail se
voyait, ainsi que l'avait dit Simone. Le plan
pour faire sauter la garnison avait été soigneusement étudié quelques jours plus tôt.
On y avait renoncé pour s'occuper d'autre
chose. Quand Simone fut parvenu à l'orifice
du soupirail, le boucher se détacha et s'approcha de lui. Simone avait renoncé très-
vite à prévenir Amyot, il aurait attiré l'attention de ses complices. Il ne lui restait
qu'une espérance. Le chanvre mettrait une
minute à brûler, jusqu'à ce que le feu attei-
gnît la poudre. L'avocat comptait s'élancer
après avoir fait son œuvre, et il pourrait s'é-
loigner assez pour que l'explosion ne le re-
joignît pas.

Mais la venue du tueur de bœufs ne lui
présageait rien de bon.

Celui-ci se baissa et tâta la mèche.

— Apporte ton cigare! dit-il.

Simone était pantelant; mais le crime était
là, il fallait qu'il y mît la main.

Il se mit à genoux.

Était-ce pour faire sa première prière ou
pour faciliter l'opération? On ne l'a jamais su.

Sous le regard de son associé sanglant, il
avança le bras, prit le bout de la mèche, et,
hébété de terreur, il l'approcha sur son cigare.

Un léger crépitement se fit entendre sous
une fumée bleue.

— Laisse-la retomber! ordonna le boucher.
Simone obéit.

— C'est bien ! reprit l'autre, toujours immobile.

L'avocat se releva précipitamment.

— Que fais-tu? lui dit le boucher en apla-
tissant son épaule sous sa large paume.

— Mais je me sauve, et vous ferez comme
moi, je pense.

L'exécuteur sourit et sortit un pistolet de
sa poche.

— Je m'y attendais, reprit-il. Oui ou non,
as-tu donné ta vie au pays?

— Sans doute je l'ai donnée, balbutia Simone; mais ce que j'en pourrai garantir...

— Serais-tu donc un pipeur, Simone ? La
mèche risque de s'éteindre en route, c'est
toi qui l'as dit, et tu dois être là pour jeter
au besoin ton cigare dans le baril.

L'avocat était mort d'avance.

Il ne répondit rien.

Il pensait à pousser un cri qui aurait averti le poste. Mais le pistolet était plus près
que le baril.

— Tu m'as compris ! dit le surveillant en
montrant son arme. Au surplus, je me dé-
voue bien, moi, et la peau d'un boucher
vaut celle d'un faiseur de phrases.

Simone laissa retomber sa tête sur la pierre du soupirail.

La mèche brûlait toujours.


## XXII


Une heure auparavant, Monte-Feltro était
entré à Saint-Onuphre.

Il avait pourtant été retardé en route.

Presque toutes ses pensées galantes con-
vergeaient vers les belles formes de Perpetua. Il aurait été ravi de lui donner cinq
minutes. Cette femme du peuple tenait sous
l'ampleur romaine de ses charmes l'élégant
prince, qui aurait cueilli des bonnes fortunes
aux grappes les plus hautes, tant qu'il aurait voulu. Il avait cent preuves qu'elle
l'aimait pour autre chose que pour les pièces
d'or qu'il lui apportait. Un baiser est bientôt
donné, et il eût regaillardi un commandant

qui avait toujours des chances d'être tué. Seulement l'honneur de régner momentanément sur une troupe française ne lui permettait pas cette halte érotique.

La route la plus courte le faisait passer par la via Vitte. Il le regrettait, car son cœur tressaillait comme celui d'un étudiant, chaque fois qu'il battait le pavé devant la chère devanture. Il n'existait pas pour lui de parfum comparable à celui des pains qui sortaient du four, ni de marquise dans son salon plus harmonieuse et plus cambrée que Perpetua à son comptoir.

Il était tellement pris, qu'il eût donné tout un conclave pour la petite cohorte des mitrons qui venait souhaiter la bienvenue à la bonne main qu'ils recevaient lorsqu'il paraissait. Il adorait tout de Perpetua, jusqu'à l'odieux cousin Simone, qui le gagnait si constamment au trictrac. C'était donc un vrai sacrifice qu'il faisait à la régularité de son étape en prenant la rue delle Vite sans s'y arrêter.

Il n'avait pas pu deviner que la boulangère, très-préoccupée de ce qu'elle venait d'apprendre, se tenait sur sa porte pour surprendre les nouvelles au passage.

Il faisait nuit, mais il la vit à la réverbération de son amour et de deux becs de gaz brûlant dans la boutique. Il eut le courage de penser à traverser la rue, mais il aurait perdu du temps.

Néanmoins il ne salua pas.

C'était un héros, ce Monte-Feltro !

Elle reconnut son officier.

Sans scrupule et toute à la joie de le voir vivant, elle courut à lui et l'embrassa.

— Enfin tu as quitté cette odieuse Minerve ? dit-elle.

Il s'étonna.

— Pourquoi odieuse ? reprit-il. Pas si belle que toi, par exemple.

Elle se repentit d'avoir parlé trop vite. Le danger pouvait être une tentation pour Monte-Feltro. Elle détourna les interprétations.

— J'exècre tout ce qui t'éloigne de moi, dit-elle. Tu es libre, tu vas rester.

Il continuait à marcher.

— Je le voudrais, dit-il; mais le salut public !

— Je lui préfère une robe neuve. Tu me la donneras.

— Tu ne sais pas ce que c'est que le salut public, chère Perpetua ? Si je m'endormais près de toi ce soir, le Vatican ne fermerait pas l'œil, les cardinaux ne souperaient point, et demain il y aurait deux écus de baisse sur les fonds de l'État. Ne me retiens plus.

— Mais où vas-tu ? Ce ne peut pas être auprès de la princesse ?

— Dieu me garde de cette trahison !

— Tu retournes à une bataille, méchant cœur que tu es ?

— Écoute, je ne le dis qu'à toi, je passe Français.

— Prends garde, je les hais ! Mais que signifie cette plaisanterie ? Tu ne serais plus Romain ?

— Pendant vingt-quatre heures. On me confie deux cents hommes de la ligne. Je les convertirai, et je les enverrai tous à confesse dans la matinée.

— Écoute-moi à ton tour : défie-toi de mon cousin Simone.

— Au trictrac ?

— Défie-t'en partout : dans la rue, au théâtre, toutes les fois qu'il y aura entre vous place pour un poignard.

Monte-Feltro rit très-franchement.

— Un conspirateur n'a jamais été aussi laid que cela, reprit-il. Tu calomnies les sectaires.

— Enfin, pour plus de prudence, fais-le arrêter et tiens-le à l'ombre pendant que tous ces troubles dureront. Le plus sûr serait de lui loger une balle dans la tête; promets-moi qu'à la première occasion...

— Je ne te promets rien, sinon une fidélité à mort. Mets encore tes lèvres sur les miennes et laisse-moi partir. Ne me déshonores pas.

— Tu m'as bien déshonorée, toi, dit-elle en souriant.

Mais malgré tout il tardait à s'arracher à elle.

— Quelque chose qui arrive, reprit-il avec un entrain presque mélancolique qui n'était pas dans son allure habituelle, sois remerciée pour ce que tu as été dans ma vie ! Le monde où je demeure est fiévreux, mesquin, jaloux, plein d'idées sombres. Quand je viens auprès de toi, je prends dans ton souffle quelques bouffées de l'air franc que respire le peuple. J'aime mieux Rome quand je sors des bras de ma Romaine, et j'aime mieux la liberté pour les autres lorsque je me suis affranchi de mes servitudes auprès de toi. Il me semble que j'ai plus de frères dans la ville si l'amour a passé de ton sourire dans le mien. Puisse continuer longtemps ce bonheur, qui est pardonné, puisqu'il me fait meilleur.

Il avait une émotion singulière en lui parlant. Elle n'en comprit que la tristesse.

— Tu vas vers quelque chose de terrible ? lui demanda-t-elle épouvantée.

Mais l'insouciance avait repris possession de Monte-Feltro.

— Je vais vers la gloire, et les Français m'attendent ! dit-il. Et encore c'est de la gloire à une mince effigie. Je commanderai l'exercice en pur dialecte parisien, je fumerai une pipe de caporal, je dormirai sur un mauvais lit de camp, et demain, pour me féliciter de mon courage, le général m'enverra la croix de la Légion d'honneur. Voilà tout ce qui me menace, Perpétua de mon âme! En tout cas, tu sais comment se nomme mon notaire et quelles dispositions j'ai prises.

— Je ne veux rien de toi que ta présence! reprit-elle avec emportement.

— Ce n'est pas pour toi, nous en sommes convenus; mais, avec ces dix mille écus, tu feras élever chez des artisans dix enfants des plus pauvres familles de notre noblesse ruinée, pour qu'ils deviennent des hommes du peuple et non des gentilshommes. Notre patriciat s'est empoisonné d'eau bénite! Faisons des citoyens pour la liberté, c'est ce qu'il y a de plus fier après l'amour.

Il essuya une demi-larme sur le bord de sa paupière, elle lui arrivait de l'inconnu.

Perpétua eut tout à fait peur.

— Je te dis que tu ne t'en iras pas! reprit-elle en le retenant dans ses bras.

Il la repoussa doucement et résolûment. Le contre-coup la fit tomber sur la muraille.

Monte-Feltro ne se permit plus de la regarder, et s'éloigna en sifflant un air d'Offenbach, qu'il avait entendu chanter à un curé.

Il entra à Saint-Onuphre.

La physionomie de la chambrée était toute autre que celle de la caserne à la Minerve.

Le soldat régulier fait de l'ordre avec tout ce qui l'entoure.

Les ustensiles de cuisine et les bidons étaient alignés au-dessus de chaque lit, les tuniques s'étageaient avec harmonie sur les bancs.

Les hommes dormaient tous du même sommeil et pour ainsi dire disciplinairement.

Le factionnaire ne fit pas d'objection à l'entrée du prince, mais il appela le lieutenant, lequel fit signe au sous-lieutenant en voyant surgir un officier supérieur d'une troupe alliée.

— Par Dieu! lieutenant, ne réveillez pas ainsi tous vos hommes et ne me faites pas une réception comme à l'Académie française; il vaut mieux qu'ils n'apprennent leur malheur que demain. C'est moi qui donnerai provisoirement des ordres ici.

Il montra sa commission.

Les officiers eurent la bonne grâce de ne point s'étonner.

— Nous sommes trop honorés, mon commandant! dit le lieutenant.

— Et c'est une preuve que la fusion est faite! ajouta son camarade, qui était un politique.

— Messieurs, reprit Monte-Feltro, mettez-moi au courant. Que dit le rapport? Y a-t-il quelque espérance de prise d'armes pour cette nuit? Il me serait agréable d'inaugurer ma commission en brûlant quelques livres de poudre française.

— On ne nous promet rien, mon commandant.

Les espions qui avaient éventé la mèche, et dont les renseignements étaient parvenus indirectement à la Minerve, avaient été d'abord au ministère des armes, où comme toujours on perdait le temps à organiser réglementairement les secours.

— C'est lamentable! sécurité absolue! dit le prince. Impossibilité de me faire moins mépriser par vos compatriotes.

— Mépriser!

— C'est le mot. Soldat du pape! Cela voulait dire bellâtre, tartuffe, mangeur d'hosties plus que de cartouches. Je succombais sous le poids de ces épithètes, et je rêvais une réhabilitation. Nos prédécesseurs ont fait faillite de bravoure et d'entrain; mais, sur l'honneur, nous sommes prêts à tout rembourser. Adieu, messieurs, et pardon de vous avoir dérangés. Voici ma chambre à coucher, j'imagine, continua-t-il en montrant une chaise vide au bout de la pièce, près de la fenêtre.

— Hélas! oui, mon commandant; nous sommes pauvres, répondit le lieutenant.

Monte-Feltro le regarda.

— Est-ce tout à fait vrai pour vous, mon ami? dit-il.

Le jeune homme rougit.

— Tout à fait, dit-il avec une franchise aimable.

— Vous étiez au bal chez Torlonia?

— Oui, mon commandant.

— Vous avez dansé avec une grande jeune fille brune, qui avait, je crois, une grenouille en émeraude dans les cheveux?

— Il me semble que oui, répondit le lieutenant, très-ébahi de toute la conversation.

— Lui avez-vous pardonné cette grenouille?

— La mode amnistie tout. D'ailleurs sa tête était si belle!

— Cette tête-là m'est un peu parente. Songeriez-vous à vous établir?

Le saint-cyrien balbutia une réponse embarrassée.

— Je lui donnerai vingt mille écus de dot. Elle est assez bonne fille, et je vous garantis quinze ans de fidélité de sa part. C'est un joli lot, que tous n'ont pas! Réfléchissez.

— Je ne réfléchis pas, mon commandant, répondit le jeune homme, enthousiasmé et confus de son bonheur.

Monte-Feltro alla vers un soldat qui s'était soulevé sur son lit pour le regarder.

— Tu es blessé? lui dit-il.

— Presque rien, commandant; un doigt emporté par un coup d'une vieille lance, ce matin.

— Pourquoi ne restes-tu pas couché?

— Parce que c'est mon tour de monter la garde et qu'on va venir me chercher.

— Tu as plus besoin de ton lit que de la guérite. Je monterai à ta place.

Monte-Feltro se dirigeait vers la porte.

Le colloque réveilla quelques soldats, que cette bonhomie charma. Vingt hommes se présentèrent pour la faction.

En cinq minutes, le prince avait fondé sa popularité.

Il alla s'asseoir auprès de la chaise pour passer sa nuit. Le sommeil ne vint pas, et, quoiqu'il fût très-pratique, il songea.

Il ferma les yeux et, sans savoir pourquoi, il se revit dans toute sa vie.

A certaines phases, les souvenirs reviennent vers le pauvre être mortel. Les cadres se repeuplent de tous leurs personnages ; le cœur rebat de toutes ses palpitations passées, à l'heure où il doit s'éteindre.

Monte-Feltro se retrouva dans tous les espaces traversés.

Il se reconnut adolescent de dix-sept ans, chez un vieux cousin, à la campagne. Il y venait durant les vacances; il tuait des grives à travers les vignes, il courait déjà après les belles filles qui dansaient la tarentelle sur les monticules et qui l'entraînaient dans les prés, où le pin-parasol verse une petite ombre légère sous laquelle on ne tient bien que deux. Le vieillard avait le soin de faire remplir chaque matin la bourse du jeune homme.

Une après-dînée, il vint le trouver sous la tonnelle du jardin, où Monte-Feltro lisait les contes de Boccace, au sortir de la messe.

— Ludovico, lui dit-il, je tiens à te consulter avant d'agir. Ton père a mangé son bien jusqu'à la dernière baïoque. Tu es le seul Monte-Feltro qui continuera notre nom dignement. J'ai trente mille écus de rente. Tu es mon héritier le plus proche.

— On me l'a dit, mon cousin, et je ne vous cacherai pas que je m'en réjouis pour l'avenir dans bien longtemps.

— Il se lève une difficulté pour écrire mon testament. J'ai fait la sottise d'avoir une fille, née au hasard de l'amour.

— Ce sont les enfants qu'on doit aimer le mieux, mon cousin.

— Je suis dans une incertitude qui m'ôte le sommeil. La tradition me crie que mon devoir est de laisser mon bien à celui qui perpétuera la famille; la nature m'objecte bêtement que je suis forcé de le léguer à la fille qui a mon sang.

— La nature a raison, reprit Ludovico sans hésiter.

— Te contenterais-tu de la moitié de ma fortune, mon ami?

— Je la veux toute ! répondit gaiement le jeune homme. Dans deux ans j'épouserai ma petite cousine.

— Elle est mariée.

— Alors la justice exige que vous lui donniez tout.

— C'est ton désir?

— C'est mon honneur.

— Je ferai suivant ton avis.

Il le fit ; mais, cinq ans après la mort de son père, la fille trépassa sans enfants, et Monte-Feltro reçut cette grande succession.

Il se revit ensuite garde-noble chez le papa d'autrefois.

Il avait déjà toute sa fortune et toute son élégance.

Une fois il était de service au Vatican. Le saint-père avait reçu des étrangers, et sa garde était disséminée dans les chambres. Le saint-père entra avec une grande dame moldave qui s'était fixée à Rome, où son mari tenait le consulat. Elle était célèbre par sa beauté et par sa vertu, assez rare dans une femme de sa race.

Ludovico avait perdu auprès d'elle toute une symphonie de soupirs. Il savait que le saint-père lui devait faire l'honneur exceptionnel de l'entendre en confession. Le pontife et la jolie pénitente entraient évidemment pour cette conférence. Monte-Feltro, pris à l'improviste, craignit d'être indiscret en traversant la grande salle, et le devint cent fois plus, car il se blottit derrière une tapisserie. Il prononçait à voix fermée des vers de l'Arioste pour ne pas entendre, mais à un certain moment la conversation prit un tour si vif, qu'elle lui arriva malgré ses efforts.

— Je suis possédée par le mauvais ange, très-saint-père, continua la dame. J'aime un homme qui n'est pas mon mari; j'ai beau réciter des *Ave* et des *Confiteor*, je ne rêve qu'à m'étendre avec lui sous de grandes ombres et à lui dire tous les mots d'amour par lesquels on offense la morale. Que faire? Je ne veux pas pécher.

— Qui est ce malheureux? demanda le pape.

— Un de vos gardes nobles, Monte-Feltro.

— Vous avez eu tort de le nommer, mon enfant.

Et il répandit sur elle des flots de ces conseils toujours si inefficaces.

La Moldave sortit, promettant tout.

Ludovico brûlait sous sa tapisserie. L'espérance de la volupté prenait encore des images plus enivrantes par le mystère de ce sacrement dévoilé. Le repentir, précédant une faute certaine, lui donnait une saveur enivrante.

Mais, s'il ne se pardonnait point de ne pas l'avoir poursuivie assez vivement avant d'avoir su, il s'en voulait aussi de penser encore à elle, à présent qu'il savait; il lui semblait avoir commis le viol d'une âme.

Il s'éloigna de la tentation, et obtint un congé que le saint-père ne lui marchanda guère. Il loua un palais à Palerme, qu'il éblouit de la magnificence de ses fêtes. Une nuit, il fut abordé par un domino qui l'emmena dans les détours des appartements.

Le domino était forcément la Moldave, qui se démasqua et passa ses bras autour de son cou.

— Je t'avais vu derrière la tapisserie, dit-elle, dans cette grande chambre pleine de Raphaëls, et c'est pour que tu m'entendes que je me suis confessée.

Ludovico fut extrêmement embarrassé par une difficulté qui surgissait dans sa conscience.

— M'aimiez-vous donc depuis longtemps? dit-il à la fin, avec le ton d'un docteur en théologie qui va confondre un candidat.

— Depuis le premier jour où je t'ai vu.

Il frôla le corset noir : le corset battait.

— Alors, répondit-il, j'ai été coupable en écoutant, et je n'abuserai pas de ce que j'ai dérobé.

Monte-Feltro se replaça ainsi dans bien des situations. Il avait un besoin vague de s'accuser; mais il se découvrait partout, généreux, désintéressé, poussé par un sentiment noble.

Il ne savait pas pourquoi il se cherchait ainsi dans toute sa vie. Il se rappela pourtant qu'un somnambule lui avait prédit qu'il mourrait en compagnie française. Compagnie faisait un jeu de mot sinistre. Il tomba dans l'assoupissement, de dépit de ne pas pouvoir se reprocher quelque chose de grave, son tempérament et son éducation l'inclinant à considérer comme très-naturelle sa liaison avec l'erpetua. Cet amour ne faisait aucun mal à Buonaccorsio, puisqu'il en profitait, ni à Lisabetta, qui n'eût pas daigné s'en occuper.

Pendant ces épisodes légers, Amyot accourait, plein d'horreur contre lui-même.

L'employé de la consulte s'était arrêté avec ses amis à vingt pas derrière Simone, pour assister à ce grand acte de la justice populaire contre la trahison d'Amyot.

Amyot arrivait hors de souffle.

Le groupe se défiait d'un homme qui marchait si vite du côté de la caserne; les complices se serrèrent et opposèrent une barrière à l'impétuosité du survenant.

— On ne passe pas! dit le marquis.

— On passe partout, lorsqu'on a ceci dans la main, répondit le nouveau chef de bataillon en tirant son sabre.

— Amyot! répétèrent-ils.

— Mais alors qui va-t-on tuer là-bas? demanda l'employé ahuri.

— Personne! reprit Amyot, qui fit tourner sa lame dans le vide.

Les assistants n'avaient aucun moyen de défense, Amyot passa.

En deux bonds, il fut auprès de Simone. Mais en deux secondes l'explosion allait se produire.

Amyot vit Simone et le boucher penchés sur le soupirail.

Il trancha le cou de Simone, comme un exécuteur des hautes œuvres.

La tête roula dans la cave.

— Bien coupé, et je m'y connais! dit le boucher en ajustant Amyot avec son pistolet.

Avant de tirer, il vit que le tison voyageur était à une ligne de l'orifice du baril.

— A toi, Monte-Feltro! cria-t-il du bas de la fenêtre.

Monte-Feltro entendit, il se dressa devant un péril inconnu.

La voix du boucher vibrait encore, que le sol de la caserne se souleva sous une convulsion énorme. La détonation retentit sur les sept collines; Rome entière crut que le Vésuve s'était déplacé. Toutes les vitres tournées vers Saint-Onuphre s'éclairèrent sous un jet de flammes.

Dans la caserne, le pêle-mêle fut effroyable; le cri sorti de tant de poitrines succéda au cri de la poudre, les membres arrachés se mêlèrent aux pierres brisées, vingt cadavres lancés en l'air rebondirent sur les vivants. Le hasard fut la justice d'un côté et l'abomination de l'autre.

Le boucher et le prince avaient été atteints par les écroulements.

Le premier avait eu la poitrine enfoncée; Monte-Feltro, éventré par une poutre, respirait encore. Ce n'était pas un homme à perdre son esprit dans les convulsions de la souffrance; il avait compris subitement l'apostrophe du boucher.

Il vit Amyot, qui s'était arrêté d'horreur sur la fenêtre en s'apercevant que Monte-Feltro n'était plus qu'une source de sang.

Le prince put encore remuer les lèvres :

— Ingrat et lâche! lui dit-il.

Sa tête retomba dans la cendre.

Il était mort.

A ce moment, le régiment envoyé par le ministre des armes arrivait sur la place.

## XXIII

Des mois s'étaient écoulés.

La convention de septembre s'exécutait, l'armée française avait quitté l'Italie.

Tout était rongé en dehors de Rome, et noir en dedans. Le soldat italien passait la frontière et grossissait l'armée de Garibaldi, échelonnée par détachements.

Des rencontres avaient eu lieu avec les Sapalins. Amyot était resté à Rome.

En butte aux commentaires de ses camarades, à cause des phases diverses de sa conduite, mal soutenu par ses chefs, qui, malgré sa bravoure, se défiaient de ses échappées, il avait donné sa démission avant le rapatriement. Il habitait toujours Rome.

C'était cependant un séjour intolérable pour lui. Le mépris y ruisselait sur sa tête de toutes les fenêtres; même dans le patriciat, on ne s'expliquait pas qu'il eût agi autrement qu'il avait parlé. Dans le peuple, les regards lui renvoyaient de la haine; c'était sur lui que retombait la défaite de l'insurrection. S'il avait entraîné son bataillon par quelques-unes des paroles qu'il prononçait dans les clubs, les chances eussent tourné; s'il demeurait encore dans la ville, c'était sans doute parce que cette âme fourbe s'y occupait à des machinations de police. Il espéra quelque temps qu'un coup de poignard le jetterait sur les dalles.

Le coup ne venait pas.

Intérieurement Amyot souffrait davantage. Des accusations sortaient d'une tombe, un linceul se dressait contre lui; il l'avait conduit à cette place, sur le volcan ouvert. Rien à dire à ce mort. Il était assassin pour l'éternité.

Matériellement encore, Amyot était torturé; il avait faim souvent. Le désespoir anéantissait ses facultés. L'héritage paternel avait été absorbé, malgré l'économie stricte, dans les premières années de la vie de garnison. Il ne savait rien faire. Quand il se présentait dans une maison pour y demander des occupations calligraphiques, la porte se refermait. Des commentaires sanglants s'étaient colportés sur l'intrigue qui avait conduit Monte-Feltro à Saint-Onuphre. Le prince était populaire. Les plus modérés ne suspectaient Amyot que de lâcheté. On perdit bien rapidement le souvenir de sa conduite lors de l'incendie. L'opinion publique voit plus longtemps un homme dans le mal que dans le bien.

Il traînait, à travers ses désolations, son amour sanglant pour la femme de l'homme qu'il avait fait tuer. Lisabetta s'était, par décence, renfermée dans son deuil; mais elle non plus ne quittait pas la ville éternelle. Il gardait toujours le souvenir des caresses qu'elle lui avait données dans la maison de la barricade; elles l'irritaient ainsi qu'une blessure adorée. Il était tombé vingt fois dans ses bras, et il s'était retiré aussi vite qu'une vague de ceux d'une baigneuse. Partout un vent contraire s'était levé et l'avait jeté ailleurs. D'autant plus poursuivi par le désir qu'il n'avait fait que l'effleurer, il s'élançait vers elle par l'imagination comme vers l'insaisissable; elle devenait encore plus idéale, étant plus fuyante.

Elle s'enfermait dans son deuil, en grande dame qu'elle était. Son cœur eut la loyauté de ne pas pleurer beaucoup un mari auquel elle pensait peu lorsqu'il vivait; mais les circonstances tragiques de sa mort le lui rendirent presque cher pendant deux jours. Cette créature si indépendante sembla se cloîtrer tout d'un coup dans les convenances; elle ne sortait presque plus de son palais, où elle ne recevait personne. Elle se sentait éloignée d'Amyot comme Chimène du Cid, et on aurait pu croire qu'elle sacrifiait tout à une haine officielle.

Il trouvait moyen de la voir dans ses rares sorties. Un jour, le hasard le mit sur les marches d'une église, au moment où sa longue robe noire y flottait en descendant. C'était lui qui avait répandu sur elle cette couleur lugubre. Le sang de Monte-Feltro l'enveloppait, et devenait noir en séchant. Il retint ses cris. Le souffle ne venait plus à ses lèvres. Il manqua mourir en face de cette apparition. Pourtant il chercha à se retrouver, et passa toutes ses heures sous la façade de cette petite église. Il ne la revit qu'une fois durant six mois, mais cela lui suffit pour ne jamais passer ses journées autre part.

Le suisse avait fini par se familiariser avec ce promeneur assidu. Amyot était devenu un des ornements de l'église; il le montrait aux étrangers, contait sur lui une histoire fantastique, et gagnait quelques baïoques de plus. Un matin, il lui dit en le saluant :

— Votre Excellence verra bientôt un beau spectacle ici. Nous ferons un grand mariage dans quelques semaines.

— Quel jour? demanda Amyot, se proposant de ne point paraître à la date indiquée.

— La princesse n'a pas voulu se décider encore, mais cela ne tardera guère.

— C'est une princesse? reprit Amyot avec indifférence.

— La Monte-Feltro, signor! dit le suisse en le regardant.

— Vous mentez! Respectez une veuve dans sa douleur.

— D'abord, Excellence, je ne mens jamais lorsque je suis dans mon église. Ensuite la Monte-Feltro n'a peut-être pas eu les sept douleurs, comme la Vierge! Ensuite ce mariage est assez étonnant pour que j'aie été aux informations. Le fait est certain, et le signor Saturnin fait venir ses papiers.

— Saturnin! dit Amyot, devenu très-pâle et s'éloignant grand train.

La supposition était monstrueuse. Elle exaspérait en lui autre chose encore que l'amour. Bien qu'il n'eût aucun droit sur Lisabetta, il se trouvait amoindri par ce dénoûment illogique et attentatoire. Il essaya de le rejeter de sa pensée, comme une impossibilité. Il aurait souffleté tous ceux qui lui auraient répété cette nouvelle. Mais il aurait puni trop de gens sur sa route, elle bourdonnait dans les boutiques et sur les carrefours. Les commentaires s'étageaient : la Monte-Feltro se mésalliait. Une Bentivoglio épouser un petit officier des zouaves!

Amyot doutait encore. L'incertitude, pour une question pareille, était une torture inimaginable. Il courut chez Saturnin en jurant qu'il se posséderait.

Amyot n'avait pas revu Saturnin depuis la catastrophe.

Il savait que dans ce régiment, où l'avancement se faisait vite, Saturnin était devenu lieutenant. Si Amyot avait eu la faiblesse de venir demander des consolations à un ami, c'est à lui, témoin de tant d'angoisses, qu'il se serait adressé. Et il venait le questionner pour apprendre jusqu'à quelle profondeur la lame devait entrer dans la poitrine.

Saturnin fut très-confus quand il reconnut Amyot. Il comprit de suite pourquoi il venait. Il ne lui laissa pas le temps de s'asseoir.

— Mon commandant, dit-il, je ne vous cacherai pas que votre visite m'embarrasse et m'est complétement désagréable. Vous allez me demander s'il est vrai que j'épouse Mme de Monte-Feltro?

— Vous devinez promptement, monsieur.

— Eh bien! il y a une part de vérité et une de mensonge dans tout ceci. Je n'épouse pas, ou m'épouse!

— Prétendez-vous que Mme de Monte-Feltro vous poursuit, monsieur le vicomte?

— Un mot d'abord, mon commandant. Vous l'aimez toujours?

— Je l'aime pour la vie.

— De plus en plus lugubre! Le cardinal m'a jeté dans une affaire charmante, mais ridicule.

— Qui entendez-vous par le cardinal?

— Leopardi, le grand meneur de tous les événements. Il a prétendu que la noblesse romaine devait récompenser par une alliance la jeunesse un peu étourdie qui est venue sauver le pape, et qu'un beau mariage accompli serait un encouragement pour les autres que l'on attend. Il a jeté les yeux sur la veuve de Monte-Feltro et sur moi. Je dois déclarer que la princesse consent, mais trop passivement pour que je sois au septième ciel. Au fond, elle ne se sent pas flattée d'être traitée en prime gratuite. Moi malheureusement j'ai été promu lieutenant; il a fallu acheter une calèche et une livrée, jouer gros jeu, traiter tous mes camarades. Mon père a été grêlé et ma tante ne meurt pas. J'ai toujours été faible devant deux yeux charmants et cent mille francs de rente. Je me suis persuadé que je parviendrais à oublier certains détails importuns. Quand je vous revois, je m'aperçois que j'ai une mémoire désastreuse ; je m'en aperçois à ce point que, bien que la négociation soit très-avancée, je me déclare prêt à me retirer devant vous, si vous êtes de force à vous présenter et à passer par dessus quelques préjugés.

Amyot pâlit légèrement.

— Ne parlez jamais de cela, je vous en supplie. Entre Mme de Monte-Feltro et moi, il y a un malentendu que beaucoup de gens dans leur ignorance nomment un crime. Vous dites qu'elle consent? continua-t-il en tremblant.

— J'ai à peine en l'honneur de lui parler; mais elle me laisse faire mes préparatifs, et je suis fondé à croire qu'elle commence les siens.

Amyot sentit que sa chair devenait marbre.

— Il suffit, lieutenant, dit-il en se retirant.

Saturnin lui barrait la porte.

— Je voudrais cependant être sûr que vous m'estimiez encore, dit-il.

Amyot lui tendit la main, sans rien répondre.

Le vicomte fut effrayé de la décomposition de ses traits.

— Si vous n'étiez pas l'ancien capitaine Amyot, je vous dirais d'avoir du courage, reprit-il.

Amyot sortait.

— Mais dans quelle retraite vivez-vous donc, continua Saturnin, que vous prenez si lugubrement la chose? Ce mariage n'est point fait encore, et j'ai à compter avec bien des chemises rouges avant de revêtir ma chemise de noce. Vous ne savez donc pas que je suis à Rome par hasard, et que nous nous battons tous les jours avec les hommes de Garibaldi, dès que je suis rappelé à mon bataillon, plus souvent que mon rôle de soupirant ne le voudrait?

Amyot fut renversé de surprise.

— Garibaldi n'est plus à Caprera? dit-il.

— Mon cher commandant, vous êtes absorbé d'une façon désespérante pour mon avenir. Quoi! vous n'avez pas vu que Rome ne sait plus où elle en est, que ceux mêmes qui désirent que nous soyons massacrés quand nous partons en guerre ne sont pas fâchés de nous voir rentrer en ville pour défendre leurs maisons? que le parti d'action prolonge outrageusement sa méridienne, et que le Vatican appelle et redoute la France? Nos tambours devraient cependant vous apprendre qu'il se passe quelque chose qui n'est pas absolument gai. Nous prenons Aquapendente et Velletri avant déjeuner, et ils nous les reprennent avant dîner. Impossible de faire une digestion normale, et je plains les historiens qui écriront notre campagne. Enfin vous voyez qu'il est difficile de voir un rival moins dangereux que moi, et que vous pouvez aller soupirer tous les soirs, comme c'est encore votre droit, une sérénade sous les fenêtres du palais Monte-Feltro, sans que j'entende si vous chantez juste. Nous ne réglerons toute cette musique-là que dans quelque temps, si la princesse ne paye pas vos violons et si Garibaldi me prête vie.

Amyot redescendit sur la chaussée sans répondre, et, pour la première fois depuis des saisons, il eut la respiration libre.

Il se sentait irrémissiblement perdu sous le dédain et sous l'injure de Lisabetta; elle ajoutait encore un outrage aux impossibilités qui les désunissaient. Il était bien désigné pour le malheur.

Mais il allait pouvoir racheter sa conscience; il pouvait aller, le front haut, vers la mort, cette autre maîtresse dont la lèvre s'était détournée de lui.

L'armée française n'était pas en ligne, aucun scrupule ne se levait.

Il vendit ses livres et ses habits, en distribua le produit aux pauvres, pour mieux rendre tout retour impossible, et sortit à pied, par la porte qui ouvrait sur la route d'Aquapendente, où l'on disait que Garibaldi tenait depuis plusieurs jours.

Il passa au bas du Pincio.

Il vit la maison de Titia.

De cette maison, un reproche descendait. Il marchait sur la route d'un pas presque léger, comme s'il avait été à un rendez-vous heureux. Il ne se pressait point.

Le chemin était libre. Les régiments du pape ne le suivaient pas ce matin-là. Ils se dirigeaient ailleurs ou laissaient Garibaldi s'user sur lui-même.

Mais un autre voyageur allait plus vite qu'Amyot et le dépassa.

Amyot aurait désiré n'être pas reconnu. Gian Mico l'aborda dans les environs de la Storta.

Leopardi n'avait pas promis en vain: Gian Mico était évêque *in partibus* depuis un an.

Cela ne pouvait pas durer ainsi. Que faisait-il pour son salut dans cette béatitude? Lui aussi allait à Aquapendente.

La folie le menait comme le remords menait Amyot.

— Vous allez au camp des impies? dit Mico.

— Je vais chez les grands Italiens, répondit Amyot.

— Moi aussi.

— Vous?...

— Nous ferons route ensemble. Il n'y a aucune raison pour que nous ne soyons pas amis jusqu'à ce que nous nous battions l'un contre l'autre.

— Vous comptez vous battre? reprit Amyot.

— J'espère que Dieu m'accordera d'être féroce.

— Monsieur le curé... dit Amyot.

Puis il s'interrompit:

— Pardon, reprit-il, je ne peux jamais me souvenir que vous êtes évêque, monseigneur.

— Ni moi non plus, dit Mico. Cependant il est bien temps que j'expie ma haute fortune.

— Donc, monseigneur, vous marchez au martyre?

— Oui, avec des bas violets et des souliers à boucles d'or. C'est assez ridicule.

— Mais l'intention y est. C'est vous qui dirigez la conscience religieuse de la signora Monte-Feltro, ajouta Amyot d'une voix plus profonde.

— J'avais cet honneur presque mondain.

— Elle vient souvent vous trouver?

— Elle abusait de la confession, dans les derniers temps surtout. Non, reprit-il, je veux dire que son imagination scrupuleuse érigeait en péché mortel ce qui était entièrement véniel.

— Trahiriez-vous votre ministère en me disant pourquoi la princesse se remarie?

— C'est parce qu'elle aime! dit Mico.

Amyot tressaillit.

— Son futur époux? demanda-t-il.

— Non; elle veut se munir du sacrement, afin d'être plus forte contre la tentation. Mais vous me faites commettre des indiscrétions sacrilèges!

— J'ai bien raison de tâcher de devenir cadavre! pensa Amyot. Hâtons-nous!

Gian Mico s'était armé de son bréviaire, afin de ne pas retourner à une conversation pleine de pièges.

— La route est fatigante d'ici à Aquapendente, dit Amyot. Tant mieux!

— Sans doute, mais elle est fatigante parce qu'elle est longue. Nous n'arriverons que demain. Garibaldi n'a pas l'habitude de tenir longtemps à la même place, et il importerait, pour les deux choses que nous désirons faire, d'arriver avant qu'il n'eût décampé.

— C'est fort sagement pensé, mais j'ai envoyé à la trésorerie, qui en avait plus besoin que moi, le dernier trimestre de mon évêché *in partibus*.

— Votre Grandeur accepterait-elle une place dans la chaise de poste d'un de mes amis, que je vois sur le sommet de la côte?

— Volontiers. Je serai un martyr tout à fait curieux, répondit Mico.

Amyot fit un signe au postillon.

Saturnin mit le nez à la portière. Amyot lui dit:

— Mgr l'évêque s'est embarqué à pied, comme si Sa Grandeur lui permettait ce sans-façon ; moi, j'ai quelque chose à faire sur la montagne. Menez-nous sous les murs d'A-quapendente.

— Je ne sais pas s'il est très-régulier que je conduise des renforts à Garibaldi, répondit le lieutenant. Mais nous faisons une si drôle de campagne, que cet épisode se perdra avec les autres. Montez, messieurs.

Les voyageurs s'installèrent.

— Les dieux sont pour vous, mon commandant, reprit Saturnin. J'étais autorisé à porter mon premier bouquet, quand j'ai reçu l'ordre de rejoindre mon diable de corps.

— Je vous supplie de ne plus mettre mon nom à côté de celui d'une femme, lui dit à demi-voix Amyot. Je n'existe plus, daignez vous en souvenir. Je vais, comme vous l'avez deviné, à un de ces champs de bataille dont on ne revient guère.

— Tiens ! répondit Saturnin, j'avais cru que c'était l'évêque qui allait changer de chemin.

— Lieutenant ! dit Mico d'un air indigné.

— Je ne comprends pas trop ce que vous ferez, si vous vous mêlez aux pontificaux, monseigneur. Nous avons déjà plus de ch a-pelains que de caporaux.

La voiture arrivait à Aquapendente. Les relais étaient toujours prêts pour le service de l'armée.

— Je parierais que ce sont les chevaux qui ont amené hier Garibaldi, dit Saturnin.

Amyot mit pied à terre.

— Toute réflexion faite, je vous laisse, dit-il à Saturnin. Nous nous compromettons les uns par les autres.

— Nous sommes de si mauvaise compagnie ! Je ne parle point de Sa Grandeur, bien entendu.

— J'irai par les sentiers à Aquapendente.

Saturnin sauta à côté d'Amyot, et l'emmenant à quelques pas :

— Ainsi, mon commandant, nous allons être en ligne. Si vous me voyez devant vous, ferez-vous tirer ?

— Et vous ? répondit Amyot.

Saturnin n'y tint plus et l'embrassa.

Amyot était un peu détendu par cette sympathie, qui avait soulevé un des plis de son cœur, car le zouave lui faisait comprendre qu'il lui laissait Lisabetta. Il trouva près de Ronciglione ce vallon enchanteur et inconnu — heureusement — des guides du voyageur ; il longea Montefiascone et l'opale du lac de Bolsène, et ne parvint pas à mettre un peu des harmonies et des fraîcheurs du paysage dans la fièvre renouvelée de ses pensées. A six heures, après les aridités de la zone desséchée qui succédait à l'autre, il aperçut les murailles noires d'A-quapendente. Les zouaves et quelques ba-taillons papalins s'étaient repliés à quelques milles plus loin.

Les patriotes gardaient les abords de la ville.

Amyot connaissait assez les règles de la tactique pour présumer qu'on ne le laisserait pas entrer sans difficulté.

Il se trompait. Dans ce pêle-mêle que des volontaires venaient grossir chaque jour, nul ne remarqua une figure nouvelle.

Il pénétra dans la place.

Les vieilles maisons édentées gardaient la trace des violences des derniers jours. Chaque parti s'était successivement vengé sur les pierres de l'abandon de leurs défenseurs. Le drapeau italien remplaçait aux fenêtres l'é-tendard du pape, qui y avait flotté la veille sous la même brise. Les sympathies des habitants étaient pour les soldats de la déli-vrance ; mais la prudence italienne, qui pré-voyait un lendemain, modérait les acclama-tions. Quelques fiasques de vin d'Orvietto étaient apportées aux soldats, essayant de se rafraîchir au mince filet d'eau qui a donné son nom au bourg ; mais on en tenait d'au-tres en réserve, pour désaltérer les pontifi-caux de l'avenir. L'enthousiasme réfléchis-sait. Quelque chose dans l'air disait que l'heure vraie de la liberté n'avait pas encore sonné.

Amyot demanda la demeure du général.

On lui montra une des plus humbles mai-sons d'une rue montueuse. Deux chevaux, attachés aux barreaux, attendaient à la porte ; une sentinelle marchait en travers, tenant négligemment un fusil rouillé.

Amyot l'interrogea. Un jeune homme por-tant la chemise traditionnelle, et qui fumait sur les marches d'un escalier, s'avança vers le nouveau venu, et alla prévenir Garibaldi qu'une visite le sollicitait.

L'âme d'Amyot palpitait.

Il allait voir l'homme qui avait fait éva-nouir une armée sous son souffle, refusé et donné des trônes, et contraint l'Angleterre, la nation la plus libre du monde, à s'age-nouiller devant son arrivée.

Garibaldi, malgré les scories des commen-taires, est une des figures qui resteront le plus haut dans l'histoire, et une des poitrines humaines qui auront renfermé le plus de courage, de bonté et de vertu.

Et Garibaldi allait paraître.

Le messager revint.

— Le général dort, dit-il à Amyot. Il veut être debout la nuit prochaine, il n'a pas fer-mé les yeux depuis soixante heures ; je ne puis pas prendre sur moi de le réveiller. Que lui voulez-vous ? Je suis un de ses aides de camp ; je l'instruirai.

Le jeune homme se nomma.

Il portait fièrement un des noms anciens du patriciat italien.

Amyot l'avait lu souvent dans t Sidonim. Il n'avait jamais recouvert une félonie ; Amyot pouvait avoir confiance. Il raconta sommairement et s'accusa dans tous les malheurs d'une carrière imposée ; il termina en demandant à être reçu avec son grade dans l'armée nationale.

L'interlocuteur avait trahi son impatience en l'écoutant. Il était attristé d'avance de ce qu'il allait répondre.

— Commandant, dit-il, ce n'est pas la première fois que des repentirs viennent à nous. La décision du général a toujours été invariable : il n'accepte que les dévouements qui n'ont pas chancelé, il ne pardonne pas à la France de se lever contre des idées qui sont sorties d'elle. Si grande que soit notre cause, il n'est pas bon qu'on voie dans nos rangs une figure de transfuge ou de converti. La révolution, c'est le battement de cœur de tout un peuple, c'est la conscience de toute une vie et la spontanéité dans le combat. Il nous sera impossible de vous recevoir autrement que comme spectateur.

Amyot était atterré. L'arrêt tombait sur lui, inflexible et mérité.

Il essaya une réponse.

— Si j'abandonnais mon grade, si je ne m'offrais plus que comme volontaire ?...

— Quelques-uns d'entre nous reconnaîtraient un soldat du pape, et la démoralisation viendrait. Adieu, commandant. Croyez à mes regrets personnels.

Il resta d'abord courbé sous cette rafale, la plus dure qu'il eût supportée. Mais bientôt, se relevant et se croyant dans son droit :

— Monsieur, dit-il, votre chef est plus sévère que Dieu, qui accueille et protège le repentir. Comment ! j'avais dix-huit ans ; je sentais naître dans mon cœur la passion des grandes choses, de la liberté avant toutes. J'abhorrais la guerre, qui est presque toujours le recul. Je le dis devant vous. Mon père vient, et me jette dans l'armée, me disant que là où était le danger, là était le patriotisme. Je n'ose me révolter. Je l'entends que les grands prêtres de la religion du drapeau. Mais la fraternité est plus sainte que la poudre. Alors je parle, je répands la sève généreuse. Puis le tambour bat. Mes camarades partent, je les suis ; ils tombent, je les venge ! Cependant, quand l'âge viril a fortifié mes croyances, je refuse de servir la réaction. Je donne ma démission, j'abandonne un beau grade. Je viens à vous en recrue de la conviction, en frère d'armes, pour le sacrifice ; je vous apporte mon sang pour racheter celui qu'on m'a fait verser ! Je me fais soldat d'un chef que j'admirais de loin. De près, je ne le vois pas ; il me fait dire qu'il me chasse.

Adieu aussi, monsieur ! Ce n'est pas avec ces implacabilités-là qu'on sauve les peuples !

L'officier de la république comprit qu'il avait été excessif, et qu'il repoussait trop un homme de cœur.

— Voyons, commandant, reprit-il ; vous m'avez fait honte de mon puritanisme, et je vais outre-passer mes instructions. Etes-vous bien décidément à nous ?

— A vous, non ! à la liberté, oui !

— Vous sentez-vous prêt à tout ?

— Me mettriez-vous à l'épreuve ? demanda Amyot en tressaillant d'espoir.

L'aide de camp se taisait.

Amyot interpréta une nuance où il y avait déjà comme de l'estime.

— Ne balancez pas à me sacrifier, dit-il.

— Ainsi vous accepteriez un rôle subalterne ?

— Avec orgueil.

— Nos espions ont appris qu'on se battrait cette nuit sous Aquapendente.

— Vos espions sont charmants.

— La lutte sera chaude, mais nous sommes avertis. Nous les vaincrons. Ce n'est pas là qu'est le danger.

L'Italien s'arrêta.

— J'attends que vous me le montriez, reprit Amyot.

— Tandis que nous serons occupés à batailler au sud, les pontificaux espèrent nous surprendre par le nord. Il existe encore, sous les anciennes murailles, un conduit aboutissant à la ville et creusé dans le temps par les gibelins. C'est par là que les pontificaux comptent entrer. Il n'y a place que pour un homme dans la largeur du couloir.

— Je serai l'homme, dit Amyot.

## XXIV

Les événements de la nuit, où se trouvèrent mêlés deux des personnages de cette histoire, eurent deux dénoûments bien opposés.

Le premier ne concerne que Gian Mico.

Le lieutenant Saturnin, esquivant par des lazzis les observations qu'on allait lui faire, l'avait enrôlé dans sa compagnie. Les papalins ne s'expliquaient pas très-nettement cette introduction d'un homme de paix dans leurs rangs ; mais le pauvre évêque montrait une telle bonne volonté, qu'ils retirèrent leurs épigrammes.

L'attaque fut régulièr... ... menée. La compagnie de Saturnin se por... la première en avant contre les remparts. La nuit s'éclairait de quelques étoiles. Le lieutenant ordonna de recharger les armes.

Mico avait tenu à conserver son habit ecclésiastique. Saturnin l'aperçut, qui jetait prestement sa cartouche par terre, au lieu de la glisser dans son fusil.

Il le fit venir. Il était assez embarrassé en face de ce conscrit.

— Votre Grandeur n'est pas suffisamment familiarisée avec le maniement des armes, dit-il. Ce n'est point en dehors du canon, mais en dedans, qu'elle doit couler sa cartouche.

Mico sourit mélancoliquement.

— Je ne l'ignore pas, répondit-il; mais l'Église défend de verser le sang.

— C'est pour cela qu'elle attend des chassepots, comme une épousée attend minuit, troublée et joyeuse.

— Je n'explique pas les inconséquences, dit Gian Mico. Toutefois l'Église n'a proclamé cette interdiction que pour ses ministres.

— Très-bien, monseigneur. Seulement à quoi servirez-vous?

— A montrer que la peur est un mal que nous ignorons.

Le clairon sonna. Les zouaves durent marcher, et Mico avec eux.

Il s'avançait ardent et ambitieux. Il priait, et se croyait sur la route du ciel. Il se flattait d'être tué; il aurait préféré une blessure, afin de souffrir davantage, mais il n'avait pas le choix. Quand les mousqueteries eurent échangé leurs volées, quand des hommes tombèrent çà et là dans la compagnie, Mico oublia la discipline, et s'élança dans le sillage des balles, souriant et fier, paraissant et disparaissant dans la fumée, appelant les autres à l'action, criant le nom du Seigneur à chacun de ses bonds; noir et passionné, il ressemblait à un des puritains de Cromwell, répandant des flammes d'enthousiasme mystique, et, quoique désarmé, faisant de la parole un glaive, et de l'adoration une lutte. Mais il ne causait guère plus d'épouvante aux garibaldiens que les dragons peints sur les étendards chinois n'en causent aux Européens, et ses exhortations ne suffirent point à assurer la victoire. Garibaldi entraîna les siens dans le tourbillon de ses attaques. Les pontificaux se retirèrent devant les nuées de libérateurs qui sortirent des murs. Ils oublièrent Gian Mico.

L'évêque fut fait prisonnier.

Les bataillons révolutionnaires eurent quelques instants de repos après ce chaud engagement. Les chefs attendaient ce qui devait se passer à l'autre bout de la ville.

Quelques-uns avaient vu l'attitude enthousiaste de Gian Mico.

Un général le fit venir. Cet apôtre ne lui avait pas déplu.

— Nous manquons de clergé, lui dit-il. Voulez-vous être le confesseur de ceux qui aiment mieux le curé que le chirurgien?

— Je suis confesseur de la foi! répondit humblement Mico, fort abasourdi par l'aventure, et qui commençait à en vouloir sérieusement au bon Dieu de tant le combler.

— Enfin nous n'avons pas l'habitude de fusiller nos prisonniers, et il faut bien vous employer à quelque chose. Vous remplacerez le P. Pantaleone.

L'orgueil vint à Mico.

Une occasion s'offrait. Il allait insulter les garibaldiens et nécessiter des représailles.

— Voulez-vous un sermon tout de suite? dit-il.

— Pourquoi pas? Il fera passer l'entr'acte.

Le divertissement était nouveau. Les volontaires avancèrent un des grands barils de poudre qu'on avait vidés pour l'artillerie; ils installèrent Mico dessus. Ils s'apprêtaient à rire.

L'évêque accumulait dans sa mémoire toutes les réserves d'arguments furibonds que l'Église dépense contre les ravageurs du patrimoine de saint Pierre, et toutes les injures qu'il avait entendues tomber du haut des chaires ou des boutiques de marchands de poissons les jours de dispute; il se sentait plein d'invectives homériques, il allait foudroyer l'armée insurrectionnelle. Il vit des têtes jeunes que la flamme éclairait. Ses délicatesses et ses admirations se réveillèrent; il retrouva en lui l'homme et le citoyen. Il eut honte de la mesquinerie de son ambition personnelle et de l'égoïsme de la cause qu'il voulait servir, et il parla ainsi, d'une voix entrecoupée par des sanglots sincères et presque joyeux de se répandre.

— Mes amis, c'est un égaré qui vous prêche, c'est un pénitent qui se confesse. Il y a une heure, je vous abattais avec un fusil, non chargé, à la vérité; il y a cinq minutes, j'étais résolu à vous insulter. Toute ma vie, je le comprends bien devant vous, qui vous dévouez à une idée sublime, n'a été qu'une erreur méprisable et médiocre. J'implorais la persécution, pour qu'elle me menât au ciel plus vite, et je ne comprenais pas qu'elle n'est méritoire que si l'on souffre pour une noble cause. Je vous aurais supplié de me faire passer par les verges comme un soldat russe ou de me retourner sur le gril comme saint Laurent! J'ambitionnais les mauvais coups, les bousculades, les fléaux. Mais où était l'idée dans tout cela? où était le mérite et la douleur qui peuvent compter devant le maître? En quoi un homme écorché par sa propre faute peut-il être agréable au Seigneur? Et ce Seigneur, qui répondait à mes déceptions par ses grâces, qui m'a fait vicaire, chanoine, évêque, je le maudissais pour chacune de ses largesses. Merci, mes enfants! Vous qui allez mourir pour qu'un plus grand bien soit accordé à vos frères par votre mort, vous m'avez ouvert les yeux. Faites davantage pour moi, employez-moi à une tâche utile ; donnez-moi un rôle, si petit qu'il soit, dans le drame national. Tenez, je pleure en vous parlant, et savez-vous pourquoi ? C'est parce que je ne me sens un brave homme que depuis que je suis avec vous. Il y a eu un personnage grotesque dans Gian-Mico ; mais il y aura aussi un pauvre diable, qui apprendra à marcher droit en marchant sous votre drapeau, et un évêque qui, s'il ne passe pas meunier, sera très-honoré de passer caporal.

La harangue réussit. Les mains vinrent de tous côtés serrer celles de Mico.

— Vous aviez terriblement méconnu votre vocation, lui dit le général.

— Mettez une chemise rouge sur ma soutane, répondit Mico.

Un chant de triomphe, de l'autre côté du bourg, se mêla aux détonations de l'artillerie.

Les garibaldiens frémirent.

Ils ne reconnaissaient pas les cris des leurs, et les pontificaux seuls avaient d'assez forts canons pour produire une telle détonation.

— Garibaldi est là-bas, dit le général. En route !

Il fit signe à ses clairons, et la brigade se mit en marche.

Une heure auparavant, Amyot avait suivi l'aide de camp.

Le long des murailles, ils trouvèrent une petite maison qui y était adossée.

— Nous devons passer par là, dit le jeune homme.

Deux vieilles femmes tricotaient sous une lampe à trois becs, dans la pièce. Une d'elles, en voyant Amyot, s'écria :

— Sainte Vierge !

Amyot ne vit point la vieille femme et n'entendit pas l'exclamation.

— On peut toujours entrer, n'est-ce pas ? demanda l'aide de camp en montrant un trou au fond de la chambre.

— Si, signor ; mais les anciens du pays disent que ceux qui ont passé par là ne sont jamais revenus

— Il vous est encore permis de nous quitter, murmura l'officier à l'oreille d'Amyot.

— Donnez-moi un révolver, répondit celui-ci. Quand vous entendrez un coup de feu, vous ferez entrer vos hommes.

L'arme fut donnée.

— Votre nom au moins, reprit le garibaldien.

— Je n'en ai pas, dit Amyot. Vous m'appellerez le Français.

Son compagnon écarta des fagots qui bouchaient l'issue.

— Adieu ! dit Amyot

Il se baissa et disparut par l'ouverture.

Après quelques toises parcourues en rampant, comme la route se rehaussait, Amyot se tint debout. Il essaya de voir : aucun rayon ne filtrait à l'autre extrémité. Il écouta : nul pas ne s'entendait. Mais cette nuit et ce silence étaient sinistres, Amyot marchait bien dans le sentier de sa tombe.

Il ne s'effrayait pas d'être déjà dans ces couches de la terre, au sein de laquelle il allait dormir. Il ne regrettait rien qu'une chimère sur la surface de lumière et d'air limpide. La chimère cependant y attirait ses pensées. Il revoyait les innombrables retraites où il aurait pu emmener Lisabetta, les flots verts et immenses qui les auraient séparés du monde ; il s'endormait pour des nuits sans fin sur ce beau sein de marbre chaud ; il emmenait avec lui la beauté incomparable, la mélodie, l'encens, l'ivresse, il se répétait qu'elle était là-bas, à quelques lieues, dans la grande ville ; que le galop d'un cheval le conduirait auprès d'elle, avant que le jour ne se fût relevé, et que malgré les engagements pris avec Saturnin, aussitôt qu'elle retrouverait son amant, elle oublierait le remercierait de tout. Et après qu'il s'était bercé de ces rêves, il voyait aussi venir dans l'ombre Monte-Feltro, qui lui avait sauvé la vie et qu'il avait payé en le faisant assassiner. Et alors il avançait par le boyau sombre, espérant que la mort l'y foudroyerait dans une de ces extases.

L'espace était limité. Amyot parvint jusqu'au bout.

La sortie n'était pas gardée.

Il aperçut les feux des pontificaux. L'heure de l'embuscade n'était pas venue. Il était facile à Amyot de sortir.

Il rentra.

Il s'assit sur une grosse pierre éboulée de la voûte et qui rétrécissait le passage.

Il entendit ces bruits prestigieux du silence et ces soulèvements des entrailles de la terre. Sous lui, des courants passaient. Étaient-ils de la flamme ou de l'eau ? Qui lui avait jamais parlé de ces océans et de ces volcans souterrains, de cette genèse mystérieuse ? Qu'y avait-il au fond du globe ? L'œil de la science le voyait. Lui ne savait rien, il s'affligeait de son ignorance. S'il eût vécu, il eût appris.

Il lui était défendu de vivre.

Et il sentait bouillonner en lui autre chose que des convulsions d'amour.

Il aurait pu être orateur, poète, citoyen ; il avait assez de nobles aspirations pour suffire à toutes les gloires. Il savait le chemin des sources où il apaiserait sa soif ; il pouvait devenir illustre, et, bien plus, devenir utile !

Mais Monte-Feltro l'arrêtait toujours.

Mille doutes, mille vertiges, mille sollici-
tations, flottèrent devant lui.

De tous côtés des voix l'appelèrent.

Il ne voulut rien entendre.

Cependant les heures se dévidaient, aucun ennemi ne se montrait; il crut que son
immolation serait différée.

Il se trompait sur le temps. Dans toutes les
visions de ses tumultes intérieurs, il n'avait
pas eu plus la notion de la durée que celle
du sommeil.

Une demi-heure n'avait pas passé encore.
Elle avait été un siècle. Malgré l'héroïsme
de l'âme, la chair tressaillait; à chaque seconde, il pouvait être frappé. L'ombre devait
cacher son meurtrier. Il attendait le coup. Il
fut visé pendant une éternité. Rien ne venait.

Cependant une lueur perça au bout de la
galerie.

Un soulier heurtait les pierres. Un homme
s'avançait avec une lanterne. Derrière lui,
mais loin, plusieurs autres marchaient.

Amyot aurait pu encore se dissimuler en
se blottissant sous la pierre; il se leva.

Il voulait offrir toute sa poitrine.

Il mit un doigt sur la gâchette de son revolver.

Au rayon de la lanterne, vingt fusils bril-
laient. D'après le désir même d'Amyot, il
restait seul exposé.

Les Italiens étaient dans la maison.

Le soldat avançait toujours.

Amyot allait faire feu.

A cet instant, deux cris partirent: les
adversaires s'étaient reconnus. L'officier des
pontificaux était Saturnin.

Amyot surmonta le premier sa stupeur.

— Votre main d'abord, dit-il à Saturnin,
qui lui tendit la sienne, indécis.

— Nous sommes amis, reprit Amyot. Nous
avons fait le serment que nous ne tirerions
pas l'un sur l'autre. Tiendrez-vous ce serment, Saturnin?

— Sans doute, mais...

— Mais votre conscience proteste et la
mienne se récrie! Nous sommes deux principes, nous représentons les deux idées qui
se combattent dans le monde; nous n'avons
plus le droit de nous épargner. Sur l'honneur, embrassons-nous encore et veillons à
qui tuera l'autre!

— Vous avez raison, monsieur, dit Saturnin en retenant une larme sous sa paupière.

Ils s'embrassèrent longtemps.

— Faites-lui du bonheur! dit Amyot à voix
basse.

— C'est vous qui lui donnerez le ciel! répondit le lieutenant.

Ils reculèrent de dix pas.

—Que les chances soient égales! dit Saturnin.

Il suspendit sa lanterne à une pierre qui
faisait saillie sur la voûte; la lumière tomba
en plein.

— Nous tirerons à volonté, dit Amyot.

Saturnin avait aussi un revolver.

Ils levèrent leurs mains et mirent en joue.

Une longue minute passa. Aucun des deux
ne tira.

Ils pensaient à cette infamie du meurtre;
ils se disaient qu'ils s'étaient donné toutes
les preuves de la fraternité en ce monde, et
que peut-être Dieu ne les amnistierait pas
ailleurs. Ils s'aimaient, ils se comprenaient.

— Nous n'en finirons jamais! dit Amyot.
Tirons ensemble au commandement.

Et, d'une voix qui ne baissa pas d'un ton,
il cria: — Feu!

Les deux flammes jaillirent, Amyot seul
tomba.

Saturnin poussa une exclamation d'horreur. Mais elle fut emportée par des clameurs qui retentirent aux extrémités de la
voûte.

Le signal avait été entendu.

Les Italiens et les pontificaux s'élancèrent
avec des torches. Les explosions éclairèrent
encore davantage ces ténèbres violées; les
balles sifflaient dans le couloir. Les chances
restaient indécises. Les pieds glissaient dans
le sang. Les hurlements des blessés se répondaient. Pas un pouce de terrain n'était
gagné de part et d'autre. A mesure que les
vides se faisaient, des arrivants s'engouf-
fraient et tombaient dans ce chemin sépul-
cral. Les cris de « Vive l'Italie! » heurtaient
ceux de « Vive l'Église! » Garibaldi voulut
entrer; mais mille bras lui firent une barrière, et son armée se serait révoltée s'il les eût
bravés. La lutte s'éternisait sans autre résul-
tat que le meurtre.

Alors, à un moment, où les rangs des pontificaux s'étaient éclaircis, leur général fit avancer un canon à l'orifice du couloir. La mitraille fut vomie, et arracha des pierres partout. Tous les garibaldiens tombèrent. Une
autre couche les remplaça; une nouvelle
décharge recommença les mêmes ravages.
L'armée révolutionnaire aurait péri tout
entière dans cette défense impossible. Elle
reçut l'ordre de se retirer et d'évacuer Aquapendente, pour se reformer près Monte-
Altino. Cette tactique entrait dans le système
stratégique. Occuper une ville pontificale, y
attirer les zouaves et la légion; puis l'aban-
ner, et se porter sur une autre, jusqu'à
ce qu'on pût arriver vers Rome à moitié dé-
garnie: tel était le plan, et il aurait réussi
sans l'intervention.

Le jour redescendait. Les pontificaux relevaient l'écusson papal dans la ville; le curé
d'Aquapendente disait une messe d'actions
de grâces dans l'église.

Et on n'avait pas fini de mourir sous la voûte.

Les vieilles habitantes de la pauvre maison avaient pu se garer dans la bagarre.

—Vous n'allez pas à l'église ce matin? dit l'une d'elles, qui déshonorait le nom extatique de Serafina.

— Non, répondit la Tizzone, qu'Amyot avait tirée de l'incendie dans la via Frattina dix-huit mois auparavant. Il y a un homme qui est entré là et qui n'est pas ressorti.

Elle prit la lampe, toute honteuse sous l'aurore.

Elles descendirent comme insouciantes dans ce chemin de l'horreur.

La Tizzone marchait en avant, et ne s'arrêtait que pour mettre sa lampe sur les figures; puis elle passait. Les morts obstruaient le couloir, et quelquefois s'élevaient en monceau jusqu'à la voûte. Elles réunissaient leurs efforts et rejetaient les corps sur la terre gluante. Leurs jupes suintaient du sang; des cris effroyables éclataient devant elles.

Serafina répandait des Ave sur la route, la Tizzone allait toujours.

— Jésus! dit-elle, épuisée, je ne le retrouverai donc pas!

La lampe roula de sa main; elle fit deux tours, s'arrêta vers un corps inanimé, et s'éteignit.

La Tizzone tomba à genoux.

— C'est lui! s'écria-t-elle.

— Qui est-ce, lui?

— Un saint.

— Alors il est au ciel. Retournons chez nous.

— Il ne sera pas dit que je ne donnerai pas la sépulture à qui a sauvé mes vieux jours. D'ailleurs, qui sait? il n'est peut-être pas mort.

Elle chercha la main dans l'ombre. La main était froide.

Elle approcha ses lèvres de son oreille, à tâtons.

— Capitaine Amyot! cria-t-elle.

Aucun son ne répondit.

— Il sera mieux d'aller faire dire une messe pour son âme, reprit Serafina.

La Tizzone s'indigna.

— C'est une âme qui n'a pas besoin de messes, dit-elle; nous devons l'honorer à notre manière. Allez chercher des allumettes, Serafina.

Serafina fit un geste d'épouvante.

— Que je repasse toute seule à travers ces morts! Jamais! s'écria-t-elle.

— Alors, par votre salut éternel, aidez-moi et remontons.

Serafina trouvait la tâche effroyable, mais elle n'osait pas résister à la Tizzone, qui avait une grande autorité dans le pays.

Elle souleva les pieds du capitaine, tandis que la Tizzone prit le buste.

Et elles revinrent vers la maison, trébuchant à chaque pas, marchant sur les morts, laissant tomber leurs gouttes de sueur dans le sang.

Le jour blanc tomba sur trois faces aussi livides les unes que les autres.

Amyot avait une blessure béante au-dessous du sein droit. Tout son sang s'était échappé de lui par cette ouverture énorme, il s'était coagulé dans un dernier caillot. La figure était calme, et le dernier regard ayant vu une lueur plus belle, restait brillant dans les yeux, que la Tizzone ferma.

— Êtes-vous sûre qu'il soit mort? dit la vieille Serafina, que reprenaient des scrupules. On a vu des endormis pareils se réveiller.

— Celui-là respire ailleurs, dit la Tizzone. Mais je vais toujours le conduire dans la maison de Giulio, et je ferai venir un prêtre. On ne l'enterrera que demain. Allez atteler l'âne à ma charrette.

— Si les soldats du pape vous voient rendre honneur à une chemise rouge, ils vous feront un mauvais parti.

— Je remplirai le devoir de ma reconnaissance jusqu'à ce que j'aie reçu leur dernière pierre. D'ailleurs ils ne sont pas si méchants, et Pie IX dit des prières pour tous.

L'âne fut attelé.

La métairie que monsignor Ferrando avait conservée et qui avait été si longtemps exploitée par la Tizzone n'était qu'à un quart de mille d'Aquapendente. Deux chambres y étaient réservées pour les maîtres, quoique personne de la famille n'y vînt dans les derniers temps.

Le petit cortège se mit en marche. La Tizzone tenait la tête de l'âne.

Amyot était étendu sur la planche du fond. Quelques pontificaux saluèrent le mort. Saturnin vit la scène de loin, d'une fenêtre où il causait avec une jeune fille, car sa frivolité lui faisait déjà oublier le drame de la nuit.

— Quel est ce cadavre qu'on regarde tant? demanda-t-il à un soldat dans la rue.

— C'est le commandant Amyot, un transfuge, mais un brave.

Saturnin laissa les mains de l'Italienne. Il devint blanc comme un linceul, se fit apporter un verre d'eau et n'acheva pas son madrigal.

La charrette avançait sous les cahots, assez forts quelquefois pour faire ballotter la tête contre les barreaux.

On arriva à la métairie. Les bâtiments de la ferme, le pressoir et les étables entouraient le corps du logis où se trouvaient les chambres des maîtres. Elles étaient ouvertes. La seconde coupe des regains venait de se faire et l'odeur montait d'en bas, chauffée dans le rayon du soleil qui dardait en plein.

On sentait aussi la fermentation du vin dans les barils.

La Tizzone appela le métayer.

— Je vous amène un mort, dit-elle. Aidez-nous à le monter sur le lit dans la chambre verte.

— Vilain cadeau ! dit le métayer. Nous le déposerons sur un autre lit. Celui-là est à la signorina Letitia, vous le savez bien, Tizzone.

— J'ai idée qu'elle le lui aurait prêté vivant et qu'elle ne le lui refuserait pas mort, si elle était là ; mais elle ne vient plus.

Le métayer fit tout d'un coup un geste d'étonnement, et montrant les fenêtres à Serafina :

— Les hommes sont au foin, et les femmes à la rivière, dit-il. Qui a ouvert ces volets ?

— Ils se sont ouverts eux-mêmes pour la fête funèbre, reprit Serafina. Ces chambres n'ont pas vu souvent un si bel homme. C'est dommage qu'il ne soit plus bon à rien.

Le lit était préparé. On voyait des fleurs sur la table ; tout était arrangé pour une réception qui hésitait entre le deuil et la fête. Le métayer était tout à fait épouvanté. La Serafina multipliait les signes de croix. La Tizzone ne se montrait pas dévote ; elle l'avait prouvé lors de la scène du couvent. Mais ces choses l'impressionnaient.

— Pietro, dit-elle, tu iras prier le curé de venir. On le payera.

La porte de l'autre pièce s'écarta.

— Nourrice, dit Titia, il est inutile d'aller quérir un prêtre ; je resterai auprès du mort.

## XXV

Landreux était sorti depuis longtemps de l'hôpital, où il avait déconcerté la bienveillance de monsignor Ferrando. Bien des choses s'étaient passées à Rome. Le choléra y était venu, et avait emmené le signor Buonaccorsio, le mari de Perpetua. L'armée avait été rappelée. Landreux finissait son temps. Il obtint de rester à Rome en congé illimité. Deux raisons l'y retenaient : d'abord, quoiqu'il ne fût plus chez Amyot, il ne voulait pas le perdre de vue ; ensuite Perpetua était veuve, et son fonds de boulangerie demeurait fort achalandé.

Les petits pains et les galettes disparaissaient de l'étalage, et, dans l'échoppe encombrée, des pièces d'or distraites étaient sans cesse oubliées sur le comptoir. Perpetua les ramassait négligemment, tout entière à la douleur des deux pertes qu'elle avait faites. Les oisifs de Rome avaient une faim extrême depuis que Monte-Feltro était mort. La fornarina n'avait jamais été plus belle que dans ses vêtements noirs. Un soir elle était seule par hasard et essayait de prendre le frais sur sa porte.

Landreux paradait. Un courant magnétique lui barra le passage. Perpetua n'avait pas été sans remarquer sa mine alerte et intelligente. Il ne lui avait pas adressé la parole, ainsi qu'il le faisait facilement à toutes les femmes ; l'intrépide semblait intimidé par le regard noir de la Romaine majestueuse et par l'héritage qu'elle venait de faire du côté de Monte-Feltro.

— Pourquoi vous arrêtez-vous sans causer jamais ? lui dit-elle languissamment. Est-ce que vous n'osez pas venir manger de mes gâteaux ?

— Ce n'est pas tout à fait que j'aie peur, répondit-il, mais c'est que je suis triste en voyant une maison qui va à sa ruine.

Perpetua rit franchement, malgré son grand deuil.

— Le tiroir a rarement été plus plein, reprit-elle, et j'ai de l'argent à n'en savoir que faire.

Landreux se donna un accent plus persuasif.

— Cela ne durera pas, dit-il, et la clientèle sérieuse s'en va. Si vous ne choisissez pas un homme parmi tous vos amoureux, vous serez obligée de liquider avant un an.

— Et qui choisir ? Je suis lasse d'avoir un amant, et je ne trouverai pas un mari au milieu de ces monsignori et de ces marquis. Je ne vous apprendrai rien en vous disant qu'on ne rencontre pas tous les jours un époux comme Buonaccorsio et un ami comme Monte-Feltro.

— Les deux vous sont-ils nécessaires ? demanda Landreux presque tendrement.

— Je veux être une femme honnête maintenant, et c'est pourquoi je ne causerai pas plus longtemps avec un Français.

Elle se retira avec une inclination de tête peu décourageante.

Il revint tous les jours jouer du coude pour éloigner ceux qui encombraient la boutique, et succéda officiellement à Buonaccorsio.

Landreux devint du coup un des bourgeois importants de Rome. Il surveilla son four et ne se refusa pas à envoyer ses petits pains à la prélature et à monsignor Ferrando en particulier. Mais le bonheur ne lui fit point oublier ses amitiés, et il ne s'écoulait pas une semaine où, sans se montrer, il ne surveillât Amyot, qui l'inquiétait.

Il fut mortellement inquiet le jour où il apprit que le commandant avait disparu, et où quelqu'un lui certifia l'avoir rencontré sur la route d'Aquapendente.

Il devenait nécessaire qu'un dévouement suivît sans retard les traces d'Amyot.

Il sentait bien que sa place était là-bas !

mais, s'il avait toute confiance en Perpetua, quand il était près d'elle, il était disposé à se créer des appréhensions grotesques pour peu qu'il s'éloignât.

Il courut vers le Pincio.

— Vous ne voudriez pas qu'il arrivât malheur à M. Amyot? dit-il brusquement à Titia.

Elle ne donna pas le temps à un mouvement de révolte de se produire chez elle en apprenant que le secret de son âme était connu d'un subalterne; elle fut immédiatement à la sollicitude.

— Qu'y a-t-il? répondit-elle avec un tressaillement.

Il lui raconta tout.

— Quand est-il parti? dit-elle.

— Ce matin.

— Puisque vous venez m'avertir, c'est que vous ne pouvez pas courir après lui.

— J'ai fait la bêtise de me marier et de commencer à devenir riche.

Elle ne l'écouta pas et descendit au bas de Saint-Louis-des-Français. Elle trouva une voiture de place.

— Dix écus pour toi, dit-elle au cocher, si tes chevaux sont à Aquapendente demain au lever du jour.

Le voiturin ouvrit la portière et le carrosse fila.

Elle savait donc qui était la maîtresse d'Amyot.

Elle s'efforçait depuis des mois de noyer son malheur sous les flots qu'elle soulevait autour d'elle, mais le malheur surnageait et il s'appelait toujours Amyot.

Le voiturin atteignit la petite ville plus tôt qu'il ne l'avait promis. Avant d'entrer, elle assista à la retraite des garibaldiens.

Elle fut navrée; mais elle n'était venue là que pour un seul, qui tenait dans son âme plus de place qu'une nation.

Elle avait des intelligences par toutes les maisons. Elle sut qu'un Français s'était présenté la veille, et qu'il s'était offert à garder le souterrain aboutissant au logis de la Tizzone. Elle entrevit l'horreur de la vérité; elle calcula qu'il n'y avait pas une chance sur cent pour qu'Amyot s'en tirât. Elle connaissait à fond la nourrice de Giulio, et elle était certaine qu'elle n'abandonnerait pas celui qui l'avait sauvée.

Elle se rendit à la métairie, certaine qu'elle allait à un rendez-vous funèbre.

Elle avait une clef des chambres; elle entra lorsque tous les hommes étaient aux champs. Elle prépara un lit à tout événement.

Maintenant qu'il devenait cadavre, elle allait avoir le droit de baiser son front, et d'appuyer la tête sur sa poitrine.

— Aurez-vous bien le courage de le mettre en terre sans avoir fait venir le médecin? dit Serafina à la Tizzone.

Titia ne croyait pas à la médecine.

— Allez chercher le docteur Langieri, dit-elle à Serafina.

Elle pleurait, regardant Amyot.

— Soulage ton cœur, ma fille; mais heureuses sont celles qui perdent leur amoureux jeune! Il ne les a pas encore trompées, et elles souffriront moins que les autres.

Le médecin ne se fit pas attendre. Il n'eut pas besoin d'un long examen.

— Cet homme est mort depuis quatre heures, dit-il. L'hémorrhagie a tout fait. Si l'on avait arrêté le sang, on l'aurait conservé.

— La balle est-elle sortie? demanda Titia avec une apparence calme.

— Incontestablement, par l'ouverture qui est là sous l'épaule droite. Aucun organe n'est lésé; mais, pour vivre, il faut du sang, comme il faut de l'air.

— Vous attestez Dieu qu'il n'y a plus rien à tenter? demanda Titia.

Langieri se mit à rire.

— Romulus n'est pas plus trépassé que ce fantassin-là, répondit-il.

Titia demeura seule avec la Tizzone.

— Ne reste pas là, ma fille, reprit celle-ci. Ton cœur est enfermé sous ces rideaux; tu dois à tes amis de l'en sortir.

— Nourrice, je n'aime plus mon pays! reprit Titia en éclatant en sanglots.

— Je vais commander sa bière.

— Vas-y! répondit-elle en secouant sa tête, comme pour sécher ses larmes.

— Veux-tu qu'on l'ensevelisse à côté de ton oncle?

— Oui, mais ne reviens pas durant une heure; je vais prier.

Titia se leva et mit le verrou à la porte.

Elle se pencha sur son oreille et l'appela par tous les noms d'amour. L'être endormi était bien entré dans le sommeil dont on ne se réveille plus.

Il était plus beau encore que dans la vie.

Malgré tout, elle avait des doutes.

Amyot n'avait fait qu'effleurer les choses, en amour, en dévouement, en action; les dénoûments lui avaient manqué. Il avait toutes ses tâches à terminer en ce monde, et il partait. Ce départ était-il vraisemblable?

Dieu ne pouvait pas être l'indécision.

Titia avait beaucoup lu dans la bibliothèque de son oncle. Elle s'était souvenue d'un certain manuscrit sur la thérapeutique, qui lui avait semblé de l'empirisme, mais que le vieillard jugeait avec plus de bienveillance. Il y avait un long chapitre sur les léthargies après les blessures, et un traitement indiqué. Elle se rappelait tout. Elle ne risquait rien d'essayer, elle ne risquait que sa vie.

Elle ouvrit une armoire, et y prit un canif, une soucoupe et une éponge.

Elle s'assit au bord du lit.

Elle découvrit le sein d'Amyot et regarda longtemps la plaie. Titia avait alors la chasteté intrépide des sœurs hospitalières.

Ses doigts frémissants écartèrent la manche gauche de sa robe, son bras de neige apparut. Elle ne savait pas où était la veine de la saignée; elle prit le canif et s'attaqua au hasard, usqu'à ce que le sang arrivât.

Il fut d'abord une goutte, puis un jet. Elle ne pâlit point sous la défaillance; elle mit la soucoupe au-dessous de la source rouge, qui la remplit peu à peu.

Puis elle arrêta le sang avec son mouchoir.

Elle n'y voyait presque plus, l'ombre semblait descendre de lui à elle. Sa main put encore prendre l'éponge, la remplir dans la soucoupe et l'égoutter lentement dans l'ouverture de la blessure. Le sang coulait dans cette organisation anéantie, comme l'eau d'une inondation coule dans une rivière desséchée. Les veines se remplirent. Alors, soit que le traitement fût sérieux, soit que l'immobilité eût atteint sa dernière période, quelque chose, qui n'était pas encore la vie, sembla courir dans cet être exsangue; une demi-respiration souleva la poitrine. Titia poussa un cri de délire.

Puis elle tomba au pied du . . suscité.

Sa tête reposa à côté de celle d'Amyot, comme la tête d'une épouse.

Elle aussi entrait dans sa léthargie.

Cependant le cri avait retenti dans la maison.

La Tizzone entendit que c'était une explosion de joie.

Mais qui pouvait la motiver?

Elle eut peur.

Elle monta.

La porte était close.

La vieille appela en vain; elle s'effraya tout à fait, et le métayer arriva à ses clameurs. La porte fut enfoncée.

— Bonté du ciel! qu'est-ce que cela veut dire? s'écria la Tizzone; voici le mort qui revient et la vivante qui s'en va!

Elle vit du sang partout et crut à un suicide. Elle allait désespérée d'Amyot à Titia; tout ce qu'elle inventait restait inutile: les deux infortunés ne faisaient plus aucun mouvement. Pietro perdait la tête dans ce tumulte, et il courut à la ville pour rappeler Langieri.

Langieri fut très-mécontent: celui dont il avait si doctoralement ordonné l'inhumation montrait stupidement une bonne volonté de guérir. Il s'indigna de la façon insolente par laquelle la jeune fille l'avait remplacé; ce traitement insensé et victorieux lui portait particulièrement sur les nerfs. Mais, comme c'était un praticien loyal après tout, il fit

administrer des excitants qui rappelèrent Titia à elle-même, tandis qu'il allait au plus pressé en posant un appareil sur ce blessé malappris. Il gronda doucement Titia, en lui expliquant qu'elle était plus malade que le commandant, et après avoir déclaré qu'avec du repos tout irait bien des deux côtés et que ses soins étaient inutiles auprès d'un collègue si entreprenant.

Amyot était toujours sans connaissance, mais sa respiration soulevait sa couverture.

Titia se révolta lorsqu'on voulut l'emmener dans une autre chambre, et annonça que puisqu'elle-même ne pouvait point sortir, elle ne se sentait bonne qu'à veiller le blessé, et que tous les hommes étaient nécessaires aux champs.

La Tizzone avait l'habitude d'obéir à Titia, et elle retourna dans sa maison d'Aquapendente.

La volonté est le plus puissant des cordiaux. Titia voulut être assez forte pour pouvoir soigner Amyot, et elle y parvint; elle voulut qu'Amyot rouvrît les yeux, il les rouvrit.

Pendant de longues heures, il n'eut pas le sentiment de sa recouvrance. Il vit qu'un être compatissant s'empressait autour de lui, mais il ne le reconnut pas; il vivait automatiquement.

Peu à peu une éclaircie perça ces ténèbres.

Il aperçut un paysage inconnu, au delà de sa fenêtre; il ne sut pas à quel monde il appartenait. Il lui parut bien qu'il avait été tué en bas; mais en haut les choses ressemblaient beaucoup à celles qu'il connaissait. Il y avait donc aussi des femmes dans l'autre vie?

Elle était belle, mais non de la beauté qu'il aimait; elle ne paraissait point désirer se faire reconnaître. La parole revint lentement. Un matin il lui dit:

— Comment appelez-vous ce pays?

Il parlait en français.

Elle lui répondit avec l'accent italien, pour faire une épreuve sur ses souvenirs.

— Aquapendente.

Il tressaillit.

— Aquapendente! J'y suis mort.

— Oui répondit-elle, car elle espérait encore qu'il était ressuscité avec un nouveau cœur. Il la détrompa bien vite.

— Lisabetta se remarie, reprit-il. C'est à cause de cela que j'ai été tué.

Titia fit sur elle-même un effort presque mortel et qu'elle s'était promis de faire depuis longtemps.

Elle répondit:

— Lisabetta ne se remariera que si vous ne voulez pas d'elle.

Il se reperdit dans une rêverie.

— Je l'aimais! dit-il, mais je me suis juré que je n'aimerais que l'Italie.

Les yeux de Titia s'agrandirent.

— Tenez votre serment! répondit-elle enthousiaste.

— Vous êtes Titia! dit-il avec une sorte d'épouvante.

Elle soupira et se replia à sa tâche.

Elle ne laissa plus voir qu'une passion, celle de la vie d'Amyot. A travers la surveillance la plus tendre, elle commanda à son regard de ne rien dire, et à ses mains de ne pas trembler. Ses pauvres grands yeux ne se fermèrent pas durant des nuits; ses mains s'appuyaient au dossier des chaises pour la soutenir quand elle allait vers le lit, car elle était bien faible aussi. Lorsqu'il fut un peu rentré dans la vérité navrante, il reprit le dégoût de la santé.

— Pourquoi ne me quittez-vous pas? lui demanda-t-il un soir. Une sœur hospitalière aurait suffi, et cela doit bien vous ennuyer de ne jamais dormir.

Il dit une autre fois:

— Vous êtes un être impersonnel, Titia, et plutôt un esprit qu'un cœur. L'idée est votre seule sève, et il ne m'est pas prouvé que vous soyiez femme.

— Restez dans votre doute et relevez-vous vite.

Cette contrainte l'épuisait. Elle avait pensé un instant qu'ayant à son insu de son sang dans les veines, il l'aurait aimée.

Elle en arriva à le plaindre; elle se dit qu'il avait raison de s'éprendre d'une femme si belle et que le sort n'était peut-être pas juste en les séparant.

C'était peu de donner à Amyot toutes ses nuits et toutes ses angoisses; elle tenta aussi de lui donner une sécurité absolue et de le préserver d'un remords vis-à-vis d'elle. A cette fin, elle devait paraître bien portante et gaie.

Pour s'empêcher de dormir, elle imagina de chanter; elle se levait aussitôt qu'une douleur l'appelait, elle plaisantait le héros sur son peu de courage et éclairait d'un sourire les tristes rideaux du convalescent. Puis, quand il avait refermé ses paupières et qu'elle était revenue à son fauteuil, elle prenait de l'eau dans ses doigts et en mouillait ses yeux, afin d'y noyer les larmes.

Il était parfaitement dupe de toutes ses ruses magnanimes.

Elle écrivit plusieurs fois et cacha ses lettres au convalescent.

Car, au bout d'une semaine, il allait mieux décidément.

La Tizzone venait souvent.

Elle ne se contentait pas des apparences; elle avait quasi une âme de mère pour Letitia et elle voyait son deuil sous sa gaieté.

Amyot avait déjà fait quelques pas dans la chambre, appuyé sur le bras de sa gardienne, qui se croyait forte, et qui essuyait à l'angle des murs les gouttes de sueur sur son front.

La Tizzone s'indigna; elle oublia ce qu'elle devait à Amyot.

— Il serait temps que la honte vous revînt avec la santé, lui dit-elle. C'est vous qui devriez soutenir Titia et ne plus vous appuyer sur elle.

— Je suis tout à fait de votre avis. J'avais proposé à la signorina de faire venir une sœur...

—Vous voulez la renvoyer à présent? Elle! vous ne savez donc pas ce qu'elle a fait pour vous?

Titia eut une horrible peur.

— Qu'a-t-elle fait? demanda-t-il anxieux.

—Elle vous a donné...

Titia se jeta sur l'oreille de la Tizzone.

Il n'insista point. Il ne s'intéressait plus à grand chose.

Titia redescendit.

La Tizzone marchait derrière elle.

—Tu en mourras, mon enfant! murmura-t-elle.

— Est-il vrai que le cardinal Leopardi soit à Aquapendente depuis ce matin? dit Titia.

— Oui. Il est venu remonter le moral des pontificaux, qui heureusement désertent comme des hirondelles en septembre.

— Tu as ta charrette. Emmène-moi.

— Tu vas parler à Leopardi?

— Pour mon frère, oui!

— Eh! pourquoi mentir avec ta nourrice?

La consternation était grande dans le bourg. Les chambrées se vidaient d'un vingtième toutes les nuits. Si le mouvement continuait, le pape se trouverait bientôt seul dans le Vatican comme Dieu dans son ciel. Les garibaldiens enlevaient les villes à la course.

Titia eut grand'peine à obtenir une audience du cardinal dans ce tumulte. Elle lui avait demandé cinq minutes. Elle lui parla pendant une demi-heure.

Il l'écouta avec intérêt, mais il répondit:

— Je ne vois pas ce que l'Eglise gagnera à cela.

— Faites une bonne action sans récompense, monseigneur. Soyez évangélique comme si vous n'étiez pas prince.

— On ne se refait pas une jeunesse, mon enfant. Je serai tiède, parce que je ne m'intéresse plus qu'aux choses pratiques, et que celle-là est essentiellement idéale.

— Enfin vous lui parlerez?

— Ce soir même, je rentre à Rome; mes chevaux sont prêts.

La Titia redescendit à pied à la métairie. Elle marchait triste comme si elle allait enterrer son cœur.

Elle ne rentra point dans sa chambre.

Au fond du petit jardin, il y avait un vieux columbarium, dont ses grands-pères avaient fait une buvette profane. Où avait reposé la cendre des morts, ils étaient venus répandre le vin rose de Monte-Fiascone. Les verres avaient remplacé les urnes. Mais, depuis des années, le columbarium était sans destination aucune. Titia y était entrée toute jeune, pour lire à son oncle de vieux in-quartos sur le droit romain. L'endroit était charmant pour autre chose que l'étude. Le jour tombait d'en haut par une coupole. Elle était peu élevée, et, quand on montait par une petite échelle sur la terrasse qui le dominait avec une balustrade, on avait autour de soi une ceinture de collines boisées et d'azur. En bas, courait un divan, recouvert d'une natte de paille. Titia aéra la pièce, apporta des corbeilles de fleurs sur la table de marbre, arrangea une couche de mousse qu'elle combina avec les dessins de la mosaïque du sol, et disposa tout pour que tout sourît.

Le lendemain, elle descendit de bonne heure, monta sur le toit du columbarium, et regarda obstinément la route qui venait de Rome. Elle semblait attendre son destin qui venait par là.

La route était bruyante. A chaque instant, des détachements y arrivaient et se dispersaient pour donner la chasse à des déserteurs enfuis par les bois. Des clairons sonnaient : des zouaves essayaient contre de pauvres oiseaux la portée des nouveaux fusils qu'on leur avait donnés. Des chevaux passaient au galop, portant des ordonnances. Des buffles effarés venaient au bord du fossé pour entendre tout ce vacarme.

Une poussière plus épaisse descendit de la côte. Une voiture de poste se dessina. Titia tomba à genoux, moitié par défaillance, moitié par religion. Que demanda-t-elle à Dieu ou à son cœur ? Elle l'obtint, car elle se releva plus forte. Elle se précipita dans le jardin et courut à la chambre du commandant.

Il était debout et habillé. Il alla au devant de Titia.

— Que se passe-t-il ? j'ai entendu beaucoup de bruit du côté de la route, dit-il.

— En effet, nous assisterons bientôt à une bataille.

— Je ne vous imposerai pas plus longtemps les fardeaux de l'hospitalité, signorina. Je voudrais louer un cheval dans le pays, pour essayer ce que je puis faire. Ensuite j'irai au camp de Garibaldi.

— Ce serait une folie que de monter à cheval pour votre première sortie. Venez faire un tour dans le jardin avec moi.

— Volontiers; faisons le long, pour que j'aie plus le temps de vous dire ma reconnaissance.

La phrase était froide d'intonation. Titia n'aurait pas pu conserver une illusion, si elle avait encore été assez faible pour l'accueillir.

Elle lui donna le bras.

Ils traversèrent les petites allées. Quoique la mémoire de tout ne lui fût pas revenu et quoiqu'il n'eût pas cherché à comprendre, Amyot estimait que la conversation était embarrassante avec la jeune Romaine.

Ses pas n'étaient pas très-fermes. Il semblait avoir l'ivresse du grand air.

— Il faut vous reposer un instant, dit-elle.

Elle ouvrit la porte du columbarium.

Il entra distrait.

Elle fit quelques pas en trébuchant et tomba évanouie sous un amandier.

## XXVI

La princesse attendait Amyot dans le columbarium et elle y avait été amenée par Titia.

Différentes combinaisons, traversées souvent par le hasard, amenèrent les événements qui vont suivre.

Lisabetta n'avait rien senti diminuer dans son amour pour Amyot; mais, croyant comme tout le monde qu'il avait attiré Monte-Feltro vers un piège sanglant, quoique ce fût impossible, elle se jugeait séparée irrévocablement de lui, et laissait se préparer son mariage avec M. de Saturnin, lorsqu'elle reçut une première lettre de Titia. Elle lui apprenait que le commandant avait tout fait pour être tué, par désespoir de l'avoir perdue, et qu'il recommencerait fatalement ses pas vers la mort, si la princesse ne venait point à lui.

Elle eut une immense joie dans une immense crainte. Une seconde lettre arriva encore plus pressante, et la suppliant de paraître à la métairie, si elle désirait qu'Amyot ne mourût pas. Elle fit appeler le cardinal Leopardi.

— Monseigneur, Mico a disparu de Rome, lui dit-elle. En l'absence de mon directeur, je viens vous demander conseil.

— S'agirait-il d'une affaire de votre cœur, signora?

— Peut-être.

— Mgr Mico n'aurait sans doute pas été à la hauteur du conseil que vous eussiez demandé, et, à plus forte raison, moi qui ignore les femmes encore plus que lui et qui n'ai ai jamais entendu au tribunal de la pénitence.

— Vous êtes mon ami, Eminence. L'amitié est une lumière.

— Lorsqu'elle n'est pas une cause d'aveuglement.

— Vous tenez donc beaucoup à ce que je devienne M<sup>me</sup> de Saturnin ?

Le cardinal attendait vraisemblement la question. Il avait deviné bien des sous-entendus dans la courte conversation de Titia et il était résolu à servir sa générosité.

— J'y tiens comme je tiens à réussir quand je fais une quête pour le denier de Saint-Pierre, reprit-il. Ce mariage, en encourageant les dévouements à l'Église par l'éblouissement des récompenses qu'elle peut donner, amène un peu d'eau sous la barque du Vatican.

— On ne peut avouer plus galamment que mon bonheur n'entrait pour rien dans les calculs que vous arrangiez.

— Le vicomte est un digne jeune homme. Mais, si vous n'êtes pas ravie de ma combinaison, je sacrifierais de grand cœur l'intérêt politique à la certitude de votre paix.

— Alors, Éminence, puisque vous êtes toujours bon, apprenez tout et couvrez encore ma confusion de votre bienveillance. Je ne veux ni accuser un mort ni plaider pour ma faiblesse, mais il est de notoriété à Rome que le prince me délaissait. Du vivant même de Monte-Feltro, j'ai été sur le point d'aimer un Français.

— Je supposais que vous l'aviez aimé tout à fait, et que la maison du Corso avait abrité autre chose que des confections.

Lisabetta était embarrassée en même temps qu'irritée.

— Vous en savez trop, dit-elle, puisque vos informations dépassent non-seulement la vérité, mais la vraisemblance.

— Je m'étais laissé dire que quand une Romaine avait fait un choix et une promesse, elle ne faisait ni tentative ni objection pour le modifier ou pour le remplir.

Lisabetta frappa légèrement la porcelaine du plancher avec sa bottine.

— Votre érudition était incomplète, monseigneur. A présent, plaignez-moi; vous me blâmerez ensuite. J'aime toujours M. Amyot, et c'est une abomination, n'est-ce pas ?

Leopardi eut un bon sourire.

— Abomination à l'égard de la hiérarchie sociale ?

— Non. Je suis d'assez haute naissance pour anoblir ceux que j'élève à moi, répondit la Bentivoglio. C'est la mort tragique et compliquée du prince qui rend tout rapprochement scandaleux.

— Tragique, je ne dis pas, quoique les boulets de canon fassent des milliers de drames semblables sur tous les champs de bataille; mais pourquoi compliquée ?

Le doute exprimé par le cardinal parut monstrueux à Lisabetta, bien qu'il lui apportât un peu d'espérance, et elle reprit :

— M. Amyot n'ignorait pas que Saint-Onuphre était miné.

— Mon enfant, répondit Leopardi, vous me mettez dans une situation très-fausse en me forçant à vous déclarer que j'ai des espions partout; dorénavant je ne pourrai plus vous faire suivre. Mais enfin la dévotion que j'ai pour vous me force à vous avouer que j'ai appris, d'une façon authentique, que M. Amyot ne savait pas l'attentat projeté à Saint-Onuphre, et qu'on lui avait assuré que les révolutionnaires devaient tuer ce malheureux prince dans la caserne qu'il occupait d'abord.

Elle sonna et demanda sa voiture.

Leopardi l'examina, tandis qu'elle faisait ses préparatifs. Elle jetait des robes dans une malle, remplissait son porte-monnaie et chantait.

— Son pays est à feu et à sang, pensait-il; elle ne sera plus princesse dans huit jours ! Et l'amour lui fait tout oublier ! Nous sommes bien fous, nous qui nous engageons à ne pas le connaître !

Le cardinal retourna tristement au Vatican. Les postillons firent bondir leurs chevaux devant la berline de Lisabetta.

Landreux, depuis quelques jours, s'adressait des reproches à propos de son ardeur pour le commerce; il se condamnait pour avoir beaucoup négligé Amyot. La présence de Titia ne le rassurait qu'à demi. Il savait que le commandant s'était tiré du feu; mais comment se tirerait-il du malheur ?

La princesse, soit indifférence, soit générosité, avait continué la clientèle de sa maison à l'ancienne maîtresse de Monte-Feltro; Landreux faisait lui-même le service de la boulangerie, et portait les pains à droite et à gauche, dans une voiture. Ce matin-là, il arrivait un peu tard au palais Monte-Feltro.

Le majordome vint au devant de lui.

— Nous n'aurons plus besoin que de cinq livres de pain par jour pendant quelques semaines, lui dit-il. La princesse vient de partir et a donné un congé provisoire à presque tous ses gens. Voici quarante écus pour le compte du mois dernier.

Landreux reçut négligemment les pièces d'or. Il était distrait.

— La signora est imprudente de voyager par ces temps où il pleut des balles dans les campagnes, répondit-il.

— Parfaitement vrai, mais tout à fait inutile à lui dire.

— Et de quel côté est-elle allée ? reprit Landreux avec une apparence de curiosité banale.

— Au mauvais endroit, à Aquapendente.

— Dites donc, majordome, reprit Landreux, vous n'auriez pas une selle à me prêter ?

— Vous voulez laisser vos petits pains et monter cette rosse-là ?

— Oui, j'avais oublié un marché de farine

très-important. Les bourgeois qui ne sont pas servis jeûneront. C'est aujourd'hui Quatre-Temps, cela ne leur fera pas de mal. Quant à cette rosse-là, elle en revendrait à la mule du pape. Où est votre selle ?

Un palefrenier l'apportait.

Landreux détela son arabe étique et l'harnacha comme à l'époque où il était monté par un marabout.

— Je voudrais être de retour avant la nuit, continua-t-il, et je n'ai que le temps bien juste. Vous n'avez pas peur d'aller voir une jolie femme ?

— Jamais, et surtout si c'est la vôtre.

— Précisément. Vous lui direz que je suis allé à Velletri pour affaire.

— Je ne désignerai aucune localité, pour ne pas me charger d'un mensonge. Il y a de belles filles dans la Maremme, et quand elles n'ont pas la fièvre, elles ont l'amour.

— C'est la même chose, dit Landreux en s'appuyant sur l'étrier.

Il galopa sur la route d'Aquapendente.

La princesse n'avait que deux heures d'avance et le cheval était bon.

Landreux commençait à être convaincu par expérience que la fortune n'est pas tout en ménage, et qu'il n'est pas toujours sain d'épouser des femmes qui ont eu des aventures avant les secondes noces; il se tourmentait pour son ex-maître.

Lisabetta avait reçu par lettres les instructions de Titia, et elle se dirigea seule vers le columbarium.

En l'y retrouvant, Amyot resta immobile de stupeur.

Elle l'en dégagea vite, et, lui prenant la main et prolongeant cette caresse :

— Vous êtes faible, dit-elle. Asseyez-vous près de moi.

— Signora, répondit-il en traînant un peu sur ses paroles, vous m'avez habitué à bien des surprises, et pourtant...

— Je veux qu'elles cessent, Amyot. Il est plus que nécessaire que nous arrivions à un dénoûment, et, pour le hâter, je suis venue.

Il se redoutait et affectait de ne pas la regarder. Il ne savait que trop que sa volonté s'anéantirait, si leurs yeux se rencontraient, et entre eux il voyait cependant le spectre de Monte-Feltro.

— Il n'y a plus une circonstance qui puisse nous rapprocher, dit-il.

— Vous croyez ? répondit-elle en conservant une attitude doucement énigmatique.

Puis elle reprit, comme si elle avait voulu aussi sortir d'un péril :

— Commandant Amyot, ne serait-il pas temps que vous songiez à notre mariage ?

— Épargnez-moi, dit-il. Je sors à peu près de la tombe, je ne suis pas de force à supporter des ironies.

— L'âme de Monte-Feltro se réjouira en sachant Amyot récompensé et par moi !

— Quelqu'un aurait été témoin de ce que j'ai voulu ! Mais ce témoin existerait, que le malheureux n'en serait pas moins mort par ma faute, et que nous ne pouvons sans impiété être l'un à l'autre.

— Vous êtes dans l'hyperbole et je me tiens dans la modération, reprit-elle. Nous avons le droit d'être heureux, ne nous quittons plus !

Le pauvre Amyot ne trouvait rien à répondre. Il allait se pencher tout entier vers le bonheur, quand un scrupule lui revint :

— Vous avez encouragé M. de Saturnin, dit-il, vous avez permis à l'opinion de vous marier à lui !

Elle parut un instant confuse, mais elle ne se réfugia pas dans un mensonge :

— Ceci a été ma dernière faiblesse, reprit-elle, et vous savez bien qui j'aimais. Si vous avez confiance, ne me reparlez plus de M. de Saturnin.

— Ou plutôt, continua-t-elle, parlez-m'en à satiété : il n'est pas dangereux.

Il allait l'enlacer et embrasser ses cheveux dans l'extase et dans la reconnaissance; mais ce fut elle qui se déroba à lui, et qui parut dès lors revêtue de cette pudeur qu'elle avait si peu connue autrefois.

— Ne sortons pas de notre rôle, dit-elle, et parlons attentivement de nos affaires. Une amie a tout préparé.

— Quelle amie ?

— La signorina Titia Ferrando ; il faudra beaucoup la remercier. D'ailleurs ne lui devez-vous pas déjà des soins fraternels ?

— Sans doute ! dit-il froidement.

— Elle a loué une petite maison pour moi dans le voisinage, près du lac de Bolsène; elle est à la recherche de Gian Mico qui nous unira dans huit jours.

— C'est une excellente personne.

— Il serait convenable d'aller la trouver.

— Comme vous voudrez ! répondit-il en regrettant que l'entretien ne se prolongeât pas, mais ébloui jusqu'au transport de toutes les perspectives qui les entouraient.

Ils sortirent du columbarium.

Landreux était à la porte.

Amyot allait de surprise en surprise et de joie en joie.

— Tu es ici, mon brave garçon ? dit-il.

— Apparemment, mon commandant, et je désirais vous parler.

— Rien ne presse, je suppose ?

— Tout presse, au contraire.

Lisabetta entra dans la maison.

Elle s'en fut avec Titia pour visiter le logis loué par elle.

Pendant la scène du columbarium, des paroles avaient été dites à la porte.

Landreux avait si bien tiré parti de son cheval, qu'il était arrivé à la métairie une demi-heure après la berline de la princesse.

Il ne s'amusait guère aux préfaces et il chercha de suite Titia.

Il la trouva sous l'amandier, à peine revenue à elle-même.

Cette pâleur le fit déjà songer.

Titia, dans le désordre de son retour à la vie, avait dérangé ses vêtements; une de ses manches flottantes s'était relevée, son bras était nu jusqu'au coude.

La cicatrice de la blessure était à peine fermée.

Landreux le remarqua.

— Eh bien! dit-il après les premières banalités, tout s'est mieux passé que nous ne l'avions cru. Le commandant a été guéri très-vite. Mais il était en danger.

— On le disait! répondit-elle.

— De quoi mourait-il?

— Je ne sais pas.

— Vous aussi, vous avez été malade, signorina?

— Moi! pourquoi? répondit-elle doucement.

— Je pensais que cette piqûre indiquait qu'on vous avait saignée.

Elle fit retomber précipitamment sa manche.

— Que venez-vous faire? reprit-elle pour changer le tour de la conversation.

— J'ai la sottise de m'intéresser pour toute la vie à ceux que j'ai aimés une fois, et je viens demander au médecin qui a sauvé mon commandant s'il est assez fort pour recommencer une campagne, car les garibaldiens vont le rappeler.

Titia eut peur.

— Ne voyez pas le médecin, dit-elle; M. Amyot va être occupé à autre chose qu'à la guerre.

Sa voix tremblait sur cette parole.

Landreux sourit.

— Savez-vous ce que l'on dit à Rome? reprit-il.

— Je ne m'y intéresse plus guère.

— On dit que le signor Ferrando venait ici chaque jour, et que sans vous il serait parvenu à empoisonner le commandant au moyen d'un de ses breuvages.

— C'est une infamie! reprit-elle vivement.

— Sans doute. On essaye ces moyens-là sur un pauvre diable, mais non sur un officier supérieur.

— Je n'aime pas mon frère, mais je n'admets point qu'il les ait essayés sur personne.

— Excepté sur moi, il y a deux ans, à l'hôpital.

Titia pâlit.

— Oh! le fanatisme! dit-elle.

— Il ne s'agit plus de moi. Mais puisque c'est une calomnie, cette fois-ci, par bonheur, il convient de lui couper la parole. De quelle maladie mourait M. Amyot? Je dois pouvoir le dire.

La jeune fille était perplexe.

— Il avait perdu tout son sang! dit-elle. M. Langiéri a fait un miracle.

Landreux regarda involontairement du côté de la manche.

Son cœur battit.

Il avait deviné par la pénétration toute puissante de l'admiration.

— C'est celle-là qui l'aime! pensa-t-il.

Il reprit tout haut:

— C'est tout ce que je voulais apprendre. Monsignor Ferrando se sert à la maison, et il se désagrée de d'entendre causer d'une pratique. Je le ... iller̂ai dans le quartier. Permettez-me ... ze dire bonjour au commandant. Je repartirai pour Rome dans la nuit.

Titia n'eut aucun soupçon.

— Un mot encore, dit Landreux. Est-il vrai que l'évêque Gian Mico soit maintenant chapelain dans l'armée nationale?

— C'est vrai.

— Le comte Tramontan m'avait chargé d'une commission pour lui, dans le cas où je le rencontrerais sur mon chemin.

— Je n'y puis rien.

— L'affaire est importante. Si cela ne me détournait pas trop, j'irais faire un tour dans le camp de Garibaldi. Où est-il?

— Je n'en sais rien.

— Allons donc, signorina! Vous vous défiez, parce que j'ai porté l'uniforme français; mais j'étais tout à fait en désaccord avec le cabinet des Tuileries, ajouta-t-il en riant.

Titia ne répondit que par un geste qui montra à l'horizon le mont Alfino.

Ce fut à ce moment-là que Lisabetta et Amyot sortirent du columbarium, et que Titia emmena la princesse.

Amyot se tenait droit et fier. La joie fait de la force.

Landreux le questionna silencieusement du regard et hésita devant un coup si dur à porter, mais la conviction l'entraîna.

— Vous allez entrer en ménage, mon commandant? dit-il brusquement.

— Tu devines vite; toutefois je ne te démentirai pas. Tu ne m'as jamais vu heureux autrefois et tu ne dois pas me reconnaître. Regarde un peu quelle figure le bonheur me donne.

Landreux suspendit de nouveau sa pensée.

Son devoir ne le menait-il pas jusqu'à la cruauté? Avait-il le droit de briser ce cœur? Pourquoi se mêlait-il de ces choses? et aussi pourquoi aimait-il Amyot?

— Me pardonnerez-vous de vous adresser une question? reprit-il.

— Elle ne peut être que bien intentionnée.

— Avant de vous établir, aurez-vous payé toutes vos dettes ?

Amyot s'émerveillait de cette hardiesse.

— Tu aurais dû me faire ta réclamation plus tôt; je croyais être en règle avec toi.

— Ce n'est pas à moi que vous devez.

— A qui alors? dit Amyot avec hauteur.

Landreux porta hardiment sa botte.

— A la signorina Titia.

— C'est vrai, le compte reste à régler. Je trouverai moyen de l'indemniser pour tous les soins qu'elle m'a donnés.

— Elle vous a donné mieux que des soins, mon commandant.

— Quoi donc ?

— Son sang.

Amyot crut à une hyperbole et ne comprit pas.

Landreux insista.

— Je parle d'une façon exacte. Vous voyant dépérir, elle s'est ouvert la veine, et c'est son sang qui coule dans les vôtres. C'était la mort presque infaillible.

La lame atteignit Amyot en pleine poitrine, mais il se révolta contre un malheur si inattendu et qu'il voyait immense, et, posant ses mains avec menace sur l'épaule de son ancien serviteur, il s'écria :

— Tu mens !

Le soldat bondit sous le mot, mais il retrouva son calme sur-le-champ.

— Oui, vous deviez répondre ainsi, dit-il, et oublier que je vous suis attaché comme un chien, que je vous ai suivi par inclination seule, et que je vous ai toujours trop respecté pour déguiser la vérité. Vous deviez me payer mon courage par une injure : c'est logique! Mais, si vous doutez de mon témoignage, vous pouvez aller chercher celui du médecin.

Amyot était glacé jusqu'à la moelle. La terre s'entrouvrait sous lui. Il ne pouvait pas rendre à Titia ce sang qu'il en avait reçu.

Il fit une tentative suprême sur sa raison.

— Tu as bien fait de m'avertir, dit-il. Quoi qu'il arrive, merci.

Landreux ne pardonnait pas à Lisabetta d'avoir consenti à trahir Amyot en épousant M. de Saturnin. Il exigeait une base de bonheur inébranlable.

— La créance ne peut se solder que par un seul procédé, dit-il, et je ne me permettrai pas de vous l'indiquer, mon commandant.

Amyot ne le laissa point achever, et remonta dans sa chambre aussi vite qu'il put.

Landreux avait encore une chose à faire avant de retourner à Rome, mais il avait besoin de la nuit.

Après que l'orge eut été donnée à son cheval dans l'étable de la métairie, il partit à pied pour les montagnes.

Il avait besoin de Gian Mico, qui convenait mieux que tout autre prêtre à ce qu'il allait demander. La peur ne passait guère par le même chemin que lui, mais il aurait été ennuyé d'être tué avant d'avoir parlé à l'évêque, et il réunissait toutes les chances pour être traité en espion là-haut. Il n'était pas possible que quelques garibaldiens ne le reconnussent pas pour un ancien soldat de la ligne.

Au bas de la montagne, il attendit, sous un olivier énorme, que les feux eussent été allumés dans le camp.

Il ne fut pas médiocrement surpris, lorsque dans une femme qui s'avançait, il reconnut Titia. Il se masqua davantage; puis, à une grande distance, il marcha derrière elle.

Le campement n'était que provisoire, l'armée nationale se portant sans cesse d'un point à un autre. A peine quelques tentes, très-peu de feux ; les volontaires se chauffaient à leur jeunesse et à leur patriotisme. Ces Italiens s'installaient comme des Spartiates. L'air de la liberté soufflait sur la montagne : il leur suffisait.

Landreux ne quittait pas Titia des yeux, prêt à intervenir, lui déjà si suspect!

La première sentinelle rencontrée fut un Génois, qui cria le qui-vive traditionnel.

Titia se nomma.

Sa popularité n'était point allée jusqu'à la mer.

— On ne passe pas! dit-il.

— Je voudrais parler à l'évêque, Mgr Gian Mico.

Le factionnaire éleva la voix.

— Vous vous trompez, dit-il; ce n'est pas ici le camp des calotins. Descendez à Aquapendente.

— Je suis sûre que Gian Mico est ici, dit Titia.

— Ne bavardez pas plus longtemps et allez au large.

Le dialogue attira quelques hommes, et parmi eux Santolino, furieux d'avance qu'on parlât ainsi à une femme.

Il s'apprêtait à admonester le soldat, quand la lueur d'une torche tomba sur son amie.

— Saluez, citoyens, dit-il un peu emphatiquement : c'est la Titia, l'âme de Rome.

Elle chercha à se mettre dans l'ombre.

— Venez-vous nous apporter des ordres ? reprit galamment Santolino. Nous sommes prêts à tomber à genoux.

— Santolino, dit-elle d'une voix grave, c'est l'heure du combat, et non plus de la délibération. Vous avez un chef illustre. Plus que jamais je ne suis rien.

— Voulez-vous voir Garibaldi? reprit Santolino avec entraînement.

— Hélas! non, je veux voir Gian Mico.

Landreux, blotti sous une haie, entendait tout.

— Que prétendez-vous en faire, signorina? Gian Mico a perdu toute son originalité. Il mange de la polenta et boit de l'eau avec nous, le sybarite! Tout à l'heure, il fumait! J'avais compté sur lui pour nous dérider; il a tout perdu depuis qu'il n'est plus candidat au martyre.

— J'ai à lui parler. Montrez-moi le chemin. Santolino donna un ordre.

— Je le fais demander, dit-il à Titia. Vous êtes trop belle, et nous sommes trop affamés, pour qu'il soit prudent de vous mener au milieu du camp. Mais, dites-moi, Titia, avez-vous entendu raconter que l'armée française revint?

— Je ne vis plus dans ce monde! répondit-elle.

— Ce commandant Amyot est bien heureux! murmura-t-il.

Elle frémit.

— Gian Mico ne vient donc pas? dit-elle.

— Si les Français arrivent, nous nous battrons après-demain, continua Santolino. Contemplez-moi donc à mon tour, signorina. Nous devons être beaux comme les soldats de Léonidas! Ces Gaulois nous apportent un petit fusil, qu'ils ont la bonté d'essayer sur nous, à ce qu'on prétend! Si j'en échappe, et si vous êtes un jour gouvernement provisoire, vous me nommerez bien directeur de la police pour récompenser ma vaillance et me payer ces heures moroses. C'est terriblement ennuyeux d'être un héros, j'aimerais mieux être un amoureux. Cet Amyot a-t-il du bonheur!

Gian Mico arriva.

— Monseigneur... dit précipitamment Titia.

— Je ne suis plus monseigneur, interrompit Gian Mico. Ils m'appellent tous le père Mico. Cela me va mieux.

— Eh bien! mon père, voulez-vous descendre demain à Aquapendente?

Mico réfléchit un instant et parut tenté.

— Autrefois, répondit-il, j'aurais accepté d'emblée, la ville étant pleine de papalins, qui me traiteraient de relaps, me lapideraient et me couronneraient martyr. Mais j'ai modifié mes idées. Je prétends ne plus donner ma peau que si elle peut servir à quelque chose. Je suis devenu économe, je ne peux pas me jeter pour rien dans la fournaise. Désolé de n'être plus en situation de vous faire ce léger sacrifice. Je ne descendrai à Aquapendente que pour reprendre la ville.

— Il ne s'agissait que de paraître pendant une demi-heure à la métairie; il s'agissait avant tout de sauver deux âmes qui se perdront sans vous.

— La proposition est retournée. Que faut-il faire? dit le bon Mico.

— Tout simplement venir donner une bénédiction nuptiale.

— Ce n'est guère le moment. Quand les balles sifflent, les cierges s'éteignent. Enfin quels sont les impatients qui veulent s'unir?

— Le commandant Amyot et la princesse Monte-Feltro.

— Voilà un mariage démocratique! Comptez sur moi.

Mico n'avait point remarqué la physionomie navrée de Titia pendant qu'elle lui parlait. Santolino la vit et s'en effraya.

Titia traversa la limite du camp.

Mico restait seul avec la sentinelle.

Landreux se montra.

— Père Mico, dit-il, êtes-vous un homme?

— Pas tout à fait un homme, répondit Gian Mico déconcerté; un prêtre.

— Alors vous ne ferez pas le malheur de deux braves cœurs. Vous descendrez demain, puisque la signorina vous le demande. Mais promettez-moi que vous trouverez des prétextes pour retarder la cérémonie et que finalement vous ne les marierez pas.

Mico restait abasourdi.

— Le promettre, et à qui?

La conviction avait rendu Landreux grave et presque solennel.

— Le promettre à Dieu! dit-il. Ce mariage serait une impiété.

Il n'ajouta rien et disparut à son tour.

Le brave évêque prit sa tête dans ses mains.

— Qui croire? se demanda-t-il. Décidément je ne suis pas l'homme des situations embarrassées. Il n'y a que lui auquel je puisse soumettre la difficulté. Il est si grand et si sage!

Et il alla trouver Garibaldi.

## XXVII

Titia arriva de bonne heure, le lendemain, à la maison où elle avait installé Lisabetta. C'était une ancienne villa, dont la blancheur, renouvelée chaque année, se mêlait dans les eaux du lac de Bolsène. Au dénoûment de cette histoire, nous ne nous attarderons pas à en décrire les pins-parasols, les marbres et les statues. On la louait presque à chaque saison, elle servait d'hôtellerie à un amour fugitif et millionnaire. Il y était venu des femmes de sénateurs de Paris et de Vienne, des pairesses d'Angleterre, des princesses russes, à ne savoir comment les compter, et tout ce qu'il y a de ténors en Europe. On racontait que l'un d'eux s'y était montré trois années de suite avec trois échevelées, et qu'il les avait toutes fait mourir d'amour en soupirant sur son piano.

Lisabetta avait eu, en y entrant, des pressentiments de bonheur. Elle dormait encore, heureuse des conclusions de la veille, lorsque Titia parut sous la verandah pour aller cueillir tout ce qui se trouvait de fleurs dans le jardin, et avec des tapis, des draps et des dentelles, arrangea un autel dans le salon d'honneur. Elle essuyait ses larmes avec des bouquets; mais elle n'était pas d'un tempérament à reculer devant la douleur, et lorsque les choses extérieures furent prêtes, elle monta chez la princesse, qui, pour la première fois depuis son deuil, essayait une robe blanche, sur laquelle tombaient les ondes noires de ses cheveux, auxquels les plus grands poètes du monde auraient suspendu des milliers de rimes.

Elle alla joyeusement au devant de Titia.

— Quel beau lac et quelle douce demeure! lui dit-elle. J'ai entendu toute la nuit la brise dans les roseaux; il y avait de l'azur, même la nuit. Que vous avez bien fait de me loger ici! Dites-moi donc! J'ai rêvé, n'est-ce pas, qu'on s'était battu hier et qu'on se battra demain? Dans ce paradis, c'est impossible!

— Si, madame. Les uns meurent, les autres sourient. La vie n'est qu'un déroulement de contrastes. Vous, vous allez vous marier avec l'homme qui vous aime.

Titia se pencha à la fenêtre pour prendre du courage dans l'air.

Lisabetta secoua sa belle tête.

— Bien des obstacles peuvent nous surprendre. Mon mariage n'est pas encore fait.

— Permettez-moi de vous annoncer qu'il se fera aujourd'hui.

—Aujourd'hui! répondit Lisabetta en frottant naïvement l'une sur l'autre ses petites mains.

— J'ai brusqué les choses. Monseigneur Mico est averti; il y a maintenant un autel dans la villa.

— Titia, je suis bien heureuse! mais pourquoi aller si vite? J'aurais voulu avoir quelques heures d'attente, à présent que j'ai la certitude.

— Le commandant aurait été repris par la guerre, si vous ne l'aviez pas emmené. Ah! emmenez-le très-loin, signora. Ces serments politiques dans le passé vous suivent si longtemps! Habillez-vous, et pardonnez-moi de ne vous avoir pas consultée.

— Vous pardonner l'extase de mon âme! Eh! qu'ai-je fait pour que vous soyiez tant acharnée à créer mon bonheur?

Elle lui baisait les mains.

— C'est un devoir d'inventer de la joie aux autres, quand soi-même...

Titia s'interrompit.

— Je veux que vous aimiez aussi, reprit Lisabetta. La tâche de ma vie sera de vous chercher quelqu'un! Mais non, je ne penserai qu'à mon cher Amyot! Ne comptez pas trop sur moi, et cherchez vous-même. L'amour rend si ingrat, ma douce sœur! Vous connaîtrez cela, et vous me pardonnerez alors. Mais pourquoi n'avez-vous pas amené Amyot? Est-ce qu'il devrait y avoir un coin de terre pour lui au delà du pli de ma robe?

Titia était si admirablement dévouée, qu'elle craignit qu'Amyot n'élevât une objection contre lui-même. Elle inventa un prétexte:

— Je ne lui ai rien dit, reprit-elle. Je pense qu'il ne doit être averti qu'au dernier moment. Il est encore bien chancelant, une émotion trop longue lui serait fatale.

Amyot venait.

Il se sentait indigné contre Titia, qui l'avait sauvé. Malgré la noblesse de sa nature, il ne parvenait pas à lui pardonner.

Il venait pour un adieu suprême et pour un acte de barbarie inqualifiable.

Le pas d'un cheval se fit entendre derrière lui. Amyot se retourna machinalement. Le cavalier était M. de Saturnin, qui faillit tomber de sa selle en le reconnaissant, mais qui ne fut pas aussi facilement désarçonné de sa bonne humeur.

— On a raison de dire que tout arrive, mon commandant, dit-il; je vous ai tué il y a trois semaines; le lendemain, je vous ai vu porter en terre, comme un Marlborough que vous êtes, et aujourd'hui je vous retrouve en brillante santé, et courant sans aucun doute à une bonne fortune. Quoi qu'il en soit, salut à votre résurrection! Vous m'ôtez le plus grand remords de ma vie.

Amyot avait été mal impressionné par la rencontre. Quelles que fussent ses résolutions vis-à-vis de Lisabetta, il ne lui plaisait pas d'être remplacé si promptement.

—Vous allez là-haut? dit-il évitant de lui tendre la main.

— J'avais appris que la princesse y habitait, et j'estimais qu'une visite de courtoisie était nécessaire avant la grande bataille qu'on nous promet tous les soirs. Et à propos, mon commandant, servez-vous toujours chez Garibaldi, et aurai-je encore l'honneur de me trouver en face de vous? Ceci deviendrait monotone, outre que c'est indécent, avec l'affection que nous nous portons.

— Je n'ai plus aucun engagement, monsieur.

—Tant mieux mille fois! Au moins la princesse aura toujours un prétendant en réserve, et il serait utile de définir nos attributions. Votre présence sur cette route me livre à des conjectures cruelles. De qui la signora Monte-Feltro est-elle la fiancée?

Amyot estima qu'il y avait encore un peu de provocation dans cette demande, et il ne voulait pas être net.

— Attendons pour nous dessiner que la bataille dont vous parlez ait eu lieu, répondit-il.

— C'est-à-dire que vous espérez qu'une balle intelligente débarrassera le paysage de ma personne, répondit Saturnin en riant. Mais, permettez, les chances ne sont plus égales, du moment que vous ne comptez point prendre part à l'action.

— On peut toujours être tenté au dernier moment.

— Très-bien! Seulement jurez-moi que vous m'enverrez une estafette pour me dire dans quel corps vous combattez. Je ne veux plus tirer sur vous et manquer à ma parole une seconde fois.

— Je vous remercie, monsieur. Je ne ferai qu'une guerre de broussailles, et je ne puis rien préciser.

Saturnin ne se rebutait point, quoique ses avances fussent peu galamment reçues.

— Revenons à notre situation respective, mon commandant, dit-il. Je ne fais pas un mariage d'amour, moi ; j'entreprends seulement de faire lever mes hypothèques.

— Monsieur!

— Elle le sait! Ne vous gendarmez pas! Or j'estime que le chiffre doit céder le pas au sentiment, et j'ai l'honneur de vous répéter ce que je vous disais à Ronciglione. Si vous persistez, je me retirerai librement devant vos droits antérieurs.

Amyot s'en voulait de ne pas avoir le beau rôle et esquiva la réponse avec un geste incertain.

— Ceci expliqué, trouvez-vous quelque inconvénient à ce que j'aille saluer ce matin Mme Monte-Feltro?

— Aucun, monsieur, dit Amyot pour dire quelque chose.

Saturnin descendit de cheval, et, prenant la bride sous son bras :

— Alors arrivons ensemble! répondit-il.

Gian Mico les suivait et se dirigeait aussi vers la villa.

Sa Grandeur tenait modestement un paquet renfermant les habits sacerdotaux. Contre toutes ses habitudes, il se sentait la résolution de rester ferme; il avait reçu en haut des conseils qui le déterminaient.

La princesse et Titia se tenaient dans le vestibule, lorsque les visiteurs parurent; Landreux errait entre les statues du jardin, surveillant tout.

Lisabetta respira beaucoup plus précipitamment, mais ne s'expliquait nullement la présence de Saturnin.

Elle ne lui fit qu'une inclinaison glaciale et surprise.

— Je croyais que l'on se battait aujourd'hui, seigneur vicomte, dit-elle.

— Peut-être bien, princesse; mais, comme il fallait choisir entre deux postes, j'ai mieux aimé déserter celui où on ne court que le danger d'être fusillé.

— Vous avez remarqué que j'ai quitté le deuil, dit-elle à Amyot.

Elle se tourna vers Gian.

— Soyez béni pour le bien que vous venez faire ici, monseigneur! continua-t-elle.

Il allait répondre par quelques paroles pastorales; mais il vit briller de loin, entre les feuilles, un regard aigu de Landreux, qui l'engagea à ajourner ses exhortations.

Titia vint aussi au devant d'Amyot, et lui dit après s'être composée :

— Vous êtes tout à fait bien ce matin, n'est-ce pas ?

Il était irrité qu'elle parût s'occuper de lui; il ne savait pas voir tout ce que sa tristesse ajoutait à sa beauté. Il fallait cependant rester poli, quoiqu'il lui dût la vie.

— Je suis guéri, grâce à vous, signorina.

— J'ai dans l'idée que vous irez encore mieux cette après-dînée, continua-t-elle.

Amyot trouva qu'elle était féroce, si elle lisait dans son âme.

Il prit son cœur à deux mains, et, s'approchant de Lisabetta :

— Voulez-vous me donner une demi-heure ? lui dit-il.

Elle répondit à demi-voix :

— Vous savez que je vous ai donné toute ma vie.

Landreux jugeait que son maître était pitoyable, et il aurait sacrifié vingt sacs de sa farine la plus blanche pour avoir le droit d'aller lui rappeler ce que la reconnaissance exigeait.

Titia arrêta Lisabetta, qui descendait le perron avec Amyot.

— Princesse, dit-elle, Sa Grandeur ne connaît point la villa; il serait l'heure de la lui montrer.

— C'est vrai, répondit Lisabetta, qui regarda étrangement Amyot.

— Vous pourriez montrer la villa sans la princesse, signorina, dit le commandant.

— L'une de ces harmonies est nécessaire à l'autre, répondit Titia.

Elle ouvrit la porte du salon.

La noble fille était plus blanche que la robe de Lisabetta.

Celle-ci introduisait Mico.

Ils entrèrent les premiers dans le salon.

— Est-ce pour à présent la cérémonie? demanda l'évêque.

— Mais je crois qu'oui, mon père, répondit Lisabetta, n'osant pas se prononcer, tant que Titia n'aurait rien dit.

— Quelle singulière contenance, et c'est un mariage d'amour?

— D'amour? oh! oui.

—On ne saurait être trop beau pour l'amour; je vais m'habiller.

Il passa avec son paquet derrière un rideau.

Amyot entra, ne regardant que la princesse.

Saturnin n'avait pas un rôle très-indiqué dans l'imbroglio qui se jouait.

— Tiens! s'écria-t-il en voyant l'autel, on va dire la messe! Nous allons nous amuser!

Lisabetta ne retint plus son cœur; elle se glissa près d'Amyot et lui dit à voix basse :

— M'aimes-tu toujours?

La réponse monta presque comme un baiser à son oreille, mais il se repentit de suite et s'éloigna.

Titia avait vu le mouvement. Il fallait se donner le coup de la mort.

— Signor, dit-elle à Amyot d'une voix ferme, préparez-vous à la joie.

Il regarda autour de lui avec indécision et vit alors l'autel sans comprendre.

Gian Mico sortait de son rideau, dans sa chasuble splendide. Des valets allumaient les cierges. Plusieurs portes du salon ouvraient sur le jardin. Landreux s'avança, jugeant qu'il était autorisé à assister à un spectacle officiel.

Titia continua :

— Sa Grandeur attend. Elle va vous unir à la signora.

Lisabetta qui chancelait sous l'émotion, tomba à genoux sur la première marche, dans l'attitude de la prière et de l'amour.

Saturnin estima que le manque de procédé à son égard dépassait toutes les limites connues, et, pour ne pas éclater, se dirigeait vers la porte.

Mico le croisa.

— Restez, s'il vous plaît, signor, lui dit-il; vous servirez de témoin.

Saturnin hésita un instant, puis il répondit:

— Ma foi! oui. Au moins c'est drôle, si ce n'est pas gai.

Amyot avait été attiré dans le piège du bonheur, et c'était Titia qui l'y conduisait.

Il sentit pour elle un tressaillement dans son cœur.

Mais il en sentit mille pour Lisabetta.

Son pied s'avançait, mais un soubresaut de l'âme retint ses muscles.

Après Monte-Feltro évanoui, il se montrait un autre fantôme, vivant et mystérieux, Titia, qui le chassait loin de Lisabetta tout en l'y appelant.

Elle avait marché pour lui dans la joie de la mort.

Reculerait-il?

Lui, Amyot, l'intrépide du dévouement irréfléchi, le chevalier qui se jetait devant le fer et devant le feu pour défendre un inconnu!

Il allait parler, mais ses yeux tombèrent sur Lisabetta.

Elle était devant son prie-Dieu, appuyant sa tête à sa main. Son front se baignait dans l'auréole de l'espérance; le profil idéalement fin se détachait dans cette lumière. Il se rappela que la première fois qu'il l'avait aperçue, encore enfant, dans une petite ville de France, un avertissement insensé lui avait crié qu'ils seraient l'un à l'autre.

Il resta immobile.

Des étincelles de sang couraient devant ses prunelles, ses tempes bourdonnaient comme des ruches. Le sang, celui qu'il devait, ne circulait plus.

Il se tourna vers Titia :

— Vous vous trompez, signorina, dit-il; je n'ai pas l'honneur d'épouser madame.

Landreux fit de loin un signe d'approbation.

Lisabetta trembla, comme une colombe battue par l'orage, sous la violence de cette blessure imprévue; elle en ressentit la douleur avant d'en ressentir l'injure. Ses lèvres s'entr'ouvrirent sans qu'une parole en pût sortir. Elle considéra Amyot d'un air effaré et commisératif, de même que s'il avait été subitement frappé de démence.

Gian Mico intervint.

— Je ne vous ai pas bien entendu, signor, dit-il. Il n'est pas possible que vous ayez dérangé pour rien, non un être insignifiant comme moi, mais un ministre de Dieu et un combattant de la bonne cause.

— Je ne vous ai pas fait appeler, monseigneur, répondit Amyot, et j'ignore qui s'est permis d'usurper mon nom pour une méprise douloureuse. Je me permets encore de vous répéter qu'il ne peut pas être question de mariage entre Mme de Monte-Feltro et un malheureux.

Titia se découvrit.

— C'est moi qui ai été chercher Sa Grandeur, et qui considère qu'il y a lieu de faire violence à la modestie de M. Amyot et de lui imposer le bonheur.

Lisabetta fixait sur lui ses yeux fiers, devenus suppliants.

— Je n'ai jamais eu l'intention d'épouser la signora, dit-il froidement.

Titia s'indigna.

— Nierez-vous que vous l'aimez? s'écria-t-elle.

— Mon Dieu! pensait Amyot, pardonnez-moi ce que je vais dire.

Et, sentant la nécessité de prononcer une de ces paroles qui ouvrent des abîmes entre deux destinées, il murmura :

— Je n'ai point la témérité d'aimer si haut, et ce n'est point parmi les grandes dames de Rome que je choisirais une épouse fidèle.

Alors la colère inonda à flots débordants le sein de la princesse.

La Romaine se retrouva fortifiée par la patricienne; elle crut sincèrement qu'elle abhor-

rait Amyot et elle dit dans un sourire méprisant :

— Monsieur n'a fait que me prévenir. S'il
eût attendu une seconde de plus, il aurait
appris que je n'avais toléré qu'on me l'ame-
nât que pour lui prouver comment je savais
faire justice.

— Mes hypothèques me pèsent un peu
moins, se dit Saturnin.

A ce moment, Lisabetta éclata dans un
torrent de larmes contenues.

Titia s'approcha d'Amyot.

— Mais regardez-la donc! dit-elle.

Il détourna la tête, et par un effort suprême, se penchant vers Titia :

— Si je voulais essayer d'une félicité sûre,
signorina, dit-il, c'est vous dont j'ambitionnerais la main.

Titia le regarda au fond des yeux et l'é-
couta au fond de sa voix.

— Taisez-vous! dit-elle. Vous mentez.

Lisabetta recula d'horreur.

Depuis quelques minutes des bruits se faisaient entendre par la campagne du côté
d'Aquapendente; un rappel de tambour apporta ses roulements jusqu'à la villa.

Landreux fit son entrée dans le salon.

— Qu'est-ce que cela veut dire, lieutenant?
demanda-t-il à Saturnin. Je ne connais rien
à toutes vos batteries.

— Cela veut dire que la légion part, et que
je dois prendre congé de la princesse, répondit le vicomte.

— Cela veut dire aussi que depuis ce matin Garibaldi marche sur la Ville éternelle,
et que demain elle sera à nous! exclama la
Tizzone, qui parut tout à coup, les cheveux
agités comme ceux d'une sibylle.

Titia parut se recueillir pour une détermination sans retour. Elle tourna ses yeux
dans un cercle fatal, prit la main de Lisabetta et l'embrassa de même que si elle avait
eu besoin de lui demander pardon, et, s'a-
dressant de nouveau à Amyot :

— Vous voulez m'avoir pour femme? dit-
elle.

Il la contempla éperdu.

— Oui, répondit-il.

— J'accepte!

Il pâlit.

Pourtant elle était belle.

— Mais j'y mets pour condition que nous
nous adresserons à un prêtre qui ne demeure
pas ici.

— Où est-il?

— Sous les murs de Rome. Je trouverai
des chevaux.

— Partons! dit Amyot.

Saturnin vint saluer la princesse. Elle s'é-
tait assise sur une des marches de l'autel,
immobile et courbée, comme la statue de la
Vierge aux Sept-Douleurs.

— Toujours à vos ordres! dit-il.

Lisabetta était tellement distraite qu'elle
lui sourit.

## XXVIII.

Titia avait demandé une des voitures de la
princesse. Elle ne fit aucun préparatif pour
une longue absence, et ne s'inquiéta pas
qu'Amyot en fit. Le voyage fut à peu près
silencieux pendant toute la nuit. Amyot se
sentait captif.

Au lever du jour, les chevaux s'arrêtèrent,
et il reconnut qu'ils étaient à quelques milles
de Rome, près d'un village nommé Mentana.
Ils descendirent. Titia parla au cocher, et l'é-
quipage disparut.

Le soleil tombait sur un tumulte.

Les garibaldiens arrivaient par la route de
Monte-Rotondo.

Les papalins débusquaient de Rome. Derrière eux s'échelonnaient deux brigades, pré-
cédées d'un drapeau un peu étonné de se
trouver là : le drapeau français. Les états-
majors étudiaient le terrain.

Les canons attendaient sur leurs roues immobiles. Les alouettes chantaient dans les
plis du sol.

Titia et Amyot étaient au bord d'un de
ces mille petits ravins dont la campagne
romaine est trouée; le gazon y foisonnait,
rafraîchi par un relais de l'eau des marais.
Un seul arbre y versait une ombre frêle au
milieu.

Ce vallon en diminutif gardait une retraite qui pouvait n'être pas visitée.

— Voulez-vous me suivre un instant? dit
Titia. Nous avons le temps, les hostilités
ne sont pas commencées.

— Vous avez donné rendez-vous en cet
endroit au prêtre dont vous parliez? répondit Amyot surpris, malgré son indifférence.

— S'il tarde trop, nous irons au devant de
lui, dit-elle avec un sourire mélancolique.
La voix qui nous unira sera celle de la mort,
ne l'avez-vous pas compris?

Elle descendit et s'assit sur une touffe
d'herbe épaisse ; elle ôta son chapeau et sa
mante, pour secouer dans l'air du matin la
fatigue du voyage. Un rayon oblique glissa
sur elle, et tira des étincelles d'or de ses
magnifiques cheveux noirs. L'ardeur d'une
résolution courait sur ses joues. Sa taille,
plus riche que celle de Lisabetta et dessi-
nant mieux des formes de statue, se détachait
sur le fond vert du paysage.

Amyot ne fit que l'entrevoir.

Il revint à ce qu'elle venait de lui dire.

Il restait debout devant elle.

— Que parlez-vous d'aller chercher la

mort? fit-il. J'irai seul dans ce chemin-là, si j'y vais. Mais, en vérité, la vie est si triste, que je me défie même de ce qui doit la suivre.

— J'ai plus de confiance que vous, moi, répondit-elle, et j'irai chercher tout à l'heure une de ces balles qui vont pleuvoir autour d'ici.

— Vous voulez être morte ce soir?

— Avant, si je peux.

Il eut un mouvement de pitié.

Elle se parait pour l'immolation. Elle tira un petit peigne de sa poche et fit rouler des ondes brunes. Il s'aperçut pour la première fois qu'elle avait une main merveilleuse.

— Vous n'y songez pas! reprit-il. Votre jeunesse est faite pour l'épanouissement. Vous n'irez pas offrir tant de grâce à la tombe! D'ailleurs ce que vous projetez est presque un suicide et Dieu ne le pardonne pas.

— Caton pensait autrement, dit-elle; mais ce ne sera pas un suicide. Je n'ai pas renoncé, comme vous semblez le croire, à servir la liberté; je me battrai avant de mourir.

Elle se pencha, sans aucune intention de coquetterie, sur une mince nappe d'eau, qui faisait miroir entre des tiges de cresson; elle regarda si l'arrangement était convenable. Amyot vit ainsi deux Titia. Il suffisait déjà d'une main pour le mener dans les méandres de l'oubli momentané.

L'engagement commençait : une volée de mousqueterie partit du côté des zouaves. Les garibaldiens s'éparpillèrent en tirailleurs et harcelèrent la colonne profonde. Les Français étaient arrivés à la hauteur du ravin. Deux hommes, que Titia et Amyot ne pouvaient pas voir, parlaient au-dessus d'eux.

— Ainsi tu es fixé à Rome? disait une voix enrouée.

— Je fabrique des petits pains, au lieu de fabriquer des cartouches.

Les voyageurs firent un geste d'étonnement. C'était Landreux.

— Tu as un drôle de fusil. Fais-moi voir, reprit-il.

— C'est notre bijou. Ils le nomment un chassepot. Avec ça, je me charge de démonter dix hommes par minute.

— Et tu vas l'essayer sur ces petits jeunes gens, si gentils dans leur chemise rouge?

— Tiens! veux-tu donc que je l'essaye sur des citrouilles?

— C'est égal, je suis content de ne plus être soldat.

Et Landreux s'éloigna.

Titia se leva.

— Voulez-vous me conduire jusque vers nos amis et en face des chassepots? dit-elle à Amyot.

Un frisson le parcourut.

— Demeurez un instant, reprit-il.

— Volontiers.

La bataille s'accentuait. Le sol résonnait sous des pas précipités, les échos romains se renvoyaient des explosions immenses; les balles sifflaient au-dessus de leur abri. Les buffles effarés bondissaient de mamelons en mamelons.

Elle tenta plus vivement de dégager sa main.

Il la retint si fortement qu'elle tomba à genoux sur le gazon.

— Pardon! fit-il.

Peut-être fut-ce par l'inattendu de cette idylle qui le reposait au milieu d'un champ de bataille, dans ce cadre vert, et tandis que la mort criait à leurs côtés, non-seulement il trouva belle celle qui ne voulait plus vivre, mais il sentit qu'il jaillissait dans ce cœur une source claire dont il aurait rafraîchi tous ses jours.

— Titia, lui dit-il, emporté soudain, vous ne pouvez plus le nier, je sais que vous m'avez donné votre sang.

Elle voulut protester.

— Eh bien! reprit-il, il retourne à vous, il vous aime!

Il prit sa main, qui tremblait. Il arrangea, comme par hasard, un mouvement qui le rapprochait assez pour que sa joue pût effleurer ses cheveux. Il ne se hasarda pas à mettre son bras autour de sa taille, mais il trouva moyen de toucher son épaule avec son front; il la respirait pour ainsi dire, et l'ivresse montait.

Depuis deux ans il vivait en cénobite; il s'immolait auprès de Lisabetta et rentrait incendié dans sa solitude. La présence inattendue de cette belle jeune fille, qui avait tant prouvé son amour, tout en le dérobant, le jetait à une ivresse farouche; il en sortait de temps en temps, pour la regarder dans son calme et dans sa confiance, et il passait du désir à la contemplation.

Le sein de Titia se soulevait. Elle avait à lutter aussi contre sa jeunesse, si longtemps comprimée, et contre la passion de la vérité, qui la laissait sans défense. Mais sa générosité native s'élança encore vers le sacrifice.

— Ne vous embarrassez pas de moi, répondit-elle. Vous avez fait déjà des actes magnanimes, vous en ferez d'autres. Je générais votre destinée.

— Ma destinée est de ne plus injurier l'amour et de n'exister que pour lui. Ainsi, vous me le jurez, vous m'appartiendrez demain?

— Nous parlerons de cela plus tard.

— Non, parlons-en sans cesse! Donnons-nous dès maintenant la perspective de nos chers projets. Vous en faites, n'est-ce pas?

Elle ne put se taire :

— Oui!

— Racontez-les-moi.

— Nous quitterons Rome.

Il comprit qu'elle voulait dire : Nous nous éloignerons de Lisabetta, et il ne l'en aima que davantage pour cette crainte.

— J'espère que vous n'êtes pas riche ? reprit-elle.

— Oh ! pour cela non !

— Ni moi non plus, mais j'en ai assez pour faire la paix de deux personnes. C'est moi qui dois assurer votre vie, puisque, par ma folie, je vous ai imposé l'obligation de m'épouser et que je vous arrache à votre métier. Nous irons très-loin.

— Oui, pour qu'il ne reste rien d'autrefois autour de nous.

Et il osa dérouler une de ses boucles, qu'elle ne défendit pas, et la serra sur ses lèvres. Il fit pencher sur lui toute sa beauté, comme on attire une grappe mûre. Leurs doigts frémissaient les uns sur les autres; ils puisaient leur respiration dans le même flot d'air; leurs âmes flottaient.

Elle laissa tomber sur son épaule sa belle tête abandonnée.

Tout d'un coup, un frémissement dominant les autres passa autour d'eux sous l'azur; l'arbre qui les dominait vit tomber une pluie de feuilles déchirées. Des crépitations inaccoutumées jaillirent de tous les horizons, un mouvement convulsif ébranla le sol du côté des garibaldiens; des cris de douleur éclatèrent de partout. Un désastre se faisait.

Titia eut honte et horreur d'elle-même.

Elle se leva, grimpa sur le talus et dit avec épouvante :

— Les chassepots !

Il se dressa aussi et regarda à côté d'elle. La scène était atroce.

Du côté des Français, les fusils partaient d'eux-mêmes, et à chaque seconde. Pas un homme ne tombait. Les Italiens, foudroyés, atteints dans leurs mouvements par une grêle de plomb, presque sans armes, criant Vive la liberté! pour toute réponse, et ahuris par une attaque sauvage, s'éparpillaient sur les pentes avec des blessures monstrueuses. L'expérience d'une arme nouvelle se faisait sur leur chair; jeunes, enthousiastes, poussés par les traditions séculaires et par tout ce que la vertu respecte, se donnant à la patrie, comme à une mère, ils avaient à peine le temps de se demander si on les combattait avec des armes de chevalier, et étaient précipités dans la mort avant d'avoir pu essayer une représaille. Du sang, une hécatombe des plaies hideuses, des râles! La civilisation essayait une de ses merveilles!

Amyot fut secoué jusqu'au fond de la poitrine.

Les garibaldiens pliaient sous l'avalanche de feu. Un homme de cœur et d'expérience pouvait encore les rallier.

— Adieu ! dit-il à Titia. J'allais être infâme envers vos frères. La mort seule peut m'absoudre.

Titia n'articula aucune objection; elle aussi avait à racheter. L'enthousiasme de la patrie le ressaisit, et lui revint des profondeurs de ce tableau sombre. Son premier amour flotta sur le second et le dépassa; il lui parut que l'Italie agonisait et qu'elle l'appelait.

— Je vous suis ! répondit-elle.

Ils remontèrent.

Ils étaient blancs comme des coupables et comme des condamnés. Ils n'osèrent ni se retenir mutuellement ni se regarder; ils firent un pas.

Amyot se retourna.

— Titia, dit-il, il faut cependant qu'un baiser nous fiance pour l'éternité!

Elle tressaillit, car l'écho venait de répondre à sa pensée.

Elle se jeta sur son cœur.

Pendant cette minute d'embrassement, ils s'envolèrent dans un monde d'extase, de regrets et d'espérances.

Cependant les Italiens commençaient un mouvement de retraite du côté du ravin. La colonne s'avançait silencieusement, laissant un cadavre à chaque pas, enveloppée d'éclairs, déroulant en fleuve rouge.

Dans les premiers rangs, quelques-uns virent cet homme et cette femme qui s'embrassaient à une heure pareille, et on reconnut Amyot.

Leur caresse ne finissait pas, ils ne pouvaient point s'arracher l'un à l'autre.

Dans la direction opposée, un mauvais chemin, presque impraticable, suivait les déclivités du terrain; un monticule le dérobait aux environs. Un bruit de roues y montait. Amyot et Titia ne l'entendirent que quand il fut sur eux.

Un charriot s'avançait, traîné par de grands bœufs graves. Sur le charriot, une couche d'herbes soutenait une femme étendue.

A côté du charriot, Landreux marchait.

Quand il aperçut Amyot au tournant, il voulut arrêter les bœufs; mais il était trop tard. Amyot, encore sous le souffle de Titia, avait regardé.

Il jeta comme un rugissement d'horreur.

Cette femme étendue avec la rigidité cadavérique était Lisabetta.

Elle portait une entaille immense au cou. Ses yeux n'étaient pas fermés; si l'ombre ne les avait pas remplis, elle aurait vu.

Elle arrivait en face du baiser donné par son amant à Titia.

Titia n'eut qu'une impression de tristesse noire; elle ne se sentait point parjure. Elle s'inclina au niveau des roues.

Amyot resta immobile. N'était-ce pas encore un crime de lui qui passait? N'avait-il point tué la femme, comme il avait tué le mari? Ne s'était-il pas vingt fois anéanti d'extase devant ce front qui penchait déjà vers le tombeau? N'avait-il pas aimé jusqu'au délire cette forme exquise, sur laquelle on allait poser un suaire?

De nouveau il oublia.

Il oublia la liberté, comme il avait oublié Lisabetta.

Lorsque Landreux le vit si épouvantablement défait, il comprit qu'il devait une halte à cette douleur. Les bœufs s'arrêtèrent.

Un hasard détourna au même moment l'armée nationale. Le gazon resta libre autour du ravin.

Amyot demeurait dans sa contemplation morne. Il serait tombé de suffocation, si ses sanglots n'avaient pas jailli.

Titia dit à voix basse à Landreux :

— Elle est morte?

— Oui, signorina.

— Comment est-ce possible, mon Dieu?

— Voici. J'étais reparti à cheval de la métairie, et j'ai trouvé les ménétriers ici. Ils jouaient avec un instrument qui ne me convient pas. Où est notre vieux bon fusil, qui n'assassinait pas avant qu'on ait eu le temps de réfléchir? Mais ce n'est pas la question. Je quittais mes camarades et je n'étais pas fier de les voir outillés ainsi. Je retournais pour prendre la porte Pia. A trois milles du pont de Mentana, j'entends venir des grelots. La princesse paraît. — Conduisez-moi, dit-elle. — De quel côté? — Du côté où l'on meurt. Je n'essayai pas de lui faire de la morale, elle aurait été plus vite. Je n'étais pas content des Français, et je la menais chez les garibaldiens. « Voici une recrue! leur dis-je. C'est la plus belle femme de Rome, et elle est assez riche pour vous payer le café à tous pendant vingt ans. Elle vient pour vous encourager de sa présence, prenez garde qu'il ne lui arrive rien. » On la fêta, vous jugez comment! Elle n'écoutait pas, et ne voyait personne que M. Amyot dans sa pensée, bien loin. La brigade des zouaves arrivait sur nous. Ils avaient quelques-uns de ces scélérats de fusils et bonne envie de les essayer. Le lieutenant Saturnin commandait la première compagnie. Le chef de bataillon lui dit de commencer le feu. Le Saturnin est un brave jeune homme, quoiqu'il soit vicomte. Il avait vu la princesse au milieu des chemises rouges, car on n'était pas à une portée de pistolet. « Je ne ferai pas tirer sur une femme! répondit-il au chef de bataillon, qui enfonça de colère son éperon dans son cheval, dit qu'on n'avait pas le temps de s'arrêter à des niaiseries, et redonna l'ordre. Le lieutenant alors, voyant

qu'il ne pourrait rien contre ces enragés, ens voya un salut à la Monte-Feltro, et, pour ne pas obéir, prit son revolver, et, après avoir fait un signe de croix, se brûla noblement la cervelle devant ses hommes. Eh bien! la princesse ne le vit seulement pas faire; elle se jeta en avant. Les chassepots envoyèrent leurs dragées, qui coururent plus vite que nous; elle en reçut une dans son pauvre cou, qui portait si fièrement sa jolie tête. Elle ne respira plus qu'une fois, mais dans ce dernier souffle j'entendis passer le nom de mon commandant. Vous voyez que tout ceci est simple comme bonjour, et que l'amour inspire crânement! J'ai trouvé des bœufs dans une ferme, et je la ramène dans son palais, à Rome.

Titia prit une main de la morte et la baisa.

Amyot était hagard, immobile et comme attaché à un pilori.

La charrette s'éloigna avec Landreux.

Les garibaldiens se repliaient vers Monte-Rotondo, décimés, sanglants, et pâles dans leur uniforme rouge.

Titia prit encore une détermination courageuse, et domptant l'émotion qui la navrait :

— Venez, lui dit-elle. La liberté est vaincue, l'amour est fini. Retournons au Pincio. Nous consacrerons notre vie à parler d'elle, et nous ne nous rappellerons jamais ce que nous avons dit tout à l'heure.

Il alla, inerte et sans répondre.

Il comprenait ténébreusement qu'elle allait être sa compagne. Une protestation vague s'élevait en lui contre cette impiété, et il s'écria, ne songeant pas qu'elle ne pouvait point comprendre :

— Ah! mon père, soyez maudit! Monte-Feltro, Saturnin, Lisabetta, sont morts parce 'que vous m'avez fait soldat!

Ils suivaient un sentier qu'abritaient d'un côté de hauts genêts, de l'autre un talus élevé par hasard.

Un homme passait près d'eux, derrière les genêts.

C'était monsignor Ferrando.

Il avait parcouru le champ de bataille, éperdu, grisé par la poudre, et ne cherchant qu'Amyot, qu'il savait y être. Depuis dix-huit mois, il ne s'endormait jamais. Amyot avait le secret de sa velléité d'apostasie. En deux minutes d'entretien au Gésu, Amyot pouvait le perdre. Il avait échappé à toutes ses tentatives homicides. Si Giulio perdait cette occasion de noyer un meurtre dans cet égorgement gigantesque qu'on nomme une bataille, il ne la retrouverait plus. Il cherchait, désespéré de ne pas trouver. Il était suivi de quatre enfants perdus de la légion étrangère, bandits cosmopolites, qui estimaient que le sang était bon à boire partout.

Il leur avait déjà donné de l'ouvrage en leur désignant des fugitifs. La course le fit tomber sur Amyot et sur sa sœur. Il la reconnut.

— Tirez! dit-il à ses reîtres. C'est un Français qui a passé par Caprera. Mort à qui a déserté!

Les malheureux abaissèrent leurs fusils. Ils regardaient à peine, dans l'ivresse; les doigts touchaient les gâchettes. Amyot était perdu. Quatre canons visaient sa poitrine.

A cette minute suprême, une grande silhouette se montra derrière le talus, incliné en contre-bas à la hauteur d'Amyot et de Titia. Les balles l'auraient atteinte en même temps qu'eux.

Le personnage était haut sur son cheval. Il allait au pas, pensif. Il semblait porter sur son front la destinée d'un peuple. Il souriait gravement à une déroute accidentelle, il savait que sa cause était immortelle.

Cent cavaliers le suivaient à quelques pas.

Les mousquets tremblèrent dans les mains des papalins, pas une étincelle ne jaillit.

Giulio se jeta sur eux, l'écume à la bouche.

— Mais tirez donc, misérables! s'écria-t-il.

Ils firent un salut à l'ombre qui passait, et replacèrent silencieusement leurs armes sur leurs épaules.

L'homme-légende avait tourné la tête, baignée dans la rosée humaine qui montait vers le soleil couchant de ce grand champ romain plein de morts. Il s'arrêta.

Il savait qu'il avait sauvé deux vies par sa seule présence.

Son sourire tomba sur Titia et sur Amyot.

— Venez! leur dit-il, vous êtes à l'Italie!

Deux chevaux furent amenés.

La cohorte disparut lentement.

Ferrando se démenait entre ses reîtres.

— Lâches! criait-il. Quel est celui-là qui vous a empêchés de tirer?

Le plus vieux des volontaires, un Espagnol du temps des grandes guerres, se signa et répondit:

— Garibaldi!

FIN DE MENTANA.

# C. Courrière.

# HANNA LA FOLLE

## NOUVELLE RUSSE.

Un jour que je traversais en poste une des provinces du sud-ouest de la Russie,—il n'y avait pas encore de chemins de fer à cette époque-là,—je dus m'arrêter à la station de Mokry, le directeur m'ayant annoncé que tous les chevaux étaient dehors. Cette nouvelle fut loin de m'être désagréable, car je n'étais pas fâché de me reposer quelques heures. Faiblement protégé en route par mon parasol contre les ardeurs du soleil et la poussière de la route, j'étais tout noir, des pieds à la tête. Pour comble de malheur, je m'étais endormi sur mon *tarantass*, de sorte que j'avais la gorge aussi imprégnée de poussière que mes habits. Je m'empressai donc de barboter dans un seau d'eau, comme un canard, et de remettre ma toilette en ordre; puis, quand j'eus repris une forme humaine, je demandai le *samovar*, cet ustensile si précieux au Russe qui voyage.

Je m'installai à la fenêtre, mon *tchibouque* à la bouche, et un verre de thé à la glace devant moi. Le petit coin de paysage que j'apercevais n'offrait rien de bien agréable à l'œil. A gauche, quelques rares bouleaux mêlés de pins indiquaient le commencement de la forêt. A droite, devant un bâtiment en torchis, de triste apparence, surmonté d'un toit de chaume, et servant à la fois de forge et d'auberge, un juif, les manches retroussées et montrant un bras nerveux et velu, frappait mollement à coups de marteau sur la jante d'une roue; à côté de lui, un enfant en chemise, les cheveux noirs et crépus et le corps hâlé, le regardait, assis par terre. Sous ma fenêtre, un chien se roulait paresseusement sur les cailloux de la cour, semblant chercher un peu de fraîcheur sur cette terre desséchée et flamboyant au soleil.

Plus loin, de l'autre côté de la chaussée, dans un pré brûlé par les embrasements du midi, deux ou trois vaches, couchées contre des arbres, agitaient gravement leur queue pour chasser les mouches acharnées et levaient en l'air leurs naseaux, comme si elles eussent voulu renvoyer la chaleur qu'elles aspiraient; et en haut le soleil ardent, tout scintillant dans ses profondeurs pâles, brûlait de ses rayons cette terre grise, sans couleur et sans vie. Ce spectacle peu encourageant effraya mon égoïsme paresseux : « A coup sûr, me dit-il, tu ne feras pas la folie de te rejeter dans cette fournaise. Mieux vaut dormir un peu et te remettre en route au coucher du soleil. »

J'étais occupé à méditer la sagesse de ces conseils, lorsque je fus tiré de ma rêverie par une voix sèche et stridente, qui, partant du dehors, me jeta ces paroles :

« Oncle ! eh ! petit oncle ! la charité, s'il vous plaît ! Le pope prie pour mon Dimitri et pour l'autre, qui sont allés dans les champs lointains, et il faut le payer ! »

Ces paroles étranges me firent relever la tête. J'aperçus une jeune paysanne, pâle, aux traits hâlés et amaigris. Elle avait dû être belle autrefois, car son visage avait encore conservé une grande pureté de lignes. Ses cheveux noirs étaient emprisonnés dans un mauvais foulard noué sous le menton. Sa chemise ressemblait à celle que portent toutes les Petites-Russiennes, c'est-à-dire qu'elle avait de petits dessins rouges autour du cou, sur les épaules et aux poignets. Mais ce qui me frappa le plus en elle, ce fut l'éclat étrange de ses yeux noirs et le sourire hébété qui défigurait les contours de sa bouche.

Cette apparition me surprit, et je la détaillais avec curiosité, lorsque le directeur entra dans ma chambre. Je tournai vers lui mes yeux étonnés, comme pour lui demander l'explication de cette énigme.

— Ah! tiens, te voilà, Hanna? dit-il en apercevant la jeune fille par la fenêtre. Il y a longtemps qu'on ne t'a pas vue par ici.

Celle qu'il appelait Hanna se contenta, pour toute réponse, de tendre sa main et de montrer ses dents; elle riait d'un rire silencieux et sans expression. Il lui jeta quelques pièces de monnaie; je suivis son exemple.

— Quelle est donc cette fille, lui dis-je, et que veut dire la prière étrange qu'elle m'a faite tout à l'heure?

— C'est Hanna la folle! Elle est connue dans toute la contrée. Un événement terrible lui a ôté la raison.

— C'est bien dommage! repris-je. Elle a dû être très-belle!

— Oh! oui! et si vous saviez son histoire, vous la plaindriez encore davantage. Du reste, tenez! comme en ce moment je suis inoccupé, je vais vous la dire, cela vous aidera à passer le temps.

J'acceptai avec joie, et voici ce qu'il me raconta:

## I

Il y a quatre ou cinq ans, le village de Magnatyn, situé à quelques verstes d'ici, appartenait à la comtesse Ty-ez. Hanna, qui avait alors seize ans, était attachée à la *garde-robe* de la comtesse. Elle passait pour la plus belle fille du village, et on peut même dire de toute la contrée. Je me rappelle que toutes les fois que je la voyais, je ne pouvais m'empêcher, tout bonhomme ratatiné que j'étais, de lui demander un baiser, faveur qu'elle m'accordait sans cérémonie, en riant.

Elle avait des grands yeux tout éveillés, des lèvres rouges, des dents blanches, une bouche toujours souriante. Orpheline de bonne heure, elle n'avait pas connu ses parents, se elle ne possédait rien, et le malheur l'avait rapidement développée. Elle plut à la comtesse par sa beauté et son esprit, et dès lors Anna devint l'enfant gâté du château. On ne savait rien lui refuser; elle faisait à peu près tout ce qu'elle voulait. Le paysan, en entendant son *bonjour* gai et sonore, lui répondait avec plaisir, et, quand elle était passée, il se retournait pour admirer, en clignant de l'œil, sa taille fine et souple.

C'était la première chanteuse de Magnatyn, aussi on l'invitait à toutes les noces et à tous les baptêmes.

La comtesse avait alors un jeune cocher qui s'appelait Dimitri. C'était un beau gars de vingt ans, aux yeux noirs et hardis. Il fallait le voir, lorsque fièrement assis sur le siége, revêtu d'un *armiak* soutenu par une ceinture bleue qui dessinait sa taille, il conduisait d'une main habile et exercée les six chevaux attelés au carrosse de la comtesse, leur faisait faire au grand galop le tour de la pelouse, et, arrivé devant le perron, les arrêtait si brusquement qu'ils pliaient sur leurs jarrets.

En hiver, lorsque les domestiques du château se réunissaient à la cuisine pour la veillée, Dimitri était le boute-en-train de tous les plaisirs. Il possédait un répertoire varié de chansons et il n'avait pas son pareil pour s'accompagner sur la *bandoura*.

Hanna eut bientôt distingué Dimitri. Le regard hardi et provoquant de ce dernier rencontra les yeux d'Hanna. Elle rougit... et c'en fut assez... Ils avaient lu dans leurs âmes et échangé leurs cœurs

Bientôt le château et le village surent que la belle Hanna aimait le beau Dimitri. Cela n'étonna personne, et les jeunes filles ne furent pas jalouses du bonheur de leur amie. Dimitri était un beau parti, car il avait sa chaumière au village et des champs que son frère Onisko cultivait pour lui.

Dimitri se plaisait à parer Hanna, et toutes les fois qu'il revenait de la ville, il lui rapportait un foulard ou des boucles d'oreille.

En été, les dimanches et jours de fête, Dimitri n'allait pas au cabaret, mais il emmenait sa Hanna dans les champs de blé, lui tressait des couronnes de bluets; puis après avoir bien joué, ils s'asseyaient sous les haies blanches d'aubépine. Alors Dimitri accompagnait Hanna sur sa *bandoura*, ou bien lui racontait des histoires de princesses, de fées ou de *roussalkis*. Hanna l'écoutait, attentive, le menton dans la main et ne le quittant pas des yeux... Parfois, lorsqu'il arrivait à un épisode émouvant, il s'arrêtait et regardait sa compagne d'un air narquois. Celle-ci, que la curiosité excitait, frappait du pied, faisait de gros yeux tout courroucés, se fâchait, puis... suppliait d'une voix câline son beau Cosaque de continuer.

Et lorsque le soleil couchant rougissait de ses baisers les prés et les champs, ils revenaient au château, riant et courant l'un après l'autre, comme deux enfants.

Quand la moisson était finie, et paysans et

paysannes arrivaient en chantant, la tête couronnée d'épis, sur la pelouse du château, où une grande table chargée de gros kopecks et d'un tonneau d'eau-de-vie les attendait, Dimitri et Hanna engageaient la danse, au son du violon. Alors les assistants s'écartaient et formaient autour des deux jeunes gens un cercle respectueux.

Hanna, fièrement cambrée, déployant en l'air un mouchoir, agitait ses pieds en cadence et regardait son fiancé d'un air superbe. Dimitri, les deux poings sur la hanche, exécutait des entrechats à arracher des cris d'admiration aux meilleurs danseurs de la *ksitchka*. Il trépignait sur place, touchait presque terre, puis se relevait d'un bond, tournait sur lui-même, s'avançait, reculait, et faisait accomplir à ses membres souples les évolutions les plus hardies et les plus compliquées ; il tâchait de saisir Hanna par la taille, elle fuyait. C'était alors une chasse où chacun déployait le plus d'agilité et le plus de grâce possibles, tout en observant le rhythme sautillant de la danse. Hanna finissait par se rendre, et alors les deux amoureux, les bras entrelacés, tenant chacun un coin du mouchoir, faisaient en dansant le tour du cercle. C'étaient des bravos et des cris sans fin.

La veille de Noël, lorsque la première étoile du soir apparaissait à l'horizon, comme un gros diamant dans le ciel d'un bleu sombre, on servait la *kutia* (1) sur la table. Alors deux chœurs de paysans et de paysannes, placés sur le balcon, chantaient en alternant la *kolenda*. C'étaient encore Dimitri et Hanna qui faisaient les solos, et on ne savait ce qu'il fallait admirer le plus, ou la voix fraîche et pénétrante de la jeune fille, ou le timbre clair et sonore du beau cocher.

Il y eut bientôt un changement au château. Le fils de la comtesse, qui était à l'école militaire de Pétersbourg, donna subitement sa démission (je vous dirai plus tard pourquoi) et revint habiter Magnatyn. D'un caractère léger, ardent, emporté, comme tous les nobles polonais, il était rempli d'orgueil et de dédain pour ses inférieurs.

Il remarqua bientôt la belle Hanna, qui brillait entre toutes comme une pâquerette s'épanouissant sous le premier baiser du soleil, au milieu des herbes des champs ; mais, gêné par la présence de sa mère, il se contenta de lui faire une cour discrète. La riante enfant ne semblait pas même s'en apercevoir.

La comtesse, qui était d'une faible santé, fut heureuse de pouvoir se décharger sur son fils des soucis de la gestion de ses terres ; elle se prépara à aller à Odessa prendre des

(1) Mets composé de graines de pavots.

bains de mer et dit à Dimitri de l'accompagner, lui promettant de doubler ses gages.

La veille du départ, Dimitri attendait, vers onze heures du soir, sa fiancée dans le jardin. Il s'était assis sur un banc, entre deux sapins. La nuit était sombre et silencieuse. En face de lui, il apercevait le château ; la lumière qui apparaissait à toutes les fenêtres y dénotait une activité extraordinaire.

Dimitri avait perdu sa gaieté et semblait profondément préoccupé. Il avait d'abord hésité à accepter la proposition de la comtesse, car il lui en coûtait beaucoup de quitter sa Hanna ; mais la pensée qu'à son retour il aurait assez d'argent pour pouvoir se marier l'avait décidé.

D'un autre côté, il avait remarqué la préférence ostensible dont sa fiancée était l'objet de la part du comte, et la jalousie le mordait au cœur. Il ne mettait pas un seul instant en doute la fidélité de sa chère bien-aimée, non ; mais il ne connaissait que trop le caractère ardent et emporté de son jeune maître, et il savait que ce dernier ne reculait devant aucun obstacle, toutes les fois qu'il voulait satisfaire un désir ou une passion.

Il était plongé dans ces tristes pensées, lorsqu'il entendit des pas légers sur le sable et vit une ombre s'approcher de lui.

— C'est toi, Hanna ? dit-il.

— Oui ! répondit la jeune fille.

— Tu as bien tardé, tu oublies donc que nous allons nous quitter ?

— Ne me gronde pas, cher Dimitri ; tu sais qu'il a fallu tout empaqueter.

— Hanna, ma bien-aimée ! quand nous reverrons-nous ? répliqua-t-il en la serrant dans ses bras.

— Oh ! mon Dimitri ! si tu savais comme je suis triste, répondit Hanna ; j'ai le cœur agité d'affreux pressentiments. La nuit dernière, j'ai fait un rêve horrible. Je te voyais mort, et le sang qui coulait d'une énorme blessure que tu avais au côté allait se joindre aux flots de la rivière.

Et, en prononçant ces paroles, elle se serrait toute tremblante contre Dimitri.

— Voyons, Hanna, sois raisonnable et oublie ces frayeurs. Je ne pars que pour trois ou quatre mois. Que veux-tu qu'il m'arrive ?

— N'importe, Dimitri, tu ferais mieux de ne pas partir. Nous pourrions nous marier maintenant ; serons-nous moins heureux, parce que nous serons moins riches ?

— Ma Hanna, tu es un enfant ! Sois patiente ; dans quelques mois, ton Dimitri reviendra ; il te rapportera de jolies choses, et tu verras comme alors tu riras de tes frayeurs.

— Ne plaisante pas, Dimitri ; ta gaieté me fait mal. Je ne sais pourquoi je suis toute inquiète. Je n'ai que toi au monde ; je te dois les seules joies et les seuls bonheurs que j'aie connus. Ne t'étonne donc pas si la pensée de ne plus te voir pendant quelque temps me rend si triste.

— Eh bien ! dit Dimitri d'un ton résolu, eh bien ! moi aussi, j'ai le désespoir dans le cœur. Je sais que notre jeune maître te fait la cour; je l'ai remarqué, et je tremble à la pensée que je te laisse dans ce château avec lui. Oh ! si à mon retour je ne te trouvais plus aussi pure que je te laisse, je te tuerais, Hanna, ajouta-t-il d'un accent farouche et menaçant.

— Que dis-tu ? Dimitri, fit Hanna indignée. Doutes-tu de mon amour ? Peux-tu croire que je pense à te tromper ? J'ai remarqué comme toi que le comte me recherchait. Il est jeune, il me trouve belle; c'est tout naturel. Mais je sais aussi que c'est un passe-temps qu'il veut se payer. Je ne veux pas être le jouet de ses caprices, pour être délaissée plus tard quand il ne voudra plus de moi. Non, je suis trop fière pour cela. Ainsi, je t'en prie, rejette loin de toi cette pensée. Je te le jure, sur l'âme de ma mère, je ne serai jamais à lui !

A ce moment, un oiseau de nuit, caché dans le sapin au dessus d'eux, fit entendre un cri perçant. Cette voix sinistre résonnant dans les ténèbres effraya les deux amoureux, qui tressaillirent, se regardèrent avec épouvante, et se turent pendant quelques instants.

Dimitri fut le premier qui retrouva son sang-froid. Honteux d'avoir montré de la faiblesse, il se mit aux genoux de sa fiancée, et lui prenant les mains, il lui dit :

— Pardonne à mes craintes, mais tu ne sais pas comme je t'aime. Tu es la lumière de mes yeux, le trésor de ma vie ! Si je te perdais, j'en mourrais. Quant à lui.., ajouta-t-il en tournant vers le château un regard plein de menace....

— Voyons, répondit Hanna ; tu ne sais donc pas que je t'aime aussi, moi ? Tu ne sais pas, mon beau Cosaque aux yeux noirs, que je ne vis que pour toi ? Est-ce moi, faible jeune fille, qui dois te rassurer ? Et du reste, je ne serai pas seule au château; tu sais bien que nous sommes encore quatre, sans compter la nourrice.

— Oui, tu as raison, Hanna; j'ai tort d'attrister ainsi nos derniers moments. Grâce à Dieu ! le temps n'est plus où le seigneur faisait enlever nos fiancées par ses Cosaques, et nous les rendait toutes souillées de ses caresses ! Notre czar (que Dieu lui soit miséricordieux !) nous a donné la liberté ! Nous pouvons maintenant aimer sans crainte, quelque belle que soit la femme que nous avons choisie. Et puis, tu sais, Hanna ! si le maître te persécute trop, tu iras te réfugier

dans la cabane de mon frère Onisko, qui sera heureux de te loger en attendant mon retour. C'est par lui et par notre diak que tu me donneras de tes nouvelles, car tu m'écriras, n'est-ce pas, Hanna ?...

Et les deux amoureux conversèrent encore longtemps à voix basse, cachés dans les ténèbres, semblant ignorer que le monde existait et qu'il fallait se séparer. La nuit qui les couvrait de son voile sombre et épais, eut seule le secret de leurs confidences.

## II

Le lendemain matin, aux premiers rayons du soleil, tout le château était sur pied. Les domestiques et les servantes transportèrent les malles et les coffres sur le fourgon à bagages.

A un signal donné, Dimitri fit claquer son fouet, et ses chevaux vinrent s'arrêter devant le perron, piaffant et rongeant leur mors. Bientôt la comtesse, accompagnée de son fils et de tout le personnel de la maison, apparut. Après avoir embrassé le jeune comte et donné sa main à baiser aux domestiques, elle descendit lentement les marches et entra dans le carrosse. Dimitri fit entendre un sifflement aigu, et l'équipage s'ébranla.

Le jeune amoureux ne put s'empêcher de tourner encore une fois la tête, et d'envoyer un dernier baiser à Hanna, qui appuyée contre une colonne, cachait ses larmes dans son mouchoir. Les yeux perçants de Dimitri remarquèrent aussi le regard plein de désirs dont le comte couvait la jeune fille. Il n'en fut que plus triste, et du fond du cœur il lança une malédiction à celui qui pouvait lui ravir ce qu'il avait de plus cher au monde.

## III

Trois mois après, Dimitri revint au village, ramenant le corps de la comtesse, qu'accompagnait son fils. Elle était morte aux bains de mer.

Dimitri, après avoir touché ses gages, avait annoncé à son maître qu'il quittait son service pour se marier. Le comte, auquel l'amour de son cocher pour Hanna n'était pas inconnu, accueillit cette nouvelle avec un sourire étrange qui ne fut pas remarqué de Dimitri.

Notre jeune Cosaque s'en revenait tout dolent et l'esprit inquiet. Depuis son départ il n'avait reçu qu'une seule lettre de Hanna.

Elle lui écrivait qu'elle était triste et que le comte ne cessait de la persécuter. Depuis, il avait été sans nouvelles.

Que signifiait ce silence? Ne l'aimait-elle plus? Avait-elle fini par céder aux obsessions du comte? lui avait-elle vendu son amour? A cette pensée, tout son sang bouillonnait, et ses poings se serraient convulsivement.

Il se dirigea ou plutôt il courut vers la cabane de son frère. C'était le soir. Il vit de la lumière à la fenêtre et poussa la porte. La famille, réunie autour d'une table, soupait en silence. Tous poussèrent un cri de surprise en le revoyant.

— C'est moi, frère, s'écria Dimitri. La comtesse est morte et je suis revenu; j'ai quitté le service. Comment allez-vous? Et il embrassa son frère.

— Bien, répondit Onisko d'un ton contraint.

— Mais pourquoi me recevez-vous si froidement? demanda Dimitri en lisant sur la figure de son frère et de sa belle-sœur une expression de morne réserve. On dirait que vous n'êtes pas contents de me revoir?

— Au contraire, répondit Onisko, et nous t'attendions avec impatience.

— Il s'est donc passé quelque chose? Où est Harna? Pourquoi ne m'a-t-elle pas écrit?

A ces paroles, la femme d'Onisko détourna la tête, comme si elle eût voulu cacher une larme. Onisko ne put s'empêcher de s'écrier en soupirant: « Pauvre Hanna! » Puis il laissa retomber sa tête dans ses mains.

Dimitri comprit qu'il avait dû se passer quelque chose de grave, de terrible même. Il s'élança vers son frère, et lui serrant fortement les mains:

— Je t'en prie, frère, dis-moi toute la vérité, — je suis un homme, je puis tout supporter, Hanna est morte ou il lui est arrivé un malheur. Je le lis sur ta figure. Mais ne me cache rien. Aie pitié de moi, ajouta-t-il d'une voix qui couvait des sanglots.... Dis-moi tout, car le doute me fait trop souffrir.

Onisko fut touché de sa douleur.

— Frère, lui dit-il d'un ton grave, Dieu t'a envoyé un grand chagrin. Hanna n'est pas morte et elle t'aime toujours, mais il lui est arrivé quelque chose d'affreux.

— Oh! parle vite!

— Voyons, frère, tu es un homme! sois donc plus courageux que cela et écoute:

— Dans sa première et unique lettre, Hanna te racontait que le comte ne cessait de l'obséder de son amour. Il devint si pressant, que Hanna, ne pouvant plus supporter ses persécutions, vint une nuit se réfugier chez nous en disant qu'elle ne voulait plus rester au château. J'allai trouver notre pope, et le priai de faire des remontrances au comte. Ce dernier promit d'être plus sage, et Hanna

reprit son service. Il fut convenu que désormais elle passerait les nuits chez nous. Hélas! il aurait mieux valu la garder tout à fait.

Les premiers jours, tout alla bien. Un soir cependant, Hanna ne parut pas. Ma femme pensa qu'un travail important l'avait probablement retenue au château, et nous attendîmes. Le lendemain, elle ne vint pas non plus. Inquiet et ne sachant ce que cela pouvait signifier, je me préparais à sortir pour aller aux renseignements, lorsque tout à coup nous la voyons se précipiter dans notre cabane, les cheveux et les vêtements en désordre, et criant comme une folle. Elle courut se réfugier dans un coin et s'y blottit, tournant vers nous des yeux hagards. Nous la mîmes au lit, et la fièvre se déclara. Une fièvre terrible! car Hanna se débattait et poussait des hurlements qui s'entendaient depuis la rue.

Je courus au château pour savoir la cause de cet accident étrange. Le comte était parti, et les domestiques ne purent ou ne voulurent rien me dire. Enfin le mal fut dompté, et quelques jours après, Hanna, revenue à elle, nous raconta, au milieu des larmes et des sanglots déchirants, l'horrible vérité. Elle est si affreuse, frère, que je n'ai pas le courage de te la dire.

— Parle, va jusqu'au bout, s'écria Dimitri tout haletant, les yeux hors de leurs orbites et les ongles enfoncés dans ses chairs.

— Ce comte est un scélérat, Dimitri. Voyant que Hanna ne voulait pas céder à ses obsessions, un soir il glissa dans son thé un breuvage magique. Hanna dormit pendant deux jours, et, quand elle se réveilla, elle se vit dans les bras de cet infâme... Quelque temps après, elle découvrit qu'elle était enceinte; elle alla trouver une snakharka (sorcière), qui la fit avorter. Elle devint malade une seconde fois et elle est encore au lit.

— Le lâche! s'écria Dimitri, furieux jusqu'à la folie, triple lâche! Il a violé ma Hanna, ma bien-aimée! Il a brisé ma vie, mon bonheur! Onisko, viens avec moi; je veux le tuer, je veux qu'il meure dans des supplices horribles!... Mon Dieu! mon Dieu! comme je souffre!...

Et Dimitri, épuisé, tomba sur un banc en sanglotant et le corps agité par d'effroyables convulsions.

Onisko se tint près de lui, laissant ses larmes couler et attendant qu'il fût un peu remis pour lui parler.

Lorsqu'il crut le moment venu, il lui dit:

— Voyons, Dimitri, du courage! Hanna pouvait mourir ou te tromper. Grâce à Dieu! elle vit encore.

Dimitri se releva, les yeux étincelants et pleins de colère, le sarcasme aux lèvres:

— Oh! oui, tu en parles à ton aise, toi ! Tu es environné des tiens, personne ne t'a pris ta femme. Tu ne peux donc pas comprendre ce que je souffre... Mais tu as raison, dit-il en se secouant et en faisant sur lui un effort suprême... Je ne suis qu'un simple égoïste, je ne pense qu'à moi et j'oublie que Hanna est beaucoup plus malheureuse que moi qu'elle m'attend. Où est-elle ? Je veux la voir.

— Elle est ici, dans la chambre à côté. Mais te sens-tu assez de courage pour lui parler ? Il faut être prudent, car elle est encore bien faible.

— Ne crains rien, répondit Dimitri, je suis fort... Et comme Onisko se disposait à lui ouvrir la porte... N'importe ! ajouta-t-il, je l'aime autant qu'autrefois, mais ce n'est plus la même chose... Et il entra.

Hanna avait entendu à travers la cloison tout ce qui s'était passé entre les deux frères. Elle était au lit, et la lumière indécise d'une veilleuse donnait encore plus de pâleur à ses traits amaigris...

— ... Dimitri !... Hanna !. .

Et Dimitri se jeta dans ses bras... Pendant quelques instants, on n'entendit que des sanglots non interrompus. Hanna parla la première.

— Je t'en prie, mon cher Dimitri... dis-moi que tu m'aimes encore, malgré ce qui s'est passé ; dis-le moi par charité, quand même cela ne serait pas vrai. Je n'ai plus longtemps à vivre, et il me serait si douloureux de mourir avec la pensée que tu me maudis.

— Non, Hanna ! ne crains rien, je t'aime encore, je t'aime même plus qu'autrefois; car à côté de mon amour il y a une grande douleur et une grande pitié.

— Bien vrai ! Dimitri, tu m'aimerais encore ? Oh ! non, mon Dieu ! cela est impossible ! Mais, écoute ! je vais mourir, je le sens. Mais, pour que je meure tranquille, il faut que tu me promettes, — et ici ses yeux étincelèrent, sa parole devint brève et saccadée, — il faut que tu me venges !

— Non, Hanna, tu ne mourras pas et tu seras ma femme. Sois tranquille, ta prière est un ordre sacré pour moi. J'en fais le serment devant Dieu, qui m'entend, je ne t'épouserai qu'après t'avoir vengée. Frère, veux-tu m'aider ?

— Oui, répondit Onisko, que cette scène avait ému. Non-seulement je suis à toi, mais je veux te fournir le moyen de punir ce scélérat; car il ne faut pas que la justice intervienne dans nos affaires. Écoute.

« Tu sais, peut-être, que le royaume de Pologne est en pleine insurrection; les nobles des environs commencent aussi à s'agiter, car ils organisent de nombreuses réunions. Après nous avoir détenus pendant

des siècles en esclavage, nous, enfants, du czar, ils voudraient maintenant nous replacer sous le joug, et c'est pour cela qu'ils se révoltent. Il est vrai qu'ils répandent parmi les paysans des *solotaïas gramotas* dans lesquelles ils nous promettent, si nous voulons les aider, de nous tenir quittes de la redevance que nous payons, pour la terre qui nous a été donnée. Mais personne ne s'est laissé prendre à cette supercherie; on connaît trop leur appétit insatiable pour croire à leur générosité. Ils ont besoin de nous, et c'est pour cela qu'ils nous flattent. Dans la plupart des villages, les paysans ont établi à chaque barrière des *wartass* (postes) qui ne laissent passer que ceux qui sont munis de passe-ports.

» Le jeune seigneur de Magnatyn est aussi mêlé à ce mouvement ; je crois même qu'il est un des principaux chefs, car il y a beaucoup de réunions chez lui.

» Tu devines le reste, n'est-ce pas, frère ? Notre czar ne tardera pas à punir les rebelles, et alors, quand le tonnerre éclatera sur leurs têtes, tu pourras te venger. »

Dimitri écouta avec attention, et lorsque son frère eut fini, il tomba dans une profonde méditation, les yeux fixés sur le sol. Ce silence dura quelques minutes. Quand il releva la tête, ce n'était plus le même homme; à la gaieté, à l'insouciance d'autrefois, au désespoir de tout à l'heure, avait succédé une expression d'énergie, effrayante dans son calme apparent.

Il se tourna tout à coup vers Hanna, qui l'observait avec inquiétude, et, déposant un baiser sur son front, il lui dit :

— Adieu, Hanna; je vais partir et tu ne me reverras que quand je me serai vengé du lâche qui a brisé notre bonheur. D'ici là prie Dieu pour moi.

Et il sortit de la cabane.


IV

Quelques jours après — c'était un dimanche — il y eut plus de monde que d'habitude à l'église catholique de Magnatyn. Aux abords de l'église, de nombreux groupes de propriétaires polonais discutaient avec chaleur. A voir toutes ces figures animées, il était facile de comprendre qu'il se passait quelque chose d'insolite.

Après la messe, tous se rendirent à pied au château, où le jeune comte avait fait préparer un déjeuner. L'assemblée était nombreuse et se composait de la plupart des propriétaires du district. Depuis longtemps déjà, il avait été question d'organiser un prise d'arines ; mais personne n'osait prendre sur soi la responsabilité d'un mouvement qui devait jeter le trouble dans toute la province et le deuil dans des centaines de famille. La réunion dont nous parlons avait été convoquée à l'effet d'entendre un commissaire envoyé par le comité secret de Varsovie et de prendre une décision définitive.

Aussi l'assemblée était plus nombreuse que les précédentes et les visages plus sérieux.

Bientôt le comte Ty ez entra, accompagné d'un homme aux traits durs, repoussants, au maintien roide et gêné, et dont les yeux respiraient quelque chose d'exalté, de farouche.

— *Panowie !* (messieurs) s'écria le comte en prenant son compagnon par la main ; je vous présente M. le commissaire envoyé par le comité central de Varsovie, et que nous attendions depuis quelques jours.

Les assistants s'inclinèrent respectueusement devant celui qu'ils regardaient comme étant revêtu d'un pouvoir occulte et terrible; on fit cercle autour de lui, et on se disposa à l'écouter

— *Panowie !* s'écria le commissaire, le gouvernement secret de Varsovie a bien voulu me charger d'organiser et de surveiller l'armement des braves Polonais de cette contrée. Point n'est besoin de vous démontrer la raison et l'opportunité du mouvement qui a éclaté dans toute la Pologne. Ce n'est pas une révolte comme le proclament nos ennemis ; c'est une revendication de nos droits les plus chers et les plus sacrés. Vous avez appris ce qui s'est passé à Varsovie. La foule, avec un patriotisme sans exemple , s'est laissé massacrer par ses bourreaux ; le sang qui a été versé crie vengeance. Varsovie est en pleine insurrection. Toute la Pologne s'est levée ; les femmes elles-mêmes se dévouent. Envoyé dans cette province pour activer le mouvement, j'ai couru en chemin les plus grands dangers ; j'ai failli être pris, et alors les casemates et la Sibérie m'attendaient. Mais l'ange tutélaire de la Pologne me protégeait. Partout j'ai rencontré le plus grand enthousiasme. Panowie ! je suis venu vous demander, au nom de la patrie, d'aider vos frères à chasser les bourreaux qui nous martyrisent depuis si longtemps. Ils ont été déjà battus en plusieurs rencontres. L'étranger, la Gallicie, le duché de Posen, nous envoient des volontaires, des armes et de l'argent. La France s'apprête à venir à notre secours ; elle s'y est formellement engagée. L'Angleterre nous a promis des subsides. Qu'attendez-vous encore, propriétaires du district de Vinnitza ? Armez-vous, prenez avec vous vos domestiques qui appartiennent à la petite noblesse, gagnez à votre

cause les paysans en leur promettant de les libérer de leur redevance. Que les femmes préparent de la charpie et brodent des étendards.... »

Puis, prenant un ton solennel :

« .... En vertu des pouvoirs extraordinaires qui m'ont été conférés, je nomme comme chef du district de Vinnitza le comte Ty-ez. »

Un bruit confus de voix répondit à ce discours, qui avait vivement impressionné les assistants. Tout à coup, du milieu de l'assemblée, sortit un noble polonais, de haute taille, à l'air martial, à la barbe et aux cheveux grisonnants. C'était Ko-sky, ancien officier et un des propriétaires les plus influents du district.

— *Panowie !* dit-il, ce que M. le commissaire vient de nous annoncer prouve que l'heure présente est d'une haute gravité ; mais réfléchissez bien à la terrible responsabilité à laquelle vous vous exposez, vous et les vôtres. Je ne discute pas ce qui constitue le principe de cette révolution, tout peuple opprimé conserve le droit de revendiquer son indépendance ; mais le moment est il bien choisi ? M. le commissaire me pardonnera, si je ne suis pas de son avis. L'étranger ne peut nous envoyer que de faibles secours en armes et en argent. La France n'a jamais promis formellement de nous venir en aide ; le voulut-elle, qu'il lui faudrait passer sur le ventre à l'Autriche et à la Prusse pour arriver jusqu'à nous, et, dans ce cas, il serait beaucoup plus raisonnable d'attendre pour nous soulever que le drapeau français ait franchi la frontière.

» Panowie ! il n'y a pas à se faire illusion : nous sommes livrés à nos faibles forces contre un géant qui nous écrasera quand il le voudra. Si en 1830, lorsque nous avions une armée, des canons, des forteresses et de l'argent, nous avons été battus, pouvons-nous compter sur le succès, quand maintenant nous n'avons rien de tout cela? M. le commissaire a dit que la Pologne entière s'était levée. M. le commissaire se trompe ou il nous trompe. Le parti sensé, le parti modéré, ceux qu'on appelle les *blancs*, se sont complétement tenus à l'écart ; la jeunesse et les démocrates sont seuls à la tête du mouvement. M. le commissaire a dit que nous pouvions compter sur les paysans. Là encore il se trompe et connaît bien peu nos provinces. Le paysan, qui n'est ni de notre nationalité ni de notre religion, nous a toujours regardés comme ses oppresseurs, comme des *lakhes*. Ce n'est pas la promesse de les libérer de leur redevance qui les forcera à se joindre à nous ; ils n'y croient pas. Si M. le commissaire en doute, qu'il aille écouter ce qui se dit le soir dans les cabarets ou aux veillées des *wartas*. Que nous reste-t-il donc? Nous-mêmes, nos domestiques et la petite noblesse. Les deux tiers de tout ce monde-là ne savent manier ni un sabre ni une baïonnette, il y en a même qui n'ont jamais touché à un fusil. Les voilà, les forces que vous voulez jeter sur des troupes aguerries et expérimentées !

» Encore une fois, mes frères, je vous adjure de réfléchir sérieusement à ce que vous allez faire. Je suis mathématiquement certain que nous serons battus. Qu'en résultera-t-il ? Ceux d'entre nous qui ne seront pas tués iront mourir en Sibérie ou se traîner en exil. Nos femmes, nos enfants, seront réduits à la misère ; les innocents payeront pour tous, et notre pays se verra privé des quelques droits qu'il a encore conservés. Non, messieurs, mieux vaut continuer à endurer ce que nous endurons que d'aggraver notre situation. »

Ce discours si raisonnable fit impression sur les hommes sensés. Les plus exaltés, croyant y voir un acte de faiblesse, l'accueillirent avec des murmures ; les mots de *poltronnerie* et de *lâcheté* furent prononcés.

Le commissaire, oubliant toute retenue, s'écria :

— *Panowie !* vous venez d'entendre un Polonais ! Quand la patrie souffre, prie et combat, il vous conseille de vous conduire en lâches et en traîtres ! Je ne savais pas trouver parmi vous un ami des *moskals*.

Ko-sky bondit à cette injure, un éclair traversa son regard.

— Je suis un lâche ! s'écria-t-il ; vous m'appelez un lâche ! Et où étiez vous donc, monsieur le commissaire, pendant que je me battais au Caucase et que j'y recevais deux blessures ? Qu'avez-vous donc fait pour parler avec tant d'autorité ? Voulez-vous que je le dise : réfugié à Zurich, vous étiez tranquillement occupé à raser votre clientèle !

A ces mots, le commissaire se mit à trépigner comme un énergumène ; il ne criait plus, il hurlait.

— Il ose me calomnier ! il ose m'insulter ! moi, le délégué du comité secret ! Qu'on l'arrête ! Je veux faire un exemple terrible !

Mais personne n'était assez hardi pour lui obéir.

— Monsieur le commissaire, reparlit Ko-sky avec un sang-froid ironique, vous vous oubliez ; soyez plus calme. Nous ne sommes pas ici à Varsovie ; nous sommes sur le sol russe, ce qui est bien différent... *Panowie !* ajouta-t-il en s'adressant d'une voix claire et retentissante à ceux qui l'entouraient... tout à l'heure des épithètes malsonnantes ont blessé mon oreille : je veux bien ne pas les relever. Ce que je vous ai dit, c'était pour vous ouvrir les yeux sur l'imprudence que vous pouvez commettre. Maintenant que j'ai accompli mon devoir de citoyen, je déclare me ranger de l'avis de la majorité. S'il faut combattre, on me verra au premier rang, et c'est sur le champ de bataille, messieurs, que je vous donne rendez-vous. Mais que cela vous fâche ou non, je persiste à dire que le sang qui sera alors versé nous portera malheur.

Et il s'éloigna sans que personne songeât cette fois à lui répondre.

L'assemblée délibéra pendant plusieurs heures. Influencée par les discours fanatiques du commissaire, elle décida qu'on se réunirait en armes, le second dimanche suivant, à Magnatyn même ; qu'on se porterait ensuite sur la ville du district, et qu'après avoir opéré sa jonction avec les autres bandes de la province, on marcherait sur le chef-lieu du gouvernement.

## V

Quinze jours après, une troupe de trois à quatre cents hommes quittait Magnatyn et se dirigeait sur Vinnitza.

En avant, on reconnaissait le jeune comte Ty-cz, drapé dans un costume de fantaisie qui lui séyait à merveille ; une brillante aigrette, qu'il avait commandée exprès à Varsovie, surmontait sa *konfederatka* ; il était monté sur un bel alezan qu'il dirigeait avec grâce et aisance.

Il était suivi d'un petit escadron de cavalerie composé des propriétaires du district, car un noble polonais considère comme un déshonneur de combattre à pied.

La petite noblesse et quelques domestiques qui avaient accompagné leurs maîtres, armés de fusils de chasse ou de vieilles piques formaient l'infanterie.

Derrière venait une cinquantaine de paysans commandés par Dimitri. Ce dernier passait pour un des plus chauds partisans de la cause polonaise. Son influence avait réuni autour de lui ses nombreux amis, il leur avait communiqué un plan longuement mûri, et tous, après l'avoir adopté avec enthousiasme, lui jurèrent le secret.

Cette troupe aux armes et au costume variés cheminait, par une belle journée d'été, dans un petit chemin, garni de champs de blé, coupant d'une ligne sombre la blancheur du paysage, et s'allongeant au milieu de cette mer d'épis. Les cavaliers, l'insouciance aux lèvres, causaient gaiement. Les rayons du soleil faisaient reluire les armes et sillonnaient la colonne d'éclairs ; un étendard brodé par les dames déployait paresseusement ses plis au souffle de la brise.

Les Polonais entrèrent à Vinnitza par la grande rue, bordée de hauts peupliers, en chantant l'hymne national. Une foule assez nombreuse, dans laquelle les juifs formaient la majorité, les attendait sur la place.

Le comte Ty-ez, après avoir conféré avec les principaux marchands, fit loger ses compagnons dans les hôtelleries qui entouraient la place. Quant aux paysans, on ne s'en occupa même pas; on se contenta de leur distribuer autant d'eau-de-vie qu'ils purent en boire.

Pendant plusieurs jours, ce ne fut que fêtes et réjouissances. Les dames arrivèrent en foule, car elles comptaient parmi les combattants soit un mari, soit un frère, soit un parent. On eût dit que tout ce monde était réuni, non pour combattre, mais pour s'amuser; on croyait naïvement que la campagne se terminerait à cette seule démonstration; on s'excitait, on se grisait, sans paraître songer aux dangers terribles au devant desquels on courait de gaîté de cœur.

Ko-sky, qui avait connu la guerre par des côtés plus sérieux, fit observer à plusieurs reprises qu'il était imprudent de s'endormir ainsi, que l'ennemi pouvait arriver d'un jour à l'autre, et qu'il fallait profiter des quelques moments de répit qu'on avait devant soi pour exercer les hommes au tir et à la manœuvre. Mais Ty-ez ne voulut rien entendre, et, eût-il écouté les sages conseils de Ko-kky, qu'il n'eût pu se faire obéir.

Le cinquième jour, vers quatre heures de l'après-midi, quelques juifs qui étaient sortis de la ville sur leurs charrettes, rentrèrent au galop en poussant des cris d'alarme: L'ennemi! voilà l'ennemi!

Ce fut un tumulte indescriptible. Chacun courait sur la place; puis, quand on eut aperçu au loin, sur les hauteurs, un nuage de poussière qui s'approchait lentement, les insurgés se précipitèrent dans les maisons pour s'armer. Bientôt la place fut encombrée d'une foule émue, agitée, inquiète, qui, semblable aux vagues venant l'une sur l'autre se briser sur les galets, courait dans tous les sens, se culbutait, gesticulait, et poussait les cris les plus étranges et les plus divers.

On voyait des cavaliers chercher le point de ralliement, des fantassins égarés dans la bagarre, des voitures de toute sorte, remplies de dames traversant la place pour sortir de la ville, des juifs et des juives, grands et petits, faisant retentir leurs exclamations aiguës, leur Haï! Waï! et s'efforçant de regagner leurs demeures.

Au milieu de ce chaos et de cette poussière, le comte Ty-zz ne savait plus où donner de la tête; seul, Ko-sky avait conservé son sang-froid. Voyant que le désordre allait en grandissant, il courut ventre à terre vers Ty-ez, renversant tout sur son passage, et,

prenant le cheval de ce dernier par la bride, il s'écria, plein de colère:

— Voyons, comte, faut-il nous battre ou nous retirer? Prenez un parti.

— Nous retirer? Jamais! répondit le comte, mais je ne puis me faire obéir!

— Eh bien! lui dit Ko-sky, placez-vous sur ce perron et déployez l'étendard, que tout le monde le voie!

Après bien des efforts, ils parvinrent à établir un peu d'ordre parmi les insurgés. La cavalerie se rangea devant le perron, l'infanterie à côté, et enfin, un peu plus loin, au coin de la place, on apercevait la petite troupe des paysans, dont le sombre silence contrastait avec l'effarement général.

— Maintenant ce n'est pas tout, dit Ko-sky au comte, il faut que quelques hommes de bonne volonté aillent reconnaître l'ennemi. Je m'en charge; m'y autorisez-vous?

Sur le consentement du chef, il partit avec quelques Polonais bien montés et sortit de la ville en suivant la chaussée. L'anxiété de ses compagnons fut grande pendant ce temps; tous observaient avec inquiétude ce gros nuage de poussière qui s'avançait, plein de menaces et du sein duquel jaillissaient des éclairs. Un silence de mort régnait sur la place, où il ne restait plus que les insurgés.

Une demi-heure après, Ko-sky revint vivement, pourchassé par des Cosaques, et fit son rapport.

Cependant les ennemis approchaient; leurs forces se composaient de deux compagnies d'infanterie, d'une pièce de canon et de cinquante Cosaques. L'infanterie passa le pont de la rivière et alla se mettre en bataille sur une hauteur, à droite de la route, près d'un bois qui s'étendait à perte de vue; les Cosaques, après avoir poussé jusque sur la place en faisant retentir leurs hurras, s'étaient retirés au delà du pont et attendaient.

L'indécision la plus grande régnait parmi les Polonais. Ko-sky avait proposé de détruire le pont, et de mettre la rivière entre eux et les ennemis; mais ce conseil avait été rejeté.

Ty-ez partagea sa troupe en deux. L'infanterie et les paysans, commandés par Ko-sky, devaient se placer en observation sur le pont, afin d'empêcher les Cosaques de porter secours à leurs camarades; quant à lui, il se mit à la tête de la cavalerie, tira son épée et commanda la charge.

Les Polonais gravirent bravement la pente douce qui menait au plateau. Malheureusement, au lieu de s'étendre et de se déployer, ils s'étaient formés en colonne profonde. Quelques boulets bien dirigés creusèrent de longs sillons de sang et de chair meurtrie; une fusillade nourrie acheva de jeter le dé-

sordre dans leurs rangs, et lorsque la colonne arriva sur le plateau, elle ne formait
plus qu'un tronçon rompu et brisé. Son dernier élan vint expirer sur les baïonnettes
russes, puis les Polonais se débandèrent et
prirent la fuite.

En même temps, les Cosaques, la lance en
arrêt et penchés sur le cou de leurs petits
chevaux, passèrent comme un tourbillon sur
le pont, et balayèrent tout ce qui osait leur
opposer de la résistance. Ko-sky et quelques
autres furent tués; les domestiques et les
paysans avaient su, dès les premiers coups,
se mettre à l'écart.

C'est alors qu'il se passa quelque chose
d'horrible, bien fait pour servir de leçon à
ceux qui conseillent de pareilles boucheries.
Pendant que les Polonais, vivement poursuivis, se sauvaient du côté de la ville ou tra-
versaient la rivière pour gagner le bois, on
vit les paysans se jeter parmi les fuyards, et
couper avec leurs faux le jarret des chevaux; le cavalier qui tombait était aussitôt
garrotté et livré aux Russes.

Et le comte Ty-ez, que devenait-il? Il
était brave comme tous ceux de sa race.
Arrivé un des premiers sur les baïonnettes
russes, il se vit abandonné des siens. Fou de
rage et de honte, il fit demi-tour, et, après
avoir donné un coup de pointe à un soldat
qui voulait lui barrer le passage, il se jeta à
la rivière afin de gagner le bois. Il entendit
derrière lui un bruit sourd, provenant de la
chute d'un corps dans l'eau. C'était Dimitri.

Le fiancé de Hanna avait suivi de loin le
comte pendant le combat, et lorsqu'il le vit
se jeter à l'eau, il crut que l'heure de la vengeance avait sonné.

Malheureusement il calcula mal son élan:
au lieu de sauter sur la croupe du cheval et
de prendre son ennemi à bras-le-corps, comme c'était son dessein, il tomba à côté et fit
un plongeon; mais, comme il était bon nageur, il parvint bientôt à rattraper la distance perdue.

Déjà la monture du comte approchait du
bord, et, vivement éperonnée par son cavalier,
elle appuyait fortement ses pieds de devant
sur la berge, afin de prendre terre. Dimitri,
qui avait abordé quelques instants auparavant, profita du moment où le cheval avait
le corps en l'air et le ventre hors de l'eau,
pour lui plonger son couteau dans le flanc.
Mais le comte était sur ses gardes; il avait
compris que celui qui le suivait à la nage
ne pouvait être qu'un ennemi. Il ne tarda
pas à reconnaître Dimitri et devina à ses regards haineux le dessein qu'il prémédidait. Au
moment où Dimitri retirait son couteau
ensanglanté, le comte lui enfonça son épée
dans la gorge, et Dimitri tomba pour ne plus
se relever.

Le comte dut sauter à bas de sa monture,
qui alla rouler à quelques pas du cadavre du
jeune paysan; il jeta son épée, qui ne pouvait plus lui servir, tira des fontes deux revolvers chargés, et disparut dans la forêt.....

Le soir vint, et l'ombre silencieuse, tombant du ciel, projeta ses horreurs muettes
sur cette colline verdoyante le matin, mais
maintenant rougie par le sang et couverte
de cadavres; l'air frais exhalait une odeur
humide de carnage.

Une jeune fille, aux longs cheveux épars,
et se traînant à peine, errait en silence
parmi les morts; elle se baissait à chaque
instant, comme si elle eût cru reconnaître
quelqu'un de bien aimé. Sa démarche brusque et saccadée trahissait une violente émotion.

Ses recherches l'amenèrent sur le bord de
la rivière, et, levant par hasard les yeux vers
le côté opposé, elle aperçut vaguement un
cadavre étendu à côté d'un cheval. Après
avoir bien examiné ce dernier, elle reconnut
l'alezan du comte.

Elle se mit aussitôt à descendre en courant, gagna le pont, passa de l'autre côté,
et remonta le long de la rivière, fiévreuse
et haletante. Oui, c'était bien le cheval du
comte... Elle se précipita en chancelant sur
le cadavre, fixant sur lui des yeux d'une rigidité effrayante.

Tout à coup, elle se rejeta brusquement
en arrière en poussant un cri terrible... Elle
avait reconnu son fiancé. Folle de douleur,
elle se précipita sur lui, et le couvrit de baisers, comme si elle eût voulu essayer de le
ramener à la vie; puis elle se tordit de désespoir, et s'arracha les cheveux en jetant
dans les airs des cris inarticulés.

..... Enfin, comme si une pensée subite
eût traversé son cerveau, elle se releva brusquement, considéra avec attention le cheval,
dont les entrailles flottaient sur le sol... et
aperçut le couteau ensanglanté que Dimitri
tenait encore dans sa main crispée... Elle
comprit tout... Le meurtrier de son Dimitri
était le même qui l'avait violée...

Cette pensée la fit frissonner. Courbée sous
la douleur, elle s'assit par terre, plaça la tête
de son bien-aimé sur ses genoux, et lui parlant de cette voix douce et monotone que
les mères emploient pour bercer leurs enfants, elle lui dit :

— Dimitri! m'entends-tu? C'est moi, Hanna! Pourquoi m'as-tu quittée? Tu ne m'aimais donc plus, que tu es parti sans moi?
Tu as donc oublié les beaux rêves que nous
avons faits, un soir, au jardin! Tu ne danse-
ras plus avec moi la *kosatchka*! Tu ne chan-
teras plus avec moi la *kolenda*! Tu ne me
donneras plus de belles boucles d'oreilles ni
des colliers... Dimitri, je t'en prie, réponds-

moi !... dis-moi encore une fois que tu m'aimes !... Mais non ! je le vois, tu es fâché ! tes yeux sont fermés, ta bouche est muette, ta main ne veut plus serrer la mienne... Veux-tu que je te chante ?...

Et, d'une voix brisée, elle se mit à chanter...

Pourquoi, ma chère petite tête hardie,
Te fâches-tu contre moi, pauvre orpheline ?
    Agite tes petites mains,
Regarde-moi de tes yeux clairs,
Ouvre tes lèvres douces comme le sucre,
    Dis-moi un petit mot,
Réjouis mon pauvre petit cœur
Pour une heure, pour une minute !

Son regard était atone, ses yeux fixes et creux; pas une larme ne coulait. Sa chanson si triste sanglotait avec l'écho. La folie s'emparait de cette belle tête qu'un peintre eût enviée.

Tout à coup, elle bondit sur ses pieds, comme mue par un secret ressort. Portant ses mains à son front, elle sembla vouloir ressaisir ses idées.

— Non ! s'écria-t-elle avec désespoir, il n'y a plus de Dieu; car, si Dieu existait, il ne nous eût pas maudits, il n'eût pas permis que Dimitri mourût au moment même où il allait me venger! Dors en paix, petit pigeon, ma petite âme, je veux moi-même accomplir ce que tu n'as pu faire ! Et alors, quand je t'aurai vengé, je reviendrai me coucher à tes côtés, et on ne nous séparera plus.

Le terrible projet que Hanna venait de concevoir lui avait donné une énergie fiévreuse, des forces surnaturelles. Elle embrassa son fiancé, le couvrit avec soin de feuillage, d'herbes et de fleurs, et s'enfonça dans la forêt.

## VI

Le jeune comte ne savait trop où se diriger; l'instinct porta ses pas du côté de Magnatyn. Ayant pris un petit sentier afin d'éviter la chaussée, il fit bien des tours et des détours, et s'égara plusieurs fois. Il marchait machinalement, et son corps n'obéissait plus à sa pensée. Des événements si terribles s'étaient passés depuis le matin, qu'il avait perdu la faculté de raisonner et que son esprit était inerte.

C'est ainsi que sans s'en apercevoir, il allait s'engager dans un chemin assez large, lorsque tout à coup il entendit, à quelque distance, un sourd galop et des hennissements de chevaux. Il se rejeta vivement en arrière, et se coucha à plat ventre sur les feuilles.

Une ou deux minutes après, des Cosaques passèrent comme une trombe ; ils faisaient la chasse aux fuyards.

Quand le bruit se fut éteint dans le lointain, il se releva et se remit à marcher; il erra ainsi toute la nuit, sans savoir où il allait, et sans éprouver de fatigue.

Au lever du jour, il se trouva tout à coup en face d'un cabaret, situé sur la route, au beau milieu de la forêt. Il aperçut au coin, près de l'écurie, deux paysans placés en sentinelle. Il était trop à découvert pour reculer, et puis il était si abattu de corps et d'esprit qu'il eût volontiers fait le sacrifice de sa vie. Il s'avança donc, tenant machinalement son revolver. Mais les deux paysans, dès qu'ils virent qu'il était armé, se regardèrent en hésitant, puis tournèrent l'angle de la maison et disparurent.

Cet incident ranima le courage du jeune comte. Il s'orienta et s'aperçut qu'il n'était plus qu'à quelques verstes de Magnatyn. Que faire? Rentrer chez lui, c'était s'exposer à être aussitôt arrêté.

Il se rappela alors qu'un de ses gardes, sur la fidélité duquel il pouvait compter, habitait une chaumière située dans un des endroits les plus écartés de la forêt; il résolut d'aller se cacher chez lui, afin de réparer ses forces et de réfléchir sur sa position critique. Il se rejeta donc dans les taillis et marcha d'un pas rapide.

La forêt se réveillait, les oiseaux chantaient ou gazouillaient sur les arbres, mille petits insectes faisaient entendre leurs voix dans l'herbe. Les rayons du soleil, brisés par les branches, irisaient les gouttes de rosée suspendues au feuillage. Cette tranquillité pleine de charme et de mystère qu'offrent les bois par une belle matinée d'été exerça une influence salutaire sur l'esprit du fugitif. Ses muscles se détendirent, et sa poitrine aspira longement l'air frais du matin.

Le soleil était déjà assez haut, lorsqu'il aperçut la demeure de son garde. Il s'en approcha prudemment, afin de voir ce qui s'y passait. Juste, en ce moment, André sortait, son fusil sur l'épaule, pour aller probablement faire sa tournée. Ty-ez l'appela doucement. André poussa un cri de surprise en le reconnaissant.

— Ah ! c'est vous! monsieur le comte, lui dit-il. Il ne vous est arrivé rien de mauvais?

— Non, grâce à Dieu. Mais, dis-moi, qu'y a-t-il de nouveau au château? Les Russes y sont-ils ?

— Non, monsieur le comte, répondit André; hier soir on ne les avait pas encore vus. Mais les paysans du village, dirigés par Onisko, entourent le château et font bonne garde. Vous savez qu'Onisko est votre ennemi déclaré ?

— Diable ! diable ! fit le comte tout pensif. Que faire? Écoute, André : je vais entrer chez toi, car je suis brisé ; seulement je puis compter sur ta fidélité, n'est-ce pas ? Tu ne me livreras pas aux *moskals*, toi ? Pendant que je me reposerai, tu iras me chercher quelques provisions au château et tu diras à ma nourrice qu'elle vienne ici ce soir ou demain matin... Tu m'as compris ? Tiens, prends cet argent pour la peine.

— Merci, monsieur le comte, répondit André en empochant l'argent. Vous devez connaître votre vieux garde ; soyez sûr qu'il ne vous trahira pas. Entrez et tirez soigneusement les verrous ; ayez surtout bien soin de ne pas vous montrer à la fenêtre.

— Sois tranquille, je tombe de sommeil.

— Bien ! je pars et me hâterai de revenir...

Cela dit, il siffla son chien et s'engagea dans le chemin qui conduisait à Magnatyn.

Le comte entra dans la maison du garde, en ferma les portes, et, après avoir fait une étude topographique des lieux, pour le cas où une alerte le forcerait à déguerpir, il se coucha sur le lit du garde, plaça à portée de sa main ses revolvers et s'endormit d'un sommeil de plomb...

Lorsqu'il se réveilla, il faisait nuit... D'un bond, il fut sur pied... Il songea aussitôt à André, qui aurait dû être de retour depuis longtemps. Que signifiait son retard ? L'avait-il trahi ou s'était-il fait imprudemment arrêter ?

Ces questions se pressaient dans son esprit inquiet, et il ne savait qu'ro penser. En attendant, la faim le tiraillait ; il n'avait rien mangé depuis la veille. Il se mit à chercher en tâtonnant dans les ténèbres — la lumière eût pu trahir sa présence — s'il ne trouverait pas un morceau de pain ou une bouteille d'eau-de-vie; mais ses recherches furent vaines, et il retomba sur son lit, la tête dans les mains.

Il régnait autour de lui un silence effrayant. Le comte était brave; il l'avait prouvé; mais la pensée qu'il se trouvait seul, dans les ténèbres, environné d'ennemis invisibles qui allaient se précipiter sur lui, lui donna le frisson. D'un instant à l'autre, il pouvait être attaqué, tiré et... au delà... les sombres casemates... la mort, ou, ce qui ne valait guère mieux, la Sibérie avec ses plaines glacées. Vision terrible, qui lui faisait dresser les cheveux sur la tête. Oh ! comme il regrettait alors de s'être jeté dans cette folle entreprise ! Comme il enviait le sort de Ko-sky, tombé sur le champ de bataille !

En attendant, André ne revenait pas. La faim, le découragement, la peur, le démoralisèrent à un tel point que ses membres furent pris d'un tremblement convulsif; ses dents claquaient.

Le profond et sombre silence qui l'enveloppait ressemblait à celui du tombeau... La chute d'une branche morte, le cri sinistre d'un oiseau de nuit, un arbre agité par le souffle du ciel, un lézard se glissant sous les feuilles sèches, dans le taillis ; en un mot, ces mille petits bruits vagues, inconnus, mystérieux, produits par la nuit, le jetaient dans des transes atroces.

Tout à coup il entendit un bruit de pas qui semblaient se diriger du côté de la chaumière; il releva la tête, prêta l'oreille, saisit convulsivement un de ses revolvers. Les pas se rapprochèrent; bientôt on frappa doucement à la porte.

— Monsieur le comte ! dit quelqu'un à voix basse.

Il ne répondit pas.

— Monsieur le comte, dormez-vous? Je vous apporte à manger. C'est André qui m'envoie.

C'était une voix de femme.

Ty-ez tira les verrous et ouvrit la porte.

— C'est moi, Hanna, dit la voix.

— Hanna? fit le comte étonné, en reculant instinctivement de quelques pas.

— Mais oui, Hanna! Qu'y a-t-il d'étonnant à ce que ce soit moi?

— Oh ! rien, balbutia le comte. Mais André ?

— André? Il n'a pas pu venir, car il était trop surveillé... Mais allumez donc quelque chose, on ne voit rien ici.

Et comme le comte hésitait :

— Oh ! n'ayez pas peur ! ajouta-t-elle, personne ne sait où vous êtes, et les Russes n'ont pas encore paru au château.

Ty-ez se décida à allumer un copeau de résine. Hanna ferma la porte et déposa sur la table une bouteille de vin, du pain et de la viande.

— Voilà, dit-elle, ce que la nourrice m'a chargée de vous apporter. Demain matin elle viendra elle-même.

— Ma pauvre Hanna, put à peine dire le comte, qui engloutissait avec voracité ce que la jeune fille lui avait apporté. Pauvre Hanna ! répétait-il la bouche pleine, tu t'es donc dévouée pour moi ? Il y a quelque temps, je t'ai fait un peu de peine, mais j'ai eu tort et je t'en demande pardon.

— Oh ! M. le comte est bien bon de s'occuper d'une pauvre fille comme moi.

Hanna prononça ces paroles avec un ton étrange, que le comte eût certainement remarqué s'il n'avait pas été si occupé à faire disparaître ce qui était sur la table. L'arrivée de Hanna avait chassé toutes ses folles terreurs, il était redevenu lui-même, et il n'était pas loin, dans sa fatuité, d'attribuer à l'amour le dévouement dont Hanna faisait preuve en venant le trouver pendant la nuit.

—Oh! pas du tout! répondit-il, car il croyait qu'elle ignorait encore la mort de Dimitri. Tu te trompes, Hanna, et sois sûre qu'un jour je te récompenserai dignement de ton dévouement... Mais, fit-il en regardant la bouteille, qui était déjà à moitié vide, ce vin me fait un drôle d'effet...

—C'est que vous mangez trop vite, répondit Hanna, qui suivait tous les mouvements avec une émotion qu'elle dissimulait mal. Buvez encore, cela vous fera du bien.

Et elle remplit elle-même le verre, et le tendit en souriant au comte, qui l'avala tout d'un trait.

— C'est étonnant, fit-il, je me sens pris de vertiges, de douleurs dans le ventre. Hanna, où es-tu ?

Mais Hanna ne l'entendait pas... Elle avait ouvert la porte qui communiquait avec la grange, s'y était élancée, et ne revint que quelques instants après.

— Que disiez-vous ? monsieur le comte, demanda-t-elle d'une voix haletante.

— Je ne comprends ce que cela veut dire ; je souffre beaucoup, j'ai le vertige... la tête me tourne. Qu'est-ce donc que ce vin que tu m'as fait boire ?

Hanna, en ce moment, penchait la tête, et semblait écouter un faible bruit de pétillements qui venait de la grange. A la question du comte, elle se leva d'un bond, et, le regardant avec des yeux terribles, et le sarcasme aux lèvres :

— Vous voulez savoir ce qu'il y a dans ce vin ? Eh bien! je vais vous le dire... C'est du poison.

— Du poison? dit le comte en poussant un cri terrible... Tu m'as empoisonné?... Ah ! ah ! ah ! oui, je comprends, ajouta-t-il avec un rire égaré; tu as voulu te venger, tu as vengé ton Dimitri. Il est mort, ton Dimitri... tu ne le verras plus... Quant à toi, infâme, je vais t'envoyer le rejoindre...

Et en disant ces paroles il voulut se lever; mais il tomba sur le sol en poussant des cris effroyables et se roulant, en proie à des convulsions atroces.

Pendant ce temps, la fumée avait envahi la chambre, de grandes langues de feu commençaient à lécher la cloison en bois : la chaumière du garde brûlait.

Hanna, les narines ouvertes et frémissantes, la paupière dilatée, était debout au milieu de la fumée et de la flamme, semblable à une furie sauvage qui s'apprête à immoler une victime.

— Meurs, scélérat! criait-elle. Non content de briser mon bonheur, tu as tué mon fiancé. Il n'y avait plus de Dieu, je l'ai dit... je me suis faite Dieu moi-même... Meurs comme un damné!... Mon Dimitri sera content, je vais le lui dire!...

Et, après l'avoir poussé du pied, elle s'élança hors de la cabane.

Mais elle ne voulut pas s'éloigner sans avoir vu la fin.

La flamme, montant rouge et sanglante, éclairait la sombre forêt d'un cercle lumineux ; le feuillage des arbres prenait une teinte jaune et sinistre.

Hanna regardait. Ses yeux contemplaient avec une joie farouche l'incendie qui avait embrasé toute la maison ; son oreille savourait avec délices les cris déchirants qui partaient de l'intérieur.

Tout à coup, à travers la fumée épaisse, du milieu de la fournaise ardente, elle vit une masse noire, informe, s'élancer de la chaumière et rouler sur le seuil en poussant un hurlement de damné.

C'était le comte, qui avait réuni ses dernières forces pour échapper à l'incendie ; mais il lui avait été impossible de franchir la barrière de feu qui le séparait de l'air du ciel.

Hanna eut peur, elle boucha ses oreilles, ferma les yeux, et s'enfuit en jetant un cri terrible, qui alla se répercuter au loin, dans les profondeurs de la forêt....

Elle était folle!...


VII

Le directeur interrompit son récit. Un *tarantass* de poste venait de s'arrêter, au bruit de ses clochettes, devant le perron. Il sortit pour aller à la rencontre du voyageur.

Je restai seul. Cette histoire m'avait frappé de stupeur. Tout à coup j'entendis une voix chanter d'un ton monotone et traînard :

. . . . . . . . . .
Dis-moi un petit mot,
Réjouis mon pauvre cœur
Pour une heure, pour une minute.....

Je reconnus la voix de Hanna. Elle avait chanté ces paroles en berçant sur ses genoux la tête de son Dimitri.....

— Pauvre Hanna ! fis-je en soupirant.

FIN DE HANNA LA FOLLE.

# Jules Mary.

# LES FRÈRES D'ADOPTION

ÉPISODE DE LA GUERRE D'ÉMANCIPATION EN SERVIE (1815).

## I

### LA FÊTE DES GUIRLANDES.

Deux mots avant de commencer.

L'histoire de l'émancipation de la Servie est tout entière dans celle de deux hommes : Kara-Georges et Milosch Obrenovitch. Le prince Milan, qui, à l'heure qu'il est, concentre sur lui l'attention de l'Europe, ne fait que continuer l'œuvre patriotique de ces deux partisans. Affranchir les Serves et faire de la Servie un État complétement indépendant de la Turquie, tel est le but. L'audace, l'énergie, un ardent amour de la liberté, une foi aveugle dans leur fortune : tels sont, pour les Serves du Midi, les moyens.

C'est au moment où Milosch Obrenovitch vient d'appeler les Serves à la guerre d'indépendance, aux abords de Pâques 1815, que commence le drame que nous racontons et dont plusieurs personnages sont historiques.

Malgré les exploits de Kara-Georges, la Servie était retombée sous le joug ottoman. La liberté était fictive, les vexations nombreuses. Les chrétiens étaient exclus des fonctions administratives, des commandements militaires, de tous priviléges. Ils se résignaient, rongeant leur frein, impatients de l'occasion. Les règlements rigoureux spécifiaient « qu'ils devaient porter un vêtement qui les fît reconnaître, que leurs demeures ne devaient pas être plus somptueuses que celles des musulmans, qu'il fallait qu'ils s'abstinssent de faire entendre le son des cloches, et que la monture du cheval et du dromadaire leur était interdite. » Un édit, remontant à Omar, défendait aux chrétiens d'étudier l'arabe des lettrés et d'enseigner le Coran à leurs enfants; le port d'armes surtout était expressément défendu.

Ranke nous dit que les Serviens n'osaient paraître dans une ville autrement qu'à pied, et que si un Turc réclamait d'eux un service, si humiliant que fût ce service, ils devaient obéir. Rencontraient-ils en chemin un musulman, ils devaient s'arrêter et lui céder passage. Ils étaient obligés de cacher leurs armes, et s'il plaisait aux musulmans de les insulter, ils devaient dévorer en silence les affronts; se fâcher eût été un crime.

Heureusement les habitants de la campagne avaient conservé le souvenir de la valeur de leurs pères, et la haine des musulmans, la haine de cette odieuse oppression, ravivait dans leurs cœurs la sauvage énergie d'une race remuante et guerrière.

Le village du Cznargora est suspendu aux flancs de la montagne du même nom; il fait partie du district de Rudnick, au centre de la Servie. Ce village comprend une centaine de maisons, lesquelles, selon l'usage, se composent seulement d'un rez-de-chaussée coupé par une cloison. Des treillis de branchages, couverts d'argile, forment les murailles; le sol nu tient lieu de plancher; la paille et le chaume font les frais de la toiture, les tuiles étant réservées aux musulmans. Les habitations de Cznargora, comme celles du reste de toute la Servie, sont assez rapprochées les unes des autres pour que les paysans, réunis au premier signal, puissent se porter secours en cas d'attaque, et assez éloignées pour que chacune d'elles puisse soutenir un assaut particulier.

Nous sommes au lundi de Pâques, et c'est la fête des guirlandes au village de Cznargora. La veille, toutes les jeunes Serviennes s'étaient réunies sur la montagne et avaient chanté les vieilles et patriotiques ballades. Le matin du lundi, elles s'étaient rendues à la fontaine publique, elles y avaient dansé en rond, et leurs chants naïfs, antique poésie des Slaves, avaient raconté comment le bois du cerf trouble les ondes, pendant que son œil les rend limpides. Elles avaient dansé sous les arbres, et leurs chansons invoquaient Radischa,—souvenir du paganisme,—qui se plaît à secouer la rosée des fleurs, et qui essaye d'attirer les jeunes filles dans la forêt en leur promettant qu'elles y fileront une soie précieuse sur une quenouille d'or.

De toutes ces jeunes filles, la plus gracieuse était Rosanda, la fille du vieux Malevitch, le marchand de sangsues. Elle était certes la plus svelte et la plus légère, et, dans la ronde dansante, ses pieds glissaient sans toucher la terre et sa taille se balançait comme un jeune frêne au vent des steppes de Russie.

En la voyant, un vieux Russe, qui était venu enterrer ses os à Czargora et qui était aimé de tout le pays, souriait doucement dans sa grande barbe blanche et murmurait ces vers connus des Slaves du Nord :

C'est Mab la souveraine,
Mab, aux cheveaux dorés,
Dont le pied courbe à peine
L'herbe fine des prés.

Rosanda était vêtue d'une longue jupe de toile blanche; devant et derrière étaient attachés deux tabliers en étoffe de laine rayée de diverses couleurs, où dominait le rouge; par-dessus la jupe, elle avait un corset noir à manches. Sa tête fine, au profil grec, animée par deux grands yeux noirs, était coiffée d'un petit fez, coquettement posé sur le côté. Sa taille cambrée était serrée par une ceinture de soie brodée de perles, et, autour de sa gorge, blanche et ferme, voltigeaient les bords dentelés d'une chemisette ruisselante de sequins. Elle était blonde, blonde comme les blés qui mûrissent sur les bords de la Morava, blonde avec des reflets d'or dans la masse ondulante des cheveux.

Quand elles eurent dansé, les jeunes filles dressèrent des guirlandes et s'en allèrent, accompagnées par les jeunes gens, au cimetière du village, renouveler le gazon des tombes. Là les frères et les sœurs par adoption se donnèrent le baiser de l'alliance à travers le feuillage et les fleurs; puis vint le tour des fiancés qui devaient se marier dans l'année.

Toute cette jeunesse pleine de sève, vigoureuse et hardie, accomplissait ces cérémonies naïves avec le calme et la placidité sérieuse qui sont les signes distinctifs de la race.

Rosanda Malevitch, elle, ne dansait plus; personne n'était venu qui avait tendu les lèvres pour lui donner le baiser des fiançailles. Pourtant Rosanda était riche et la plus belle du village.

C'est que, dix mois auparavant, Johan Dobratscha, son fiancé, dans une querelle, avait tué un Turc d'un coup de poignard en plein cœur, et que traqué par le mousselim de Rudnick, il s'était réfugié dans les forêts de la montagne et s'était fait heiduke, et jamais plus on n'avait entendu parler de lui.

Voilà pourquoi Rosanda était triste.

Assise sur une pierre, elle regardait vaguement ses compagnes, et ses lèvres murmuraient en psalmodiant le chant d'un vieux poète slave venu jusqu'à nous :

« Hier soir, des torrents de pluie tombèrent des nuées; le souffle de la nuit couvrit la terre de givre. Je sortis pour aller trouver celui que j'aime; mais, sur la prairie déserte, je ne vis que son dolman, son écharpe, et, près de la harpe d'argent, une pomme verte. Alors je me suis dit : Si j'emportais son dolman ?... Mais peut-être aurait-il froid... L'écharpe, c'est moi-même qui la lui ai donnée; la harpe, c'est un présent de mon frère.... J'imprimerai mes dents dans cette pomme verte. Il apprendra ainsi que je suis venue. »

Et Rosanda soupirait en regardant du côté de la montagne. Elle ne voyait pas que près d'elle s'était assis un jeune Serbe, Danilo, le frère d'adoption de Johan l'Heiduke. Ses lèvres murmurèrent :

— Johan ! Johan ! quand reviendrez-vous ? Vous avez abandonné votre père aveugle, vous avez quitté votre fiancée. Où êtes-vous, Johan ? M'auriez-vous oublié ?

— En doutez-vous, Rosanda Malevitch ? fit le jeune Serbe en lui mettant la main sur l'épaule.

Elle tressaillit en reconnaissant Danilo et répondit à voix basse :

— Vous avez tort, Danilo, de m'affliger de votre amour. Votre amour est un crime, car vous savez bien que j'aime Johan et que Johan m'aime, et Dobratscha est lié à vous par l'adoption. Vous vous êtes adoptés au nom de Dieu et de saint Jean. Vous vous devez à tous deux aide, protection et fidélité ; vous êtes frères en Dieu, Danilo, et malheur à celui qui trahit le serment !

Danilo avait pâli devant ces reproches

adressés d'une voix grave et triste. Il se leva.

— Johan est mort, dit-il en hésitant; je suis délié de l'adoption.

— S'il est mort, reprit Rosanda en lui faisant baisser la tête sous son regard brillant, c'est que vous l'avez tué, Danilo !

— M'en croyez-vous capable ? dit-il avec un sourire haineux.

— Oui, dit-elle.

Tout à coup elle tressaillit; elle venait d'entendre, et tout le monde comme elle, la détonation d'une arme à feu. Jeunes filles et jeunes garçons arrêtèrent leurs rondes, se turent et levèrent la tête.

Au-dessus d'eux, sur un quartier de roc, se détachait la haute silhouette d'un jeune homme armé d'un long fusil.

Il n'y eut qu'un cri parti de cent bouches joyeuses :

— C'est Johan ! c'est Johan Dobratscha !

Et tous les yeux se tournèrent du côté de Rosanda. Elle était si pâle qu'on eût dit qu'elle allait mourir. Danilo s'était éloigné après avoir reconnu son frère.

II

JOHAN DOBRATSCHA, L'HEIDUKE.

Du quartier de roc où il se tenait debout et d'où il venait de signaler sa présence en tirant en l'air un coup de fusil, Johan voyait les jeunes gens et les jeunes filles du village. Quand il eut reconnu Rosanda, à laquelle il était fiancé, il lui envoya de loin un baiser et appuyant les mains sur le canon de sa carabine, il modula, sur un rhythme doux et lent, la chanson plaintive de Ronda :

« Ronda venait d'expirer... Ronda, le fils unique de sa mère... Dans son désespoir, elle ne veut que ces restes chéris reposent loin de sa demeure; on creuse une fosse dans le jardin verdoyant, sous des orangers aux fruits d'or. C'est là que chaque matin la mère éplorée vient s'entretenir avec celui qui n'est plus. « O mon fils, la terre te pèse-t-elle ? n'es-tu pas à l'étroit dans ton cercueil d'érable ? » — Et une voix faible et plaintive répondit : « Ce n'est pas la terre qui me pèse, ce n'est point mon cercueil d'érable; le poids qui m'oppresse, c'est la douleur de ma bien-aimée. Quand elle soupire, mon âme est triste dans le ciel... Juge du mal que me ferait son parjure ! »

Johan se tut. Rosanda le regardait, appuyée contre le tronc d'un pin. Ses deux mains jointes cherchaient à contenir les battements de son cœur et des larmes de joie et d'amour coulaient, silencieuses, le long de ses joues pâles.

Johan les vit, il comprit l'appel muet. Re-

jetant son fusil sur sa robuste épaule, il prit son élan, dédaignant de faire un détour pour arriver au cimetière. Du rocher où il était, vingt pieds le séparaient du sol. Il bondit comme un lynx et tomba au milieu des jeunes gens, que n'étonna point cet audacieux tour de force.

Johan Dobratscha pouvait avoir vingt-cinq ans. Il était très-grand, mais admirablement proportionné. Ses épaules larges, ses reins étroits, les muscles saillants de son cou et de ses bras, dénotaient une vigueur peu commune, même parmi ces montagnards, pour la plupart agiles et robustes. Sa figure offrait le type de la beauté slave dans toute sa pureté. Il portait haut la tête, dont chacun des mouvements annonçait la fierté et l'énergie. Ses traits étaient réguliers; le nez droit, les pommettes des joues en saillie légère, l'œil perçant et un peu dur, la lèvre bien dessinée et ombragée par une moustache épaisse. Sa chevelure noire retombait sur son cou nu et flottait librement.

Il portait une longue chemise de toile blanche par-dessus laquelle était passé un veston brun à liserés bleus. Sa taille était serrée par une ceinture où était passé un poignard, et de hautes guêtres lui prenaient les jambes jusqu'aux genoux. Il était coiffé d'un bonnet fait de la peau d'un lynx.

Johan alla droit à sa fiancée en s'inclinant devant elle avec respect.

— Rosanda, dit-il, vous m'aimez toujours ?

— Oui, fit-elle.

Et elle lui tendit son front, qui rougissait, pendant que ses yeux tremblaient et se voilaient sous de longs cils noirs. On avait fait cercle autour d'eux et le vieux Russe disait :

— Voici deux beaux enfants, point faits pour passer sous la griffe des Turcs.

A dix pas du groupe, sombre et l'œil baissé, Danilo regardait la scène; quand il vit les lèvres de Johan effleurer le front de la vierge, il trembla comme dans une convulsion.

— Oh !... rugit-il, et ce fut miracle qu'on ne l'entendit point.

Sa main droite, crispée sous son manteau, déchirait sa poitrine, et, le cou tendu, l'œil fauve obstinément fixé à terre, il haletait.

Johan Dobratscha l'aperçut !

— Mon frère ! dit-il d'une voix joyeuse.

Et il s'avança vers lui et, ouvrant les bras, l'étreignit sur sa poitrine en l'embrassant.

— Danilo ! mon frère d'adoption, répéta-t-il, et de sa main il releva doucement, avec mille précautions, la tête du jeune homme.—Qu'as-tu donc ?... T'ai-je offensé ?

— Non, fit Danilo en souriant et en tâchant d'être calme.

Et faisant un effort suprême, il répondit au baiser de son frère par un baiser de Judas.

Rosanda le regardait.

### III

Johan laissa ses compagnons reprendre le chemin du village et les suivit à distance, causant avec Rosanda. Que se dirent-ils? Ce que se disent les amoureux. Ils répétèrent vingt fois qu'ils s'aimaient. Ils trouvèrent que tout allait bien autour d'eux ; que le soleil, qui montait au-dessus de la montagne, était plus brillant que jamais ; que les premières fleurs du printemps se paraient pour leur plaire de leurs couleurs les plus vives; que les prés revêtaient leur plus verte parure et que les oiseaux, qui babillaient là-bas sous le bois de frênes, n'avaient jamais eu de chants aussi doux. C'est en se taisant surtout qu'ils se dirent les plus belles choses. Leurs mains se rencontraient et se serraient doucement et leurs yeux se souriaient.

A cent pas derrière eux, Danilo les épiait, scrutant leurs gestes, surprenant leurs regards. Il suivait la ligne de la forêt et se sachait derrière les buissons quand il craignait d'être vu.

Mais ils ne songeaient guère qu'il pût se trouver une âme assez noire pour les haïr, et leur bonheur était si grand, leur cœur si bon, qu'ils le  uraient rayonner autour d'eux et forcer chacun à prendre sa part de leurs rêves d'avenir et d'amour.

Ils passèrent devant la maison d'un juif, Nathan Sabatel. Cette maison était construite au coin de la forêt, à une légère distance du village. Noëmie, la fille du juif, était assise sur le seuil et les suivit longtemps des yeux quand ils s'éloignèrent.

Dès qu'ils eurent disparu, elle se couvrit le visage de ses mains et pleura.

Noëmie aimait Johan Dobratscha.

Un soir d'hiver, Noëmie s'était écartée sous le bois de frênes et avait été assaillie par deux loups. Elle voulut fuir; mais, s'étant embarrassée les pieds dans une racine, elle glissa et tomba sur la neige. Les loups se ruèrent sur elle, et leurs têtes hideuses, aux yeux sanglants, fouillaient déjà la pelisse fourrée de la jeune fille, quand Johan Dobratscha apparut. Il tua le premier d'un coup de fusil, et, saisissant le second dans ses deux mains puissantes, il l'enleva de terre et l'étrangla.

Depuis ce jour, Noëmie se prit pour le jeune Serve d'un amour violent et sans espoir.

Le vieux Nathan Sabatel la vit pleurer. Il avait pour sa fille un culte profond, une adoration véritable. Elle était la seule affection, la seule espérance, la seule joie de sa vie. Il en était fier, car elle était belle, de cette beauté pâle et délicate de la race juive, plus belle que Rosanda.

Chacune des larmes qu'il devinait couler sous les mains de sa fille lui pénétrait comme un fer brûlant dans les chairs. Depuis longtemps, il avait deviné cet amour secret, mais il n'en avait rien dit. Il respectait le mystère de ce cœur chaste. Pourtant, ce jour-là, il ne se contint pas. Il s'approcha de Noëmie et écarta ses mains. Elle ne chercha pas à le retenir; elle se laissa contempler sans dire un mot, le regard perdu au loin, essayant de retrouver celui qu'elle aimait.

— Tu l'aimes donc bien ? fit le juif en lui caressant les mains.

— Vous voyez, père, dit-elle avec un sanglot.

Et après avoir appuyé ses doigts sur ses yeux mouillés, elle les tendit à Nathan. Les larmes descendirent le long de la main et s'arrêtèrent comme une rosée au bout des ongles; un rayon de soleil, qui passait par là, les fit étinceler comme des perles.

— Pourquoi l'aimes-tu ?

— Parce qu'il est le plus beau et le plus brave de Cznargora.

— Mais il est fiancé à Rosanda Malevitch et on dit qu'il l'aime.

— Oh ! oui, j'ai bien vu qu'il l'aime, dit-elle en soupirant. — Et ses larmes recommencèrent. — Vous dites pourtant que je suis belle, mon père ?

— Plus belle que les plus belles de Cznargora et de Rudnick.

— Il m'aimerait peut-être s'il connaissait mon amour ?

— Veux-tu, ma bien-aimée, que je le lui apprenne ?...

— Oh ! non, fit-elle avec vivacité.

Et elle rougit. Après un silence :

— Vois-tu, père, dit-elle en se levant et en se dirigeant vers sa chambre, si Johan se marie avec Rosanda Malevitch, je mourrai; le jour du mariage, tu n'auras plus de fille.

Et elle sortit. Nathan laissa tomber sa tête entre ses mains.

— Oui, elle en mourra, murmura-t-il. Elle est frêle comme un roseau; le premier chagrin la brisera. Il ne faut pas que cet homme épouse la fille de Malevitch. Mais plus tard l'aimera-t-il?... Oh ! oui, c'est qu'elle est belle, ma Noëmie, et son mari sera plus riche que le marchand de sangsues... Que faire ?

— La journée est chaude, Nathan Sabatel, fit Danilo, qui sortit de la forêt, et, par ma foi ! je crois que le soleil va fondre la neige sur la plus haute cime du Cznargora.

Et il s'avança, la main tendue, vers le vieillard.

Avait-il entendu Nathan et sa fille ?

— Soyez le bienvenu, Danilo Dienitch, dit le juif.

Et, faisant entrer le jeune homme, il alla chercher deux tasses de bois de mélèze, les emplit à demi de slivovitza (eau-de-vie de prune), et l'invita.

Quand ils eurent bu :

— Vous paraissez triste, Nathan, fit le Serve.

— Vos yeux se trompent. Pourquoi serais-je triste ?

— Noëmie est bien belle et en âge de se marier. A la Saint-Jean prochaine elle aura dix-huit ans. Belle comme elle est, vous la marierez vite.

— Danilo, j'ai soixante-dix ans et je n'ai jamais pu lire dans le cœur d'une femme.

— Même lorsque c'est votre fille ?

— Surtout.

— Vous détournez les yeux, Nathan; vous ne savez pas mentir.

— Avez-vous intérêt à ce que je vous dise la vérité ?

— Oui.

— Vous en savez donc autant que moi ?

Danilo ne répondit pas de suite, il hésita. Il passa la main sur son front comme pour en chasser une pensée subite... Mais bientôt, sa résolution fut prise.

— Peut-être ai-je mal vu, dit-il; mais tout à l'heure, quand Johan Dobratscha est passé, il m'a bien semblé que votre fille, Nathan, le suivait longtemps des yeux, que ses yeux se mouillaient, et que si elle a baissé la tête et mis les mains devant son visage, ce ne fut point parce que la clarté du soleil était trop vive.... ce fut....

— C'est vrai. Vous avez bien vu, Dienitch, dit le juif en courbant le front.

— Elle aime Johan ?

— Plût à Jehovah que ce fût vous, Danilo!

— S'il plaisait à votre dieu que ce fût ce que vous dites, votre dieu vous rendrait un mauvais service, vieillard.

— Pourquoi ? fit-il d'un ton brusque.

— Parce que, moi aussi, j'aime Rosanda Malevitch.

Et son regard fauve se croisa avec celui du juif. Celui-ci comprit ce que ce regard avait de haine.

— Je croyais, insinua-t-il, que vous étiez le frère d'adoption du jeune Dobratscha.

— C'est vrai. Il y a un an que, suivant la vieille coutume des Serves, nous nous sommes liés l'un à l'autre. Alors je n'aimais pas Rosanda et Rosanda n'aimait point Johan.

Ils se turent, tout entiers aux sombres réflexions qui leur venaient. Ce silence fut long. Danilo le rompit.

— A Rudnick, de l'autre côté de la montagne, dit-il, habite le Turc qui commande le district. C'est le mousselim Aschin-Bey. Qui sait ce qu'il ferait si quelqu'un bien avisé allait lui dire : « — A Cznargora, il existe une belle fille que t'enverrait le sultan. Elle a nom Rosanda Malevitch. Ses cheveux sont blonds comme l'or, ses yeux noirs comme ceux des houris. Hâte-toi, si tu veux que ce

joyau embellisse ta vieillesse. Elle a vu fleurir dix-sept fois le thym sur la montagne et l'heïduke Dobratscha lui a envoyé les premiers présents des fiançailles. » Qui sait ce que ferait Aschin-Bey, vieux Nathan ?

— Vous n'aimez donc pas la jeune fille ?

— Je l'aime. N'est-ce pas l'aimer que de commettre un crime pour elle ?

— Mais si le mousselim l'enlève, vous ne la reverrez plus.

Le jeune homme sourit ironiquement. Il se leva et en sortant il dit:

— Qui sait, Nathan, ce que ferait Aschin-Bey ?

Et il s'éloigna dans la direction du village.

Nathan Sabatel, quoique juif, était bien de la race de ce muphti auquel Soliman disait : « Pontife, mon vizir a été malheureux dans son expédition de Perse; je voudrais le faire étrangler. Mais je l'aime beaucoup; j'ai promis de ne jamais attenter à sa vie. Je suis embarrassé. Conseille-moi. »

Et le mufti avait formulé, après un instant de réflexion, cet étrange paradoxe, qui calma les scrupules du sultan : « Si le sommeil n'est pas la mort, ce n'est pas non plus la vie, puisqu'il en suspend les fonctions. Donc on peut étrangler Ibrahim sans attenter à sa vie, pourvu que ce soit pendant son sommeil. » Et Ibrahim fut étranglé.

Nathan n'eût pas touché à un cheveu de Dobratcha; cet homme lui était sacré, parce que sa fille l'aimait. Mais il ne se fit point scrupule de méditer la perte de Rosanda, qui lui semblait le seul obstacle au bonheur de sa fille. Il ne se fit pas la réflexion qu'attenter à la jeune Serve c'était blesser douloureusement Johan ; c'était surtout, si la démarche était connue, l'éloigner de Noëmie pour toujours.

Sa résolution était prise, et, après avoir fait ses adieux à sa fille, habituée à ses absences subites, il prit le chemin de Rudnick

## IV

### LE FEU AUX POUDRES.

Ce qui va suivre nous oblige à jeter un coup d'ensemble sur les faits historiques qui se sont passés dans le courant de l'année précédente. Nous ne voulons pas seulement raconter un drame ignoré parmi tant de drames lugubres; nous voulons dépeindre à grands traits, en nous renfermant dans les étroites proportions d'une nouvelle, la physionomie générale de la Servie, l'état des esprits, les espérances et les revendications secrètes de ce peuple, à l'époque où nous avons placé notre récit.

L'insurrection qui éclata après les fêtes de Pâques avait été longue à naître; elle fut, jusqu'à cette date, entourée d'hésitations et d'incertitudes. Milosch Obrenovitch, qui plus tard devait rassembler dans sa main libératrice les faisceaux épars des forces nationales, Milosch s'était réconcilié avec les Turcs; il les avait aidés à pacifier des révoltes partielles, et Soliman de Skopié, pacha de Belgrade, venait de lui conférer la dignité de grand-knièze de Rudnick.

Dans son histoire de Servie, M. Chopin raconte la façon pittoresque dont il avait reçu son ancien ennemi : « Voyez, dit-il en présentant Milosch à ses courtisans, voici mon bien-aimé Knièze, mon fils d'adoption. Vous le voyez aujourd'hui doux et modeste; mais, plus d'une fois, j'ai été obligé de fuir devant lui, et en dernier lieu, à Ravani, il m'a fait une blessure au bras. C'est là, ajouta-t-il en montrant la cicatrice, c'est là, mon fils d'adoption, que tu m'as mordu !

« — C'est vrai, répondit Milosch; mais désormais cette main, je la couvrirai d'or. »

Et Soliman, cimentant leur amitié, lui fit présent d'une paire de pistolets et d'un cheval.

Plusieurs chefs serviens suivirent l'exemple donné par Milosch, entre autres Abraham Loukitch et l'heïduke Stanoï Glavasch. Il leur fut permis de porter des armes et on leur accorda des dignités. Malgré ces concessions, malgré leurs promesses et leurs semblants d'amitié, les Turcs ne tardèrent pas à négliger les principales stipulations des traités; ils gouvernèrent la Servie en pays conquis. Les impôts furent augmentés; les paysans furent accablés de corvées, employés aux fortifications, maltraités, tués; des serdars furent chargés de parcourir le pays et d'enlever les armes au peuple. Dans ces sortes de perquisitions, les femmes étaient souvent victimes d'ignobles violences, et celle de Milosch elle-même n'y échappa qu'en se déguisant en homme.

Il suffit d'un incident léger pour amener des troubles et exciter l'insurrection.

Vers la fin de l'automne 1814, le mousselim de Pochega et un ancien voïvode se rencontrèrent au monastère de Tarnova. Leurs gens se prirent de querelle. Les Turcs furent tués et pillés, et l'insurrection gagna en vingt-quatre heures les districts de Pochega et de Kraoujevatz. Milosch, sollicité par le voïvode, qui l'exhortait à prendre la direction du mouvement, hésita, tergiversa, jusqu'au moment où l'abbé de Tarnova, avec trente-six autres Serviens, furent pris par les Turcs et empalés.

De tous côtés, les atrocités augmentaient à mesure que la révolte gagnait du terrain. Les Turcs remplissaient de cendres de grands sacs, les attachaient au cou des femmes et frappaient dessus, de manière que la cendre, pénétrant dans la bouche et les narines des pauvres créatures, les étouffât peu à peu, au milieu d'une atroce agonie. Les uns étaient pendus par les pieds et supportaient d'énormes pierres, attachées à eux par des cordes; les autres étaient embrochés ou coupés en deux.

La plume se refuse à retracer de semblables horreurs.

— Vois-tu cette tête ? dit un jour un Turc à Milosch en lui montrant la tête grimaçante d'un de ses amis, plantée au bout d'une pique. A bientôt le tour de la tienne !

— Bah ! dit Milosch avec insouciance, le sacrifice en est fait.

Cependant il quitta Belgrade la nuit et alla rejoindre les insurgés.

Bien lui en prit; le lendemain il eût été trop tard.

Le jour des Rameaux, Milosch assembla les insurgés près de l'église de Takovo, et, tenant dans ses mains la bannière du voïvode, il déclara la guerre aux Turcs. Puis il se mit à parcourir les districts de Cznoutscka, de Vallevo, de Belgrade, rassemblant les populations et leur adressant des allocutions enflammées; des messagers furent envoyés, qui annoncèrent aux provinces le commencement de la révolte. Des retranchements s'élevèrent partout, l'insurrection s'organisa. Les armes furent retirées de leurs cachettes, le peuple se fit soldat pour conquérir sa liberté.

Un des messagers de la révolte fut Johan Dobratscha. Pendant les six mois qu'il passa dans les montagnes, il fut mis en relations avec Milosch qui apprécia bien vite son énergie et sa valeur. Milosch le chargea de soulever Cznargora, les villages voisins et toute cette partie du district de Rudnick.

Dobratscha partit sur-le-champ et ce fut, comme on l'a vu, le lundi de Pâques qu'il revint à son village natal, au moment de la cérémonie des guirlandes.

Cette diversion nécessaire nous a ramené naturellement, on le voit, où nous étions resté de notre récit; nous le continuerons désormais d'une traite jusqu'à son dénoûment.

## V

En quittant Nathan Sabatel, Danilo rentra au village. Il trouva les jeunes gens et tous les hommes valides rassemblés sur la place publique, assis les jambes croisées autour de Johan Dobratscha, qui, debout, leur parlait avec animation.

Il s'approcha du groupe et écouta.

— Mes frères, disait l'heiduke, dont la voix mâle et sonore remuait tous ces cœurs pleins de patriotisme, j'ai vu à Takovo Milosch Obrenovitch. Milosch parcourt les campagnes, soulevant les paysans contre les Turcs.—Mes frères, êtes-vous bien les fils de ces héros qui combattirent avec Kara-Georges pour l'indépendance des Slaves ?...

— Quelques-uns sont les fils de ceux que tu dis, Johan Dobratscha, fit l'un des assistants; la plupart sont les soldats mêmes de Kara-Georges. Tu peux parler sans crainte.

—C'est vrai, Zulficar, je ne vois ici que des soldats et des fils de soldats. Mes frères, n'êtes-vous pas honteux de porter la livrée des Turcs? Nous avons assez souffert, n'est-il pas vrai? Nous nous sommes assez humiliés! Ils nous ont fait manger la terre en nous tenant la tête sous le talon de leurs bottes; ils ont envoyé contre nous, quand ils ont été rassasiés de meurtres et d'outrages, des hordes de pillards, qui ont recommencé cette œuvre d'enfer.

Toi, Zulficar, tu as plus d'une fois partagé avec eux le pain et la boisson; ils ont battu devant toi la femme et tes enfants, et, quand ils t'ont demandé du maïs et du millet, tu n'as pas osé leur refuser. Et pourtant tu es un brave, Zulficar, tu as été blessé cinq fois sur les bords de la Save et de la Morava.

N'est-ce pas assez de honte abjecte, soldat de Kara-Georges, et crois-tu que l'heure n'a pas sonné de rebondir enfin sous tant d'horreurs et de rendre sang pour sang?

Faut-il vous rappeler, pour vous convaincre, qu'il n'est pas un de vous tous qui n'ait du sang à venger?... Tous, tous, m'entendez-vous?...

Toi, Pierre Markovitch, tu baisses la tête parce que tu comprends ce que je vais dire; ta mémoire n'est pas si courte que tu aies oublié comment mourut ton père. Avec six autres, parmi lesquels était ton père, Dienez, et le tien, Kiosew, et le tien aussi, Zenitch, il fut fait prisonnier. Aschin-Bey, le mousselim de Radnick, avait promis d'épargner leur tête; il tint sa promesse et les fit couper en deux.

— Tais-toi, Johan, tais-toi, firent les Serbes d'une voix sourde.

— Non, je ne me tairai point. Toi, Obren, est-ce que ta fille, un ange, n'est pas morte après avoir été violée?... Toi, Aksenti, est-ce que, il y a trois ans, les bohémiens musulmans ne t'ont pas volé les deux enfants en bas âge... est-ce qu'ils ne les ont pas jetés vifs dans l'eau bouillante, en riant, simulant le baptême chrétien?... Toi, Moler, est-ce qu'ils n'ont pas jeté ta jeune femme de la plus haute cime du Gznargora dans l'Arepo, le torrent enflé par les neiges ?...

— Tais-toi, tais-toi! firent les malheureux qu'il interpellait.

On entendait, dans les groupes, des grondements sourds, composés de colères contenues, de malédictions et d'imprécations. L'orage allait éclater.

Johan le comprit.

— Et toi, Danilo, mon frère d'adoption, dit-il, tu te caches là-bas? Tu crains d'avancer? Tu pourrais nous dire comment mourut ton père. Il est allé implorer auprès d'Aschin-Bey la grâce des prisonniers. Il trouva le mousselim avec les Turcs, fêtant leur victoire. Et ils étaient ivres de vin, malgré la loi de Mahomet; et, imitant Selim II, Aschin-Bey faisait tirer un coup de canon devant sa tente, pour annoncer chaque bouteille qu'il entamait.

Ton père fut introduit.—Quand il vit ces ignobles visages, il se redressa et, malgré l'ordre du Turc, il refusa de se découvrir.

Savez-vous ce que fit le mousselim?

Il lui fit clouer le bonnet sur la tête en disant qu'il voulait pour toujours le dispenser d'un cérémonial ennuyeux...

Frères, faut-il donc que je continue ?

Ils s'étaient tous levés en tumulte, l'œil en feu, la tête menaçante, et ils entouraient l'heiduke.

— Mets-toi à notre tête, Dobratscha, mais pour Dieu! tais-toi...

Danilo seul s'était tenu à l'écart et n'avait rien dit; il avait tremblé seulement quand son ami rappela la mort de son père et il avait rougi.

— Oui, je consens à me mettre à votre tête, non par ambition, mais parce que je veux être le premier de vous tous à porter aux Turcs un coup mortel. J'ai de la haine et de la vengeance plein le cœur. J'étouffe. Guerre, guerre, mes amis!... Le croissant empoisonne l'air que nous respirons. Il était temps que Milosch levât son étendard saint. Sous ses plis, nous tuerons, frères... Et Cznargora ne nous reverra jamais si nous sommes vaincus! Prions.

Tous s'agenouillèrent, ôtèrent leurs bonnets, et leurs voix tremblantes, profondément émues, se mêlèrent à la prière de Dobratscha.

Le soleil avait décliné à l'horizon, le crépuscule était venu, et le vent frais du soir faisait frissonner la cime des mélèzes.

Johan se releva.

— Et maintenant, frères, déterrez vos armes! Quand vous verrez un grand feu briller sur l'horizon, en haut du Cznargora, dans la direction de la vallée de la Mort, soyez prêts à me rejoindre. L'heure de la vengeance aura sonné.

## VI

Le père de Johan Dobratscha avait assisté muet à la fin de cette scène. C'était un vieillard aveugle et infirme et qui, lui aussi, avait combattu jadis sous Kara-Georges. Des larmes coulaient de ses yeux fermés à la lumière. Quand les Serves se furent dispersés, Johan s'approcha de lui et dit :

— M'approuvez-vous, mon père ?

— Oui, mon fils, et puisse ta mort, si Dieu te reprend, être utile à la patrie !

Et de sa main hésitante il chercha le front de son fils, l'attira à lui et l'embrassa.

Johan, apercevant Danilo, qui n'avait pas bougé et semblait perdu dans ses pensées, fit quelques pas vers lui et l'appela. Danilo tressaillit.

De son côté, l'aveugle, en entendant prononcer le nom du frère d'adoption de son fils, ne put retenir un geste de surprise et murmura :

— Danilo était ici !

Celui-ci s'avança à l'appel de Johan. Alors l'heiduke, prenant un fusil, le mit dans les mains de son ami et lui dit :

— Prends cette arme, Danilo, et qu'elle te serve pour combattre les musulmans. Tu as le coup d'œil prompt et sûr ; elle est en bonnes mains.

Le vieillard secoua la tête :

— Danilo n'en est pas digne, fit-il.

— Mon père ! s'écria Johan avec reproche.

Et il regarda Danilo. Celui-ci était calme, mais son regard était baissé.

— Danilo, continua le vieillard, étiez-vous donc ici quand les Serves ont prié ?

— Oui.

— Je n'ai pas distingué votre voix au milieu de celles de vos amis.

— Je n'ai pas prié.

— A haute voix, non, dit Johan avec vivacité ; mais au fond du cœur Danilo est avec nous. En doutez-vous, mon père ?

— Je n'ai pas dit que je doutais. J'interroge, dit sévèrement le vieillard. Et il reprit en s'adressant à Danilo :

— Etes-vous digne de porter cette arme ?

Danilo ne répondit pas.

— Traître ! s'écria le vieillard.

Le Serve chancela sous l'insulte.

— Mon père, dit Johan très-ému, qu'avez-vous dit ? Lui, un traître ! lui qui devait être mon frère d'armes, puisqu'il est mon frère d'adoption. Allons donc, est-ce que c'est possible, ces choses-là ! Mais parle donc, toi, Danilo, parle donc ! Pourquoi te laisses-tu accuser d'une pareille lâcheté ?... Réponds-lui... Il ne te voit pas... Il ne sait pas que ce mot de traître t'a fait pâlir et que tu trembles encore... Il n'a pas vu que tu avais failli tomber, sans moi, qui t'ai retenu... Parle !... Pourquoi gardes-tu le silence ?... Ce silence t'accuse... Pourquoi baisses-tu la tête ?...

Johan Dobratscha se tut ; il regarda l'un après l'autre son père et Danilo. A leur contenance, on voyait bien que l'un était le juge et l'autre le coupable. Alors il eut peur de ce qu'il allait apprendre.

— Que s'est-il donc passé ? dit-il d'une voix altérée.

— Depuis six mois que tu as quitté Cznargera, tu ignores beaucoup de choses, mon fils. Demande-les à Danilo. Je crois qu'il ne te cachera rien.

Johan devait cruellement souffrir. Il aimait d'une affection profonde son frère d'adoption, qui toujours avait été son ami ; sa tendresse avait quelque chose de paternel. Bien que tous deux fussent du même âge, Dobratscha paraissait l'aîné. Il était grand et robuste, portait fièrement la tête, et ses moindres mouvements étaient empreints de cette grâce particulière aux natures d'élite. Danilo, au contraire, était petit et chétif ; sa figure pourtant était régulière, et même on eût pu dire qu'elle était belle, et le regard mobile et inquiet ne lui eût donné un cachet d'incertitude et de malaise.

Il avait eu maintes fois à souffrir auprès de jeunes gens de son âge. La force est si commune dans ces montagnes que la faiblesse y est ridicule et semble une punition de Dieu. Dans ces querelles, qui avaient aigri son caractère, Danilo avait trouvé un défenseur, Johan. La force vraie s'attache aisément à la faiblesse et le lierre recherche le chêne.

Quand on sut dans le village que Johan aimait Danilo et qu'ils s'étaient mutuellement liés par l'adoption, on les respecta. Qui eût insulté l'un eût outragé l'autre ; ils étaient devenus solidaires de leurs peines comme de leurs joies.

Dobratscha prit la main de son ami et son regard l'interrogea.

— Demande à ton père, fit Danilo, ce qu'il entend par le mot de traître.

— Si tu n'as pas trahi, dit l'aveugle avec véhémence, la trahison n'en existe pas moins dans ta pensée. Qu'as-tu fait de Rosanda, que ton frère t'avait confiée en fuyant la vengeance de Turcs ?

— C'est de Rosanda qu'il s'agit ? dit Johan, très-pâle.

— C'est d'elle, fit Danilo d'une voix à peine distincte.

— Parle, malheureux !

— Oui, ne crains rien ; je vais tout dire. Aussi bien voilà trop longtemps que je me cache et je ne suis pas fâché de trouver à qui m'adresser. Quand tu es parti et que je me suis trouvé seul avec Rosanda, je l'ai aimée... Cela t'étonne ?... Tu l'aimes bien, toi ! J'a

essayé de la séduire, j'ai voulu lui faire
croire que tu étais mort, et quand j'ai vu
qu'elle me résistait et qu'elle répondait à mon
amour par un mépris sanglant, j'ai juré
qu'elle serait à moi un jour, un instant,
dussé-je me tuer et la tuer aussi, dussé-je
me faire musulman ; dussé-je, pour arriver
jusqu'à elle, passer sur ton corps, Johan !...
Je me suis égaré maintes fois dans les montagnes; j'espérais t'y rencontrer, je t'aurais
tué. Maintenant j'ai tout dit, je suis content.

Il releva la tête avec audace et chercha le
regard de Dobratscha.

Il croyait y rencontrer sans doute des
lueurs sanglantes; il s'attendait à une épouvantable explosion de colère. Il savait que
Dobratscha, le saisissant, eût pu, d'un seul
coup, le tordre sur son genou et lui briser
les reins. Il était prêt à recevoir le choc, et
sa main droite, sous son veston, serrait étroitement la crosse d'un pistolet.

Il fut trompé.

Toute l'attitude de Johan était empreinte
d'une immense douleur. Sa tête était retombée sur sa poitrine; ses yeux s'étaient fermés;
il semblait affaissé sur lui-même, et sa haute
taille paraissait courbée. Des tressaillements
nerveux passaient par tous ses membres. On
eût dit qu'un coup mortel venait d'abattre
cette puissante et mâle nature.

C'est que, avec son père, il n'aimait rien
tant au monde que Danilo et Rosanda...

N'entendant pas son fils, l'aveugle eut peur.

— Johan, où es-tu? dit-il.

Le pauvre garçon parut se réveiller d'un
songe; il alla vers son père et lui prit le bras.

— Venez, rentrons. Je le tuerais !

Et il s'éloigna, guidant les pas de l'aveugle, marchant doucement, trébuchant parfois, sous l'empire d'une émotion affreuse.

Il n'avait pas regardé Danilo.

## VII

A minuit, après s'être concerté avec les
plus hardis du village, Johan Dobratscha,
triste et préoccupé, reprit le chemin de la
montagne. Il ne pouvait rester plus longtemps à Cznargora, car il eût été dénoncé au
mousselim de Rudnick par quelques Turcs
habitant les environs. Quand il fut arrivé
près de la forêt et sur le point de voir disparaître le village, il se retourna et lui jeta
un dernier regard.

Tout à coup il lui sembla distinguer, au
détour du petit chemin qu'il avait suivi, une
ombre se dirigeant de son côté. Johan se rejeta
dans le fourré, s'y accroupit, et, armant son
fusil, attendit. L'ombre se rapprocha; bientôt

elle ne fut plus qu'à quelques pas, et la lune,
se dégageant d'un nuage, permit à l'heiduke
de reconnaître Danilo. Son cœur battit violemment.

— Où va-t-il à cette heure ? Peut-être me
cherche-t-il ? Insensé !...

En ce moment Danilo passait devant le
fourré. Johan fit un léger mouvement. Danilo s'arrêta et fouilla la forêt de son regard perçant. Il n'entendit plus rien et se
remit en marche.

— Je saurai où il va, se dit Dobratscha, et
avec mille précautions, avec la prudence du
sauvage, retenant son haleine, glissant entre les ronces et les arbres comme une bête
fauve, il se mit à suivre son frère d'adoption.

Deux heures après, ils avaient quitté la forêt et se trouvaient sur les rochers. Dobratscha se coucha à plat ventre. Là se trouvaient deux sentiers à peine frayés, fuyant
l'un à droite, l'autre à gauche. Le premier
conduisait dans la plaine et regagnait la forêt un peu plus loin; le second allait jusqu'à Rudnick. Ce fut celui-ci que prit Danilo,
et il marcha rapidement.

— Traître! trois fois traître! murmura
l'heiduke. Mon père avait raison. Mais je
serai avant lui aux portes de Rudnick.

Et, prenant un chemin de lui seul connu,
il disparut derrière les blocs de granit.

## VIII

Il est huit heures du matin. Nous sommes
aux portes de Rudnick. Danilo vient d'entrer
et suit rapidement les rues fangeuses, le
long des maisons blanches et basses. A quelques pas, derrière lui, un mendiant l'inter-
pelle en lui demandant la charité. La tête de
ce mendiant est enveloppée dans les plis
tombant de son turban en guenilles, lequel
ne paraît plus tenir, sur le sommet de la tête,
que par un prodige d'équilibre. Sa taille doit
être haute, mais il la courbe humblement en
implorant le Serve. Deux yeux noirs, un peu
durs, qui brillent derrière les lambeaux d'é-
toffe, ne quittent pas Danilo.

Celui-ci se fit indiquer la demeure du
mousselim Aschin-Bey qui commandait alors
le district de Rudnick. Il fut introduit,
Aschin-Bey était occupé à fumer dans un
petit pavillon de son jardin. Ce pavillon était
fermé, aux quatre côtés, par d'immenses
draperies, habilement ménagées de façon à
établir des courants d'air. A quelques pas,
était le mur de clôture, donnant sur un terrain désert. Aschin-Bey était couché sur des
coussins.

— Que veux-tu ? demanda-t-il durement.

Les bruits de révolte commençaient à circuler vaguement, et le mousselim, bien qu'il fût le frère d'adoption de Milosch Obreno-vitch, craignait pour son district. Depuis quelques jours, il redoublait de sévérité.

— Je veux te sauver la tête, fit Danilo.

Le mousselim se mit à rire.

— Tu m'intéresses. Est-ce que tu viendrais le livrer, après avoir eu envie de m'assassiner ?

— Si j'avais voulu te tuer, depuis longtemps tu aurais rejoint Mahomet.

— Eh ! chien ! parle, que veux-tu ?

A ce moment la draperie qui fermait le pavillon du côté du mur, remua, comme si elle eût été agitée par la brise. Cependant, au dehors, tout était calme, le soleil montait sur l'horizon, il n'y avait pas un souffle d'air.

Danilo raconta ce qui s'était passé à Cznargora, les paroles de Johan, les projets d'insurrection, la révolte qui courait dans les autres districts et qui partout allait éclater. Il dit ce qu'il savait, tout d'une traite, sans hésiter, sans penser une seule fois à cette ignoble trahison.

Puis il se tut.

Aschin-Bey l'avait écouté en silence, frappé de l'importance de ces révélations. Quand Danilo eut fini :

— Ce n'est pas par amour pour les Turcs que tu viens de trahir les tiens.. Qu'exiges-tu pour le prix de ton infamie ?

Danilo trembla sous l'insulte, mais se remit bientôt.

— Un juif est venu hier, qui t'a appris l'existence d'une belle fille à Cznargora, Rosauda Malevitch.

— Comment le sais-tu ?

— C'est moi qui l'ai envoyé.

— A l'heure qu'il est, cette fille est à moi ; vingt verdars sont partis avec le juif pour Cznargora.

— Je veux cette femme.

— Tu l'auras.

Un éclair de joie cruelle passa dans les yeux du jeune Serve.

— Bien vrai ! dit-il, comme s'il ne pouvait croire à cette promesse.

— Tu l'auras, te dis-je ! fit Aschin-Beg avec mépris. Va-t-en !

Danilo sortit en chancelant et en riant comme un homme ivre.

Au même instant, le mendiant déguenillé escaladait les arbres du jardin, sautait sur le mur, et d'un bond se trouvait dans la ville. Son turban, resté dans les branches, laissait à découvert le visage mâle et les yeux flamboyants de Dobratscha.

Il alla se cacher dans une maison en décombres Danilo passa, continuant à tirer d'un air hébété, idiot. Quand il fut à portée, Do-

bratscha se leva soudain, et, prompt comme la foudre, brandit au-dessus du cou du traître un long poignard dont la lame bleuâtre étincela au soleil...

Son bras retomba sans avoir frappé.

— Je ne saurai jamais, dit-il.

Et il s'enfuit.

## IX

### LA VALLÉE DE LA MORT.

La forêt qui est attachée aux flancs du Cznargora aboutit à un plateau large de cent mètres environ, plein de broussailles, et qui domine le paysage environnant. De chaque côté, le regard ne rencontre que d'énormes blocs de rocher stériles et nus qui se prolongent en pente, avec mille sinuosités entre eux, vers une vallée fortement encaissée, ombragée par les montagnes. Celles-ci l'enserrent de chaque côté et vont, en se rétrécissant à l'horizon, jusqu'à une lieue de Rudnick. La vallée étroite, mais très-longue, n'a qu'une sortie, située dans la direction de cette ville.

Il est midi.

Un soleil de plomb fait scintiller les plaques de granit sur le haut des montagnes ; les oiseaux ont cherché les profondeurs de la forêt et se tiennent silencieux sous l'ombre des premières feuilles naissantes.

Sur le plateau, un homme vient de surgir tout à coup et de tomber sans force au milieu des broussailles.

Cet homme, c'est Dobratscha.

Depuis Rudnick il a couru, haletant, l'œil injecté de sang, dans l'espoir d'arriver assez vite à Cznargora et de sauver sa fiancée.

Mais après cette course insensée les forces lui ont fait défaut, et il est tombé, épuisé, dans un anéantissement complet.

Il essaya de se relever par de brusques soubresauts ; ses mains rencontrèrent les broussailles, s'y cramponnèrent et les tordirent, mais ce fut tout. Sa tête vacilla et bientôt devint immobile. Il était évanoui.

A quelques pas de lui, sous le couvert et dans une clairière de la forêt, vingt soldats turcs étaient assis, les jambes croisées, et se reposaient. Deux ou trois avaient été détachés de la bande et gardaient les sentiers. Du côté du plateau, personne. Ce qu'ils redoutaient, c'était une attaque des gens de Cznargora, qu'ils savaient sur leur piste.

Au milieu d'eux, étendue sur l'herbe, les mains liées, était Rosanda.

Elle avait été enlevée le matin même, au moment où elle allait puiser de l'eau à la fontaine, près de la forêt. Le vieux Nathan Sabatef, de sa maison, avait vu les soldats l'emmener et il s'était mis à rire. Noémie aussi avait vu la scène de sauvagerie, et, au sourire de son père, elle lui avait dit :

— Mon père c'est vous qui avez prévenu les Turcs de Rididick.

Et Nathan n'avait pas osé nier. Noémie s'était retirée dans sa chambre pour pleurer, car elle comprenait bien qu'elle venait de perdre à jamais Johan. Puis elle était sortie sans être vue de son père et avait disparu.

Rosanda n'avait pas perdu courage. Elle savait qu'au village on s'était aperçu de sa disparition; elle connaissait les projets de révolte, et elle était certaine qu'on essayerait de lui porter secours.

Elle regardait audacieusement les Turcs, qui riaient d'elle et plaisantaient, et son regard brillant leur faisait détourner les yeux.

Sa tunique était déchirée par les ronces et la lutte, car elle s'était défendue. Elle avait laissé son fez dans les branches des broussailles, et ses cheveux blonds dénoués retombaient sur ses épaules.

Elle écoutait les bruits de la forêt, palpitante au moindre souffle, levant la tête au passage subit d'un oiseau dans les branches retenant son haleine au bruissement d'un insecte, espérant de partout un secours.

Tout à coup le Turc en faction dans la forêt fit un mouvement brusque, tendit en avant la tête comme pour écouter et apprêta son fusil; puis il se baissa prudemment, et, rampant sur les genoux et les mains, se dirigea vers un buisson épais, à quelques pas de lui.

Arrivé là, il siffla d'une façon particulière pour avertir ses camarades de se tenir sur leurs gardes et appuya son oreille contre terre. N'entendant rien sans doute, il écarta doucement deux branches du buisson et avança la tête.

Devant lui étincelait, sous un rayon de soleil, le long canon d'une carabine. L'homme était dissimulé derrière un chêne; on voyait à peine son œil droit qui suivait la ligne du guidon. Le Turc n'eut que le temps de jeter un cri. Une détonation retentit, répercutée par les échos des rochers, et il tomba le crâne fracassé.

Alors l'homme fit un bond en arrière et, se mettant à ramper sur la mousse et les feuilles mortes, s'éloigna.

C'était Zulficar, de Cznargora.

Au coup de fusil, les Turcs, prévenus par le sifflement de leur factionnaire, s'étaient jetés derrière les buissons et les arbres, croyant à une attaque des gens de Cznargora.

Un profond silence suivit. Rosanda, anxieuse, scrutait du regard les profondeurs de la forêt.

N'entendant rien, ne voyant pas revenir leur camarade; les soldats du mousselim s'a-

vancèrent, en s'abritant derrière les arbres, avec la prudence du serpent. Ils rencontrèrent le cadavre, dont la mort avait été instantanée et dont la tête sanglante, au crâne affreusement troué, était encore entre les basses branches du buisson que le Turc avait écartées pour voir.

Craignant un piège, ils eurent peur et rétrogradèrent, ayant toujours Rosanda au milieu d'eux. Ils mettaient à peine le pied sur le plateau que l'un d'eux tombait roide mort, sans pousser un cri, frappé d'une balle dans le dos. Ils se retournèrent et firent un feu de peloton, au hasard, dans la direction d'où venait ce coup, puis s'accroupirent derrière les quartiers de rochers et rechargèrent leurs armes.

Un d'eux était resté, près de la lisière de la forêt, dissimulé derrière un bloc de granit haut d'un mètre.

On entendit une troisième détonation et cet homme tomba. La balle, venue d'en haut, lui avait fracassé l'épaule gauche et avait pénétré jusqu'au cœur. Un peu de fumée qui s'échappa des arbres, et s'envola par-dessus les cimes, montra d'où venait le coup.

Des balles sifflèrent dans cette direction, mais en pure perte; l'habile tireur s'était laissé glisser, et un éclat de rire ironique et strident apprit aux Turcs qu'ils étaient joués.

Ceux-ci ne craignaient plus, leur peur avait fait place à la colère; ils savaient qu'ils n'avaient devant eux qu'un ennemi. Les trois détonations qui avaient causé trois morts — détonations claires et sonores, — étaient parties de la même carabine de chasse.

Ils se levèrent en tumulte et se préparèrent à poursuivre l'audacieux.

Mais alors la scène changea.

Quand Dobratscha s'était évanoui, sa tête avait porté contre une pierre et le sang avait jailli. Au bout de quelques minutes, il fit un mouvement, essaya d'ouvrir les yeux, mais les referma aussitôt, ébloui par la clarté du soleil; il essaya de se rendre compte de l'endroit où il se trouvait, et peu à peu ses idées lui revinrent.

Cependant il était si faible qu'il ne put se lever.

A ce moment, les Turcs, après la mort de leur factionnaire, faisaient irruption à l'extrémité opposée du plateau. Les broussailles étaient si épaisses que Johan ne pouvait rien voir, mais il entendit la deuxième détonation et les coups de fusil des Turcs.

Sans trop comprendre le drame qui se jouait près de lui, l'heiduke se mit à ramper péniblement; puis, s'arrêtant, réussit à se dresser sur ses genoux. De nouveaux coups de fusil, suivis de cris de fureur, arrivèrent jusqu'à lui. Cette fois il se leva et regarda.

Devant lui étaient les Turcs qui s'élançaient dans la forêt, et, au pied d'un arbre, Rosanda, sa fiancée, les mains liées et pâle comme si elle était morte.

Il poussa un cri de joie : c'était plutôt un rugissement qu'un cri.

Les Turcs se retournèrent et le reconnurent, —il était célèbre dans tout le district pour sa force et son adresse ; — ils le mirent en joue.

Johan s'abaissa et les balles éraflèrent les branches sans le toucher.

Avant qu'ils n'eussent rechargé leurs armes, le jeune homme, à qui la vue de sa fiancée avait rendu toute sa vigueur, se précipita au milieu d'eux. C'était un acte de folie. Ils étaient quinze, et Johan n'avait pas son fusil, qu'il avait caché le matin dans la forêt en se dirigeant vers Rudnick.

Quand Rosanda le vit, elle voulut se lever, ses lèvres s'entr'ouvrirent pour lui jeter un mot d'amour; mais l'émotion fut la plus forte, ses lèvres ne laissèrent passage qu'à un sanglot et elle retomba inerte.

Johan avait tiré son poignard.

Tous les nerfs tendus, les yeux dilatés et brillants, le visage ensanglanté, il était effrayant et superbe.

— Lâches ! qui enlevez des femmes, s'écria-t-il.

Et, d'un bond furieux, il se précipita vers le premier qui était à sa portée. Celui-ci avait levé la crosse de son fusil pour s'en servir comme de massue, mais il n'eut pas le temps de frapper : la lame du poignard tout entière avait disparu dans sa poitrine. Il tomba comme une masse.

Johan sauta sur le fusil, et, son couteau d'une main, le fusil de l'autre, il se mit à faire autour de lui un terrible moulinet. On entendait siffler l'arme lourde qui fendait l'air.

Quelques Turcs, à l'écart, rechargeaient précipitamment leurs armes pour en finir plus vite; un d'eux tomba foudroyé. Le même son clair et sonore se répercutait dans les vallons, et sur la lisière de la forêt un petit nuage blanc montait dans les arbres.

Zulficar invisible venait de faire une quatrième victime.

Johan, lui, avait assommé deux Turcs; mais le fusil s'était cassé et il était sans armes. Il prit un parti décisif; il enleva dans ses bras Rosanda évanouie, et, chargé de ce fardeau précieux, il s'élança; il se heurta contre un Turc de haute taille qui, le contournant, allait une minute plus tard le surprendre par derrière.

Johan recula, quitta Rosanda, et fit face à ce nouvel ennemi. Celui-ci évita le poignard du Serbe et se baissant le saisit par le milieu du corps. Ils roulèrent tous deux sur le sol. Les Turcs évitaient de tirer dans la crainte de tuer leur ami. Un d'eux se détacha et vint en rampant lui prêter secours. Quand il arriva, le premier rendait son âme au diable, étranglé par l'heiduke.

Mais celui-ci était épuisé. Le choc d'un nouvel ennemi le trouva presque sans résistance. Le Turc s'était emparé du poignard que le Serbe avait laissé tomber et le levait sur sa gorge. Johan fit un dernier soubresaut et arrêta la main. Ses forces s'en allaient et il se sentait perdu.

Tout à coup, il entendit une voix forte qui lui cria :

— Ne bouge plus, Dobratscha, et prie Dieu, si tu peux.

Machinalement il ne fit plus aucun mouvement, sans comprendre ce qui se passait, et quand il croyait mourir et qu'il sentait une des mains du Turc serrer sa gorge, ce fut celui-ci qui roula dans l'enfer, frappé d'une balle à la tête.

— Touché ! fit la même voix, qui semblait partir d'un nuage.

Et, quelques secondes après, Zulficar sautait sur le plateau, un pistolet au poing, sa carabine en bandoulière.

— Maintenant la partie est égale, dit-il.

Et il se dirigea du côté où avait eu lieu la lutte. Mais Zulficar se trompait, la partie n'était pas égale. Les Turcs s'étaient enfuis, emmenant Rosanda. Il ne restait plus là que sept cadavres étendus sur le ventre et Dobratscha, qui, debout, les traits contractés, se tordait les poings avec rage.

## X

Zulficar s'approcha de lui et lui tendit les mains. Dobratscha les serra avec effusion.

— Tu m'as sauvé la vie, dit-il.

— Bah! chacun aura son tour, Johan! fit le Serbe. Courons au plus pressé. En deux mots il faut que je te mette au courant de la situation. Quand ta fiancée a été enlevée ce matin, nous sommes tous partis sur la piste des ravisseurs; mais ils avaient de l'avance. Ils seraient arrivés avant nous dans la plaine. Heureusement, j'ai été longtemps bûcheron; les sentiers de la forêt, comme ceux de la montagne, n'ont pas de secrets pour moi. J'ai mis mes compagnons sur un chemin qui doit les avoir conduits, à l'heure qu'il est, au col de la vallée de la Mort, où doivent passer les Turcs. Pas un de ceux-ci n'échappera. Pour moi, j'ai suivi Rosanda Malevitch et les voleurs, et quand je les ai vus arriver au plateau où nous sommes, j'ai retardé leur marche du mieux que j'ai pu. Je suis content de t'avoir rencontré, Dobratscha!

— Combien as-tu amené de Serbes ? demanda Johan, soucieux.

—Tous ceux qui avaient la force de porter une carabine ont voulu me suivre. Nous sommes plus de deux cents. Les Turcs de Rudnick sont sans doute avertis et il va y avoir bataille.

—Oui, les Turcs sont avertis...

Il se tut quelques instants et prêta l'oreille.

— Écoute, Zulficar, ces coups de fusil au fond de la vallée, au loin.

—J'entends. Nos amis viennent de rencontrer Rosanda et les autres.

— Oui, mais la fusillade est vive. Ce n'est pas une dizaine de Turcs qui se défendent ainsi, c'est cinq cents.

— C'est impossible. A moins d'être partis ce matin, ceux de Rudnick ne pourraient être ici à pareille heure.

—Ils sont partis à l'heure que tu dis.

— Alors nous avons été livrés.

— Oui.

— Tu connais le traître ?

—Oui. Ne crains rien, il sera puni.

On entendait dans le lointain le roulement sourd et ininterrompu d'une fusillade précipitée.

— Nous ne pouvons rester ici plus longtemps, dit Dobratscha. Que Dieu sauve ma fiancée ! Rejoignons nos amis.

L'heiduke s'empara des armes d'un Turc, et, suivi de Zulficar, prit sa course à travers les rochers, vers la vallée de la Mort.

Il ne s'était pas trompé en jugeant les Turcs nombreux. Ils étaient trois ou quatre cents fantassins, des bachi-bouzouks, et une centaine de cavaliers. Aschin-Bey, après les révélations de Danilo, les avait réunis et les avait envoyés avec la mission de détruire Cznargora de fond en comble et de massacrer tous les habitants.

Quand, après avoir traversé la plaine, ils se trouvèrent au pied des montagnes, ils furent reçus presque à bout portant par les Serbes de Cznargora, arrivés depuis un quart d'heure à peine et qui s'étaient distribué tous les défilés des rochers.

Surpris à l'improviste, ils s'éloignèrent hors de portée pour se concerter et reformer leurs rangs.

Les Serbes, abrités dans les anfractuosités des rochers, dans les buissons, derrière les arbres, étaient à l'abri de leurs balles et, au contraire, tiraient à coup sûr; chacun de leurs coups tuait un homme.

Sur un ordre du lieutenant qui commandait le détachement, les Turcs se replièrent en faisant un détour vers le versant de la montagne, du côté opposé à celui qu'occupaient les Serbes. Deux cents d'entre eux s'y cachèrent, pendant que les autres, écartant leurs rangs pour combler les vides causés par ce stratagème, se précipitèrent avec au-

dace vers les défilés où se trouvaient les gens de Cznargora. Après une première et meurtrière décharge, ils pénétrèrent par le défilé étroit dans la plaine formée par la vallée de la Mort.

A peine s'y trouvaient-ils que les Serbes poussaient un grand cri de triomphe. Acculés contre ces montagnes, les Turcs devaient tous mourir là ou passer sur le corps de leurs adversaires. Les Serbes abandonnèrent les défilés où ils étaient à l'abri et se précipitèrent vers l'entrée de la vallée, pour empêcher les Turcs de sortir. C'était tout ce que ceux-ci voulaient. A peine les amis de Johan venaient-ils, trompés par cette ruse, d'abandonner leur position précieuse, que la réserve des Turcs arriva subitement par la plaine et les enserra dans la vallée, où ils étaient pris entre deux feux.

Il y eut parmi eux un moment d'hésitation. Il ne leur était plus possible de regagner les hauteurs, et puis ceux qu'ils regardaient comme leurs chefs, Zulficar et Johan Dobratscha, étaient absents.

Cependant ils se reformèrent et tinrent bon.

Le combat s'engagea de part et d'autre, terrible, acharné.

Les Serbes s'étaient divisés en deux bandes; l'une, la plus nombreuse, faisant face aux Turcs qui occupaient le fond de la vallée et cherchaient à rejoindre les derniers venus; l'autre, tenant tête à ceux qui gardaient l'entrée du cul-de-sac.

Les coups de fusil devenaient de plus en plus rares; sabres et baïonnettes faisaient leur sinistre besogne.

Tout à coup un grand cri domina le bruit du combat, les plaintes des blessés, les hurlements des Turcs

— Voici Zulficar et Dobratscha !

Un courant électrique parcourut tous les Serbes. Zulficar et Dobratscha ! Dobratscha surtout ! Ceux qui manquaient arrivaient enfin. On les voyait tous deux debout sur la pointe extrême d'un rocher de granit, dont la base était presque perpendiculaire à la cime. De çà, de là, égarées dans les crevasses, des touffes de genêts étaient accrochées aux flancs polis du roc, rompant seuls le ton gris uniforme de la pierre.

Mais ces genêts, c'était la seule ressource offerte aux hardis partisans pour rejoindre les Serbes. Faire un détour, il n'y fallait pas songer: cela eût coûté une heure de chemin, ils seraient arrivés trop tard.

On les vit, à genoux d'abord sur la cime du rocher, s'accrochant aux basses branches des buissons et aux branches tombantes de quelques sapins, insensibles aux balles des Turcs, qui sifflaient à leurs oreilles et ricochaient autour d'eux.

Ils descendaient lentement, s'aidant des crevasses et des ger êts.

Pas un Serbe ne songeait alors à continuer le combat, qui paraissait suspendu.

Déjà Johan Dobratscha, plus jeune et plus agile, avait opéré sa périlleuse descente et se préparait à rejoindre les Serbes, quand soudain Zulficar poussa un cri. Une balle venait de lui fracasser le bras. Dix mètres les séparaient de la plaine, et en tombant il allait se tuer.

Le bras blessé avait lâché la touffe de genêts, de telle sorte que le Serbe ne se trouvait plus suspendu que par une main. Cette main peu à peu glissa le long de l'arbuste, malgré des efforts désespérés, chercha à se re tenir aux aspérités du roc et finit par lâcher prise.

Zulficar ferma les yeux et roula dans le vide en faisant deux tours sur lui-même.

Johan Dobratscha, d'en bas, n'avait pas perdu un seul détail de cette chute. Quand il vit que Zulficar allait tomber, il s'arc-bouta sur ses reins, tendit le corps en avant et replia à demi les bras.

Il reçut l'énorme poids sur la poitrine, recula de quatre ou cinq pas et roula sur l'herbe avec Zulficar, que sa force prodigieuse venait de sauver.

En se relevant et en aidant son compagnon à se relever, il sourit.

— Nous sommes quittes, dit-il.

De son bras libre, Zulficar s'arma d'un sabre et courut aux Serbes avec Dobratscha Turcs et Serbes se battaient pêle-mêle, corps à corps, à coups de crosse de fusil, à coups de sabre et de baïonnette. Cependant Johan était à peine arrivé que tous les Turcs le savaient; leurs ennemis se battaient aux cris de: Vive Dobratscha! vive Milosch Obrenovitch!

La présence du jeune heiduke imprima un nouvel élan à la lutte.

Celle-ci ne devait pas durer longtemps. Les Turcs avaient perdu plus de deux cents hommes; une cinquantaine de Serbes seulement étaient morts. Ceux qui restaient, sentant qu'un dernier effort allait leur donner la victoire, redoublaient de vigueur. Le combat avait atteint le dernier degré de la furie. Turcs et Serbes s'enlaçaient comme des vipères, se tordaient sous des efforts intenses, et les blessés se relevaient pour mordre aux flancs les vainqueurs.

Enfin, découragés, effrayés, pris d'une soudaine panique, les Turcs s'enfuirent, poursuivis par les partisans.

## XI

Dobratscha et quelques autres, après avoir désarçonné des cavaliers turcs, s'étaient emparés de leurs chevaux. Ils suivaient, tuant les fuyards sans pitié ni merci, le versant de la montagne, du côté de Rudnick. C'était là que les Turcs s'étaient embusqués, au commencement du combat, pour préparer e l stratagème qui avait failli réussir.

De ce côté, la pente est moins rapide jusqu'à mi-chemin des hauteurs, et les Turcs avaient pu s'y cacher derrière les rochers et les sapins.

A cent mètres de Dobratscha s'élevaient, dans les rocs mêmes, quelques mélèzes rabougris, qui formaient comme une oasis d'ombre au milieu de cette masse pierreuse, ardemment éclairée par les rayons du soleil. L'heiduke vit surgir de ces arbres des cavaliers qui à son approche descendirent en galopant le sentier abrupte et s'élancèrent dans la plaine. Ils étaient cinq. L'un d'eux, qui paraissait le chef, soutenait une femme étendue en travers sur son cheval. Cette femme semblait morte ou évanouie, car elle ne faisait d'autres mouvements que ceux imprimés à son corps par le galop. La masse énorme de ses cheveux, d'un blond fauve, tombait presque jusqu'à terre.

— Rosanda ! c'est Rosanda ! cria Johan d'une voix étranglée.

Et, enlevant son cheval avec une vigueur incroyable, il se jeta à la poursuite des Turcs. Pendant que son cheval prenait un galop furieux, rasant la plaine, l'heiduke, debout sur étriers, pressant les flancs de ses genoux robustes, épaulait et faisait feu. Un Turc tomba.

Sans ralentir sa course, il rechargea son arme et visa de nouveau. Cette fois, un cheval blessé butta et roula sur son cavalier. Il en restait trois.

Au moment où il pressait la détente, une balle venue de côté siffla à son oreille droite et, lui effleurant l'épaule, brisa son fusil entre ses mains.

Johan se retourna.

Danilo était à quelques pas de lui, monté sur un cheval vigoureux et reposé.

— Je t'ai manqué, dit-il; mais, vas, je ne manquerai pas Rosanda.

Et il passa rapide comme l'éclair devant Johan en lui envoyant un éclat de rire ironique. Celui-ci voulut le rejoindre et lutter de vitesse, mais il sentit fléchir sous lui sa monture. La balle de Danilo avait ricoché sur la platine du fusil et avait blessé la pauvre bête à la tête.

L'heiduke pâlit.

— Sauve-la, Danilo, cria-t-il, et je te pardonne!

Et la course furieuse, insensée, continua.

Des trois Turcs qui fuyaient, deux s'étaient écartés à travers la plaine. Celui qui portait Rosanda restait isolé et suivait, rapide, le bas des montagnes. Mais son cheval se fatiguait sous son double fardeau, et Danilo gagnait visiblement du terrain.

A chaque moment, le Turc retournait la tête et voyait se raccourcir la distance qui le séparait de son ennemi.

Quand Danilo ne fut plus qu'à vingt pas, il s'arrêta court et mit le Turc en joue. Celui-ci comprit le danger et tout en fuyant il pesa sur la bride et fit exécuter à son cheval des sauts de côté, de façon à éviter la balle.

Le coup partit, dirigé avec une merveilleuse adresse, et le ravisseur tomba, couché sur le dos du cheval, et, après quelques brusques mouvements d'agonie, roula à terre avec Rosanda, évanouie.

Quelques secondes se passèrent.

Danilo rejoignit la jeune fille, l'enleva, et, trouant les flancs du cheval à coups de poignard, en guise d'éperons, se mit à fuir Dobratscha avec une rapidité inouïe. Celui-ci sentait que sa monture faiblissait, perdant ses forces à chaque pas, et n'avançait que lentement.

L'heiduke, la mort dans le cœur, les lèvres serrées, l'œil sauvage, n'avait pas perdu de vue Danilo. Quelques minutes encore, et celui-ci allait quitter le pied des montagnes et se trouver hors de portée, à quelque distance de Rudnick.

Soudain il se passa une scène horrible.

Le cheval de Danilo fit un écart, se cabra, et, retombant sur ses pieds, refusa d'avancer. Une femme s'était précipitée, les bras étendus, au devant du cavalier, et, les doigts enfoncés dans les naseaux du cheval, le maintenait avec une force et une audace désespérées.

Cette femme, c'était Noëmie, la fille du juif Sabatei.

Danilo jeta un cri de rage et avec son poignard se mit à hacher les mains et les bras de la malheureuse. Il ne lui fit pas lâcher prise. Alors, se penchant par-dessus le corps de Rosanda, debout sur les étriers, il saisit d'une main la longue chevelure noire de la juive, l'attira vers lui, et à trois reprises son couteau disparut à demi dans les épaules de la fille de Nathan. Son blanc visage, aux lignes délicates, était couvert de sang ; elle portait au front, au cou, aux bras, des entailles profondes. Pourtant ses mains crispées serraient dans une atroce convulsion le mors et la bouche du cheval.

Elle n'avait plus la force de rester debout et elle fut entraînée par l'animal, qui hennissait de douleur sous les efforts surhumains de Danilo. C'était un épouvantable spectacle.

Au moment où, épuisée par ses horribles blessures, elle tombait sous les pieds du cheval qui lui labouraient le sein et les flancs, Danilo se sentait enlevé par une main puissante et jeté à terre avec une violence inouïe.

Dobratscha avait eu le temps de le rejoindre.

— Lâche! traître et assassin! dit-il avec une colère farouche.

Ce n'était plus le doux Johan, l'homme fort et simple, hésitant et pleurant devant le crime d'un homme qu'il aimait. C'était ce héros de Cznargóra, rude, la vengeance au cœur, inexorable.

— Tu vas mourir, dit-il.

Il lui arracha des mains son fusil, pendant que du genou il lui écrasait la poitrine, et il brisa l'arme contre une pierre. Il fit de même du couteau de Danilo ; puis, quand celui-ci fut désarmé, il le laissa se relever.

Danilo ne tremblait pas ; mais, sentant que sa dernière heure était venue, il était affreusement pâle.

— Voici mon poignard ; fit l'heiduke ; prends-le et tue-toi. Je ne voudrais pas verser ton sang. Auras-tu ce courage ? Si tu hésites, je te livre aux Serves qui viennent derrière moi ; je leur raconte ton infamie et ils feront justice. Allons, prends, et droit au cœur !

Danilo prit l'arme qu'on lui tendait, et un éclair de joie infernale passa dans ses yeux. Se baissant tout à coup, il se précipita d'un bond vers Johan et leva le bras.

Mais celui-ci s'attendait à cette lâcheté. Sa main tordit le bras de son frère d'adoption, qui poussa un cri de douleur ; le poignard tomba.

— Tu n'as pas le courage de mourir ! dit-il. Dans quelques secondes nos amis vont arriver. Tiens ! entends-tu ces voix dans le lointain et ces chants de victoire? Ce sont eux qui ont reformé leurs rangs et qui viennent. Demain, quand les morts seront ensevelis, nous irons rejoindre Milosch Obrenovitch. Veux-tu mourir ici, seul, gardant pour toi le secret de ton infamie, ou être jugé et pendu devant toute l'armée, honteuse de découvrir un traître parmi les enfants de la Servie ?...

— Hâte-toi, Danilo ; j'entends les voix qui se rapprochent !...

Et en effet, les partisans serves n'étaient plus qu'à quelques pas, derrière un bloc de montagnes qui s'avançaient en pointe de triangle dans la plaine. On distinguait leurs voix sonores, chantant une chanson guerrière :

« Marko s'élança d'un bond sur son cheval de bataille et, prenant le chemin de la côte, il parcourut rapidement le pays, cherchant et demandant partout Moussa.

» Un matin qu'il chevauchait aux premières lueurs de l'aurore, dans les gorges étroites du Katschauik, il aperçoit l'Albanais. Les jambes croisées sur son coursier noir, Moussa s'amusait à lancer sa massue dans les airs et à la recevoir avant qu'elle ne touchât le sol. Lorsqu'il fut près du brigand, il lui parla ainsi : « Cède-moi le passage, Moussa, ou force-

moi à te le céder. » — « Passe ton chemin,
Marko, répondit l'Arnaute, et garde-toi de
me provoquer ! Tu ferais mieux de mettre
pied à terre et de venir vider avec moi cette
coupe où pétille une liqueur vermeille. » Mais
Moussa ne se dérangea pas de son chemin
pour Marko. Si une reine t'a enfanté dans un
palais sur des coussins moelleux ; si tu as été
reçu dans des langes de soie, et nourri de lait
et de miel, moi, une forte Albanaise m'a mis
au monde sur une pierre nue au milieu de
ses brebis ; elle a lié mes langes grossiers
avec les ronces de la forêt, et la farine de
l'avoine a été ma première nourriture. Mais
ma mère m'a fait jurer de ne céder le pas à
personne.

» A peine le héros de Prilip eut-il entendu
ces paroles, qu'il fit voler vers l'Arnaute sa
lance de bataille. Moussa reçut le coup sur sa
massue, et le trait repoussé alla tomber loin
du but. A son tour, il brandit sa lance pour
en frapper son adversaire ; mais l'arme rencontra la massue du Servien et vola en trois
morceaux. Tous deux alors tirèrent leur sabre
et s'attaquèrent avec furie. »

En écoutant cette chanson slave, qu'il avait
souvent redite avec ses compagnons dans le
Cznargora, Danilo baissa la tête. C'est le chant
que les vieux Serves apprennent à leurs enfants ; ce nom héroïque de Marko, le pope
du hameau lui avait appris à le répéter, au
milieu de ses prières. Marko, c'est le Roland
serve, c'est l'antique gloire, l'antique valeur,
l'antique et ardent amour de la patrie.

Danilo soupira ; puis, sans oser lever la tête
vers son frère d'adoption, qui le regardait,
sombre et implacable, il prit le poignard qu'il
lui tendait de nouveau, et, sans hésiter, d'une
main sûre et ferme, il se l'enfonça dans le
cœur tomba.

Il rendit un flot de sang par la bouche et
ferma les yeux.

Danilo Diénitch était mort.

Johan, en détournant la vue de ce cadavre,
rencontra le regard de Rosanda. Revenue de
son évanouissement, la jeune fille s'était mise
à genoux et pleurait ; elle avait vu la scène.

Johan s'approcha d'elle et lui serra silencieusement les mains. Devant Danilo mort,
devant Noëmie mutilée, agonisante, ils ne
pouvaient se livrer à leur épanchement ; leur
joie était couverte d'un voile. Dans le regard
qu'ils s'adressèrent, il y avait autant de tristesse que d'amour.

Ils allèrent s'agenouiller auprès de Noëmie.
La pauvre fille était couverte de plaies. Sa
tête, ses bras, ses épaules, avaient été litté-
ralement hachés par le poignard de Danilo.

Cependant elle vivait encore.

Elle se ranima un peu aux soins que lui
donnèrent les jeunes gens.

Elle ouvrit ses grands yeux d'enfant et reconnut Rosanda et Johan.

Un sourire doux et triste passa sur ses lèvres.

— Je l'ai sauvée, fit-elle, si bas qu'on eût
dit un souffle ; je l'ai sauvée, Johan, parce
que c'est mon père qui l'a livrée. Si Rosanda
avait été perdue pour toi, tu aurais tué mon
père et tu m'aurais détestée. Je n'ai pas
voulu vivre plus longtemps.

Elle s'arrêta, épuisée, haletante ; puis, réu-
nissant ses forces, elle prit les mains de Johan et de Rosanda et attachant ses yeux qui
se voilaient dans ceux de l'haïduko, elle
murmura :

— C'est que je vous aimais, Johan, je vous
aimais.

Et approchant de sa bouche les mains des
deux fiancés, elle les réunit dans un même
et suprême baiser.

Puis sa tête retomba inerte, ses lèvres se
tordirent et elle ne bougea plus.

A ce moment, les partisans serves qui battaient la plaine, doublèrent la pointe des
montagnes. Ils achevaient leur patriotique
chanson :

« La lutte avait commencé avec l'aurore et
déjà le soleil atteignait la moitié de sa course. Une blanche écume baigne les membres
de l'Albanais, une écume blanche et sanglante couvre le corps de Marko. Le Servien
voit que son adversaire semble fléchir ; il le
presse, mais il ne peut parvenir à l'ébranler.
Épuisé, il plie à son tour ; Moussa l'entraîne
et tombe sur le héros terrassé. Le Servien
pousse un douloureux gémissement : « O ma
sœur d'adoption ! Vila de la verte forêt, où
es-tu ? as-tu oublié tes promesses ? » La Vila
des nues répondit : « Insensé ! pourquoi livrer
un combat le dimanche ? Qu'as-tu fait de la
gaîne de ton poignard ? » En ce moment,
Moussa regarda vers le ciel pour voir d'où
venait la voix. Marko tira doucement le fer
de son fourreau et le plongea si profondément dans le flanc de l'Albanais que la
pointe en sortit par la gorge. Lorsqu'il fut
debout, le Serve contempla le cadavre gigantesque et vit avec surprise que le sein de
l'Albanais renfermait trois cœurs de héros
protégés par un triple rang de côtes..... »

A la vue de Dobratscha, qui, debout devant
les cadavres de Noëmie et de Danilo, priait
et pleurait, les partisans se turent, ôtèrent
leurs bonnets et s'agenouillèrent.

— Pour la patrie ! murmurèrent-ils. Et ils
se signèrent. Jamais aucun d'eux ne sut la
trahison de Danilo.

## XII

Deux jours après, Dobratscha, qui avait
reconduit Rosanda près de son père, en sûreté au fond de la forêt, avec les femmes et
les vieillards de Cznargora, rassemblait les
Serves de tous les villages voisins, et, à la
tête d'un millier de partisans, rejoignait Milosch Obrenovitch à Takovo.

FIN DES FRÈRES D'ADOPTION.

# A NOS ABONNÉS.

## PUBLICATIONS DE LA LIBRAIRIE DU SIÈCLE.

Paris — Imprimerie J. Voisvenel, rue Chauchat, 21

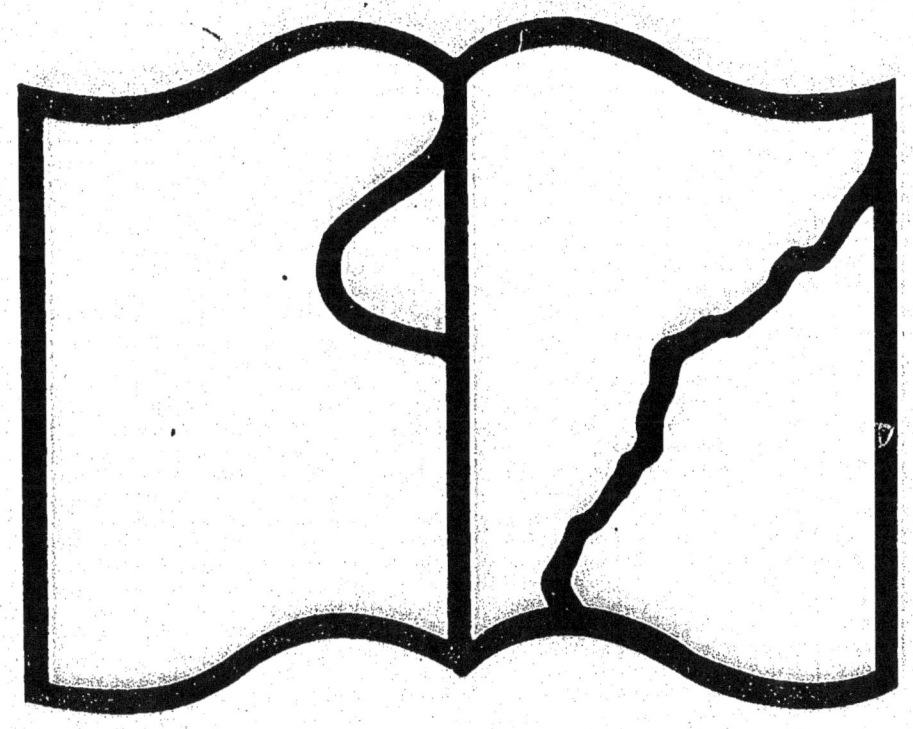

Texte détérioré — reliure défectueuse

**NF Z 43**-120-11